천 년을 같이 있어도
한 번은 이별을 한다

에 머 슨 수 상 록

隨想錄—ESSAIS

옮긴이 **차전석**

전문번역가.

성균관대학교 경영학과 졸업. 아더앤더슨 비지니스 컨
설팅, 피더블유씨 매니지먼트 컨설팅, 비게인 컨설팅에
서 근무하였다. 현재 미국 워싱턴에서 유피에스 회사를
운영하고 있다.

역서로는 「세상에 둘도 없는 딸에게」, 「세상에 둘도 없
는 아들에게」, 「링컨 자서전」 외 다수가 있다.

에머슨 수상록 천 년을 같이 있어도 한 번은 이별을 한다

2013년 5월 05일 1판 1쇄 인쇄
2013년 5월 10일 1판 1쇄 펴냄

지은이 ┃ 랠프 왈도 에머슨
옮긴이 ┃ 차전석
기 획 ┃ 김종찬
발행인 ┃ 김정재 · 김재욱

펴낸곳 ┃ 나래북 · 예림북
등록 ┃ 제 313-1997-000010호
주소 ┃ 서울 마포구 합정동 373-4 성지빌딩 616호
전화 ┃ (02) 3141-6147
팩스 ┃ (02) 3141-6148
이메일 ┃ scrap30@msn.com

ISBN 978-89-94134-23-9 03810

*잘못 만들어진 책은 구입하신 서점에서 교환해 드립니다.
*값은 뒤 표지에 있습니다.

천 년을
같이 있어도
한 번은 이별을 한다.

랠프 왈도 에머슨 수상록

R.W 에머슨 지음 | 차전석 옮김

🌳 나래북

그렇다, 어떤 인간이 실패를 했다고 한다면 그것은 그가 일은 하지 않고 몽상에만 사로잡혀 있었기 때문이란 것을 알 수 있을 것이다. 우리가 자신의 예술로 성공을 거둘 수 있는 길은 웃옷을 벗어버리고, 물감을 짜고, 매일매일 철도 인부처럼 일하는 수밖에 없다.

하루라는 날짜는 양털보다도 화려한

천으로 그것을 짜는 기계는 훨씬 더

정교하다. 그대가 남들 몰래 천 속에

짜 넣은 거짓된 시간을 감출 수 없다.

의욕을 가질 수 있는 인간에게 있어 불가능한 것은 하나도 없다.

그것이 필요한 것이라면 반드시 성취할 수 있다-이것이 성공의 유

옮긴이의 말

랠프 왈도 에머슨(Ralph Waldo Emerson, 1803~1882)은 개신교 목사의 집안에서 태어나 8살에 아버지를 여의었다. 에머슨은 독학으로 하버드 대학 신학부를 졸업 후 1829년에 유니테리언 보스턴 제2교회의 목사가 되었으나, 개방적 사고^{思考} 때문에 1832년 사임하였다. 플라톤, 칼라일, 그리고 영국의 시인 워즈워드의 영향을 받아 새로운 사상을 일군 그는 1835년 이래 뉴햄프셔 주의 콩코드에 거주하였으므로 '콩코드의 철학자'로 불리기도 한다.

어떤 작가의 글이 수세기에 걸쳐 읽히고, 재해석되고, 다시 인용된다는 것은 그의 글이 사람들에게 감동과 공감을 불러일으키기 때문일 것이다. 그런 면에 있어서 에머슨 또한 예외는 아니다. 특히 미국의 수많은 작가들의 글 속에서 에머슨의 문구를 인용한 부분을 자주 접할 수가 있다.

그리고 그의 「뉴잉글랜드의 개혁자들」(『개인과 사회』에 수록)에서 에머슨이 당시의 고전교육에 대해 쓴 글을 보고는 우리의 교육은 어떠한지 잠시 생각을 하지 않을 수가 없었다.

"무서운 관습에 의해 학생들은 10년 동안이나 그리스어와 라틴어를 공부해야 하지만, 그 뒤로는 영원히 교과서를 덮어버리고 만다. 해마다 수천 명의 젊은이들이 대학을 졸업하고 있지만 40살이 되어서도 그리스어를 읽을 수 있는 사람은 다섯 손가락에 꼽을 정도이다."

보통 에머슨의 수필을 읽을 경우에 간과하기 쉬운 것은 그가 최초의 산문 『자연』을 발표했을 때부터 이미 일반적인 의미에서의 산문작가가 아니라, 오히려 순수한 의미에서의 시인이었다는 것이다. 이 점은 특별해 보이지 않지만, 이 점을 간과하면 에머슨의 사상의 핵심을 놓칠 수도 있다.

에머슨의 산문의 배후에는 고도의 종교적으로 고양된 정신이 감춰져 있다. 즉, 그의 산문은 우리가 읽는 신문기사와는 달리 일상의 생활수준에서는 도저히 이해할 수 없다.

"만약 고독해지기를 원한다면 별을 바라보라. 저 천국적인 세계(별)로부터
의 빛은 인간을 현실세계로부터 떼어낼 것이다. 대기가 투명하게 바뀐 것도
다음과 같은 의도 때문이다. 그것은 천체(별)에 의해 숭고한 것의 부단한 존
재를 인간에게 알리기 위한 것이다. 만약 저 별이 천 년 만에 단 하룻밤만 나
타난다면 사람들은 기쁨에 벅차 신앙으로 숭배하며 자신의 눈앞에 펼쳐진
하느님이 ㅣㄹ에 대한 기여요 후세에 기이 기꺼ㅣ ㄱ ㅣ미ㅣ ㅡㄱ데ㅣ 이 미ㅣ
사절(별)은 밤마다 나타나 그 계시의 미소로 우주를 비추고 있는 것이다."

―(자연중에)

에머슨은 자연은 하느님의 말씀이며 자연 현상의 하나하나는 신
이 지시하고자 하는 '특정의 의의'를 갖고 있다고 생각하고 있다.
따라서 인간에 의해 오염되지 않은 자연 속에 들어가는 것은 하느
님의 말씀을 읽고 하느님의 정신과 하나가 되는 신성한 제례의식
이라고 여겼다.
에머슨은 동양 사상에도 밝아 청교도의 기독교적 인생관을 비판
하였다. 편협한 종교적 독단과 형식주의를 배척하고, 자신을 신뢰
하며 인간성을 존중하는 개인주의적 사상을 주장하여, 자연과 신
과 인간은 궁극적으로는 하나로 돌아간다는 범신론적인 초월주의

철학 입장에 섰다. 그는 자연 속에서 사색을 쌓았고, 현실의 날카로운 관찰을 통해 '문학적 철인^{哲人}'이라고 추앙받으며 당시의 젊은 미국의 사상계는 물론 21세기인 지금도 여전히 많은 영향을 주고 있다. 꽤 오래 전 나는 미국의 사진사에 관한 책을 읽은 적이 있었다. 그리고 최근에 다시 그 책을 이곳저곳 읽다가 에머슨의 문구를 인용한 구절을 발견했다. 그중에 두 구절만 소개해 보겠다.

"타자^{他者}란 나와 내 마음을 읽기 위한 렌즈이다."

−(1844, 「대표자」 중에)

"역사에 대한 관심이 없다면 역사가 쓰이지 않았을 것이다."

−(1859, 「예술과 비평」 중에)

−옮긴이

머리말

에머슨(Emerson, Ralph Waldo)과 그의 사상에 대하여

　에머슨은 미국의 초절주의^{超絶主義: Transcendentalism} 시인이자 사상가로 19세기와 20세기 미국의 종교, 예술, 철학, 정치에 뚜렷한 영향을 미친 인물로 평가받고 있다.

　초절주의란 내부의 정신적 자아가 외부의 물질적 존재보다 우월하다고 주장하는 사상이자, 모든 피조물이 본질상 하나이며 진리를 밝히는 데는 논리나 경험보다는 통찰력이 더 낫다는 믿음에 기초한 관념론 사상체계로 초월주의라고 불리기도 한다. 초절주의는 미국에서 하나의 운동으로도 역할을 했는데 에머슨은 이러한 초절주의의 선구자다.

에머슨은 보스턴 제2교회의 목사로 명성을 날릴 때도 당시 주류 그리스도교 사상에 대해 회의를 품고 있었다. 에머슨의 설교는 전통적인 교리보다는 영혼의 활용에 대한 개인적인 탐구를 바탕으로 한 자아신뢰와 자아충족이라는 개인적인 교리 선포에 역점을 두고 있었다. 그는 설교를 통해 그리스도교의 외적·역사적 전거들을 제거했으며, 우주의 도덕법칙에 대한 사적^{私的} 직관에 그리스도 신앙의 근본을 두었다. 그 뒤로 그는 자신의 철학을 바탕으로 목사직도 그만두었으며, 성서에 기록된 기적의 역사를 통해서가 아닌 개인적인 체험으로 신을 경험하고 싶어 독일로 향했다. 그리고 귀국 후 『자연(Nature)』을 집필하고 강연을 하면서 그의 사상을 알려나가기 시작했다. 이때부터 유럽의 심미적·철학적 조류를 미국에 전했던 문화의 중개자 역할을 하며 미국의 르네상스라 불리는 문예부흥기에 빠질 수 없는 중요한 인물이 되었으며 현재에 이르기까지 미국의 지성과 정신적 품위의 토대를 마련했다고 해도 과언이 아니다.

에머슨은 인간이 자기 자아와 영혼의 내면을 들여다볼 때 신을 발견하게 되며, 그렇게 각성된 자기인식으로부터 행동의 자유와 자신의 양심에 따라 자신의 세계를 변화시키는 능력이 나온다고 설파했다. 그는 자신의 양심에 근거해 노예제도의 폐지를 주장하고 인디언에 대한 가혹한 조치에도 반대했다.

모든 인간은 자기 자신이 되려는 용기를 지녀야 하며, 자신의 직관에서 생긴 가르침을 따라 살아가며 자신의 내적인 힘을 신뢰해야 한다는 그의 탁월한 사상은 그 당시는 물론 지금까지도 전 세계 유력한 인물들이 새겨듣는 지혜의 금언이다.

당시 소로와 에머슨이 서로 공감하고 우정을 이어나간 이야기는 유명하다. 우리나라에는 소로가 더 잘 알려져 있지만 소로의 사상과 실천에 큰 영향을 미친 것은 에머슨이다. 그 둘은 호손과 함께 『다이얼』지를 발간하기도 했고, 소로의 에세이 『월든』도 에머슨 소유의 월든 호숫가 숲속에서 쓰인 것이다.

소로에 이어 현 미국 대통령 버락 오바마, 팝의 전설로 남은 마이클 잭슨까지, 에머슨 사상에 공감하고 이를 시금석으로 삼는다고 고백했다. 이는 에머슨의 사상이 시대를 초월한 진리의 한 토막을 담고 있는 것을 입증한다. 힘겨운 삶을 지탱할 수 있는 근거는 외부에서 오는 것이 아니라 자기 자신의 내면에 있다는 에머슨의 이야기는 현대에 팽배한 허황된 위로에 비해 오롯한 진리로 다가온다.

이 책에는 1841년 발표한 『에세이 제1집(Essays: First Series)』, 1844년 기관지 『다이얼』에 발표한 「비극(The Tragic)」, 1844년에 발

표한 『에세이 제2집(Essays: Second Series)』, 1860년에 발표한 『어떻게 살아야 하는가(The Conduct of Life)』, 1870년에 발표한 『사회와 고독(Society and Solitude)』에서 각각 핵심이 되는 장이 담겨 있다.

에머슨의 인간과 우주, 사회에 대한 심오한 통찰력으로 쓰인 사랑, 우정, 자기 신뢰, 경험, 비극적인 것, 운명, 힘, 부, 수상여록, 환상, 일과 일상, 정치에 관한 각각의 이야기는 자기 확신과 올바로 사는 삶에 이르는 길로 인도하는 안내서가 될 것이다.

-편집자

차례

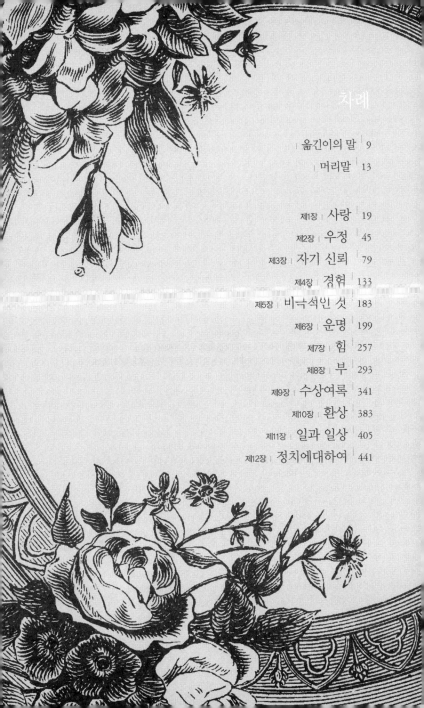

사람은 누구나 그 마음속에 미치광이가 있다.
따라서 그 미치광이가 날뛰지 않게 조심해야 한다. -에머슨

제1장
사랑

사람들은 때로 인격과 명성을 동일시하고, 혼동한다.
인격은 그 사람이 갖춘 마음의 자태이지만, 명성은 다만 그 사람의 인상을 남이 마음대로
평판하는 외부적 소리이다. -에머슨

사랑

1841년 출판한 『에세이 제1집』의 1편
"Love" in Essays: First Series, 1841

 ılı ılı ılı

"나는 감춰진 보석과 같았다.

이글거리는 빛이 내 몸을 밝혔다."

−코란−

영혼의 맹세는 모두 무수한 방법으로 나타나며, 영혼의 환희는 모두 숙성된 하나의 새로운 욕구가 된다. 전진적이고 유동적이라 막을 수 없는 인간본성은 친절이 싹트자마자 그 위대한 빛 속에서 사소한 고려顧慮를 모두 무시한 사랑을 예견한다.

이 지복至福의 세계는 일대일의 부드러운 개인관계로 시작되지만, 이것이 인생의 매력이다. 또한 그것은 성스러운 영감과 정열처럼 한순간에 사람을 사로잡고 그 사람의 심신에 일종의 혁명을 일으키게 해 그를 인류와 결합시키고 가정과 개인으로서, 또한 시민으로서의 관계를 이어 주어 새로운 공감을 통해 대자연과 접촉하게 해 감수성을 강화시키고, 상상력을 개방시키고, 영웅적인 성격과 정신적 특징을 깊이 있게 해 주고, 결혼을 성립시켜 인간사회에 영속성을 가져다주는 것이다.

연애의 감정은 자연스럽게 혈기왕성함을 연상하게 해 주기 때문에 청춘남녀의 생기 넘치는 진실된 사랑을 색채로 묘사하기 위해서는 글 쓰는 사람이 너무 나이가 많아서는 안 될 것 같은 생각이 든다. 젊은 사람들의 아름다운 공상은 분별력이 있는 사람의 처세술과 같은 미묘한 느낌이 풍기더라도 그것은 나이와 모든 것을 다 알고 있다는 듯이 젊은이들의 연분홍 꽃을 짓밟는 것으로 여겨져 배척을 당하고 있다. 그러므로 나는 사랑의 심판관으로 모임에 참여하는 사람들에게서는 불필요한 고통과 금욕주의의 비난을 받을 각오를 하고 있다. 그러나 나는 이처럼 무시무시한 검열관들에게서 벗어나 나보다 나이가 많은 사람들에게 호소하기로 하겠다. 왜냐하면 우리가 다루고 있는 이 애정은 젊었을 때 시작되는 것이라고 하면서도 노인들을 배제하기보다는 오히려 사랑의 노예가 되어 있는 사람은 누구나 늙지 않게 하고 그와 관련된 노인조차 사랑의 종류는 다르지만, 보다 고결한 것이라고 할 수 있으며 젊은 아가씨들에게도 뒤지지 않기 때문이다.

왜냐하면 애정은 일종의 불꽃이기 때문이다. 그것은 누군가의 가슴속에 감춰진 열정이 다른 사람의 가슴 한구석에 점화해 최초의 불씨로 그 불씨가 퍼져 결국 무수한 남녀, 모든 사람들의 보편 ⋯⋯ ⋯⋯ ⋯⋯ ⋯⋯ ⋯⋯ ⋯⋯ ⋯⋯ 전 세계와 대자연의 모든 것을 밝게 비춰 주는 불꽃이기 때문이다. 게다가 우리가 애정을 20살이나 30살, 혹은 80살에 그려보려 한다고 해도 그것은 문제가 되지 않는다. 최초의 시기에 이것을 연상하는 사람은 훗날 무언가를 깨닫지 못하게 될 것이고, 마지막에 이것을 연상하는 사람은 일찌감치 그 특징 중에 무언가를 깨닫지 못할 것이다. 오직 인내와 시신詩神 뮤즈의 도움을 받아 법칙을 이해하는 내적인 시력을 얻을 수 있길 바랄 수 있을 뿐이다. 항상 젊고 아름다우며 또한 어느 각도에서 바라보더라도 모든 사람의 눈을 만족시켜 줄만큼 중심적인 진리를 보여줄 수 있는 시력이 필요할 뿐이다.

여기서 제1조건은 사실에 대해 너무 세세하고 미련스러운 집착을 버리고 이 사랑의 진리를 역사에 의해서가 아니라 희망 속에 그

것이 드러나는 대로 연구하는 것이다. 왜냐하면 인생은 자신의 맘에 들게만 살 수 없기 때문에 누구나 자신의 일생이 상처투성이의 불구자라고 느끼기 때문이다. 누구나 자신의 경험의 단면에는 일종의 과오의 얼룩이 얼룩져 있어 타인의 경험은 훌륭하고 이상적으로 보이게 된다. 어떤 사람이든 그 생애의 가장 행복한 추억이 되고 또한 자신에게 가장 진실 된 교육과 영양분을 제공해 준 사람들과의 그리운 관계로 돌아갈 수 있다면, 그 사람은 미안해하며 고개를 숙이게 될 것이다. 애통한 일이다! 그것이 어째서인지는 모르겠지만 어른이 되면 끝없는 양심의 가책이 젊었을 때의 기쁜 추억을 씁쓸한 것으로 만들어 모든 사랑했던 사람들의 이름을 덮어버리고 만다.

모든 것을 지성 혹은 진리의 관점에서 바라본다면 아름다운 것이다. 그러나 체험으로 바라본다면 모든 것이 고통이다. 사소한 사실은 슬프다. 그러나 계획 그 자체는 훌륭하고 고귀한 것이다. 현실의 세상 속-때와 장소의 제약을 받는 이 고통스러운 왕국-에는 걱정과 근심과 공포가 살고 있다. 사상에는, 이상에는 영원의 희열, 환희의 장미가 피어 있다. 뮤즈의 신들은 모두 그 주변에서 노래를 부르고 있다. 그러나 비탄은 이름과 몸뚱이, 어제와 오늘의 국부적인 이해에 집착한다.

인간본성의 강한 경향은 이 개인관계의 문제가 사회의 대화 속에서 점유하고 있는 비율에 의해 드러난다. 존경할만한 사람에 대해, 그가 이 애정의 역사에 대해 어떤 상황이었는지에 대해서 우리는 알고 싶어 하지 않는 것이 아닐까? 이동도서관 속에는 어떤 책이 순회하고 있을까? 이런 연애소설을 읽고 그 내용이 진실과 자연의 섬광을 보여주는 이야기였을 때, 어째서 우리의 볼은 붉게 달아오르는 걸까? 그리고 세상 속에서 두 명의 남녀가 사랑을 속삭이는 것만큼 아름의 미션은 다는 것이 대대에 있을까? 아마 우리는 지금까지 그 두 사람을 본적이 없으며 또한 두 사람과 만날 일도 절대로 없을 것이다. 그러면서도 두 사람이 시선을 나누고, 혹은 짙은 애정표현을 하는 것을 본다면 우리는 더 이상 그들에게 있어 타인이 아니다.

두 사람의 마음을 우리도 잘 이해할 수 있게 되며 그 연애 과정의 발전에 우리는 진심으로 관심을 갖게 된다. 모든 인간은 사랑하는 사람을 사랑한다. 어린 시절 공손함과 친절의 표현은 자연계가 표현하는 가장 매력적인 그림이 된다. 그것은 거칠고 소박한 사람 속에서 볼 수 있는 예절과 우아함의 서광이다. 마을의 짓궂은 소년들이 학교 현관 주변에서 여자아이들을 괴롭힌다―그러다 오늘은 입구 주변으로 달려가 가방을 정리하고 있던 아름다운 소녀와 만나게 된다. 소년이 소녀의 가방 정리를 도와주는 순간 소녀가 자신에게서 끝없이 멀어지면서 마치 신성한 경지에 서 있는 것처럼 느끼게 된다. 소녀들 사이를 난폭하게 휘젓고 다니던 소년도 소녀가 한 명뿐일 때는 압도당하게 되는 것이다. 이 어린 두 이웃은 조금 전까지만 해도 아무런 거리낌도 없었지만 갑자기 서로의 인격을 존중하는 법을 배우게 된 것이다. 혹은 시골 가게에서 명주실 한 타래나 종이 한 장을 사러 갔다가 30분 정도 남자답고 온화한 점원과 쓸데없이 수다를 떠는 여자들이 있다. 이때 여자들의 매력적이고 기교적이고 무심한 척하는 자태로부터 눈을 뗄 수 있는 사람이 있을까? 마을에서는 남자나 여자나 모두 대등한 관계로, 사랑을 하기 위해서는 매우 감사한 일이므로 특별히 교태를 부리지 않더라도 여성들의 사랑스러운 천성은 그들의 일상 속에서도 묻어나고 있다. 마을 아가씨들의 기량은 좋지 않을 수도 있지만 처녀들은 솔직하게 이 선량한 청년과의 사이에서 가장 즐겁고 허물없는 관계를 맺고 있는 것이다.

세상 돌아가는 일에 대한 단순한 수다, 진지한 이야기, 누가 파티에 초대되었는지, 누가 댄스 학교에서 춤을 추었고, 언제 노래 학교가 시작되는지 등, 그 밖에 두 사람이 정답게 이야기를 나눈 사소한 이야기들로 친숙해진다. 이윽고 그 청년은 아내를 원하게 된다. 그 때는 그야말로 마음속으로부터 어떤 곳에 진실하고 아름다운 상대를 찾을 수 있는지에 대해 알게 된다. 그러기 위해서는 학자와 위인들에게서는 흔히 볼 수 있는 것이자, 밀턴이 탄식했던 것과 같은 위험은 완전히 사라진다.

나는 한 공개 강연에서 우리가 지성을 지나치게 존중해서 인간의 문제에 대해 부당하고 냉정하다는 평가를 받은 적이 있다. 그러나 지금 나는 이런 비난을 떠올리며 몸이 오그라드는 느낌이 든다. 왜냐하면 인간사회는 사랑의 세계이기 때문에 가장 냉철한 철학자 □ 혜에 대해 이야기할 때, 만약 이 사회의 본능적 가치에 조금이라도 상처를 입히는 말을 한다면 대자연에 거스르는 것으로서 반드시 이것을 철회할 마음이 들기 때문이다.

왜냐하면 천국에서 내리는 성스러운 환희는 젊은이들에게만 주어진 혜택이지만, 그리고 또한 모든 분석과 비교를 압축해서 우리를 완전히 방심하게 만들어버리는 미인은 우리가 30살이 지나면 거의 보기 힘든 것이기는 하지만, 이런 환상적인 기억은 다른 그어떤 기억보다도 영속적이며 늙고 병이 든 뒤에도 그 모습을 장식할 화환이기 때문이다. 그러나 여기에 한 가지 불가사의한 사실이 있다. 이것은 수많은 사람들이 자신의 경험을 거슬러 올라가는 동안 느끼는 감정인 듯하지만, 일생의 전기 속에서 가장 훌륭한 항목은 사랑을 노래하던 즐거운 추억이다. 그런데 그 추억 속에서는 어찌된 일인지 애정이 그 깊은 매력을 능가하는 어떤 매력을 우연하고 하찮은 사건의 일부에 전달하고 있다. 다시 말해 과거를 회상해 보면 매력적이지도 않고 아무것도 아닌 몇몇 사건들이 그것들을 떠올리게 한 매력 이상으로 생생하게 머릿속에서 떠오른다는 것을 발견하게 될 것이다. 그러나 우리의 사소한 개개의 사건에 대한 체험이 어떻게 됐든 간에 만물을 일신해 주는 힘이 가슴속에도 두뇌 속에도 찾아든다는 것을 잊을 수 없을 것이다. 그것은 우리의 몸에서 시작된 음악과 시와 예술의 시작인 것이다. 그로 인해 대자연의 모습은 연분홍의 빛으로 찬연히 퍼져 아침과 밤은 변화무쌍한 매력으로 바뀌는 것이다. 어떤 사람의 단조로운 목소리가 그 사람의 가슴을 뛰게 하고, 한 사람의 모습을 연상시켜 주는 가장 사소한 것조차 금빛 기억 속에 자리 잡고 있다. 그 사람이 곁에 있으면 우리의 몸 전체가 눈이 되고, 사라지면 몸은 추억 그 자체가 된다. 젊은이는 창밖을 응시하면서 한 쪽의 장갑, 베일, 리본, 혹은 마차 바퀴에 눈길이 사로잡혀 있다. 이제 그에게는 모든 곳이 참을 수 없을 만큼 쓸쓸하지도 않고, 묵묵히 지나는 사람도 없는, 그것은 새로운 생각 속에서 그는 가장 친숙하고 가장 순수한 옛 친구조차 제공할 수 없는 아름다운 동료들과 사귀며 즐거운 이야기 속으로 빠져들어 있기 때문이다. 왜냐하면 연인의 모습, 행동, 말은 다른 표상처럼 물위에 쓰인 것이 아니라 플루타르코스가 말했던 것처럼

"불로 채색되어" 한밤중의 명상 대상이 되었기 때문이다.

　"당신이 떠나 어딜 가더라도 당신은 떠난 것이 아니다.

　당신은 그에게서 당신이 응시하는 눈길을 남기고,

　그에게서 당신이 사랑할 부분을 남기고 있다."

　인생의 정오와 오후가 되더라도, 한때의 행복도 충분한 행복이 아니며 행복에는 고통과 공포가 함께하지 않으면 안 된다는 것을 떠올리며, 우리는 여전히 가슴속의 흥분을 기억할 것이다. 왜냐하면 사랑에 대해 다음과 같이 말한 사람은 이 사실에 대한 비밀을 깨달은 사람이다.

　"다른 그 어떤 즐거움도 그것의 고통에조차 미치지 못한다."

　그때는 낮도 충분히 길지 않았으며, 밤도 간절한 추억으로 밝혀야 했다. 침대에 누워 즐거운 마음으로 용감한 행위를 떠올리며 밤새 흥분에 싸여 달빛은 즐거운 열병이고 별은 문자, 꽃은 암호, 그리고 대기는 노래로 바뀌었다. 모든 일이 하찮게 여겨지고 거리를 오고가는 사람들은 모두 다 그림처럼 보일 뿐이다.

　연애는 청년의 세계를 완전히 바꾸어 버리고 만다. 그것은 만물을 생생하게 만들어 의의가 있는 것으로 만들어 준다. 자연에 의식이 싹트기 시작한다. 나뭇가지에 앉아 있는 새들은 청년의 가슴과 영혼을 향해 노래하고 있다. 그 노랫소리는 모두가 의미를 갖게 된다. 청년이 구름을 바라보고 있다면 구름은 얼굴을 가지고 있다. 삼림의 나무들, 넘실거리는 초원, 바라보는 꽃들에 이해력이 생겨나고 그것들은 비밀을 털어놓으라고 유혹하는 것처럼 보이지만 왠지 두려움이 느껴진다. 그래도 자연은 위로하고 동정한다. 푸르른 두메산골의 젊은이는 사람들이 사는 곳보다 훨씬 그리운 고향을 찾아낸다.

"샘의 원천, 길이 없는 숲은
풋풋한 연인의 사랑
달그림자 늘어진 곳에 새들은 모두
편안하게 잠자리에 들고, 그저 박쥐와 부엉이만이 날아다닌다.
한밤의 종소리 은은히 울려 퍼지고
이것들이야말로 우리의 즐거운 소리들.

저 숲의, 저 대단한 광인을 보라! 그는 감미로운 소리와 광경이 잠재된 궁전이다. 그는 팽창한다. 그는 사람의 배의 크기가 되어 있다. 두 손을 허리에 대고 걷고 있다. 혼잣말을 하고 있다. 그는 풀과 나무에게 말을 걸고 있다. 그는 제비꽃, 클로버, 백합의 피를 자신의 혈관 속에서 느끼고 있다. 그리고 자신이 발을 담그고 있는 냇물과 이야기하고 있다.

대자연의 아름다움을 느끼는 감수성을 눈뜨게 해 준 사랑이 그에게 음악과 시를 사랑하게 했다. 다른 어떤 경우에서도 제대로 글을 쓸 수 없었던 사람이 애정의 영감하에서는 훌륭한 시를 쓰는 것은 가끔 관찰되는 사실이다.

애정은 그 사람의 성질 전체에 비슷한 힘을 작용시킨다. 그것은 고차원의 정신 상태로 이끌어 무례함을 정중함으로 바꾸고, 겁쟁이에게 용기를 불어넣어 준다. 가장 불쌍하고 비겁한 사람이라 할지라도 사랑하는 사람의 지지만 있다면 전 세계를 두려워하지 않을 기운과 용기를 사랑으로부터 얻을 수 있다. 사랑이 있다면 자신을 타인에게 바치더라도 그 이상으로 스스로를 위하는 것이 된다. 그는 새로운 인식과 새롭고 보다 절실한 지조를 품고 품성과 목적에 일종의 종교적 존엄성을 갖게 된다. 하나의 새로운 인간으로 재탄생하는 것이다. 그는 더 이상 가족과 사회의 속박을 받지 않는 제몫을 할 수 있는 인물이다. 그는 하나의 인격이자 하나의 영혼이다.

여기서 우리는 청년들을 이렇게 움직이게 할 수 있는 힘의 본질에 대해 조금 더 엄밀하게 검토해 보기로 하자. 우리는 지금 사랑하는 사람에 대한 계시를 마치 태양인 양 그것이 어디에서 나타나더라도 기뻐하며 찬미하지만, 사랑은 만인에게 환희를 선사하고 만인이 자기 스스로 희열을 만끽하는 것이기 때문에 사랑은 스스로 충만한 것인 듯하다.

사랑하는 청년이 상대 소녀가 불쌍하고 고독하다고 상상하는 일은 불가능하다. 꽃이 핀 나무처럼 그렇게 부드럽고 생생하고 영혼을 일깨워주는 아름다움은 그 자체가 친구이고, 그는 연인으로 인해 어째서 미의 여신은 사랑의 여신과 아름다움, 우아함, 기쁨의 자매들을 거느리고 있는 모습으로 묘사하고 있는지를 깨닫게 될 것이다.

그녀의 존재는 세상을 풍요롭게 해 주고 있다. 그의 눈에 그녀는 다른 모든 사람을 싸구려로 치부하고 말살해 버리지만 그 대가로 그녀는 자신의 모습을 초인적이고 커다란 우주적인 것으로 바뀌게 되고, 그 결과 그에게 있어서 그 소녀는 세상의 모든 위대한 것들과 미덕을 대표하는 것이 된다. 그러므로 사랑을 하는 사람은 연인의 용모가 친척들과 그 밖의 다른 어떤 사람과도 닮지 않았다고 여기게 된다. 그의 친구는 그녀가 어딘가가 그녀의 어머니, 자매, 혹은 전혀 상관없는 누군가와 닮았다고 생각한다. 그러나 연인에게 있어 그녀는 그 누구와도 닮지 않았으며 설령 닮은 것이 있다고 한다면 그것은 단지 여름밤, 찬란한 아침, 무지개, 새들의 노랫소리뿐이다.

옛사람들은 미를 덕의 개화라 불렀다. 누군가의 얼굴, 언뜻 본 모습, 말로 형언할 수 없는 매력을 누가 분석해 낼 수 있겠는가? 우리는 고상한 진리에 감명을 받지만 이 미묘한 진리, 이 흔들리는 빛이 지향하는 기술 비밀한 기능을 것을 지금이라는 바였을 바탕으로 해명하려 한다면 아름다움에 대한 생각은 깨지고 만다. 아름다움은 사회에 알려져 있는 그 어떤 우정과 사랑의 문제를 지향하는 것은 아니다.

그것은 내가 생각하기에는 어떤 절대로 도달할 수 없는 세계, 다시 말해 절대적인 아름다움과 기품이 있는 것으로 장미와 제비꽃이 넌지시 비춰 주는 암시를 지향하고 있다. 우리는 아름다움에 다가갈 수 없다. 그 특징은 오팔의 빛, 비둘기의 목 주위에서 빛나는 광택과 같은 것으로 순간적으로 보이다가 사라지는 것이다. 그런 점에서 아름다움은 모두 이렇게 무지개와 같은 성질을 지닌 가장 뛰어난 것과 닮아 있으며, 소유하고 이용하려고 하는 모든 시도를 용납하지 않는 것이다. 장 파울(Johann Paul Friedrich Richter. 1763~1825. 독일의 소설가)은 음악에 대해 "사라져라! 사라져! 자신의 평생을 전부 바치고도 아무것도 얻은 것이 없으며, 너는 고작해야 불안한 세상만을 내게 알려주고 있다."라고 말했는데, 이것은 과연 무엇을 의미하고 있는 것일까?

이와 마찬가지로 파악하기 힘든 아름다움을 조소 미술의 모든 작품에서 엿볼 수 있다. 조각은 점점 이해하기 힘들어져 비판의 영역을 뛰어넘어 더 이상 컴퍼스와 자만으로는 정의를 내리기 힘들며, 그와 함께 그것이 행동하는 현실에 있어서 그것이 무엇인지를 설명하기 위해서는 어떤 생생한 상상력이 필요하다는 것을 깨달아야 비로소 아름답게 느껴진다. 조각가의 신, 혹은 영웅은 항상 감각적으로 표현할 수 있는 것에서 표현할 수 없는 것으로 변해가는 과정 속에서 표현된다. 그때 비로소 그것은 돌이 된다.

그림 또한 마찬가지다. 그리고 시의 성공도, 그것이 사람을 위로하고 만족시켜 줄 때에 완성되는 것이 아니라, 달성하기 어려운 것을 달성하고자 하는 새로운 노력에 의해 우리를 놀라게 하고 감정의 격동을 일으키게 할 때 완성된다. 그 순간에 대해 월터 랜더 (Walter Savage Landor. 1775.~1864. 영국 시인 겸 산문작가)는 "그것은 어떤 특정한 것의 보다 더 순수한 감동과 실제의 상태로 돌아가야 하는 것이 아닐까?"라고 묻고 있다.

이렇듯이 인간들의 아름다움도 그것이 어떤 목적도 필요하지 않을 때, 그것이 결말이 없는 이야기가 될 때, 그것이 빛과 환상과 지상의 것이 아닌 만족을 암시해 줄 때, 보는 사람에게 자신의 무가치를 느끼게 하여 설령 시저(caesar: 로마황제, 장군, 정치가)라 할지라도 자신에게 그것을 추구할 권리가 없다는 것을 깨닫고 그것을 요구할 권리가 없다는 것은, 마치 대기와 석양의 빛나는 아름다움을 요구할 권리가 없다는 것을 깨닫게 해 주었을 때, 그것은 비로소 매력적이고 그 자체가 된다.

여기서 "설령 내가 당신을 사랑한다고 하더라도 그것이 당신에게 무슨 의미가 있을까?"라는 말이 나왔다. 우리는 자신들이 사랑하는 것은 당신의 의중 속에 있는 것이 아니라 당신의 의지 이상의 것이라고 느끼기 때문에 그렇게 말하는 것이다. 그것은 당신이 아니라 당신의 빛이다. 그것은 당신 속에 있으면서 당신이 모르는 것이며 절대로 알 수 없는 것이다.

이것은 옛 작가들이 기뻐하던 고상한 미에 대한 철학과 잘 부합되고 있다. 왜냐하면 그들은 이렇게 말하였기 때문이다. 이 지상에 있어서 육체로 감싸인 인간의 영혼은 그것이 이 세상에 나타나기 전 영혼의 본래 세계를 찾아 이리저리로 배회한다. 그러나 이윽고 자연계의 태양빛에 마비되어 진실의 그림자에 지나지 않는 지상의 것 이외에는 아무것도 보이지 않게 된다. 그래서 신은 영혼의 눈앞에 화사한 젊은이들을 사자로 보낸 것이다. 그것은 영혼이 아름다운 모습을 보고 그것을 천상의 선과 미를 상기시켜 주려 이용하기 위해서이다. 그래서 남자는 여성에게 이런 모습을 발견하면 다가가 그 사람의 모습, 행동, 총명함에 감탄하며 최고의 환희를 느끼게 된다. 그것은 그 모습이 그에게 참된 아름다움 속에 있는 것의 실제 아름다움의 원인을 암시하기 때문이다.

그러나 물적 대상과의 교섭이 반복됨에 따라 영혼이 야비해져 실수로 영혼의 만족을 육체적인 것에서 채우려 하게 되면 그 대가로 영혼이 얻을 수 있는 것은 비탄뿐이다. 왜냐하면 아름다움이 제시하는 맹세는 육체가 해결할 수 있는 것이 아니기 때문이다. 그러나 만약 이런 아름다움이 마음이 느끼게 하는 환상과 암시가 지향하는 것을 영혼이 받아들여 육체를 초월하고, 품성의 힘을 찬미하기 시작하고, 말할 때나 행동을 할 때도 연인들이 서로 배려하게 된다면, 그들은 참된 아름다움의 궁전에 도달하여 드디어 아름다움을 사랑하는 마음으로 불타오르는 이 사랑에 의해 마치 태양이 난로에 비춰 난로의 불을 꺼버리듯이 비속한 욕정을 소멸시켜 드디어 그들은 맑고 성스러운 몸이 된다.

본래의 우수하고 고결하고 겸허하며 공정한 것과의 교류를 통해 연인들은 이전보다 더 이러한 고귀한 특징들을 사랑하고 재빠르게 그것들을 이해할 수 있게 된다. 그리고 한 사람에게서 엿보이던 이런 특징을 사랑하는 것에서 모든 사람에게서 엿볼 수 있는 그런 특징들을 사랑하게 되어, 하나의 아름다운 영혼은 그가 모든 진리이며 청순한 영혼과 만나게 되는 입구가 되는 것이다. 특히 부부생활에 있어서 남편은 아내의 아름다움에서 속세에서 묻어난 그 어떤 얼룩과 더러움을 발견하는 시력이 발달하면서 그것을 지적할 수 있게 된다. 게다가 두 사람은 이제 감정을 상하게 하지 않고도 서로의 상처와 장해를 말해 주고 그것을 고치기 위해 가능한 모든 도움과 위로를 해 줄 수 있다는 것을 함께 기뻐한다.

이렇게 해서 수많은 사람들이 성스러운 아름다움의 특징을 인정하고, 또한 모든 사람들 속에는 성스러운 것과 그 사람이 세속으로부터 더럽혀진 때를 구별함으로 인해 연인들은 이 창조된 인간이라는 사다리의 계단에 의해 지복의 아름다움, 신의 사랑과 지식에 도달하게 되는 것이다.

사랑에 대한 이러한 내용은 그 어떤 시대에서든 진정한 현인이라 불리는 사람들은 이렇게 표현해 왔다. 이 가르침은 낡은 것도 새로운 것도 아니다. 플라톤, 플루타르코스는 물론 프란체스코 페트라르카(Francesco Petrarca. 1304~1374. 이탈리아의 시인이자 인문주의자), 안젤로(Angelo), 밀턴도 그런 가르침을 남겼다. 그것은 보다 참된 전개를 기다리고 있다. 그것이 반항하고 비난하는 것은 어느 한편의 입장에서 보면 지하 술 창고를 배회하면서 지상의 세계를 잘 아는 것처럼 떠들어대는 것으로 아무리 심각한 이야기를 한다고 하더라도 왠지 햄이나 절인 고기에서 나는 냄새가 나는 것처럼 결혼식 사회자의 야비한 분별력에 지나지 않는다. 최악의 경우에 이 육욕주의肉慾主義는 젊은 사람들의 교육에 침투해 결혼이란 쉽게 말해 아내의 살림살이 능력을 의미하는 데 지나지 않으며 여자의 일생에는 그 외의 목적이 없다는 등의 가르침으로 인해 인간성의 희망과 애정을 고사시켜 버리고 만다.

그러나 이 사랑에 대한 꿈은 아름답기는 하지만 우리의 삶의 한 장면에 불과하다. 사람의 영혼이 내면으로부터 외부를 향해 발휘될 때, 마치 연못에 돌멩이를 던지거나 빛이 천체로부터 비추듯이, 영혼은 무한히 그 동심원을 확장시키고 있다. 영혼의 빛은 일단 가장 가까운 곳에 머물러 모든 도구와 완구, 보모와 하인, 집과 정원과 통행인, 가정의 모든 사람들, 정치, 지리, 역사와 같은 식으로 비춰 나간다.

그러나 사물은 항상 보다 높이, 혹은 보다 내적인 법칙에 따라 끝없이 무리를 이루고 있다. 이웃, 크기, 수, 습관, 인간 등은 서서히 우리를 지배하는 힘을 잃어 간다. 원인과 결과, 참된 친화성, 영혼과 그 경우境遇와의 조화를 갈망하는 마음, 진보적 이상화理想化의 본능 등이 나중에 지배하게 돼서 보다 높은 관계에서 낮은 관계로 후퇴하는 것을 용납하지 않는다. 이렇게 해서 인간을 신처럼 떠받드는 사랑조차 매일 더욱더 초인격적으로 바뀌지 않으면 안 되는 것이다. 이것에 대해서 사랑은 처음에는 아무런 암시도 주지 않는다. 사람들로 가득 찬 방을 지나 서로 뭔가 의미가 있는 듯한 눈길로 마주보고 있는 청년과 처녀는 이 새로우면서도 완전히 외적인 자극으로부터 앞으로 오래 지속될 귀중한 결실 등에 대해서는 전혀 예상조차 하지 못한다. 식물의 성장 작용은 먼저 수피의 근질거리는 감촉과 발아에서 시작된다. 시선을 교환하면서 두 사람은 예의 바르고 공손한 행위로 진행하다가 결국은 불처럼 뜨거운 애정, 굳은 약속, 결혼으로 발전한다. 애정은 그 대상을 하나의 완전한 인격으로 바라본다. 영혼은 완전히 육체를 감싸고 육체는 완벽하게 영혼을 표현하고 있다.

"그녀의 피는 순정한 웅변으로 두 볼에 드러나며 흔들림 없이 호소하고 있으니 그녀의 몸이 생각하고 있다고 할 수 있다."

로미오는 만약 죽게 되면 조각조각 찢겨져 작은 별이 돼서 하늘을 아름답게 장식해야 한다. 이 두 사람에게 있어서 인생은 줄리엣 이외에–로미오 이외의 목적이 없으며 바라는 것도 없다. 밤도 별도 연구도 재능도 왕국도 종교도 모두 이 영혼으로 가득 찬 모습, 이 모습 자체인 영혼 속에 포함되어 있다. 연인들은 서로의 사랑의 맹세와 자신들의 존경심을 비교하는 것을 좋아한다. 혼자 있을 때는 상대의 모습을 그리며 위안을 삼는다. 그 사람은 지금 내가 바라보는 것과 같은 저 별을, 같은 먹구름을 바라보며, 같은 책을 읽고, 같은 감회에 젖어 있을까? 두 사람은 서로의 애정을 확인하고, 측정하고, 아름답고 사랑하는 사람을 얻기 위해 그 대가로서 소중한 편의, 친구, 기회, 재산 등을 합쳐 스스로 기꺼이 모든 것을 바치고 머리카락 한 올이라도 다치게 해서는 안 된다고 생각하고 있다는 것을 깨닫는 순간 기쁨의 절정을 맛보게 된다.

그러나 인류의 운명은 이런 아이들도 피할 수가 없다. 모든 사람들이 그러하듯이 위험, 비애, 고통은 이 사람들에게도 찾아온다. 사랑은 간절히 기도를 올린다. 사랑은 사랑하는 상대를 위해 영원의 힘인 신에게 맹세를 한다. 결혼은 이렇게 해서 성사되며 그것은 자연계의 모든 원자에 새로운 가치를 부여한다―왜냐하면 결혼은 우주 전체를 이어 주는 인연의 망을 이루고 있는 모든 실을 황금빛으로 바꾸어 영혼을 새롭고 보다 감미로운 물로 적셔 주는 것이기 때문이다―그러나 그럼에도 불구하고 결혼은 일시적인 상태에 불과한 것이다. 꽃, 진주, 시, 단언, 혹은 타인의 애정 속에서 얻을 수 있는 안식조차도 반드시 점토 속에 사는 경외할 영혼을 만족시킬 수 있다고는 단정할 수 없다. 영혼은 결국 이런 친애하는 것들로부터 이것을 완구로서 자각하고 무장한 뒤 광대하고 보편적인 목적을 우러러 갈망한다. 모든 사람들의 영혼 속의 영혼은 완전한 행복을 갈망하고 상대의 행동 속에서 부조화, 결함, 불균형을 발견한다. 그리고 이 모든 것에 놀라며 말다툼과 고통이 시작된다.

그러나 두 사람을 끌어당기는 것은 미의 상징이자 덕의 상징이다. 그리고 그것이 어떤 식으로 감춰져 있다고 하더라도 이것들의 덕은 그곳에 실존하고 있다. 그것들은 드러나고 재현되어 사람들을 끊임없이 끌어당기고 있다. 그러나 결국 시각이 바뀌고 부호는 모두 던져 버리고 그 실체를 따르게 된다. 이것은 상처받은 애정을 치유해 주는 것이다. 한편으로 인생이 흘러감에 따라 인생은 두 사람이 가지고 있는 모든 위치를 교환하고 결합하는 일종의 놀이터이자 두 사람이 가지고 있는 모든 자원을 활용해 서로 상대의 강인함과 나약함을 깨닫게 만든다는 것이 판명된다. 왜냐하면 두 사람이 서로 인류를 대표하는 것이 이 관계의 본질이자 귀결이기 때문이다. 깨닫고, 또한 깨닫지 않으면 안 되는 이 세상의 모든 것들은 교묘하게 남자의, 여자의 조직 속에 감춰져 있다.

"사랑이 우리에게 필요한 것이라 여기는 사람은
하늘이 내려준 식량처럼 만물의 맛을 포함하고 있다."

세상은 돌고 사정은 시시각각으로 변하고 있다. 육체라는 이 신전에 사는 천사는 창가에 있지만 악마와 악덕도 그와 마찬가지이다. 두 사람은 모든 덕에 의해 맺어졌다. 한때는 불타오를 것 같던 서로에 대한 존경도 시간이 경과됨에 따라 두 사람의 가슴에서 점점 식어 넓게 퍼지기는 하지만 열기는 식고 일종의 원만한 이해가 싹트게 된다. 두 사람은 서로 포기를 한 채 불평을 하지 않고 남자나 여자나 각각 언젠가 이루도록 정해져 있는 중요한 임무에 충실하며, 한때는 한시라도 떨어져서는 살 수 없을 것 같던 애정을 상대가 곁에 있든 없든 간에 쾌활하고, 서로 얽매이지 않고 서로의 일을 진행하는 데 열중하게 된다.

결국 두 사람은 이런 사실을 깨닫고, 다시 말해 처음에 두 사람이 서로에게 마음이 끌렸던 것-한때는 그렇게 성스러워보이던 얼굴도, 그렇게 매력의 마술적인 작용도-모두 낙엽과 같은 것이었으며 집을 짓기 위해 세워진 기둥처럼 이미 정해진 목적이 있으며, 해가 갈수록 지성과 마음을 다스리는 것이야말로 처음부터 예상되고, 준비되고, 완전하게 두 사람이 의식하지 못했던 진정한 결혼이라는 실체를 깨닫게 되는 것이다. 남자와 여자, 전혀 다른 데다가 서로 맺어져야 할 운명을 타고난 두 인간이 한 집 안에 갇혀 40년, 50년의 결혼생활을 지속해야 한다는 목적을 생각한다면, 사람의 애정이 어릴 적부터 강력하게 이 위기가 닥쳐올 것을 예언하는 것도 사람의 본능이 결혼식장을 화려하게 꾸미고 자연도 지성도 예술도 서로 경쟁하며 선물하고 결혼 축가에 아름다운 음색을 더하는 것이 전혀 이상할 것이 없다고 생각한다.

이렇듯이 우리는 성性도 육체도 편애도 모르는 채 덕과 영지英知를 높이기 위한 목적으로 모든 곳에서 덕과 영지를 추구하는 사랑에 도달하기 위한 교육을 받고 있다. 그에 대해 자신들의 애정은 하룻밤을 함께 보낸 것에 불과하다는 것을 우리는 절실히 깨닫게 될 것이다. 완만하면서도 고통을 동반하고 있지만 애정의 대상은 사상이 대상이 바뀌는 것과 마찬가지로 변하는 것이다. 애정이 그 사람을 지배하고 사로잡아 그 사람의 행복이 특정 인물에 의해, 혹은 특정 인물들에 의해 결정되는 순간이다. 그러나 건강하기만 하다면 마음은 언젠가 눈을 뜨게 될 것이다—불변의 별들로 가득한 은하에 빛나는 정신의 원대하기 그지없는 창공이 다시 보이고, 먹구름처럼 우리를 뒤덮었던 뜨거운 사랑과 공포는 그 한정된 특성을 잃고 신과 융합해 그것들 자신의 완성을 이루지 않으면 안 된다.

그러나 우리는 정신의 성장에 의해 무언가를 잃을 걱정은 하지 않아도 된다. 정신은 끝까지 신뢰를 해도 좋다. 이것들의 관계처럼 이렇게 아름답고 매력적인 것은 연속적이고 영원히, 보다 아름다운 것에 의해서만 계승되는 것임에 틀림없다.

제 2 장

우정

사람은 누구나 자신의 웃는 모습에 주의해야 한다. 웃을 때는 그 사람의 결점이 그대로 보여지기 때문이다. -에머슨

우정

1841년 1월 출판된 『에세이 제1집』의 1편
"Friendship" Essays: First Series, 1841

***

용맹한 자의 붉은 피 한 방울은

폭풍우 몰아치는 바다를 제압한다.

세상은 멈추지 않고 변화하지만

사랑하는 사람은 미동도 하지 않는다.

나는 그들로부터 도피하고 싶었다.

그러나 몇 년의 세월이 흘러도

변함없이 떠오르는 태양처럼

친애하는 사람들은 변함없이 그곳에서 빛나고 있다.

고민이 많은 나의 정신은 다시 맑아졌다.

내 가슴은 말한다, 아아 친구여.

그대로 인해 하늘은 맑고

그대로 인해 장미는 붉고

만물은 그대로 인해 고상하고

이 세상의 것이 아닌 듯이 보인다.

숙명의 물레방아도

그대의 고귀함 덕에 내게도 가르쳐 준다.

나의 절망을 극복하는 방법을

감춰진 내 생명의 샘은

그대의 우정으로 인해 아름답다.

우리는 우리가 아는 것보다 훨씬 더 친절한 마음을 가지고 있다. 북풍과 같이 마음을 차갑게 하는 이기심이 얼마나 크던 간에, 전 인류의 대가족은 일종의 미묘한 에테르와 같은 사랑의 물에 촉촉하게 젖어 있다. 말을 걸기가 거의 불가능에 가깝지만 존중하고 있으며 그것들 또한 우리를 존중하고 있는 사람들을 수없이 많은 때와 장소에서 만나고 있단 말인가! 거리에서 자주 만나고 교회에 함께 앉아 있는 사람 중에 말로 표현을 하지 않더라도 함께 있는 것만으로도 따뜻하고 즐거운 마음이 들게 하는 사람들이 얼마나 많은가? 이런 사람들의 눈길이 무엇을 말하고 있는지를 깨닫는 것이 얼마나 좋은 것인지를 마음은 알고 있다.

이런 인간의 애정에 빠지게 돼서 벌어지는 결과는 어떤 마음으로부터의 쾌활함이다. 시든 평소의 대화든 간에 타인에게서 느낄 수 있는 자비나 돈독한 정은 불의 물질적인 영향력에 비유할 수 있다. 이런 미묘한 내적인 빛의 작용은 불보다도 훨씬 빠르고 활동적이기 때문에 위안이 된다. 연애라고 하는 최고의 것에서부터 선의라고 하는 최저의 것에 이르기까지 애정의 빛은 인생을 즐겁게 해주고 있다.

우리의 지성과 행동의 힘은 애정과 함께 강해진다. 학자는 앉아서 글을 쓰려고 하는 경향이 있지만, 오랜 명상생활을 지속해 왔더라도 그것은 단순하고 단편적인 훌륭한 착안이나 아름다운 표현을 가져다주지는 못한다. 그때는 친구에게 편지를 한 통 쓰는 것이 좋다─그렇게 하면 어느 순간 여러 방면으로부터 수많은 사상들이 쉽게 떠올라 엄선된 말로 치장을 할 수 있다. 덕과 자존심이 있는 어느 집이라도 미지의 인간이 방문했을 때 느껴지는 바로 그 흥분을 생각해 보면 좋을 것이다. 훌륭한 손님이 이미 와서 기다리고 있다는 사실을 알려오면 기쁨인지 고통인지조차 느낄 수 없는 불안한 마음이 가족들 모두의 마음에 침입한다. 그를 맞이하지 않으면 안 되는 선남선녀들에게 그의 도착은 거의 공포와도 가깝게 느껴진다. 집은 말끔히 청소되어지고 온갖 물건들이 정해진 장소로 치워져 버리며, 입고 있던 옷도 새 옷으로 갈아입으며 때에 따라서는 식사 준비도 해야 한다. 훌륭한 손님에 대해서는 사람들에게 그저 좋은 평판이 나 있으며 귀로 듣는 모든 이야기는 새롭고 훌륭한 것들뿐이다.

그는 우리에게 있어 인류를 대표하고 있다. 그는 우리가 바라던 사람이다. 그를 상상하면서 이런 사람과 이야기하거나 행동할 때 어떤 자세를 취해야 할지를 몰라 불안에 떤다. 그런 생각이 대화의 격을 높여주면서 우리는 평소보다 이야기를 잘하게 된다. 상상력은 민첩하게 작용하고 기억은 풍부해지며 벙어리마귀가 할 일을 못 찾고 있다. 장시간에 걸쳐 일련의 진지하고 품위가 넘치는 대화를, 가장 오래되고 가장 비밀로 감춰왔던 경험으로부터도 끊임없이 끌어낸다. 그로 인해 곁에 앉아 있던 가족과 지인 등이, 우리가 평소에 보여주지 않았던 능력에 깜짝 놀라게 될 것이다. 그러나 그 손님이 그의 편견과 정의正義와 결점에 대해 지적을 하기 시작하면 꿈은 순식간에 깨지고 만다. 손님은 우리에게서 듣는 첫 마디, 마지막, 그리고 최선의 말에 대해 이미 다 들은 것이다. 그는 더 이상 미지의 손님이 아닌 것이다. 속됨, 무지, 오해는 이미 오래 전에 서로에게 익숙한 것이다. 그렇게 되면 그가 찾아오더라도 청소와 옷과 식사는 제공하더라도—심장을 뛰게 하거나 영혼의 이야기를 나누는 것이 그것으로 끝이 된다.

나를 위해 다시 새로운 세계를 만들어 주는 이런 애정의 용솟음만큼 즐거운 것이 달리 또 있을까? 두 사람이 확실하고 올바른 하나의 사상, 하나의 감정 속에 맺어지는 것만큼 감격스러운 것이 또 있을까? 뛰어난 재능에 진실된 사람들이 이 고동의 중심을 향해 다가올 때, 그 발걸음과 행동은 얼마나 아름다울 것인가! 이 애정에 빠져드는 순간 세상은 단숨에 바뀌어 버린다. 겨울도 아니고 한밤중도 아니다. 모든 비극, 모든 권태는 소멸하고 만다—모든 의무조차도 멈추지 않고 앞으로 나아가는, 영원을 깨우는 방법은 단지 사랑하는 사람의 빛나는 모습뿐이다. 영혼은 우주의 어딘가에서 그 친구와 재회하여 영혼에 대해 확신만 한다면, 틀림없이 그것은 만족을 하면서 천 년이라 할지라도 홀로 쾌활하게 있을 것이다.

　오늘 아침 나는 옛 친구로부터 마치 새로운 친구에게서 느끼는 것과 같은 겸허한 감사의 마음을 느끼며 눈을 떴다. 우리는 이처럼 신의 선물인 친구 속에서 항상 모습을 드러내는 신을 '미美'라고 부르면 안 되는 걸까? 나는 사회를 비난하고 고독을 사랑한다. 그러나 이따금씩 문 앞을 스쳐지나가는 현명한 사람, 아름다운 사람, 고결한 사람을 깨닫지 못할 정도로 배은망덕하지는 않다. 내가 하는 말을 듣고 내 말을 이해하는 사람은 나의 것—영원한 소유물이 된다. 대자연은 이런 친구를 얻는 기쁨을 몇 번이고 맛보지 못하게 할 만큼 야속하지 않으며 이렇게 해서 우리는 우리 자신의 사회적

실마리, 다시 말해 새로운 관계의 천을 짠다.

그리고 수많은 사상이 하나둘씩 스스로 입증을 하면서 우리는 결국 우리 자신이 창조해 낸 새로운 세계에 서게 되고, 우리는 더 이상 전통적인 세계 속에서 사는 여행자나 순례자가 아닌 것이다. 내 친구는 생각지도 않았는데 나를 찾아왔다. 위대한 신께서 그들을 내게 선물한 것이다. 태고로부터의 권리보다 덕 그 자체가 지닌 성스러운 친화성에 의해 내가 친구를 찾아낸 것이다. 아니, 오히려 내가 아니라 나의 내면에 잠재되어 있으며 친구의 내면에 잠재되어 있는 신이 평소에는 아무렇지 않게 지나치던 개인의 성격, 관계, 연령, 성품, 처지의 높은 벽을 비웃기라도 하듯이 철폐하여 많은 것들을 하나로 만드는 것이다.

나를 위해 세상을 새롭고 고귀하며 깊이 있는 것으로 만들고, 내 모든 사상의 의의를 확대하는 뛰어난 사랑하는 사람들이여, 나는 당신들에게 깊은 감사를 드리고 싶다. 친구는 최초의 시신이 읽는 새로운 시이다—멈추지 않는 시이다—찬미가, 송가, 서사시 등, 시는 여전히 흐르며 아폴로와 시신 뮤즈들 또한 여전히 노래하고 있다. 이런 친구들은 또다시 내 곁을 떠나고 말 것인가? 아니면 그 속의 일부가 떠나가는 것일까? 나는 잘 모르겠다. 그러나 나는 그것을 두려워하지 않는다. 왜냐하면 나와 그들의 관계는 너무나도 순수하기 때문에 우리는 최고의 친화력으로 이어져 있고, 내 평생의 수호신은 이처럼 사회적이기 때문에 내가 어디에 있든 간에 같은 친화력이 이 남녀들에게 뒤지지 않을 만큼 고결한 사람에게는 누구에게나 작용을 할 것이기 때문이다.

이 점에서 인간의 본성에는 매우 착한 부분이 있다는 것을 나는 인정한다. 게다가 애정이라는 "남용濫用된 포도주의 달콤한 독을 배제하는" 것은 내게 있어서 전혀 위험하지 않다고 여겨진다. 새로운 사람은 내게 있어 하나의 큰 사건이자 내 수면을 방해한다. 나는 기존 사람들에 대해 그 한 고상을 하는데 그것은 내게 유쾌한 기쁨을 선사해 준다. 그러나 그런 기쁨은 그 날 안에 사라지고 아무런 결과도 낳지 못한다.

그런 것으로부터 사상은 싹트지 않으며 나의 행위를 결코 바꿀 수는 없다. 그러나 나는 친구의 업적에는 마치 그것이 자신의 업적인 양 자부심을 느끼고 친구의 덕행에서 일종의 소유권을 느낀다. 친구가 칭송을 받으면 연인이 약혼자의 귓가에 찬미를 하듯이 감격을 하게 된다. 우리는 친구의 양심을 과대평가한다. 친구의 친절은 자신의 친절보다 훌륭하고, 친구의 성품은 자신보다 뛰어나며, 그가 유혹을 하는 일은 본인보다 적다고 느낀다. 그의 것이라면 무엇이든지—그의 이름, 그의 모습, 그의 옷, 책이나 악기까지—공상이 확산된다. 자기 자신의 사상조차 그의 입에서 흘러나오면 새롭고 보다 크게 느껴진다.

그러나 심장의 수축과 팽창작용과 닮은 것이 사랑의 고양과 쇠퇴에도 있다. 우정은 영혼의 불멸과 마찬가지로 너무나 좋은 것이라 사람들은 이것을 믿지 않는다. 사랑하는 사람을 보고, 그녀가 사실은 자신이 숭배하는 사람이 아니라는 것을 제대로 깨닫지 못하는 것이다. 따라서 우정의 가장 섬세할 때조차 우리는 의심과 불신의 그림자를 보고 깜짝 놀라고 만다.

영웅이 광채를 발하는 덕이 사실은 우리가 부여한 것이라는 사실을 의심하고 결국에 가서는 이 덕이라는 성스러운 것이 잠재되어 있다고 생각하기 때문에 숭배하는 것이다. 엄밀하게 말하자면 정신은 그것 자체를 존경하는 것과 마찬가지로 인간을 존경하지는 않는다. 정밀과학에 있어서 인간은 모든 과학과는 무한히 관계가 적은 동일의 조건이라 여겨진다. 우리는 이 우정이라는 행복한 신전의 철학적 기초를 탐구하기보다는 사랑을 냉각시키는 것을 두려워해야 하는 것이 아닐까?

나는 자신이 보는 사물과 마찬가지로 진실된 것이어서는 안 되는 것일까? 만약 내가 진실하다면 나는 사물을 있는 그대로 받아들이는 것을 두려워하지는 않는다. 사물의 본질은 겉모습에 뒤처지지 않을 만큼 아름다우며 본질의 이해에는 보다 정밀한 기관이 필요하다. 우리는 머리 장식과 화환을 장식하기 위해 줄기를 자르지만, 과학적으로 식물의 뿌리는 아무런 영향도 받지 않는다. 게다가 이렇게 안락한 명상에 잠겨 있을 때 나는 사건의 사실을 완전히 밝혀내야 하는 모험을 해야 한다. 그것은 연회석에서 이집트인의 두개골을 꺼내야 하는 결과를 초래할지도 모르지만, 자신의 사상과 일체가 된 사람은 자신을 바라보는 데 엄숙하고 신중하다. 그런 사람은 설령 개개의 일은 모두 실패의 연속일지 모르나 전체적인 성공을 의식하고 있다. 그 어떤 혜택도, 권세도, 돈과 힘도, 그에게 있어서 문제가 되지는 않는다. 나는 부에 의지하기보다는 나 자신이 □□에 □□□ □□에 있다. 나는 시간들의 일식을 해□와 달□과 동등하게 할 수는 없다. 단, 항성恒星만이 빛을 발할 뿐이다. 유성은 미묘하게 달과 같은 빛을 띠고 있을 뿐이다.

당신이 칭송하는 사람들의 경탄할 만한 재능과 신뢰할 만한 성질에 대해 당신이 아무리 설명한다고 할지라도, 그 사람이 적어도 나와 같이 가난한 그리스 문화의 세례를 받은 사람이 아니라면 아무리 고귀한 옷으로 치장을 하고 있더라도 좋아할 수 없다는 것만은 확실하다.

아아, 친구여. 이 세상의 광대무변廣大無邊한 그림자는 그 얼룩을 통해 무한의 힘으로 당신조차 포괄하고 있다―당신과 비교한다면 다른 모든 것은 그림자에 불과한 당신조차도. 진리와 정의와 마찬가지로 실존하지 않는 것이다―당신은 나의 정신이 아니라 내 정신의 회화이자 초상인 것이다. 당신은 지금 막 도착했지만 벌써 모자와 외투를 걸치고 떠나려 하고 있다.

나무가 새싹을 틔듯이 정신은 친구를 만들고 새로운 싹의 발아로 인해 낡은 잎사귀는 몰아내는 것이 아닐까? 대자연의 법칙은 영원한 교체에 있다. 모든 전기적 상태는 반대의 전기 상태를 일으킨다. 정신은 보다 큰 자기 인식과 고독으로 빠져들 수 있도록 주변에서 친구를 얻고 있다. 그리고 대화와 교제를 높이기 위해 일시적으로 고독 속에서 지내는 것이다.

이 방식은 우리의 인간관계의 역사 전체를 통해 드러나 있다. 애정의 본능은 동료들과 함께하고 싶다는 희망을 되살리고, 또한 되돌아오는 고립감은 우리를 추모의 심정으로부터 깨워 준다. 이렇게 해서 모든 사람들은 일생 동안 우정을 추구하며 살게 된다. 그리고 만약 자신의 진정한 마음을 기록하려 한다면 누구나 자신의 사랑을 원하는 모든 새로운 후보자를 향해 다음과 같은 편지를 쓸 것이다.

친애하는 벗에게

만약 내가 당신에게 확신이 서서, 당신의 능력을 확신해서 나의 마음을 당신의 마음과 조화를 시킬 수 있다는 확신이 든다면, 당신이 나를 방문할 때마다 사소한 것에 대해 다시는 신경을 쓰지 않을 것입니다.

나는 특별히 현명하지도 특별한 사람도 아닙니다. 그리고 당신의 천부적인 재능에 대해서 아직은 다 알지 못하지만, 나는 당신의 재능을 존경합니다. 그러나 당신에는 내가 완전히 이해하고 있다고 감히 상상은 할 수 없습니다. 따라서 당신은 내게 있어 즐거운 고통입니다. 항상 당신의 것이며 절대로 당신의 것이 아닌 벗으로부터.

그러나 이런 불안한 기쁨과 체면으로 인한 고통은 호기심을 위한 것에 불과하며 생명을 위한 것이 아니다. 그런 것들에 빠져 있으나는 위 되다 이것은 기미침을 지는 것이기 쉬운 까는 것이 아니다. 우리의 우정은 어수선하고 짧고 초라한 결과로 끝나고 만다. 그 이유는 우정은 사람들의 애정이라는 강한 섬유가 아니라 술과 몽상으로 짠 천으로 되어 있기 때문이다. 우정의 법칙은 준엄하고 영원하며 대자연과 도덕의 법칙과 동일한 직물이다. 그러나 우리는 조금이라도 빨리 꿀을 빨아 먹기 위해 당장 얻을 수 있는 작은 이익만을 노리고 찾아왔다. 몇 번의 여름과 겨울을 지내지 않으면 숙성되지 않는 신의 정원 중에서도 가장 숙성이 느린 과일조차 미리 따려고 한다. 친구를 얻는 데 있어서도 겸허한 마음자세가 아니라 상대를 자신의 것으로 만들려 하는 부정한 욕정을 품고 있는 것이다. 그것은 모두 헛수고이다. 우리는 전신에 미묘한 적대적 무장을 하고 있어 상대를 만나자마자 그 본능이 작동을 시작해 모든 시를 진부한 산문으로 바꾸어 버린다. 거의 대부분의 사람들은 자신을 낮추며 대면을 하고 있다. 교제는 이미 타협임에 틀림이 없다. 게다가 가장 곤란한 것은 사람들의 아름다운 성격이 모두 다, 그 꽃 자체도, 꽃의 향기도 서로 너무 가까우면 사라지고 만다. 덕이 있고 재능이 있는 사람들의 교제를 보더라도 여전히 변함없이 실망만을 안겨줄 뿐이다. 일찌감치 전망을 내다보고 기획을 세우더라도 결국 우정과 사색에 잠겨 있는 동안에 허를 찔리거나 갑작스럽고 짧은 순간의 나쁜 무감각과 재치와 혈기로 인한 발작 때문에 우리는 고민하지 않으면 안 된다. 우리의 능력은 제대로 작동을 하지 못하게 돼서 서로 혼자가 되어서야 마음이 가라앉게 된다.

나는 관계를 맺는 어떤 사람에게도 뒤쳐져서는 안 된다. 만약 한 사람이라도 내가 이길 수 없는 상대가 있다면, 내게 몇 명의 친구가 있고 그 친구들과 각각 이야기를 나누고 아무리 만족을 느낀다고 할지라도 마찬가지다. 만약 내가 어떤 싸움에서 져서 도망치게 된다면 다른 모든 싸움에서 느낄 수 있는 기쁨도 작고 비굴한 것이 될 것이다. 만약 그때 다른 친구를 피난 장소로 삼게 된다면 자기 자신을 혐오하게 될 것이다.

"전장에서 명성을 떨치는 용장도

백전백승하고도 한 번 패배한다면

명예의 전당에서 말살되고

다른 공적도 모두 잊혀질 것이다."

이렇듯이 우리의 급한 성미는 엄하게 문책을 당한다. 수줍음과 무감각이라는 것은 민감한 유기체가 조숙해지는 것을 막아 주는 단단한 껍질이다. 가장 뛰어난 인간이라 할지라도 아직 아무도 인 정할 만큼 성숙되지 않은 상태에서, 만약 그것이 자기 스스로를 깨 닫는다면 그것은 허사가 되고 말 것이다. 루비는 백만 년의 세월을 통해 만들어졌으며, 알프스와 안데스도 무지개처럼 나타났다가 사 라지는 대자연의 장구한 작용을 우리는 우러러보지 않으면 안 된다.

우리의 일생을 지켜주는 성령은 성급한 희생을 통해서는 훌륭한 천국을 제시해 주지 않는다. 신의 본질인 사랑은 경박함을 위한 것 이 아니라 인간의 종합적인 가치를 위한 것이다. 우리 몸이 받아들 이는 사랑의 손길에 유치한 교만함을 부리지 않고 가장 엄정한 가 치를 몸에 익혀 친구에게는 그의 애정의 진실성과 그의 튼튼하고 넓은 기반, 절대로 그 기반이 무너지지 않을 것이라는 것을 용감하 게 믿고 다가가도록 하자.

이 제목이 가진 매력은 압도적이다. 게다가 나는 2차원적인 사회 적 이익에 대한 이야기는 모두 잠시 접어두고 그 엄선된 신성한 문 제에 대해 이야기하기로 하겠다. 그것은 일종의 절대적인 문제로 사랑이라는 말조차 의심스럽고 평범하게 여겨진다는 문제이다. 왜냐하면 그것은 사랑보다도 순수하며 그 어떤 것도 이것만큼 맑고 성스러운 것이 없기 때문이다.

나는 우정의 문제를 조촐하게 다루지 않고 가장 대담하게 다루기로 하겠다. 우정은 본질적으로는 유리창에 피어 있는 서리꽃이 아니라, 세상에서 더없이 강인한 것이다. 오늘날 수세기에 걸쳐 경험을 쌓아 오면서 우리는 대자연과 자신들에 대해 무엇을 알고 있는가? 단 한 걸음조차 인간의 숙명에 관한 문제 해결에 다가가지 못하고 있다.

하나의 어리석은 행동에 대한 질책은 세상의 모든 사람이 받고 있다. 그렇지만 우리는 형제로서의 영혼의 맹세에 의해 내가 누리고 있는 환희와 평화로 가득한 상쾌한 진실의 맛은 인생의 참맛 그 자체이며, 그것과 비교한다면 자연도 사상도 모두 그 외피이자 껍질에 지나지 않는다.

친구를 맞이한 집이야말로 행복이다! 그런 맹세를 이어 주는 후보자로 나서는 사람은 올림픽 선수처럼 세상에서 가장 뛰어난 사람들이 왕위를 다투는 위대한 경기에 출전하는 것이다. 다시 말해 그 사람은 시간, 결핍, 위험이 경쟁자의 명부에 실려 있는 경기에 도전하고 있는 것이며, 자신의 본성 속에 이와 같은 경쟁 상대로부터 소모되어 자신의 아름다움의 굳건하게 지켜낼 수 있는 충실한 사람만이 승리자가 되는 것이다.

행복의 선물도 있을 수 있고 없을 수도 있다. 그것은 단지 이 경기의 승리는 모두 본질적인 고결함과 사소한 것에 구애를 받지 않는 데 달려 있다.

우정을 이어주는 데 있어 도움이 될 두 가지 요소가 있다. 그것들은 모두 지고한 것이기 때문에 무엇이 뛰어난 것인지 가늠하기 어려우며, 또한 무엇을 먼저 거명해야 할지도 단정할 수 없다.

하나는 진실이다. 친구는 내가 진실을 털어놓을 수 있는 사람이다. 친구 앞에서는 혼자 중얼거리면서 생각할 수 있다. 너무나 진실하고 겉과 속이 같기 때문에 거짓, 예의, 재고再考 등의, 사람이 절대로 벗어던질 수 없는 가장 안에 입는 속옷까지 벗어 버리고 하나의 화학분자가 또 하나의 화학분자로 결합하는, 그 솔직함과 완전함으로 관계를 맺을 수 있는 사람의 면전에 나는 결국 도착을 하게된 것이다.

진실은 왕관이나 권위와 마찬가지로 최고 계급의 인간에게만 허락된 호사이다. 왜냐하면 진실이야말로 자신보다 위에 아첨을 해야 할 그 무엇도 없기 때문에 진실을 말할 수 있는 것이다. 누구나혼자 있을 때는 진실하다. 다른 사람과 접촉을 하게 되면 위선이시작된다. 우리는 동료들이 다가오는 것을 아부나 잡담과 오락과사무적인 행위로 막아낸다. 자신의 생각은 모두 자물쇠를 채우고 동료에게 밝히지 않는다. 나는 어떤 종교적인 광기로 인해 이 자물쇠를 풀어버린 사람을 알고 있다. 인사나 불필요한 이야기 따위는 전부 생략하고 만나는 모든 사람들의 양심에 호소한다. 그것도 대단한 통찰력과 아름다움으로 호소하는 것이다.

처음에는 그 사람은 반발을 샀다. 그는 제정신이 아니라는 데 모두가 의견이 일치됐다. 그러나 한동안 이런 삶을 지속하는 사이에-그는 실제로 그렇게 하지 않으면 안 되었지만-그는 지인들 모두와 거짓이 없이 관계를 맺을 수 있다는 유리한 위치를 점하게 되었다. 누구나 그에게 거짓말을 하겠다거나 그를 시장과 독서실에 대한 잡담에서 제외시키려고 생각하지 않았다. 누구나 다 그런 진실에 동요돼서 그와 마찬가지로 솔직해질 수밖에 없었고 자연을 무엇보다도 사랑하며 어떤 시, 어떤 진리의 상징을 품고 있는지를 있는 그대로 그에게 털어놓았다. 그러나 우리 대부분의 사람에 대해서 사회는 그의 얼굴과 눈은 보여주지 않고 측면과 뒷모습만을 보여주고 있다. 우리 대부분은 똑바로 서서 걸을 수가 없다. 우리가 만나는 거의 대부분의 사람들이 특정한 공손함을 바라고 있다-즉, 상황을 맞춰주기를 바라고 있는 것이다. 다시 말해 거짓이 끼어들 수 없는 명성, 재능, 혹은 종교와 박애주의의 환상을 머릿속에 품고 있어 그것이 그 사람과의 대화를 완전히 허사로 만들어버리고 있다. 그러나 진정한 친구는 나의 발명에 대한 재능 등을 방해하지 않고 나라고 하는 인간을 훈련시켜 주는 정상적인 사람인 것이다. 내 친구는 내게 아무런 주문도 하지 않고 나를 환대해 준다. 게다가 친구라고 하는 것은 자연계에 있어 일종의 모순이다.

오로지 혼자인 자연계에서는 자기 자신의 존재를 입증하는 것과 동등한 증거를 들어 그 존재를 주장할 수 있는 누군가를 알아볼 수 없는 내가, 지금, 높이, 변화, 호기심의 모든 점에서 자신의 존재 그대로이지만, 자신과는 다른 몸속에서 되풀이되고 있는 것을 알아보는 것이다. 게다가 친구는 자연계의 걸작이라고 불러도 그다지 문제가 되지 않을 것이다.

우정의 또 한 가지 요소는 친절이다. 우리는 모든 종류의 인연, 혈연, 자부심, 공포, 희망, 이익, 색욕, 증오, 칭송, 모든 상황과 기억과 세세한 것에 의해 사람들과 이어져 있다-그러나 우리는 사랑에 의해 우리를 매료시킬 만큼의 품성이 타인 속에 존재한다는 것을 거의 믿지 않는다. 우리가 타인에게 친절을 베풀 수 있는 만큼 모든 타인들이 축복을 받을 수 있고, 우리는 순수해질 수 있는 것일까?

누군가가 내게 있어 사랑스러운 존재가 된다면 나는 행운의 승리자가 된 것이다. 이 문제의 핵심을 직접 다룬 책이 거의 없다는 것을 나는 알고 있다. 그렇지만 절대로 잊을 수 없는 한 문장이 있다. 그것은 바로 이러하다-"실제로 도움을 받은 사람에 대해서 자신의 정성은 미약하고 보잘 것 없는 것이며, 또한 자신의 가장 신경을 쓰고 있는 사람에게는 거의 찾아가 보지도 않는다."

나는 우정이라고 하는 것은 눈과 혀가 있는 것과 마찬가지로 다리도 있어야 한다고 생각한다. 그것은 달을 뛰어넘기 전에 지면에 두 발로 버티고 서 있지 않으면 안 된다. 완전히 천사가 되어버리기 전에 약간 시민적으로 될 필요가 있는 것이다. 우리가 시민을 나무라는 것은 시민이 사랑을 상품으로 여기기 때문이다. 우정이 선물, 유용한 공채公債의 교환이 되고 보다 가까우며, 병자의 간호를 해 주고, 장례식에서는 관을 들어 주는 것이 된다. 그러나 우정의 우아함과 기품은 잃어버리고 만다. 역시 이런 매점 상인으로 변장을 한 모습에서는 신을 발견할 수 없지만 한편으로 만약 시인이 너무나도 고상한 실만 짜내며 그 공상적인 이야기를 정의, 시간 엄수, 성실, 동정 등의 시민도덕에 의해 실질적인 것으로 만들 수 없다면, 우리는 시인을 용서할 수 없다.

나는 우정이라고 하는 말이 시대의 흐름과 세속적 맹세를 의미하기 위해 악용되는 것을 증오한다. 만난 날을 기념하기 위해 경박한 허사, 쌍두마차의 여행, 일류 요리점에서의 식사 등으로 축복하고 비단 옷에 향수 냄새가 풍기는 사람들과의 친교보다 나는 농부와 대장장이와 함께 있는 것이 훨씬 더 행복하다. 우정의 귀결은 가장 엄격하고 꾸밈없는 교제를 맺는 것, 우리가 아직 경험한 적이 없는 엄격한 관계를 맺는 것이다.

우정은 생과 사의 모든 문제와 사건을 통해 도움과 위안을 얻기 위한 것이다. 그것은 평온한 날, 우아한 선물, 시골길을 산책하기에는 어울리며 또한 험악한 길과 상황, 난파, 빈곤과 박해에도 어울린다. 그것은 경구²를 날리고 종교적인 황홀경에 빠져 있을 때도 친구가 되어 준다.

우리는 서로 인간생활의 일상의 필요성과 역할에 위엄을 갖추고 인간생활을 유기와 여지와 친화로 꾸며야 한다. 우정은 결코 지부한 틀에 얽매여 있는 그 무엇인가를 따라서는 안 되며 민첩하고 독창적이며 고통스러운 역할에 시정³과 도리를 더해야 할 것이다.

우정이란 대단히 진귀하고 고귀한 성격이 필요하며 이것을 만족시키는 것은 매우 어렵기 때문에 서로가 깊은 수양을 쌓고 훌륭하게 조화를 이루어야 하며, 또한 모든 상황이 그것을 가능할 수 있게 해 줄 필요성이 있다(왜냐하면 어느 시인의 말에 의하면 사랑은 이 모든 상황에서조차도 서로가 완전한 조화를 이룰 것을 요구하기 때문이다). 애정에 관한 이 따뜻한 문제에 조예가 깊은 사람들 중에는 우정이라는 것은 두 사람 이상의 사람들 속에서 완전한 형태로 존재할 수 없다고 말하는 사람도 있다. 아쉽지만 나는 다른 사람들만큼 우정을 많이 느껴보지 못했기 때문에 그렇게까지 엄중한 말투를 쓰지는 못한다.

나는 그런 두 사람의 관계뿐만이 아니라 서로가 여러 관계로 얽혀 있으며, 서로가 높은 이해력이 있는 신적인 사람들의 집단을 떠올리며 내 나름대로 상상을 즐기고 있다. 그러나 이 일대일의 법칙은 우정의 실천이자 극치인 회화에 있어서는 절대적으로 필요한 것이라는 것을 뼈저리게 통감한다. 광천鑛泉은 너무 섞어서는 안 된다. 최고의 것들을 섞는다 할지라도 좋은 것과 나쁜 것을 섞는 것과 마찬가지로 맛이 없다. 두 사람씩 각자 조를 짜서 각각 다른 시간에 만난다면 매우 유쾌하고 유익한 대화를 나눌 수 있지만, 세 사람이 함께 모이게 되면 한마디도 전혀 새롭고 진솔한 이야기는 들을 수 없을 것이다.

두 사람이 이야기를 하고 한 사람이 듣고 있어야 하는데 세 사람은 가장 진지하고 철저해야 할 종류의 대화에는 빠져들지 못한다. 많은 사람들이 모여 있을 경우에는 단 두 명이서 이야기를 나눌 때처럼 테이블을 사이에 두고 서로 마주 앉아 나누는 진솔한 대화는 절대로 불가능하다. 사람들이 많을 때는 개개인이 서로 자기중심적이 되며 그곳에 모여 있는 사람들 각자의 의식과 완전히 똑같은 의식을 가진 한 사람의 사회정신 속에 몰입되고 만다. 친구들끼리 서로 역성을 들고 형이 동생을 대하는 듯한 애착, 혹은 아내의 남편에 대한 맹목적 사랑 등을 드러내는 것은 많은 사람들 속에서는 적당하지 않은 것은 물론 오히려 금물이다. 그럴 때는 안타깝게도 자신의 개인적인 사상이 아니라 그 단체가 공통적으로 가지고 있는 사상의 바다를 누비고 있는 사람만이 이야기를 할 수 있다. 게다가 이 양식이 요구하는 습관은 위대한 대화가 요구하는 고도의 자유를 파멸시키고 있다. 왜냐하면 위대한 대화는 두 가지 영혼의 절대적 일치를 요구하기 때문이다.

두 사람도, 단 둘만이 있을 때가 아니면 단순한 관계로 들어설 수 없다. 그러나 어떤 두 사람이 대화를 나눌지 결정하는 것은 바로 치화력이다. 관계가 없는 사람이라며 서루 따부학 뿐이며 서루의 잠재력 등은 절대로 생각하지 않는다. 우리는 때때로 위대한 재능을 마치 그것이 누군가의 항구적인 소유물이라도 되는 것처럼 이야깃거리로 삼는다. 대화는 아주 짧은 순간의 관계가 된다─그 이상의 것이 아니다. 사상이 있고 웅변이 뛰어나다는 평가를 받고 있으면서도 자신의 제자들이나 친척들과는 전혀 이야기를 나누지 않는 사람이 있다. 그가 입을 다물고 있는 모습은 그림자 속에 놓여 있는 해시계의 무의미함을 책망하는 것과 마찬가지로 제자들과 친척들 또한 책망한다. 그러나 해시계는 다시 해가 드는 곳에 가져다 놓으면 시간을 알려 준다. 그의 사상을 음미해 줄 사람들 속에 들어갈 수 있다면 그의 혀는 다시 움직이게 될 것이다.

우정에는 서로 닮지도 닮아 있지도 않은 묘한 중용이 필요하다. 그로 인해 서로의 힘과 동감을 느끼게 되고 감명을 받게 되는 것이다. 친구가 진심 어린 동정이 아니라 무리를 해서 조언을 해 주거나 아니면 잠깐이나마 표정을 보여준다면, 나는 이 세상 끝까지 혼자서 살 수 있을 것이다. 나는 적대시 당하거나 맹종을 하더라도 똑같이 실망할 것이다. 친구에게는 한순간이라도 그 자신을 포기하는 걸 바라지 않는다. 남자다운 추진력, 적어도 남자다운 반발을 기대하고 있을 때 맥없이 양보를 하는 것만큼 안타까운 것이 없다. 친구에게는 메아리가 되기보다는 곁에 딱 달라붙어 있는 쐐기풀이 되어 주는 것이 났다.

고귀한 우정의 필요조건은 우정이라는 말이 없어도 해 낼 수 있는 능력이다. 그 고귀한 기능은 위대하고 숭고한 자질을 요구한다. 진정한 일체화를 보기 위해서는 가장 먼저 진정한 두 가지가 반드시 필요하다. 우정은 두 사람이 서로 다른 것에서 서로를 이어 주는 깊은 동일성을 인정하지 않는 사이에 서로에게 주목하고 서로에게 조심을 하며 두 사람만의 거대하면서도 거부할 수 없는 맹세이길 바란다.

이와 같은 교우관계는 고결하고 위대함과 선량함이 항상 절약이라는 것을 확신하고, 자신의 정해진 운명을 완강하게 거부하지 않는 사람에게만 어울리는 것이다. 이와 같은 교우관계에서 잔꾀는 금물이다.

다이아몬드는 수세기에 걸쳐 만들어진 것이다. 영원한 것의 탄생을 재촉하려 해서는 안 된다. 우정은 일종의 종교적인 관습을 필요로 한다. 우리는 친구를 잘 선택하라는 등의 말을 하지만, 친구는 저절로 생기는 것이 아니다. 존경이 우정의 중요한 요소인 것이다. 친구는 매우 중요한 존재로 대해야 한다. 물론 친구 중에는 당신에게는 없는, 게다가 만약 그 친구를 반드시 곁에 두어야 하게 된다면 존경할 수 없게 되는 장점이 있다.

서로 떨어져 있는 것이 상책이다. 그런 장점들에 여지를 두어야 하다. 그것들요 상승시키고 발견시켜야 하다. 당신요 친구의 더 주와 친구가 되고 싶은가, 아니면 그의 사상의 친구가 되고 싶은가? 위대한 인간은 친구와 가장 신성한 세계에서 만나는 것처럼 친구의 무수하고 구체적인 것들에 대해서는 항상 모르고 있다. 친구를 소유물로 생각하고 가장 고귀한 이익을 얻으려고 하는 것이 아니라, 짧고 모든 것을 혼란에 빠지게 하는 쾌락을 빨아들이는 것은 어린 남녀 아이들에게 맡기는 것이 좋다.

이 맹세에는 긴 시련의 대가를 지불하고 가입하기로 하자. 우리는 어째서 고귀하고 아름다운 사람들 속에 침입해서 그들을 모독하려 하는가? 어째서 당신은 친구와 경솔한 개인적인 관계를 강조하려 하는가? 어째서 친구의 집을 방문하거나 친구의 어머니, 동생들을 알려고 하는가? 어째서 친구에게 자신의 집으로도 찾아오라고 하는가? 이와 같은 것은 우리의 맹세에 있어 정말로 중요한 것일까? 이렇게 손을 마주 잡거나 껴안는 행위는 금하는 것이 좋다. 본인에게 있어 친구는 하나의 영혼이어야 한다. 나는 친구로부터 소식, 생각, 성의 등은 바라지만 뉴스를 전해 받거나 죽 한 그릇이라도 얻어먹으려고 하지는 않는다. 정견政見, 잡담, 이웃끼리의 편의 등은 훨씬 쉽게 동료들로부터 받을 수 있다. 친구들과의 교제는 내게 있어 시적이고 순수하고 대자연 그 자체와 마찬가지로 보편적이고 위대해야 하는 것이 아닐까?

저 멀리 지평선 위에 떠 있는 한 조각구름과 개울을 가르고 물결치고 있는 풀들과 비교한다면, 우리를 이어 주고 있는 인연은 모독적이라고 생각해야 하는 걸까? 우리의 인연을 천박하게 하지 않고 대자연의 수준까지 끌어올리도록 하자. 친구의 그 위대한 도전적 시선, 그의 태도와 행동에서 엿볼 수 있는 고매한 아름다움, 그것들을 더럽히고 의기양양하기보다는 오히려 그것을 강화시키고 고양해야 할 것이다. 친구의 훌륭한 점을 숭배하자. 1분 1초라도 친구가 열등하기를 바라지 말고 친구의 장점을 모두 마음속에 담아 두려고 노력하자. 친구를 자신의 신체 일부라고 여기고 소중히 여기자.

친구는 자신에게 있어 영원히 길들일 수 없는, 진심으로 존경을 다해야 할 일종의 아름다운 적으로서 당장 필요 없다고 해서 버릴 수 있는 일회용품이 아니다. 오팔의 색채나 다이아몬드의 빛은 너무 가까이 다가가면 눈에 보이지 않는다. 나는 친구에게 편지를 쓰고 친구로부터 편지를 받는다. 그것이 당신에게는 하찮게 보일 수도 있다. 그러나 내게는 그것만으로 충분하다. 편지는 친구가 쓸 만한 가치가 있으며 또한 나는 받을 만한 가치가 있는 일종의 영적인 선물이다. 그것은 함부로 모독해서는 안 된다. 이런 편지 속의 따뜻한 문장에서 마음은 말에 의존하지 않고 마음 그 자체에 의지하며 영웅적인 행위를 기록한 모든 역사들 또한 입증되지 않은 신세위 세계 이 빈 지붕을 베일피고 있다.

이 우정의 성스러운 법칙을 충분히 존중하고 우정의 개화를 채 기다리지 못하기 때문에 우정의 완전한 꽃봉오리에 대한 편견을 품지 않도록 주의하지 않으면 안 된다. 우리는 타인의 것이 되기 전에 자기 자신의 것이 되지 않으면 안 된다. 라틴어 격언에 의하면 범죄에는 적어도 이 만족으로 인한—다시 말해 범죄자에게는 대등하게 말할 수 있다고 하는 것이다. 자신이 칭송하고 사랑하고 있는 사람들에 대해서 처음에는 그렇게 할 수 없다. 그러나 내가 판단하기에 낙서에 조금이라도 결점이 있다면 완전한 관계는 깨지고 만다. 두 사람이 대화를 나눌 때 두 사람 다 전 세계를 대표하듯이 되지 않는다면 두 사람의 사이에 깊은 평화란 절대로 없으며 상호의 존경도 절대로 기대할 수 없다.

우정과 같이 위대한 것은 가능한 고원高遠한 정신 상태를 유지하는 것이 좋다. 침묵을 지키고 싶다—그러면 신들의 속삭임이 귓가에 들릴 것이다. 그것을 방해하지 않도록 하자. 우수한 사람들에게 무슨 말을 하는 것이 좋을까? 그런 사람들에게 무엇을 어떻게 말하는 것이 좋을지를 찾아 헤맬 필요가 있는 걸까? 아무리 교묘하고 아무리 우아하고 산뜻한 말이라고 할지라도 아무런 도움이 되지 않는다. 어리석은 행동이나 현명한 사고에는 무수한 단계가 있기 때문에 당신이 무슨 말을 하더라도 경박하게 밖에 들리지 않는다. 기다려라, 그러면 당신의 마음이 이야기해 줄 것이다. 필연적이고 영원한 것이 당신을 압도할 때까지, 별과 밤이 당신의 입을 움직이게 할 때까지 기다려야 한다. 덕의 유일한 보답은 덕이며, 친구를 얻는 유일한 길은 스스로 친구가 되는 것이다.

그 사람의 집에 들어간다고 해서 가까워지는 것은 아니다. 만약 서로의 기가 맞지 않는다면 당신이 그 사람의 집을 방문한다고 할지라도 그 사람의 영혼은 오히려 당신에게서 빠르게 멀어지고 그의 참된 응시를 받기는 어렵다. 고결한 사람들을 투명하게 바라보고 그들이 우리를 내쳐버린다고 하더라도 우리가 그 뒤를 좇을 이유가 어디에 있단 말인가? 절차나 소개, 사회의 습관과 풍습, 그런 것들은 고결한 사람들과 우리가 바라는 것 같은 관계를 맺는 데 있어 아무런 도움도 되지 않는다—그것을 가능하게 하는 것은 그저 우리의 내적인 성질을 그들의 내적 성질과 같은 수준까지 끌어올리는 것뿐이다. 그럴 수만 있다면 물이 물을 만난 것처럼 우리는 그들과 만나게 된다. 만약 그때 만나지 못한다면, 우리가 그들을 원하고 있지 않다는 것은 우리는 이미 그들이기 때문이다. 이것은 느리고―아주 느리게만―우리는 알 수 없는 것이다. 사람들은 때때로 친구와 이름을 교환한다. 마치 서로 친구 사이인 자기 자신의 영혼을 사랑하고 있다는 것을 드러내고 있는 것처럼.

우리가 요구하는 교우관계가 높으면 높을수록 육신이 그런 교류를 맺는 것은 더욱 쉽지 않다. 그러나 자기의 순고한 희망에 성실한 마음을 항상 위로해 준다. 다시 말해서 그것은 같은 보편적인 힘이 흘러넘치는 다른 영역에서는 우리를 사랑할 수 있으며 우리도 사랑할 수 있는 사람들이 지금 활동하고, 참으며 싸우고 있다는 것이다. 우리는 유치함과 어리석음, 실패와 굴욕의 시대가 고독과 함께 사라지고 인간으로서 완성된 새벽에는 영웅적인 손으로 영웅적인 손을 마주 잡는 것을 스스로 축복할 수 있다. 사람은 자신이 이미 이해하고 있는 것을 따라 손쉬운 사람들과 우정의 맹세를 하지 않도록 조심을 해야 한다. 왜냐하면 그런 곳에 우정이 있을 리가 만무하기 때문이다.

우리는 서두르다 자칫 잘못하면 아무런 도움도 되지 않는 경솔하고 어리석은 맹세를 하고 만다. 자기 자신의 길을 지키고 벗어나지 않는다면 하찮은 인간은 잃더라도 위대한 인간을 얻게 될 것이다. 허위의 관계가 맺어질 위험이 전혀 없도록 자신의 모든 것을 보여주자. 그렇게 된다면 육신의 세계의 탁월한 사람들을 끌어들이게 될 것이다—이 세상, 같은 세대에는 고작해야 한 명이나 두 명 정도만이 방황하고 있으며 그 사람의 앞에 나서면 세속적인 위인도 그저 유령과 망령에 지나지 않을 만큼의 세상에서 흔하지 않은 순례자를.

우리를 이어 주고 있는 인연을 지나치게 정신적인 것으로 여기게 되면 마치 그로 인해 순수한 사랑이 얼마간 잃게 되는 것처럼 정신적인 것으로 여기는 것을 두려워하는 것은 어리석은 것이다.

통찰력에 의해 통속적인 견해를 얼마간 수정했다고 하더라도 자연은 반드시 우리를 받쳐주고, 그것이 얼마간 자신의 기쁨을 빼앗는다고 할지라도 그것은 더 큰 기쁨으로 보상을 해 줄 것이다. 그렇다면 인간의 절대적 고립을 느껴보는 것도 좋지 않을까? 우리는 우리 속에 전체가 있다는 것을 확신하고 있다. 우리는 유럽으로 가서 사람들을 좇으며 온갖 서적을 읽지만, 그것은 이런 것들이 우리 속에 전체를 일깨워줘 우리를 자기 자신에게 드러나게 해 준다는 본능적인 신념에서 비롯된다. 그러나 우리는 모두 거지이다. 인간이라는 것이 우리처럼 이러한 것이며 유럽이란 과거 인간의 탈색된 낡은 옷, 책은 그들의 유령을 지칭하는 것이다.

이러한 우상숭배는 버려야 한다. 이런 거지생활에서 벗어나자.

가장 친한 친구에게도 작별을 고하고 "자네가 뭐란 말인가? 손을 놓아 주게. 나는 더 이상 폐를 끼치고 싶지 않네."라고 말하고 도전하기로 하자.

아아! 형제들이여, 우리는 좀 더 고상한 수준에서 다시 만나기 위해, 또한 우리가 보다 더 자신답게 되기 위해, 우리가 서로의 것이 되지 않기 위해 이렇게 헤어져야 한다는 것을 그대는 정녕 모른단 말인가? 친구는 야누스의 두 얼굴을 하고 있으며 과거를 보고 미래를 보고 있다. 친구는 나의 모든 과거 시간의 파수이며 다가올 미래의 예언자이자 보다 위대한 친구의 전조이다.

게다가 나는 친구를 책을 다루듯이 다룬다. 나는 친구를 내가 찾을 수 있는 곳에 두고 싶지만 거의 쓸 일이 없다. 교제는 자기 자신의 생각에 의해 추구해야 하며 아주 사소한 이유라 할지라도 교재를 인정하고 절교를 하지 않으면 안 된다. 나는 친구들과 이야기를 나눌 여유가 거의 없다. 위대한 친구는 나까지 위대하게 해 주고 그 덕분에 너무나 아까워서 대화를 나눌 생각조차 하지 못한다. 위대한 날에는 눈앞의 하늘 위로 예감이 떠오르게 된다. 그때 나는 자기 자신을 예감에 바치지 않으면 안 된다. 예감을 파악하지 못하기 때문에 나는 들어서고, 예감을 파악하지 못하기 때문에 나는 나선다. 예감이 하늘 저 멀리 멀어지고 이제 예감도 그저 환하게 빛나는 한 줄기 빛으로 바뀌었으며 그조차 잃는 것이 아닐까 걱정을 하게 된다. 게다가 친구를 중요하게 여기지만, 나는 친구와 이야기를 하며 친구의 환상을 연구할 여유가 없는데, 그것은 자기 자신의 환상을 잃어버릴 것 같기 때문이다. 분명히 이 고원高遠의 탐구, 이 영적인 천문학, 다시 말해 영적인 별의 연구를 멈추고 과감히 당신에 대한 동정심을 더 한다면 일종의 가정적인 기쁨은 가져다줄 것이다. 그러나 그렇게 되면 나는 항상 자신의 강대한 신이 사라져 버렸다는 것을 한탄하게 된다는 것을 알고 있다. 다음 주가 되면 마음이 풀려 다른 일을 생각할 여유가 충분히 생겨난다는 것도 사실이다. 그럴 때는 당신의 마음속 문학을 깨닫지 못한 것을 아쉽게 여기고, 당신이 다시 자신의 곁에 있기만 한다면 좋을 것이라고 여기게 될 것이다. 그러나 당신이 온다면 아마도 당신은 내 마음을 새로운 환상으로 가득 채우고 당신 스스로 채우는 것이 아니라 당신의 빛으로 채우게 되며, 그때는 지금과 마찬가지로 당신과 이야기를 나누는 것을 불가능하게 될 것이다.

게다가 나는 친구에게 이 짧은 교제만을 바라기로 하겠다. 나는 그들로부터 그들의 소유물이 아니라 그들의 본질을 얻길 바란다. 나는 그들로부터 그들이 절대로 줄 수 없지만, 그들이 발산하고 있는 것을 받고 싶다. 그러나 그것보다도 미묘하고 순수함이 떨어지는 그 어떤 관계로도 나를 멈추게 할 수는 없다. 우리는 만나지 않은 듯이 만나고 헤어지지 않은 듯이 헤어지기로 하자.

최근 나는 자신이 이전에 알고 있던 것 이상으로 우정이란 것이 일방적으로 반대쪽에 당연히 있어야 할 대응물이 없더라도 이것을 강렬하게 품을 수 있을 것이라는 생각이 들기 시작했다. 우정을 받아들이는 사람이 큰 인물이 아니라고 해서 내가 굳이 아쉬워할 필요가 있을까? 태양의 빛의 일부가 전혀 엉뚱한 방향으로 허무하게 비추고 그 일부만이 빛을 반사하는 유성 위에 떨어지지만, 태양은 여전히 빛나고 있다. 당신의 위대함은 그 조잡하고 냉담한 동료들을 가르치는 데 있다. 만약 그들이 그것을 견디지 못하는 사람이라면 스스로 떠나고 말 것이다.

　그러나 당신은 자기 자신의 빛에 의해 위대해지고 더 이상 개구리나 벌레가 아닌 천상의 신들과 함께 비상하며 강하게 빛을 발하게 될 것이다. 사랑으로 구원을 받는 것을 굴욕으로 여기고 있다. 그러나 위대한 사람들은 진정한 사랑이 구원하지 못하는 것이 없다는 것을 잘 알고 있다. 진정한 사랑은 가치 없는 것을 초월하고 영원한 것을 심사숙고하여 중간에 놓여 있는 불쌍한 가면이 벗겨진다고 하더라도 참된 사랑은 슬퍼하지 않으며, 오히려 그러한 풍토만을 제거해 주어 사랑의 자주성을 그만큼 더 확실하게 느낀다. 그러나 이런 말을 하면 일단은 반드시 이 관계를 어떤 의미에서는 배신하는 것이 된다. 우정의 본질은 완전함에 있으며 하나의 전체적인 아름다운 모습과 신뢰이다. 그것은 결함을 추측하고, 혹은 그것에 대비하는 것이어서는 안 된다.

우정은 그 대상을 신으로 여긴다. 그것은 자타가 모두 신격화하지 않기 때문이다.

제 3 장

자기 신뢰

사람은 혼자 있을 때 정직하다. 혼자 있을 때 자기를 속이지는 못한다. 그러나 다른 사람이 있을 때는 남을 속이려고 한다. 그러나 좀 더 깊이 생각한다면 그것은 남을 속이는 것이 아니라 자기 자신을 속이고 있다는 것을 알아야 한다. -에머슨

자기 신뢰

1841년 출판된 『에세이 제1집』의 1편
"Self-Relianc" in Essays: First Series, 1841

✳ ✳ ✳

"그대 자신을 외부에서 찾으려 하지 마라."

운명의 별은 그 사람에게 있다.

정직하고 완전한 인간을 만들어 내는 신이

모든 빛, 모든 힘, 모든 운명을 지배하고 있으며

사람을 비춰줄 그것들은 너무 이르지도 늦지도 않다.

사람의 행위가 좋든 나쁘든 간에 신의 뜻이며

사람이 벗어날 수 없는 숙명의 그림자이다.

—버몬트(Francis Beaumont. 1584~1616. 극작가 플레처와 협업으로 유명), 플레처(John

Fletcher. 1579~1625. 쟈코비안 시대의 잉글랜드 극작가, 셰익스피어의 뒤를 이어 왕궁의 작가가 됨)의 작품 「정직한 자의 운명」 중에서

갓난아이를 돌산에 던져
늑대의 젖으로 키워라.
매와 여우와 함께 겨울을 보내고
힘과 속도를 손과 발로 삼아라.

나는 며칠 전 어느 유명한 화가가 쓴 독창적이고 전통에 구애받지 않은 시를 읽었다. 이와 같은 시에서 얻을 수 있는 교훈은 그 소재가 무엇이든 간에 항상 영혼을 울려준다. 거기서 받은 감명은 그것에 포함되어 있는 사상보다 가치가 있다. 자기 자신의 생각을 믿는 것, 남몰래 깊이 생각하고 자신에게 있어 진리인 것은 모든 사람에게 있어서도 진리라는 것을 믿는 것—그것이 천부적인 재능이다. 몰래 감추고 있는 확신을 쏟아내라. 그러면 그것이 만인의 견해가 된다. 왜냐하면 가장 내적인 것은 시간이 흐름에 따라 가장 외적인 것이 되어 우리의 최초 사상은 최후의 심판을 알리는 나팔소리에 의해 우리 몸으로 돌아오기 때문이다. 정신의 소리는 만인에게 친숙하지만 우리가 모세, 플라톤, 밀턴 등으로 귀착하게 해주는 가장 큰 공적은 그들이 책과 전통을 무시하고, 세상 사람들의

생각을 전달하는 것이 아니라 자신의 생각을 이야기하는 데 있다.

사람은 모름지기 시인, 성자가 보여주는 천상의 광채가 아니라 오히려 자신의 마음속으로부터 빛나고 있는 미광^{微光}을 발견하고 지켜야 한다. 그러나 사람들은 자신의 생각을, 그것이 자신의 것이라는 이유로 아무렇지 않게 내버리고 있다. 천재들의 작품에는 모두 우리가 내버린 사상이 들어 있다는 것을 깨달을 것이다. 다시 그것들을 바라볼 때는 범접할 수 없는 일종의 위엄을 느끼게 된다.

위대한 예수품에서 얻을 수 있는 교훈 중에 이렇게까지 감명 깊은 것은 없다. 그것은 우리가 모든 사람들의 반대에 부딪혔을 때야말로 가장 태연자약하게 우리의 내면에서 끝없이 용솟음치는 생각에 따라야 한다는 것을 가르쳐 주고 있다. 그러지 않으면 내일 전혀 모르던 누군가가 자신이 내내 생각하고 느끼고 있었던 것을 완전히 자신의 것처럼 행세하는 모습을 보며 고개를 숙이고 자신의 생각을 남에게서 얻기 위해 고개를 숙여야 할 것이다.

누구나 교육을 받는 동안에 타인을 부러워하는 것은 어리석은 짓이고 남의 흉내를 내는 것은 자살과 마찬가지며, 좋든 싫든 간에 우리의 육체는 하늘로부터 받은 것이라 생각해야 하며, 이 넓은 세계에는 좋은 것들로 넘쳐나고 있지만 육신의 자양분이 될 밀 한 톨이라도 스스로 경작하도록 주어진 땅위에 괭이질을 해서 얻어내지 않으면 안 된다는 것을 깨닫는 날이 올 것이다. 우리의 육신에 잠재되어 있는 힘이 자연계에 있어서 새로운 힘이자 스스로 무언가를 해낼 수 있는지는 본인 이외에는 아무도 알 수 없다. 아니, 본인조차도 직접 해보지 않으면 절대로 알 수 없는 것이다. 어떤 사람의 얼굴, 성격, 사건으로부터 깊은 인상을 받을 수 있을지는 모르지만 다른 것으로부터는 아무런 인상도 받을 수 없다는 사실은 문제가 있다.

기억 속에 각인된 이 모습은 미리 정해진 조화가 없이는 불가능한 일이다. 눈길이 한 줄기의 빛으로 향하는 것은 그 눈이 그 특정한 빛을 증명하기 때문이다. 우리는 자기 자신의 반박에 표현하고 있지 않으며, 우리 각자가 표현하고 있는 신의 개념과 수치스러움에 지나지 않는다. 신의 개념이 충실하게 실행되고 있는 한 조화롭고 좋은 결과를 가져다주는 것이라고 쉽게 믿게 되지만, 신은 당신의 능력을 비열한 인간에 의해 밝히는 일은 결코 없다.

사람은 자신의 일에 진심으로 전력을 다해야만 그 마음도 안정되고 상쾌한 마음이 들게 되지만, 그렇지 않은 언행에서는 마음의 평화는 얻을 수 없다. 그렇게 된다면 편하게 쉴 수 없는 휴식이 될 뿐이다. 그런 일을 하다 보면 자신의 천부적인 재능으로부터 버림을 받게 되고 시신도 당신을 도와주지 않으며 창의력과 희망도 없다.

당신 자신을 믿어라. 이 쇠줄로 된 활시위의 울림이 있어야 만인의 가슴을 울릴 수 있다. 신의 섭리가 수여한 지위와 같은 시기에 삶을 부여받은 사람들과의 교류, 관계된 사건들의 인연을 진심으로 수용해야 한다.

위인들은 항상 그렇게 해서 아이들처럼 자신의 생각을 각각 시대정신에 표현하고 있다. 그리고 절대로 신뢰할 수 있는 것이 그들의 가슴속 깊은 곳에 있어 그것이 그들의 손을 통해 작용하고 그들의 생활을 지배하고 있다는 것을 그들은 이미 알고 있었다는 것을 느끼게 되고 있다.

지금이야말로 우리도 인간으로서 이와 똑같은 초월적 숙명을 최고의 정신을 통해 받아들여야 한다. 구석에서 보호를 받고 있는 미성년자와 환자, 혹은 혁명이 두려워 도망치는 겁쟁이가 아니라 신의 위업에 따라 혼돈과 어둠을 뚫고 앞으로 나가는 지도자, 구원자, 은인이 되어야 한다.

이 주제에 대해 대자연은 아이들, 갓난아기, 그리고 동물들에게서까지 그 얼굴과 행동에 따라 위대한 신탁을 우리에게 부여하고 있다. 저 분열된 반역의 정신, 저 계산적이고 힘과 수단이 목적에 반하게 되면 진리조차 의심하는 마음, 그것은 이런 아이들에게는 없는 것이다. 그들의 정신이 완전하기 때문에 눈을 부릅뜨고 있어 우리가 그들의 얼굴을 바라보다가 오히려 우리가 당황하고 만다. 아이들은 아무도 따르지 않으며 모든 사람들이 아이들을 따르게 된다. 게다가 갓난아기가 한 명만 있으면 평소에 아기에게 단편적인 말만으로 달래주던 어른들 중에 대여섯 명은 갓난아기가 되어 있다. 이와 마찬가지로 신은 청년, 사춘기의 청소년, 장년들에게 이에 뒤지지 않을 만큼 각각 독특한 자극과 매력을 갖추게 해서 대단히 우아하고 아름다운 것으로 만들어 주어 그 요구는 그것이 자주적인 한 무시할 수 없게 하고 있다.

젊은 사람이 당신과 내게 아무런 말도 하지 못한다고 해서 그에게 힘이 없다고 생각해서는 안 된다. 들어라! 옆방에서 들려오는 그의 목소리는 나무랄 데 없이 명료하고 힘이 넘치고 있지 않은가? 그들 또한 같은 세대의 사람들에게는 어떻게 말을 해야 하는지 알고 있는 것 같다. 수줍어하든 대답하든 간에 그는 우리 어른들을 완전히 무용지물로 만드는 방법을 알고 있을 것이다.

먹을 것에 구애받지 않고, 또한 왕처럼 사람들의 눈치를 살피며 무언가를 하고 무언가를 말하고자 하는 것은 비겁한 행동으로 여기는 소년이 취하는 그 당당한 태도는 인간 본래의 건강한 태도이다. 거실의 소년은 극장 정면에 앉아 있는 관객과도 같다. 자주적이고 무책임하게 자신이 있던 구석에서 사라지는 인물과 사건들을 바라보며 소년다운 민첩하고 간결한 방법으로 그것들의 가치를 판단하여 좋고, 나쁘고, 재미있고, 터무니없고, 대단하고, 번잡스럽다는 등의 결정을 내린다. 결과와 이해관계 등에 대해서는 거의 무관심하며 자주적이고 순수한 판결을 내릴 뿐이다.

우리가 소년들의 눈치를 살펴야 하지 소년들이 우리들의 눈치를 살피지는 않는다. 그러나 어른들은 흔히 의식의 감옥에 갇혀 있다. 잠깐의 칭송을 받을 언행을 한다면 그 사람은 죄수가 되어 수백 명의 사람들로부터 동정과 증오의 감시를 당하게 되어 이후로는 사람들이 어떤 생각을 하게 될지 항상 신경을 쓰게 된다.

여기에 망각의 강은 없다. 진정으로 다시 중립의 입장에 설 방법 이 없다. 글쎄에서 어제에 있었던 것이 ■도 마찬을 깨끗고 지금까지 와 마찬가지로 앞으로도 점잖은 척하지 않고 편견 없이 뇌물도 협박도 통하지 않고 흔들리지 않는 입장에서 관찰할 수 있는 사람은–항상 두려운 존재임에 틀림없다. 이런 사람이라면 모든 당면 문제에 대해 견해를 제시하고 그 견해는 개인적인 것이 아니라 필연적인 것이라는 사실이 명백하게 밝혀져 화살처럼 사람들의 귀에 꽂혀 사람들로 하여금 두려워하게 할 것이다.

우리가 고독할 때에 듣게 되는 소리가 있는데, 이 소리는 사회 속에 물들면서 서서히 흐려지다가 결국은 들리지 않게 된다. 사회는 곳곳에서 그 사회에 속해 있는 누군가가 이와 같은 용기를 갖도록 공모하고 있다. 사회는 일종의 합자회사와 같으며 사원은 주주들 모두에게 더 나은 빵을 제공하기 위해, 빵을 먹는 사람들의 자유와 교양을 포기하도록 권하고 있다. 사회가 가장 요구하는 미덕은 모두에게서 배우는 것이다. 자기 신뢰는 사회가 가장 꺼리는 것이다. 사회는 진실과 창조적인 인간을 사랑하지 않으며 그럴듯하게 내세운 명목과 관습만을 사랑한다.

독자적인 인간이 되고자 하는 사람은 세상의 환영을 받지 않는 사람이 되어야 한다. 불후의 승리를 얻고자 하는 사람은 선이라는 명목에 가로막히는 일 없이 그것이 과연 선인지 아닌지를 탐구해야 한다.

결국 자기 자신의 정신적 완전함 이외에 신성한 것은 없다. 자기 자신을 스스로를 청정 결백하게 만들어야 한다. 그렇게 되면 그 사람은 세상의 찬사를 얻게 될 것이다. 내가 아직 젊었을 때, 나를 항상 교회의 낡고 오래된 교리로 항상 고민에 빠져 있던 각별한 지도자에게 말해 버린 것을 아직도 기억하고 있다.

"만약 내가 완전하게 내면의 마음이 명하는 대로 살아간다면 전통의 신성함 따위는 내게 아무런 관계가 없는 것이 아닌가요?"라고 내가 말하자, 지도자는 "하지만 그 내면의 명령이라는 것이 아래로부터 온 것이고 위로부터 내려온 것이 아닐 수도 있지 않는가."라고 주의를 주었다. "내가 말하는 명령이란 그런 것이 아닌 것 같습니다. 하지만 만약 내가 악마의 자식이라면, 그때는 나도 악마를 따라 살겠습니다."라고 대답했다. 내게 있어 내 본성의 법칙 이외에 신성한 법칙은 있을 수 없다. 선악이라 불리는 것은 모두 다 이타심이 없이 말만 바꾼 것에 지나지 않는다.

단 한 가지 올바른 것은 나의 본성에 가까운 것이다. 단 한 가지 나쁜 것은 내 본성에 반하는 것이다. 인간은 그 어떤 반대에 부딪히더라도 자신 이외의 모든 것은 이름, 큰 협회와 죽은 제도에 굴복하고 있다는 것을 생각하면 너무나도 수치스럽다. 예의를 갖추고 점잖게 말을 하는 사람은 모두 부당하게 나를 부리고 지배하고 있다. 나는 똑바르고 생동감 넘치는 생활을 하며 무슨 일이 있더라도 이 어떤 없이 사람은 앞에서 한다. 이 위의 이 위의 여명일끼리도 미약 박애의 정신이 있다면 그것을 너그럽게 용서해 주어야 하는 것은 아닐까?

만약 화가 난 광신자들이 이 노예폐지라고 하는 자비로운 대의를 들먹이며 바베이도스(Barbados:서인도제도의 남쪽 끝에 있는, 영연방 내의 독립국)의 최신 뉴스를 전하기 위해 나를 찾아온다면 "돌아가서 당신의 자식들이나 돌보시오. 당신의 나무꾼이라도 돌봐 주시오. 친절하고 겸허하시오. 그 자비심을 진정으로 몸에 익히도록 하시오. 그리고 절대로 당신의 혹독하고 무자비한 야심을 1천 마일이나 떨어져 있는 흑인들에게 이 믿기 어려울 정도로 상냥함으로 얽매지 마시오. 당신의 먼 나라에 대한 애정이 당신 고향에서는 나쁜 것이 아니오?"라고 말한다고 해도 아무런 지장이 없을 것이다.

이런 인사는 난폭하고 무례한 것일 것이다. 그러나 진리는 거짓된 애정보다 아름답다. 선량함에도 약간은 모난 부분이 있어야 한다—그렇지 않다면 아무것도 아니다. 만약 사랑의 가르침이 푸념에 비명을 지르는 것과 같다면 그 반작용으로 악의 가르침을 설교하지 않으면 안 된다. 나는 내 자신의 천성이 요구한다면 부모와 처, 형제도 버릴 수 있다. 나는 문설주에 '변덕' 이라고 적어놓고 싶다. 결국 그것은 변덕이라는 것보다는 낫다고 생각하지만 하루 종일 설명하고 있을 수는 없는 것이다. 어째서 내가 교제를 원하는지, 혹은 거절하는지 그 이유를 설명하고 싶지는 않다. 그리고 또한 오늘 어떤 선량한 사람이 말한 것처럼 가난한 사람들 모두의 삶을 좋게 하는 것이 나의 의무라는 소리를 내게 하지 않았으면 한다. 빈민이 과연 나의 빈민이란 말인가?

어리석은 박애주의자들이여, 그 사람이 자신에게 속해 있는 것도 아니고, 또한 자신이 그들에게 속해 있는 것이 아닌 사람들에게 주는 돈은 단돈 1달러라도, 10센트라도, 아니 1센트라도 아깝다고 말하고 싶다. 내게는 자신이 철두철미한 정신적인 친근감을 느끼고, 그에 따라 자신은 그 사람에게 사고 팔리고 있다고 여겨지는 사람들이 있으면 그 사람들을 위해 필요하다면 나는 감옥에라도 들어갈 각오가 되어 있다. 그러나 당신들이 말하는 온갖 사회적 자선사업과 어리석은 대학 교육들이 오늘날 수많은 사람들이 주장하고 있는 공허한 목적을 위해 교회를 세우는 것, 술주정뱅이들을 위한 모금, 그 밖의 무수히 많은 구제사업 단체는—나 또한 가끔씩 후원을 하고 기부하고 있다는 것을 부끄러움을 무릅쓰고 고백할 수밖에 없지만, 그런 돈은 유해한 돈이며 그런 돈은 언젠가 용기를 내서 근절해야 한다고 생각한다.

세상 사람들의 생각에 덕행은 당연한 것이 아니며 오히려 예외적인 것으로 되어 있다. 인간이 있고 별도로 덕행이 있는 것이다. 사람들은 마치 매일 조련에 나서는 대신 벌금을 내듯이 선행이라 부리는 것을 믿기 용감한 행위 혹은 가비의 행위라 여기며 해하고 있다. 그들은 이 세상이 돌아가는 것에 대한 사죄나 속죄로 여기고 있다. 이는 병자나 광인이 비싼 숙박료를 지불하는 것과 마찬가지다. 그들의 덕행은 고행이다. 나는 죄에 대한 속죄가 아닌 생활을 하고 싶다. 내 생활은 생활 그 자체를 위해 존재하며 구경거리가 되기 위한 것이 아니다.

나는 자신의 생활이 참되고 평온한 것이기만 한다면 빛나고 불안정한 것보다 저급한 것이 훨씬 낫다고 생각한다. 나는 자신의 생활이 건전하고 기품이 있으며 식이요법과 출혈요법 등이 필요하지 않은 것이기를 바라고 있다. 나는 사람들이 일개인一個人이라는 기본적인 증거를 요구하지만 이런 사람이 특정한 행동을 권하는 것은 사양하겠다. 자신이 남들로부터 추앙을 받는 행동을 했던 안 했던 간에 그런 것들은 내게 있어 전혀 특별한 것이 아니라는 것을 나는 알고 있다. 원래의 권리가 있는 곳에 특별히 권리를 얻기 위해 돈을 지불할 필요가 있겠는가? 내 천성이 가난하고 저급할지는 모르지만 나는 현재 존재하고 있다. 따라서 이것을 자기 자신이 확신하고 친구들 또한 확신할 수 있게 하기 위해 2차적인 증명을 할 필요는 전혀 없다.

내가 하지 않으면 안 되는 것은 내 마음에 관한 것뿐이지 남들의 생각 따위는 상관이 없다. 이 구분은 실생활이나 지적 생활에서나 똑같이 어려운 것이지만, 이것이 위인과 평범한 사람을 구분하는 완벽한 척도이다. 그것은 자신이 해야 할 일을 자기보다 더 잘 알고 있다고 생각하는 사람들이 항상 있기 때문에 그만큼 더 어려운 것이다. 이 세상의 기준에 따라 생활하는 것도 쉬우며, 또한 고독할 때 자기 자신의 생각에 따라 생활하는 것도 쉽다. 그러나 위인이란 군중들의 한가운데에 존재하더라도 언제나 평온한 상태에서 고독한 시간의 독립을 유지할 수 있는 사람을 가리킨다.

자신이 생명력을 느낄 수 없는 세상의 습관을 따라 사는 폐해는 그로 인해 자신의 힘이 소멸된다는 것이다. 시간의 낭비이기도 하고 자신의 개성에 대한 인상도 흐려진다. 죽은 교회를 유지하고, 죽은 성서협회에 기부를 하고, 정부를 지지 혹은 반대하여 다수당에 투표하고, 저급한 하녀처럼 자신의 일을 처리한다면—이렇게 감춰져 있다면 그 사람의 참된 모습을 발견하기는 어렵다. 그리고 물론 그만큼 그 사람의 본래 생활에서 힘이 빠져나갈 것이다.

그러나 그 사람이 자기 본래의 일을 하려고 한다면 그 사람을 나는 알아볼 수 있을 것이다. 자신의 일을 하게 된다면 본인의 힘이 강화될 것이다. 세상에 자신의 생각을 맞추는 유희는 마치 술래잡기를 하는 것과 마찬가지라고 생각하지 않으면 안 된다. 만약 내가 당신의 종파를 안다면 나는 당신의 의견을 예측할 수 있다. 설교가가 설교의 제목과 화제에 있어 자신이 속해 있는 교회의 제도가 얼마나 편리한지에 대해 다루고 예고하는 것을 들은 적이 있는데, 그는 전혀 새롭고 솔직한 말은 한마디도 하지 않을 것이라는 내가 과연 예측할 수 있을까? 교회제도의 이유를 아무리 검토하는 척한다고 하더라도 검토를 할 만한 것이 아니라는 것을 내가 모르고 있을까? 이 남자는 한쪽 면만, 다시 말해 허용된 한 면만을 개인의 입장에서가 아니라 한 교구의 목사로서 바라보겠다고 마음속으로 맹세한 것을 과연 내가 모르겠는가? 그는 전속 변호사로 이런 법정의 위용은 가장 공허한 것에 불과하다.

그렇다. 대부분의 사람들은 자신의 눈을 천으로 가린 채 이런 의견을 제시하는 어떤 단체에 매달리고 있다. 이렇게 세상에서 배울 수 있는 것은 그 사람을 두세 가지 점에서 믿을 수 없는 사람으로 만들고 그 사람에게 두세 가지 거짓말을 하게 하는 것이 아니라 무슨 일이든 신용할 수 없게 만들어 버린다. 그런 사람이 진리라고 말하는 것은 모두 다 진리가 아니다. 그들이 말하는 두 가지는 참된 두 가지가 아니고, 네 가지는 참된 네 가지가 아니다. 그 결과 그들이 하는 말 한마디 한마디가 우리를 화나게 하는 것이라 어디서부터 고쳐야 할지 손도 댈 수 없다.

이렇게 저렇게 하는 사이에 자연은 빈틈없이 우리에게 우리가 속해 있는 당파의 죄수제복을 입히고 말았다. 우리는 같은 형태의 얼굴과 모습을 하고 서서히 더없이 얌전하게 따르는 말의 모습을 하게 된다. 특히 일종의 기가 죽는 듯한 체험을 한다. 그리고 그것이 일반적인 역사 속에서 모습을 드러내고 만다. 그것은 바로 '칭찬의 멍청한 표정', 다시 말해 함께 어울리지 못하는 사람들 속에 들어가 재미없는 이야기에 맞장구를 치기 위해 우리가 억지로 짓는 미소를 말한다. 근육이 자연스럽게 움직이는 것이 아니라 비열한 욕심으로 꿈틀거리기 때문에 얼굴의 윤곽이 굳어져 불쾌하기 그지없는 마음을 들게 하는 것이다.

세상 사람들에게서 배우지 않는다면 모든 사람들이 불쾌하게 여기며 그 사람에게 채찍질을 할 것이다. 게다라 사람이란 타인의 씁쓸한 표정을 판단하는 방법을 터득하지 않으면 안 된다. 방관자는 거리나 친구의 거실에서 그 사람을 무시할 것이다. 이 험악한 표정이 그 사람 스스로 느끼는 모멸과 반항심으로 인한 것이라면 그 사람은 슬픈 표정을 하고 돌아간다고 하더라도 어쩔 수가 없다. 그러나 대중들의 씁쓸한 표정은 그들의 부드러운 표정과 마찬가지로 특별한 이유가 있는 것은 아니다. 그것은 그저 변덕과 같은 것으로 신문의 지시 하나만으로 어떻게든 되는 것이다.

그러나 대중의 불만은 의회와 대학의 불만보다 무서운 것이다. 세상을 잘 알고 있는 건실한 사람이 교양계급 사람들의 분노를 견디는 것은 쉬운 일이다. 그들의 분노는 그들이 겁쟁이에다 그들 자신이 대단한 약점을 가지고 있어 예의를 생각하면서 조심을 하게 된다. 그러나 그들의 여성적인 분노에 대중의 분노가 더해져 무학 빈궁한 무리들이 선동을 당하고, 사회의 밑바닥에 숨어 있던 무자비한 폭력이 들끓어 오르며 인상을 찡그리게 된다면, 이것들을 하등의 신경 쓸 대상이 아닌 것처럼 태연자약하게 처리하기 위해서는 아량이라는 특성과 종교가 필요해진다.

우리를 떨게 하고 자기 신뢰를 무너뜨리는 것 중에 또 하나 조심해야 할 것은 우리가 사물의 이치를 따지려는 근성이다. 우리의 궤도를 측정하는 데 있어 사람의 눈은 우리의 과거 행위를 보는 것 말고는 단서를 찾을 수 없으며, 또한 우리는 타인을 실망시키려 하지 않기 때문에 자신의 과거 행위와 말을 조심하며 그것을 두려워한다.

그러나 어째서 사람은 시종일관 분별력을 잃지 말아야 하는 걸까? 어째서 사람은 여러 공공장소에서 말했던 것들과 모순되지 않도록 이렇게까지 죽은 기억조차 질질 끌고 가지 않으면 안 되는 걸까? 가령 모순된 말을 했다고 해서 그것이 어쨌단 말인가? 절대로 기억에만 의존하지 않고 순수한 기억에 의한 행위조차도 단순히 기억에만 의존하는 것이 아니라 과거를 무수한 눈이 가진 현재의 심판대에 세우고 항상 새로운 날들을 사는 것, 이것이 영지의 법칙인 것 같다. 철학에서는 신의 인격을 인정하지 않았다고 하더라도 영혼의 경건한 감동을 느꼈을 때는 설령 그것이 신에게 형태와 색깔을 입혔다고 하더라도 거기에 마음과 생명을 맡기는 것이 좋다. 요셉이 매춘부의 손에 웃옷을 남기고 도망쳤던 것처럼 학설을 버리고 도망쳐야 한다.

어리석은 시종일관은 어린아이들의 신으로 싸구려 정치가, 철학자, 신학자들이 숭배하며 받들고 있다. 시종일관이라고 하는 것에 위대한 인물들은 전혀 관계가 없다. 그런 것들에 사로잡혀 있는 것은 벽에 비친 자신의 그림자를 걱정하는 것과 마찬가지다. 지금 생각하고 있는 것을 험한 말로 내뱉고 내일은 다시 내일만을 생각해야 한다. 설령 오늘 한 말과 하나부터 열까지 다 모순되었다고 할지라도 험한 말로 쏟아내라.—"이런 낭패가, 아마 사람들에게 오해를 사고 말 거야!"—그러나 오해를 받는 것이 그렇게 나쁜 일인가? 피타고라스도 오해를 받았다. 게다가 소크라테스도, 예수도, 루터도, 코페르니쿠스, 갈릴레오, 뉴턴도, 이 세상에 태어났던 순수하고 현명한 마음을 지닌 사람들은 모두 다 오해를 받았다. 위대하다는 것은 항상 오해를 받게 마련이다.

나는 그 누구라 할지라도 본성을 침해할 수는 없는 것이라고 생각한다. 사람의 용솟음치는 모든 의지는 그 사람의 본성의 법칙에 의해 완성된다. 그야말로 안데스 산과 히말라야 산의 돌출처럼 지구의 곡선 안에 있기만 한다면 하등의 문제가 될 것이 없다. 또한 사람들이 어떤 식으로 판단을 하고 시험을 한다고 하더라도 상관이 없다. '回文(co..... 回 돌기끼 시 의에 대를 의미를 지닌 말을 집어넣는 수수께끼의 일종)과 알렉산드리아(Alexandria:애매한 회피) 시구절과 같은 것으로-앞에서부터 읽거나 뒤에서부터 읽어도, 비스듬하게 읽어도 마찬가지가 된다. 이 신으로부터 허용된 상쾌하고 겸허한 숲속 생활에서 우리는 매일매일 정직한 자신을 떠올리고 예상도 하지 않고 회고도 하지 않은 채 기록을 해 나가자.

그렇게 되면 설령 내가 그것을 의도하지 않고, 또한 그것을 깨닫지 못한다고 하더라도 나의 기록은 균형을 유지하고 있다는 것을 의심하지 않게 된다. 내가 쓴 책에는 소나무 향이 은은히 흘러나오고 매미의 울음소리가 울려 퍼지고 있을 것이다. 이 창가에 앉아 있는 제비는 부리로 물고 온 실과 나뭇가지들로 내 창가에 집을 지을 것이다. 우리는 그 바탕으로 활용되고 있는 것이다. 성격은 의지를 초월해서 자신을 이야기해 주고 있다. 사람은 자신의 덕과 부덕을 그저 확실한 행위를 통해 드러내고 있다고 상상하고 덕과 부덕이 끊임없이 향을 내뿜고 있다는 것은 깨닫지 못하고 있다.

행동이 설령 천차만별이라 할지라도 각각 그것이 행해질 때 정직하고 자연스럽기만 한다면 그것들의 일치점이 반드시 있을 것이다. 왜냐하면 하나의 의지로부터 나왔을 때는 아무리 다른 것으로 보일지라도 그 모든 행동은 조화를 이루게 되어 있다. 이와 같은 외관적 차별은 조금 떨어진 곳에서, 다시 말해 약간 고상한 사상적 관점에서 바라본다면 보이지 않게 된다.

한 가지 경향이 그것들 전부를 통일하는 것이다. 가장 훌륭한 배가 항해를 할 때도 수많은 방향 전환은 목적지로 가기 위한 우여곡절에 지나지 않는다. 그러나 그 항로를 멀리서 바라본다면 모든 우여곡절도 평균적으로는 곧바르게 목적지를 향해 가고 있는 것으로 보인다. 인간의 진실된 행동은 보기만 한다면 금방 그 본질을 알 수 있으며, 그 사람의 다른 진심에서 우러난 행동의 본질도 그로 인해 알 수 있다.

세상 물정에서 배워서는 아무것도 알 수 없다. 순수하게 행동해야 한다. 그러면 지금까지 순수하게 살아왔던 모든 것들이 현재 그 사람이 옳다는 것을 인정해 준다. 위대한 것은 미래를 지향한다. 만약 내가 오늘 똑바르게 행동을 하고 세상 사람들의 눈치를 살피지 않을 만큼 강해졌다면, 나는 지금까지 오늘의 내 육신을 지켜줄

만큼 똑바르게 살아 온 것임에 틀림이 없다.

앞으로 어떻게 되든 간에 지금 올바른 일을 해야 한다. 항상 겉모습만을 봐서는 안 된다. 그러면 항상 올바른 삶을 살 수 있다. 품성의 힘은 축적되는 것이다. 과거의 모든 덕행은 그 활력을 오늘날의 덕행을 위한 것이다. 사람의 꿈을 빼앗아가는 의회와 전쟁 영웅의 장엄함은 어디로부터 오는 것일까? 그것은 과거의 위대했던 세월과 승리의 의식으로부터 온 것이다. 그것들은 지금 등장하려 하는 ̇눈에 한 무리의 보이는 천사를 거느리고 있는 것이다. 채텀의 목소리에 우레 소리를 더하고, 워싱턴의 태도에 위엄을 더하고, 애덤의 눈에 미국을 투영하는 것이 바로 그런 것이다.

명예는 그것이 순식간에 소멸하는 것이 아니기 때문에 고귀하다. 명예는 항상 예로부터 이어져온 미덕이다. 우리는 그것이 오늘날의 것이 아니기 때문에 지금도 여전히 그것을 숭배한다. 우리는 명예를 그것이 우리의 사랑과 존경을 승리를 위한 덫이 아니라 그것 자체에 의지하고 그것 자체에 기원을 두고 있기 때문에, 그것이 설령 젊은 나이에 드러난다고 할지라도 그것은 오래되고 청정무구한 계보를 가지고 있기 때문에 사랑하고 존경하는 것이다.

오늘날의 남들만큼이라는 이관된 기준이라는 것이 없어졌으면 하는 생각이다. 이런 말은 관보에 싣고 앞으로는 웃음거리로 만들고 싶을 정도다. 식사 시간을 알리는 종소리도 없애고 스파르타 군의 피리를 불었으면 좋겠다. 앞으로는 절대로 아부를 하거나 사죄를 하는 일이 없을 것이다.

한 위대한 인물이 우리 집에 식사를 하러 오기로 되어 있었다. 그러나 나는 전혀 눈치를 보고 싶지 않다. 오히려 내 눈치를 살피기를 바란다. 나는 여기서 인류를 대표할 생각은 전혀 없다. 물론 친절하게는 대하겠지만 꾸밈없이 대하고 싶다. 현대의 느낌이 좋은 범용의 초라한 만족감을 모욕하고 질책하여 습관과 사업과 소임의 얼굴에 모든 역사의 귀결인 진실, 즉 인간이 일하고 있는 모든 곳에서 위대하고 책임 있는 사상가와 실천가가 일하고 있다는 사실, 다시 말해 진정한 인간은 다른 어느 때와 장소에도 속하지 않은 만물의 중심이라는 사실을 확실하게 알려주겠다.

참된 인간이 있는 곳에 대자연이 존재한다. 참된 인간이 당신과 모든 인간과 모든 사건을 판단한다. 통상적으로 사회의 누구를 보더라도 우리는 그 사람 이외의 무언가, 혹은 누군가를 떠올리게 된다. 품성, 진실은 다른 그 어떤 것도 떠올리게 하지 않으며 그것은 전 세계를 빼앗고 있다. 인간은 모든 환경을 초월할 만큼 위대하다. 참된 인간은 모든 원인이며, 국가이며, 시대이다. 그 의도를 충분히 달성하기 위해서는 무한의 공간과 수와 시간이 필요하다—자손들은 줄을 맞춰 걸어가는 노예들처럼 그 뒤를 따라 가는 것처럼 보인다. 시저라고 하는 한 인간이 태어나면 그 뒤로 몇 시대에 걸쳐 로마제국을 통치한다. 그리스도가 태어나면 수백만의 인간이 그의 가르침을 따라 성장하고 그의 재능에 너무 집착한 나머지, 그의 덕행과 인간의 가능성을 혼동하고 있다. 제도는 한 사람의 긴 그림자에 불과하다. 예를 들어 수도생활은 은둔자 안토니의 그림자이며, 종교개혁은 루터의 그림자, 퀘이커(Quaker:개신교의 한 파)의 신앙은 폭스의 그림자, 감리교의 신앙은 웨슬리의 그림자, 노예 폐지는 클라슨의 그림자이다. 스키피오(Scipio, BC 236~184 고대 로마의 장군)는 밀턴이 '로마의 절정'이라고 부르고 있다. 이처럼 역사는 모두 매우 간단하게 소수의 강하고 진지한 인간들의 전기로 환원되는 것이다.

게다가 사람은 자신의 가치를 알고 만물에 대해 파악할 필요가 있다. 사람은 자신을 위해 존재하는 세상에 있으면서 훔쳐보고, 숨어서 걷고, 자선학교의 아이들과 사생아와 불법을 저지르는 듯한 행동을 하며 사람들의 눈치를 살피며 생활하고 있지는 않다. 그러나 거리에 서 있는 사람은 탑을 세우고 대리석 신상을 조각할 힘에 상응하는 가치가 자기 자신에게 있다는 것을 깨닫지 못하기 때문에 그런 것들을 바라보며 주눅이 들어버린다. 이런 사람에게는 궁전도 조각도 귀중한 책도 마치 화려한 임금의 행렬처럼 전혀 상관이 없고 범접할 수 없는 것처럼 여겨져 "네 이놈, 물러서라!"라는 소릴 듣는 것처럼 느껴진다. 그러나 만물은 그의 것이고 그의 소원을 이루어주며 그가 능력을 발휘하고 점령하길 바라고 있는 것들 뿐이다.

그림은 나의 선고를 기다리고 있다. 그림은 내게 명령하지 않으며 내가 그 그림의 칭송을 받을 자격을 결정해 주지 않으면 안 된다. 모두가 좋아하는 술주정뱅이의 예화, 다시 말해 술주정뱅이가 만취해서 쓰러져 있는 것을 억지로 일으켜 세워 공작의 저택으로 끌고 가 목욕을 시키고 새 옷을 입혀 공작의 침대에 눕혔다. 눈을 떠보니 공작과 마찬가지로 은근하고 공손하게 대접하며 그에게 사실은 지금까지 정신이 나가 있었다고 착각하게 만든 이야기, 사람들이 이 이야기를 좋아하는 이유는 사람들은 이 세상에서 일종의 술주정뱅이이지만 가끔 눈을 뜨면 이성이 작용돼서 자신이 정말로 공작이었다는 것을 깨닫게 된다는 것을 상징하고 있기 때문이다.

우리의 독서 방식은 마치 뭔가를 구걸하며 매달리고 있는 것처럼 보인다. 역사를 읽을 때는 우리의 상상이 우리를 속이고 있다. 왕국과 왕권, 권력과 영토 등이 작은 집에서 살며 평범하게 자신의 일에 충실하고 있는 개인인 존과 애드워드 등보다 화려한 말로 꾸며져 있다. 그러나 그 무엇을 보더라도 생명의 사실은 마찬가지다. 둘의 합계는 똑같다. 알프레드와 스칸데르베그(Skanderbeg)와 구스타버스(Gustavus)를 어째서 그렇게 존경해야 하는 걸까? 그들의 공공연하고 유명한 조치가 동반된 것과 마찬가지로 엄청난 보복이 당신이 전혀 생각지도 않고 행동하는 행위에도 감춰져 있다. 서민도 독창적인 생각으로 행동한다면 영광은 왕후王侯의 행위에서 신사의 행위로 바뀌게 된다.

세상은 모든 국민의 눈길을 끈 왕후에 의해 가르침을 받아 왔다. 다시 말해 세상은 원래 인간 대 인간이 서로 갖춰야 할 존경심을 이 거대한 상징에 의해 전해져 온 것이다. 왕후, 귀족, 대지주 등은 이기까게를 기시득이 만든 법률로 지정하여 사람과 사물들을 자기 맘대로 판단하고 사람들의 생각은 무시하며, 은혜에 대해서는 돈이 아니라 명예로 보답하고 법률은 몸소 표현하고 있지만, 사람들이 여기저기서 이런 것들을 그들에게 시켜온 그 기꺼운 충성심은 사람들이 자기 자신의 권리와 아름다움을 자각하고 만인의 권리를 자각하고 있다는 사실을 어슴푸레하게 표현한 형상문자이다.

모든 독창적 행위를 가진, 사람을 끌어들이는 힘은 자기 신뢰의 이유를 탐구할 때 설명이 가능하다. 신뢰를 받는 궁극적인 사람은 누구인가? 만인의 신뢰를 받을 수 있는 진정한 자아란 무엇일까? 하찮고 불순한 일조차 아주 적게나마 독립의 상징이 보인다면 아름다움의 빛이 비추는 시차親差도 없으며 측정 가능한 요소도 갖추고 있지 않은, 과학을 당혹스럽게 만드는 별의 본질적인 힘은 과연 무엇인가? 이 탐구는 천부적인 재능과 덕과 생명의 본질이자 우리가 천연이나 본능이라 부르는 원천으로 우리를 데려다준다.

우리는 이 근본적인 영지^{英智}를 직감이라 부르며 이에 대한 모든 교육은 전수할 수 있는 것이다. 그 심오한 능력, 다시 말해 분석이 불가능한 궁극의 사실 속에 모든 것의 공통적 기원이 있다. 왜냐하면 어떻게 해서 발생하는지는 모르지만 조용한 순간에 영혼 속에서 일어나는 실존감은 공간, 빛, 시간, 인간과 별개의 것이 아니라 그것들과 일체의 것이자 명백하게 그것들의 생명과 존재의 기원이기도 한 같은 원천으로부터 나오고 있다. 우리는 먼저 만물을 존재하게 하는 생명을 받게 되지만 그 이후로 만물을 자연계의 현상으로서 바라보기 위해 스스로 같은 원인으로부터 기인한다는 것을 망각하는 것이다.

그러나 그중에서도 특히 행동과 사상의 샘은 따로 있다. 여기에 사람에게 영지를 부여하고 불신과 무신론이 아니면 부정할 수 없는 영감의 기원이 있는 것이다. 우리는 무한한 천지^{天智}의 품에 안기고 그 진리를 받고 그 작용을 드러내는 수단이 되고 있다. 우리가 정의를 추구하고 진리를 꿰뚫어볼 때, 우리는 자신이 무언가를 하고 있는 것이 아니라 그 빛을 우리 몸에 비추고 있는 것에 불과하다.

이것이 어디로부터 오는지를 묻고 원인을 이루는 영혼을 탐구하려고 한다면 모든 철학은 포기할 수밖에 없을 것이다. 그것이 있는

지 없는지가 우리가 확인할 수 있는 전부이다. 누구라도 자신의 마음의 자유의지에 의한 행위와 순간적으로 보이는 깨달음을 구별해 주며, 완전한 신앙은 깨달음에 의한 것이라는 것을 알고 있다. 깨달음이란 이것을 표현하고자 하면 실패할 수도 있지만, 그것은 낮과 밤처럼 실제로 그러하며 논의의 여지가 없다는 것을 그 사람은 알고 있다.

나의 자유의지에 의한 행동과 일은 유랑과 마찬가지다—전혀 이 ▨▨▨ ▨▨ ▨ ▨▨ ▨▨▨ ▨▨▨▨ ▨ ▨▨ 가져이 우리이 호기심과 존경심을 좌우한다. 마음이 없는 사람은 깨달음의 표현을 사람의 의견 표현과 마찬가지로, 아니 오히려 그보다 훨씬 간단히 거부하고 있지만 그것은 깨달음과 의견을 구별하지 않기 때문이다. 마음이 없는 사람들은 내가 호불호로 그것을 인정하거나 인정하고 있을 것이라고 상상한다. 그러나 깨달음은 변덕스럽지 않고 절대적인 것이다. 만약 내게 있는 특징이 보인다면 그것은 내 자손들 또한 마찬가지로 볼 수 있을 것이며, 시간이 흐르면 전 인류에게도 보일 것이다—가령 나보다 먼저 그것을 깨달은 사람이 한 사람도 없다고 하더라도 그것은 그것을 깨닫는다는 것은 태양으로도 바꿀 수 없는 하나의 사실이기 때문이다.

인간정신의 신령에 대한 관계는 완전히 순수하기 때문에 그것을 보조할 것을 끼워 넣는 것은 신에 대한 모독이다. 신이 계시를 내릴 때는 한 가지 것만이 아니라 모든 것을 전하고, 세상을 신의 목소리로 가득 차게 하고, 현재 사상의 중심으로부터 빛, 자연, 시간, 사람을 사방으로 방사하여 기원을 새롭게 쓰고 이 세상을 새롭게 창조할 것이다. 정신이 청순하고 신적인 영지를 받아들였을 때, 낡은 것은 항상 그림자 뒤에 감춰지고-수단, 교사, 경문, 사원들은 모두 땅에 추락하게 된다. 이번에는 그 순수한 사람이 살며 과거와 미래를 현재로 흡수한다. 만물은 모두 다 마찬가지로 그 순수한 사람과의 관련에 의해 신성하게 된다. 만물은 각각의 원인에 의해 용해되고 그 중심으로 돌아가며 작은 개개의 기적은 우주 전체의 기적 속에 그림자를 드리울 것이다. 게다가 만약 누군가가 신을 알고 신에 대해 이야기할 자격이 있다고 주장하며 다른 세계, 다른 나라의 낡고 썩은 내 나는 국민의 말투로 유혹하려 한다면, 그런 사람의 말을 믿어서는 안 된다.

떡갈나무 열매가 훌륭하게 자란 떡갈나무보다 훌륭할까? 부모는 자신의 성숙한 생명을 쏟아 부은 자식보다 뛰어날까? 만약 그렇지 않다면 이 과거의 숭배는 대체 어떻게 된 일일까? 낡은 세기는 인간 정신의 건전함과 권위를 봉쇄하려는 음모자이다.

시간과 공간은 눈이 만들어 낸 생리학적 색체에 지나지 않지만 정신은 빛이다. 그 빛은 마치 대낮과도 같다. 이미 지나간 것은 밤이다. 게다가 만약 역사가 나의 존재와 발전을 묘사한 즐거운 훈시나 우화 이상의 그 무엇이라면, 역사는 불손하고 유해한 것이다.

인간은 겁쟁이라 변명만을 늘어놓는다. 더 이상 똑바로 서 있을 수조차 없다. "나는 이렇게 생각한다." "나는 이렇다."라고 말할 용기가 없으며 누군가 성인이나 현인의 말을 인용한다. 풀잎과 장미꽃을 대할 때도 면목이 없을 정도다. 이 창가의 이러한 장미는 과거의 장미와 자신들보다 뛰어난 장미를 참고로 삼는 일은 없다. 그들은 자신의 본분을 다하기만 하면 그만인 것이다. 그들은 오늘 하루 신과 함께하고 있다. 그들에게 시간은 없다. 단지 장미라고 하는 것이 있을 뿐이며, 그것은 생애의 모든 시간에 있어 완전하다. 싹이 트기 전부터 장미의 모든 생명은 약동을 하고 있다. 꽃이 개화할 때 그 이상이 아니라 잎사귀가 떨어진 다음의 뿌리에 있어서도 그것 이하는 아니다. 장미의 본성은 모든 순간에 똑같이 만족하고, 또한 그것은 자연을 만족시키고 있다. 그러나 인간은 연기하거나 회상을 하면서 미래를 예측하려고 손톱을 세우고 있다. 인간도 대자연과 함께 시간을 초월해서 현재를 살아갈 수 있을 때까지는 행복하고 강해질 수가 없다.

이것은 충분히 명백한 것이지만 아무리 강한 지성을 가진 사람이라 할지라도 무엇인지 알 수는 없지만 다윗과 예레미야가 종교적으로 쓴 말투에서 신이 계시를 해 주지 않는 한 본인은 신의 목소리를 들을 용기가 없다는 사실을 생각해 보는 것이 좋을 것이다.

두세 개의 경문, 두세 명의 전기에 언제까지나 그렇게 큰 희생을 대가를 치루고 싶지는 않다. 우리는 할머니와 가정교사의 말을 외우고 완전히 성장을 하면 우연히 발견한 재능과 품성이 높은 사람의 문장을 그대로 암기하며—한 자 한 구절의 틀림이 없도록 고심하며 기억을 떠올리려 하다가 나중에는 그런 말들을 했던 사람들과 똑같은 관점에 서게 돼서야 비로소 그 의미를 깨닫게 되는데, 그때는 필요하다면 언제라도 그것에 뒤처지지 않을 말을 본인도 쓸 수 있게 돼서 기억하고 있던 말을 잊어도 되는 어린애와도 같다.

만약 우리가 진정으로 살고 있다면 제대로 알 수 있을 것이다. 강인한 사람이 강인한 것은 나약한 사람이 나약한 것과 마찬가지로 그 이유가 없다. 만약 새로운 깨달음을 얻기만 한다면 우리는 기꺼이 모아둔 보물인 기억을 낡고 하찮은 것들인 양 버리게 될 것이다. 사람이 신과 함께 살아간다면 신의 목소리는 유유히 흐르는 냇물 소리, 혹은 옥수수 밭 사이를 스치는 소리처럼 경쾌할 것이다.

그래서 마지막까지 이 문제에 관한 최고의 진리를 여전히 다루지 못한 채 남아 있는 것이다. 어쩌면 말할 수 없는 것일지도 모른다. 왜냐하면 우리가 하는 말은 모두 직감한 것을 흐릿하게 추억하고 있는 것에 불과하기 때문이다. 그 사상은 내가 현재 가장 그것과 가까운 말로 표현한다면 다음과 같이 된다. 선이 가까이 있을 때, 내면에서 생명을 느끼고 있을 때, 그것이 특별히 사람들이 아는 방법이나 습관에 의해 발생하는 것은 아니다. 다른 누군가의 발자국도 그곳에서는 찾을 수 없다. 사람의 얼굴도 전혀 보이지 않는다. 누구의 이름도 들리지 않는다―그것이 드러나는 방법, 그 사상, 그 선함, 그것들은 전혀 새로운 것이다. 전례나 경험 따위는 근접할 수 없다. 그 모든 방법은 인간이란 전혀 다른 것이며 인간이 마음대로 할 수 있는 것이 아니다.

이 나에 또 예에게 심판을 이미 내려 걱정이 모두가 이 길을 따르는 목사와 같다. 공포심도 희망도 모두 마찬가지로 이 길의 안중에 없다. 희망조차 왠지 저급한 것이 있다. 깨닫는 순간에는 특별히 감사할 만한 것이 없으며, 또한 특별히 환희라 부를 만한 것도 없다. 감정을 초월한 정신이 동일성과 영원한 인과율을 발견하고, 진리와 정의의 절대적인 실체를 깨닫고 만물의 대 화를 깨닫고 안도하는 것이다. 대자연의 광대한 공간, 대서양, 남양, 그리고 긴 시간 간격, 수백 년, 수천 년, 모두가 문제가 되지 않는다. 내가 생각하고 느끼는 것, 그것은 지금 내 현재와 흔히 말하는 생과 죽음의 근저를 이루고 있듯이 모든 과거의 생명 상태와 처지의 근저를 이루고 있다.

생명만이 도움이 될 뿐, 살아온 것은 아무런 문제도 되지 않는다. 힘은 멈추는 순간부터 효력이 사라진다. 힘이란 과거의 상태에서 새로운 상태로 이동하는 순간에 칸막이를 뛰어넘어 목적을 향해 돌진하는 데 존재한다. 이 사실을 세상 사람들은 싫어하며 꺼린다. 그것은 그 사실이 영구적으로 과거의 위치를 끌어내려 모든 부를 빈곤으로 만들고, 모든 명성을 굴욕으로 만들고, 성인을 악당과 동일시하고, 예수와 유다를 똑같이 배제하기 때문이다.

그렇다면 어째서 우리는 자기 신뢰를 논하는 걸까? 그것은 정신이 있는 곳에는 힘이 있기 때문이다. 믿고 있는 힘이 아니라 현재 작용하고 있는 힘이 있기 때문이다. 신뢰 따위를 말하는 것은 너무나도 초라하고 피상적인 것이다. 오히려 스스로 움직이고 실존하기 위해 의지하고 있는 것에 대해 이야기하는 것이 좋다. 나 이상으로 복종심을 지닌 사람은 손가락 하나만으로도 나를 지배한다. 영혼의 인력에 의해 나는 그 사람의 주변을 돌아야만 한다. 우리는 고덕高德이라는 것을 수사학적인 것으로 상상한다. 다시 말해 우리에게는 여전히 덕이 최고의 것이며 절조節操를 충실히 지키는 사람이나 집단은 필연적으로 그것을 지키지 않는 모든 도시, 국가, 국왕, 부자, 시인 등을 압도하고 지배한다는 사실을 모르고 있다.

이 사실, 다시 말해 만물은 영원히 성스러운 '하나'로 귀속된다는 사실은 우리가 이 문제를 생각할 때, 어떤 문제를 생각할 때도 그러하듯이 우리가 순식간에 도달하는 사실이다. 절대적인 실존은 지고至高 원인의 특징에 있으며 그 특징이 모든 하등한 형태로 들어오는 정도에 따라 선을 측정하는 척도가 된다. 진실한 것은 그것이 포함하고 있는 덕의 정도만큼 진실이다. 상업, 농업, 사냥, 포경, 전쟁, 웅변, 인간적인 무게 등은 어느 정도 그 특징을 포함하고 있으며 그것이 실존하면서 불순하게 작용하고 있는 예로써 나의 주의를 끈다. 나는 자연계에도 같은 법칙이 보존과 성장을 위해 작용하고 있는 것을 본다. 자연계에 있어서 힘이 권리를 측정하는 본질적인 척도이다. 자연의 여신은 자립할 수 없는 것들은 자신의 왕국에 발을 들어놓도록 허락하지 않는다. 유성의 탄생과 성숙, 그 평균과 궤도, 강풍에 쓰러진 나무가 다시 일어난다는 것, 모든 동식물의 생활수단, 그것들은 자급자족을 할 수 있고 또한 그로 인해 자기를 신뢰하는 정신이 있다는 것을 표현하는 것이다.

결국 모든 것이 돌아가는 곳은 하나이다. 우리는 방황을 해서는 안 된다. 우리 집에 지고至高의 원인과 함께 존재해야 한다. 담담하게 이 성스러운 사실을 선언하고 침입해 오는 무리들, 서적, 관례의 간담을 서늘하게 해 주자. 침입자들에게 신발을 벗고 들어오라고 명령하라. 그곳은 신이 있는 곳이기 때문이다. 우리의 청순함으로 그들을 판단하고 우리가 태어나면서부터 선천적으로 누리던 부와 비교하면 자연계와 행운이 얼마나 빈약한 것인지를, 우리 자신들의 법칙에 순응시킴으로써 보여주어야 한다.

그러나 오늘날 우리는 오합지졸로 전락하고 말았다. 사람이 사람 앞에 나서서 조심할 줄을 모르고 그 재능이 자신의 집에 머물러 내면의 태양으로 빠져드는 것을 논하지도 못한 채 재능의 장난으로 타인의 물통에 한가득 물을 채우려 밖으로 나돌고 있다. 혼자서 살아야 할 것이다. 나는 그 어떤 설교나 의식을 시작하기 전의 조용한 교회를 좋아한다. 사람들은 제각각 일종의 경내와 신전 안에서 얼마나 멀리, 얼마나 냉정하고 순결하게 보일 것인가! 그렇게 해서 우리는 항상 그곳에 앉아 있으면 한다. 우리는 친구와 아내와 부모와 자식이 내 집 난롯가에 둘러앉아 있다고 해서, 혹은 그들에게 같은 피가 흐르고 있다고 해서 자신까지 그들의 결점을 공유해야 하는가? 그런 인연이 있다고 해서 내가 지나친 결벽증으로 부끄러워할 정도로 그들의 성미와 어리석은 행동에 물들지 않기를 바란다. 단, 독립도 기계적이어서는 안 되며, 정신적으로 고양시킬 수 있는 것이어야 한다. 때때로 세상의 모든 것이 공모해서 전혀 하찮은 일로 자신을 괴롭히고 있는 것처럼 여겨질 때가 있다. 친구, 식객, 아이들, 병환, 공포, 결핍, 자선 등, 모두 한꺼번에 당신의 방문을 두드리며—"잠시 와주세요."라고 한다.

그러나 당신의 태도에 흔들림이 있어서는 안 된다. 그들의 혼란에 휩싸여서는 안 된다. 사람들이 나를 고통스럽게 하기 위해 가지고 있는 힘은 사실 내가 일종의 작은 호기심에서 그들에게 불어넣은 힘인 것이다. 자신 때문이 아니고서는 누구도 자신에게 다가올 수 있는 사람은 없다. "우리가 사랑하는 것은 손에 넣을 수 있다. 그러나 우리는 욕망 때문에 그 사랑을 잃고 마는 것이다."

가령 우리가 한달음에 순하게 복종하고 숭배하는 성스러운 심경에 달하지는 못한다고 할지라도, 적어도 유혹에는 저항하여 전투 상태로 들어가 우리의 색슨 인종으로서의 가슴속에 불굴의 정신을 일깨우도록 하자. 이것은 평온할 때에도 진리를 이야기함으로써 행할 수 있다. 이 거짓된 대접과 거짓된 애정을 그만두자. 더 이상 이렇게 우리들 속에 섞여 있는 거짓과 사기꾼들이 기대를 충족시키는 삶을 살지 말자. 아아, 아버지, 어머니, 아내여. 형제여, 친구여, 지금까지 나는 겉모습에만 사로잡혀 있던 당신들과 함께 살아왔다. 그러나 이제부터 진리의 종이 되자. 앞으로 영원의 법칙이 아닌 그 어떤 규칙도 따르지 않을 것을 맹세하라. 혈연의 관계는 어쩔 수 없다고 하더라도 앞으로는 그 어떤 계약을 맺어서도 안 된다. 부모를 부양하고 가정을 지키며 한 아내의 남편이 되도록 노력하자―그러나 이와 같은 관계는 새로운 전례가 없는 방법으로 완수하지 않으면 안 된다.

나는 당신들을 위해 나 자신을 망치거나 당신들을 망칠 수도 없다. 있는 그대로의 나를 당신들이 사랑할 수 있다면 서로가 지금 이상으로 행복해질 것이다. 그것이 불가능하다면 당신들이 있는 그대로의 나를 사랑할 만한 가치가 있는 인간이 되도록 노력하겠다. 나는 내가 좋아하고 싫어하는 것을 감추고 싶지는 않다. 깊이가 있는 것은 성스러운 것으로 굳게 믿고 마음속 깊이 자신을 기쁘게 해주는 것, 진심이 명하는 것을 하늘에 한 점 부끄러움 없이 최선을 다할 것이다. 만약 당신들이 고결한 사람이라면 나는 당신들을 사랑할 것이다. 고결한 사람이 아니라면 나는 위선적인 태도로 당신들에게 친절을 베풀게 되어, 나는 물론 당신들도 피해를 입게 될 것이다. 만약 당신들이 진실하고 그 진실이 나의 진실과 다른것이라면 당신들은 당신의 동료들에게 편에 서라. 나는 내 동료를 찾을 것이다. 나는 이것을 이기적으로 행하는 것이 아니라 겸허하고 진실된 마음으로 행하겠다.

지금까지 당신들의 거짓된 생활이 얼마나 길었든 상관없이 진실하게 사는 것은 당신들을 위한 것이며, 또한 나를 위한 것이자 전 인류를 위한 것이기도 하다. 지금 내가 하는 말이 조금은 지나치게 들릴지도 모른다. 그러나 결국 당신들은 나의 본성과 마찬가지로 당신들의 본성이 명령하는 것을 사랑하게 될 것이다. 그리고 "우리가 진리를 따르기만 한다면 진리는 결국 우리의 인생을 아무런 탈도 없이 완벽하게 해 줄 것이다."라고 그들에게 말하라. 그러나 그렇게 된다면 부모형제와 친구들에게 고통을 안겨주게 될 것이다. 그것은 당연한 일이다. 그러나 나는 그들의 마음에 상처를 주지 않기 위해 자신의 자유와 힘을 희생할 수는 없다. 게다가 모든 사람에게 절대적 진리의 세계를 들여다볼 수 있는 이성의 섬광이 번뜩이는 순간이 되면, 사람들은 내가 옳았다는 것을 인정하고 그들 또한 나와 같이 생각하고 행동하게 될 것이다.

민중이 지키는 규범을 거부하면 민중은 그것을 모든 규범을 거부하는 것이라 여기며 단순히 도덕 법률의 폐기론에 지나지 않는다고 여길 것이다. 그리고 대담한 감각론자들은 자신들의 죄악을 감추기 위해 철학이라는 문자를 활용할 것이다. 그러나 인식의 법칙이 막삭되지는 않는다 다시 말해 직접적 혹은 반성적인 방법으로 자기 자신을 청결하게 함으로써 일상의 임무를 다할 수 있을 것이다. 자신은 무모, 이웃, 마을, 개와 고양이에게 충분히 해야 할 역할을 다 해왔을까—이들 중에 누군가가 자신을 책망하지 않는지 생각해 볼 필요가 있다.

그러나 나는 이 반성에 의한 규범에 태만하고 본인 스스로 용서를 할 수도 있다. 나에게는 나 자신의 엄중한 요구와 완전한 세계가 있다. 그것은 의무라 불리는 수많은 일들에 의무라는 이름을 붙이는 것을 거부한다. 그리고 만약 내가 그 엄중한 요구를 충족시키지 못한다면 그것은 내게 민중의 규범을 도외시하게 만든다. 만약 누군가 이 법칙이 거짓이라고 상상하는 사람이 있다면 단 하루라도 좋으니 그 사람에게 그 명령을 지키도록 해보라.

진정으로 흔해빠진 인정에 의한 동기를 버리고 자신을 두령으로 삼고 믿는 사람은 무언가 신적인 것이 없으면 안 되는 사람이다. 자기 자신에게 있어 진심에서 우러난 신조, 사회, 법률이자 단순한 목적이 자신에게는 너무나도 철석같은 필연성이 다른 사람들이 느끼는 것과 마찬가지로 강한 것이기 위해서는 자신의 고귀한 진리, 성심성의껏, 맑고 깨끗한 눈을 하고 있지 않으면 안 된다!

누구나 사회라고 불리는 것의 현상을 본다면 이런 윤리의 필요성을 인정할 것이다. 오늘날은 인간으로부터 근육과 심장이 빼앗긴 것과 같으며, 우리는 겁쟁이에 활력이 없는 울보가 되고 말았다. 진리를 무서워하고, 운명을 두려워하고, 죽음을 두려워하고, 서로를 무서워하고 있다. 이 시대에서 위인과 완전한 인간이 탄생할 걱정은 없다. 우리는 생활과 사회 정세를 일신해 줄 사람을 바라고 있지만 대부분의 사람들은 파산자로 그들 자신이 필요한 것조차 채우지 못하며 자신의 실제 힘에 어울리지 않는 야심을 품고 있어 밤낮으로 남에게 의존하는 거지꼴을 하고 있는 상태이다. 우리의 살림살이는 구걸하는 것과 마찬가지다. 우리의 예술, 직업, 결혼, 종교 등을 모두 우리가 선택한 것이 아니라 사회가 우리에게 선택해 준 것이다. 우리는 뼈가 빠지도록 싸워야 하는 병사이다. 힘이 용솟음치는 거칠고 필사적인 투쟁은 피하고 있는 것이다.

오늘날의 젊은이들은 처음 세웠던 계획이 무산되면 완전히 낙담을 하고 만다. 사람들은 젊은 상인이 실패하면 몰락했다고 말한다.

최고로 훌륭한 재능이라 할지라도 대학에서 배우고 졸업하고 1년 이내에 보스턴과 뉴욕 시내, 혹은 교외의 관공서에 취직하지 못하면 모두가 의기소침해지고 평생 우는 소리를 하며 사는 것도 무리가 아니라고 생각한다. 뉴햄프셔와 버몬트에서 상경해 이 일 저 일로 직업을 전전하며 소치는 목동, 농부, 행상, 학교 경영, 설교, 신문 편집, 국회의원, 지방의 유지가 되는 식으로 쉴 틈도 없이, 게다가 고양이처럼 발을 헛디디는 일도 없이 강한 의지를 지닌 자는 위에서 말했듯이 도시의 인형 같은 인간 백 명보다 가치가 있다.

그런 사람들은 시대 흐름에 뒤처지지 않으며 '직업 연구'는 하지 않지만 전혀 부끄럽게 여기지 않는다. 그것은 생활을 연장하는 것이 아니라 이미 생활을 하고 있기 때문이다. 그에게 기회는 한 번 뿐만이 아니라 100번이나 된다. 스토아 철학자가 인간에게 호소할 수단을 밝혀내고 사람들에게 다음과 같은 것을 가르쳐 주면 좋을 것이라고 생각한다. 다시 말해 사람은 누군가가 베어내는 버드나무가 아니라 독립할 수 있고 독립해야 하는 존재이며, 자기 신뢰를 실행하면 새로운 힘이 생겨나는 것이고, 인간은 모든 나라들을 치유하기 위해 태어났으며, 세상 사람들의 동정을 받는 것은 수치스러운 것이고 법칙, 서적, 우상숭배, 관습을 모두 창밖으로 던져 버리고 자율적으로 행동을 하기 시작하자마자 모든 사람들이 그 사람을 가엽게 여기지 않고 감사하고 존경할 것이다–이 스승이야말로 인생을 다시 빛나는 것으로 만들어 주고 그 이름을 영원히 남기게 된다는 것이다.

가장 위대한 자기 신뢰라면 모든 인간의 임무와 관계, 종교, 교육, 연구, 삶의 방식, 교제, 재산, 철학적 견해에 하나의 혁명을 일으킬 것이 확실하다는 사실은 쉽게 이해할 수 있을 것이다.

첫째, 사람들은 무엇을 기원하고 있는 걸까? 세상 사람들이 흔히 말하는 신성한 임무란 용감하거나 씩씩한 것이 아니다. 기도는 밖을 바라보며 육신이 익숙하지 않은 덕의 힘으로 무언가 자신이 모르는 어떤 것이 주어지기를 바라며 제한이 없는 초자연적인 중개적이고 신비적인 미로를 헤매는 것이다. 모든 선을 바라는 것이 아니라 뭔가 특정한 편익을 바라는 기도는 사악하다. 기도는 인생의 사실을 가장 높은 관점에서 성찰하는 것이다. 그것은 진리를 버리고 열광하는 영혼의 독백이다. 신령이 그 업적의 선함을 선언하는 것이다. 그러나 어떤 사적인 목적을 달성하는 수단으로 기도를 하는 것은 비열한 강도짓이다. 그런 기도는 자연과 의식에 통일을 인정하지 않고 이원성을 가정하는 것이다.

인간은 신과 일체가 되자마자 구걸을 하지 않는다. 그때는 모든 행동이 기도라는 것을 깨닫게 되는 것이다. 밭에 쭈그려 앉아 풀을 베고 있는 농부의 기도와 팔꿈치를 대고 노를 젓는 어부의 기도는 생활에 가까운 목적을 위한 것이라고는 하지만 대자연에 울려 퍼지는 참된 기도이다. 플레처의 『본두카(Bonduca)』에 나오는 카라타크가 아우다테 신의 마음을 살피기 위해 묻자 이렇게 대답했다.

감춰진 신의 의도는 우리의 노력 속에 감춰져 있다.
용기야말로 우리의 가장 소중한 신이다.

또 하나 잘못된 기도는 우리의 후회이다. 불만은 자기 신뢰의 결□□□ □□□ □□□□□□□ □□□ □□□□□, □□□ □□□□□ □ □행을 맛본 사람에게 도움이 된다면 맘껏 후회하라. 만약 도움이 되지 않는다면 자기 자신의 일에 최선을 다하라. 그러면 이미 모든 해악은 사라지기 시작하고 있다.

우리의 동정은 후회와 마찬가지로 비열한 것이다. 우리는 어리석게도 울고 있는 사람 곁으로 달려가 강한 전기 충격을 주어 진리와 건강을 선물하고 또다시 그 사람 자신 속에 이성을 되살려 주려고는 하지 않은 채, 그 자리에 주저앉아 함께 울고 있다. 행복의 열쇠는 우리가 환희를 느낄 수 있는 것이다. 자주독립적인 사람은 신은 물론 사람들에게도 항상 환영을 받는다. 그런 사람에게는 모든 문이 활짝 열리고 수많은 사람들이 환영 인사와 모든 영예를 누릴 것이며, 모든 사람의 소망의 눈길이 그를 따라 다닐 것이다. 우리의 사랑은 그가 그것을 원하지 않았기 때문에 우리가 앞으로 나가 그를 포용한다. 우리는 그가 독자적 길을 고수하며 우리가 반대하더라도 초연한 모습으로 있어 기도와 감사의 말을 늘어놓으며 그를 애무하며 칭송한다. 신들은 인간이 그를 증오하기 때문에 그를 사랑한다. "참고 견디는 사람에게 신의 축복은 곧바로 찾아든다." 라고 조로아스터는 말했다.

사람들의 기도가 일종의 의욕에 의한 병인 것처럼 교리는 일종의 지성에 의한 병이다. 사람들은 그 어리석은 이스라엘 백성들과 함께 "당신이 우리에게 말해 주시오. 그대로 따르겠습니다. 하느님께서 직접 우리에게 말씀하신다면 우리는 죽을 것입니다."(구약 성서 출애굽기 20장 19절)라고 말한다. 어디를 가더라도 나는 자신의 형제들 안에 존재하는 신과의 만남을 방해받고 있다. 그것은 형제가 그 자신의 신전 문 앞을 봉쇄하고 있어 그의 형제들의 신, 혹은 그의 형제와 형제들의 신과 관련된 우화를 그저 암기하고 있을 뿐이기 때문이다. 새로 태어나는 사람은 모두 새로운 종류의 인간이다. 게다가 만약 그 사람이 비범한 능력을 가지고 있는 사람이라면, 다시 말해 로크, 라부아지에(1743~1793. 프랑스의 화학자), 허튼(1726~1797. 스코틀랜드의 철학자, 지질학자), 벤담(1748~1832. 영국의 법학자, 예술가), 푸리에(1772~1837. 프랑스의 사회주의 철학자)와 같은 사람이라면, 그 사람은 자신의 생각을 다른 사람에게 주장하는데 놀랍게도 거기에 하나의 새로운 조직이 탄생하게 되는 것이다.

그 사람의 사상의 깊이와 그것이 주장하고 있는 것을 배우는 사람이 이해할 수 있는 범위 안에서 제공할 수 있는 것들의 수에 비례해서 그 사람의 만족도가 결정된다. 그러나 이것은 주로 교리와 교회에서 명백하게 드러나는 것들이다. 교리와 교회 또한 의무와 인간의 신과의 관계에 대한 기본적인 사상에 영향을 끼치는 어떤 강력한 정신을 가진 사람의 주장이기 때문이다. 칼빈파, 퀘이커파, 스베덴보리파들이 바로 그러하다. 그것을 배우는 사람이 만물을 , 해 새로운 지구, 새로운 계절을 보고 느끼는 것과 똑같은 희열을 맛본다. 한동안 그의 제자는 스승의 정신을 배움으로 인해 자신의 지적 능력이 성장했다는 것을 느낄 수도 있을 것이다. 그러나 마음의 균형이 잡혀 있지 않은 사람의 경우에는 항상 스승의 주장을 우상화시키고, 그것이 당장이라도 도움이 되는 수단이 아닌 목적으로 생각한 결과, 그 사람의 눈에는 그 조직의 벽이 저 멀리의 지평선상에서 우주의 벽과 섞여 하늘의 별들이 스승이 만들어 놓은 아치처럼 보이게 되는 것이다. 그 사람들은 어떻게 이방인들에게 사물을 볼 자격이 있는가—어떻게 해서 사물을 볼 수 있는지조차 상상도 못하는 것이다. "어쨌거나 너희들은 우리에게서 빛을 훔쳐 간 것이 틀림없다."라는 말을 하게 되는 것이다. 그들은 빛을 잡을 수 없고, 조종할 수 없으며 그 어떤 집에도, 그들의 집안에까지 빛이 비친다는 것을 아직 깨닫지 못한 것이다. 한동안 그들에게 빛이 자신들의 것이라고 떠들어대게 하는 것이 좋다. 만약 그들이 정직하고 훌륭하게 일을 처리한다고 하더라도 얼마 못가서 그들의 손에 쥐어진 깔끔한 새 암자가 너무도 좁고, 낮고, 금이 가고, 기울고, 썩어 사라지고 말 것이다. 그때야말로 한없이 젊고 기쁨으로 가득한 무수한 궤도를 가지고 무수한 색채를 띠고 있는 불멸의 빛이 천지개벽의 아침과 마찬가지로 온 우주를 비춰줄 것이다.

둘째, 이탈리아, 영국, 이집트 등을 우상으로 삼고 여행하는 미신이 모든 미국인들에게 매력적으로 느껴지는 것은 자기 수양이 부족하기 때문이다. 영국, 이탈리아, 그리스를 존경의 대상으로 여기고 있는 사람들은 지구의 축처럼 자신이 있는 장소에 사로잡혀 움직이지 않았기 때문에 그렇게 생각했을 뿐이다. 도량이 넓고 활달했던 시대에 사람들은 의무야말로 자신이 있어야 할 곳이라고 여겼다. 정신의 여행자가 아니다. 따라서 현자는 고향에 머무르며 필요한 때에 필요한 의무를 위해 집을 떠나거나 외국 여행을 하는 일이 있더라도, 그들의 마음은 여전히 자신의 집에 머무르고 있는 것과 같은 상태를 유지한다. 그리고 자신의 얼굴 표정에 따라 그가 예지와 덕의 포교자로서 여행을 하면서 도시와 사람들을 추종자나 광신자로서가 아니라 제왕을 만나듯이 방문했다는 것을 사람들에게 느끼게 한다.

그 사람이 먼저 자신의 나라에 익숙해 있어 자신이 모르는 위대한 것을 보고자 하는 생각으로 외국을 찾는 것이라면 예술, 연구, 박애의 목적으로 세계 일주를 하는 것에 대해, 나는 무조건 반대할 생각은 없다. 오락을 위해, 혹은 자신이 가지고 있지 않은 무언가를 손에 넣기 위해 여행하는 사람은 자기 자신으로부터 벗어나 여행을 떠나는 것이기 때문에 젊은 사람이라고 할지라도 낡은 것 속에 들어가면 자신 또한 낡게 변하고 만다. 테베(Thebes:그리스 중부의 ㅁㅁㅁ ㅁㅁㅁ에 세운 왜 ㅁㅁㅁ ㅁㅁ(Palmyra) ㅁㅁㅁㅁ의 ㅁㅁㅁ ㅁㅁ 가운데에 있는 폐허로 구약성서에 타데몰르라는 이름으로 솔로몬 왕이 세운 도시로 알려져 있다)는 여행자들의 의지도 정신도 그 토지와 마찬가지로 낡고 황폐화되어 버렸다. 다시 말해 여행자들은 폐허에 또 다른 폐허를 만들고 있는 것이다.

여행은 어리석은 자들의 음악이다. 단 한 번만 여행을 해 보면 명소라는 곳이 얼마나 하찮은 곳인지 알 수 있다. 고향을 떠나기 전에는 나폴리와 로마의 정취에 취하고 자신의 슬픔을 모두 털어버릴 수 있을 것이라고 상상한다. 트렁크에 짐을 채우고 친구들에게 작별인사를 마친 뒤 바다를 건너 나폴리에 도착하게 되면 꿈에서 깨게 된다. 이게 대체 어떻게 된 일인가? 모든 것을 떨쳐버리고 도망친 냉엄한 현실, 그러나 전혀 변함이 없는 슬픈 자아만이 자신의 곁에 있지 않은가? 나는 바티칸을 찾아가 궁전을 돌아본다. 나는 경관과 추억에 젖은 척을 해 보지만 전혀 그렇지 않다. 내가 어딜 가든 나의 거인은 항상 나를 따라 다니고 있다.

셋째, 여행에 대한 열기는 지적 활동 전체에 일종의 불건전함이라는 것을 드러내는 징후이다. 지성은 방랑放浪성을 띠고 우리의 교육 전체는 차분하지 못한 상황을 조장하고 있다. 육신이 집에 머무르지 못하게 되면 마음은 방황을 하게 마련이다. 우리는 항상 흉내를 내는데, 흉내가 마음의 방랑이 아니라 무엇이란 말인가? 집들은 외국의 취향에 따라 지어지고, 장식장은 외국의 것들로 장식되어지고, 우리의 의견, 취미, 재능은 과거의 것들과 멀리 떨어진 외국으로 기울어지고 그것을 모방한다. 그러나 예술 활동이 왕성했던 곳은 어디에서나 정신이 예술을 창조하고 있다. 예술가가 본보기를 추구한 것은 바로 자기 자신의 마음속이었다. 자기 자신의 사상을 지키고 유지할 조건에 적용한 것이다. 그런데 어째서 우리는 고딕 양식과 같은 서양의 양식을 본보기로 삼고 흉내를 내는 것인가? 만약 미국의 예술가가 기후풍토, 하루의 길이, 국민의 요구, 정치적 습관과 양식을 염두에 두고, 희망과 사랑으로서 자신이 해야 할 일을 엄밀히 연구한다면 그에 적절한 집을 지을 수 있고 취미와 진리를 채울 수 있을 것이다.

흉내가 아닌 자기 자신에게 집착하자. 자기 자신의 운명이라면, 사람이 누구나 평생을 걸쳐 키어온 누적된 힘을 쏟아 부어 언제라도 이것을 피력할 수 있다. 그러나 남의 것을 빌려온 재능이라면 그것은 당장의 현실에서 벗어나기 위한 소유물에 지나지 않는다. 모든 사람들이 각자 제일 잘할 수 있는 일은 그 사람을 만든 조물주만이 알고 있다. 누구나 그것을 해 볼 때까지는 그것이 무엇인지 모르고, 또한 알 수도 없다. 셰익스피어를 가르칠 수 있는 사람이 대체 어디에 있단 말인가? 프랭클린, 워싱턴, 베이컨, 뉴턴을 가르칠 수 있는 사람이 과연 어디에 있단 말인가? 위인은 제각각 독특한 면모를 가지고 있다. 스키피오의 스키피오다운 점은 그 어느 누구에게서도 빌려올 수 없는 독특한 특징이다. 셰익스피어는 셰익스피어의 연구를 한다고 해서 절대로 만들어지는 것이 아니다. 자신에게 주어진 것을 충실하게 해내야 한다. 그러면 자신의 소망이 너무나 크거나 대담해지는 일도 없다. 지금 현재 당신이 쏟아내야 하는 것은 페이디아스의 거대한 끌, 이집트인의 흙손, 모세와 단테의 펜이 호소하는 것과 마찬가지로 아름답고 웅대하며 그 모든 것들과 다른 정신을 가지고 있다. 아마도 그 무한히 풍부하고 웅장하며 수없이 많이 갈라져 있는 혀를 가진 성령이 같은 말을 내뱉는 일은 없을 것이다. 그러나 이런 선조의 호소를 듣게 된다면, 틀림없이 당신은 그들과 같은 높이의 목소리로 대답을 할 수 있을 것이다. 왜냐하면 귀와 혀는 동일한 성질로 된 두 개의 기관이기 때문이다. 청순하고 고결한 자신만의 생활의 장에 머무르면서 자신의 본심에 따른다면 이전의 세계가 다시 또렷이 드러나게 될 것이다.

넷째, 우리의 종교, 교육, 예술이 모두 외부를 바라보고 있듯이 우리의 사회적 정신도 외부를 향해 있다. 모든 사람들이 사회의 진보에 자부심을 느끼고 있지만 단 한 사람도 향상을 이루지 못하고 있다.

사회는 절대적으로 진보할 수 없다. 한쪽에서 진보가 이루어지고 있는 것처럼 보이면 다른 한쪽이 뒤처지고 있다. 사회는 끊임없이 변하고 있다. 야만적이거나, 개화를 하거나, 기독교로 교화가 되거나, 풍요롭거나, 과학적이 되거나 한다. 그러나 이 변화는 개선이라 부를 수 없다. 그 이유는 무언가 하나를 얻으면 반드시 잃는 것이 있기 때문이다. 사회는 새로운 기술을 익히면 낡은 본능을 잃게 된다. 주머니에 시계, 연필, 수표를 넣고 멋진 옷으로 치장을 하고, 책을 읽거나 쓰고 생각하는 미국인과 가진 것이라고는 막대기 하나에 칸막이도 쳐져 있지 않은 초막에서 스무 명이나 되는 사람들이 한데 얽혀 잠을 자는 반라**의 뉴질랜드 사람과 비교해 본다면 엄청난 차이가 있다. 그러나 양측의 건강을 비교해 볼 때 백인은 원시적인 힘을 잃어버렸다는 것을 쉽게 알 수 있을 것이다. 만약 여행객의 이야기가 사실이라면 큰 도끼를 휘둘러 야만인들에게 상처를 입힌다고 할지라도, 그것은 마치 부드러운 코르타르를 자른 것과 마찬가지라 하루나 이틀 만에 상처가 아물어 버리지만 백인이 똑같이 일격을 당하면 바로 무덤으로 보내지고 만다.

문명은 마차를 선물했지만 다리를 나약하게 만들어 버렸다. 지팡이를 짚어야 할 만큼 다리 근육이 퇴화한 것이다. 훌륭한 제네바산 시계를 가지고 있지만 태양을 보고 시간을 가늠하는 능력은 잃고 말았다. 그리니치 항해력을 가지고 있어 필요할 때는 언제라도 지식을 얻을 수 있다고 생각하기 때문에 사람들은 하늘 위에 떠 있는 별에 대해 아는 것이 없다. 하지와 동지에 둔감하다. 마찬가지로, 적도에 대해서도 아는 것이 전혀 없다. 그리고 1년 12달의 역曆을 일러줄 나침반이 그들의 마음속에는 더 이상 존재하지 않는다. 수첩은 기억력을 떨어뜨리고, 도서관은 지력知力에 부담을 더하고, 보험회사는 사고를 늘어나게 하고 있다. 따라서 기계가 방해를 하고 있지는 않지만 세련된 정력이 어느 정도 떨어지지 않았는지, 국교와 하나의 의식으로서 보호를 받고 있는 기독교로 인해 삶 그 자체의 덕의 힘을 어느 정도 잃은 것은 아닌지와 같은 것은 문제가 될 것이다. 왜냐하면 금욕주의자들은 누구나 다 실제로 금욕주의자였다. 그런데 과연 기독교 국가에서는 대체 어디에 기독교도가 있다는 말인가?

높이와 넓이를 측정하는 범례나 규칙에 편향됨이 없는 것처럼 도덕적 표준에도 편향은 없다. 오늘날이 옛날보다 더 위대한 사람이 있는 것은 아니다. 최초 시대의 위인과 최후 시대의 위인 사이에는 묘한 평등성을 엿볼 수 있다. 19세기의 과학, 예술, 종교, 철학의 전부 살펴보더라도 2, 3세기 전의 플루타르코스의 영웅보다 위대한 인간을 교육시키기는 어렵다.

인류는 시간적으로 진보하고 있는 것이 아니다. 포키온(플루타르코스 속 인물), 소크라테스, 아낙사고라스, 디오게네스(Diogenes. BC 412~323. 고대 그리스의 철학자)들은 위인이지만 그와 조금이라도 비슷한 인물은 남기지 않았다. 진정으로 그들과 같은 부류에 속하는 사람이 있다면 그 사람은 그들의 이름으로 불리지 않고, 그 사람은 그 사람 자신이며 그 사람은 그 사람으로서 일파를 열 것이다. 각 시대의 예술과 발명은 각각의 시대적 의상에 지나지 않은 것으로 사람들에게 활력을 불어넣어 주는 것은 아니다. 진보한 기계의 폐해는 그것이 가져다준 이익을 장부에서 지워버리고 있다. 허드슨(Henry Hudson. 1550?~1611. 영국의 탐험가로 허드슨 만, 허드슨 해협, 허드슨 강 등은 그의 이름에서 유래되었다)과 베링(Vitus Jonassen Bering. 1681~1741. 18세기 러시아의 탐험가. 그의 이름을 따서 베링 해협이라 부르게 되었다)은 과학기술의 비술을 전혀 갖고 있지 않은 채 어선을 이용했지만 패리(1790~1855. 영국의 탐험가)와 존 프랭클린(1786~1847. 영국의 탐험가)이 경탄할 만한 위업을 달성했다. 갈릴레오는 한 개의 오페라 안경으로 누구도 따라올 수 없을 만큼 멋진 천체 현상을 발견했다. 콜럼부스는 갑판도 없는 배로 신세계를 발견했다. 수년 전, 혹은 수세기 전까지는 절대적인 찬미를 받으며 활용되던 수단과 기계가 주기적으로 이용되거나 폐지되는 것을 보는 것은 정말로 기이한 현상이다. 위대한 천재도 본래의 인간으로 귀속된다. 우리는 과학의 승리 속에서 전술의 진보를 인정하였지만, 나폴레옹은 모든 원조를 배제하고 적나라한 용기만을 의지하여 야영을 하면서 유럽을 정복했다. "우리의 무기, 화약고, 병참부, 차량을 폐지하고 로마인들의 습관을 본받아 병사가 스스로 밀을 ┃"┃ ᅟᆞ ᅟᆞ ᅟᅴ ┃ᆢᅵ"ᅙᆔ┃ ᅟᅵ ᅟᆞ ᅟᅴ ┃╢┃ᆞ ᅟᅵᅟᆞᅟᅵ ╥┃┃ᅣ╞ᅵ ╙╙╢ᆢ╢┃ ┃╢╢┃╢ 만드는 것은 불가능하다고 나폴레옹은 생각했다고 라 카사 (1766~1842. 나폴레옹의 충신)는 말했다.

사회는 일종의 파도와도 같아 항상 앞으로 움직인다. 그러나 파도를 이루고 있는 물은 정작 움직이지 않는다. 같은 분자가 계곡에서 정상을 향해 오르는 것이 아니다. 그 통일성은 그저 겉모습에 불과하다. 오늘날 한 국가를 형성하고 있는 사람들은 다음 해에는 죽고 그 체험도 그들과 함께 사라진다.

그러므로 재산을 의지하는 것은 재산을 보호하는 정부에 대한 신뢰도 포함하고 있어 자기 신뢰의 결핍을 의미하기도 한다. 사람들은 자기 자신으로부터 눈을 돌려 대상을 너무 오래 바라보고 있기 때문에 교회, 학교, 관공서를 재산의 관리자라 여기고 이것들을 공격하는 것은 재산을 공격하는 것이라고 느끼기 때문에 악으로 치부하고 있다. 서로에 대한 존경도 재산에 의해 정해질 뿐 개개인의 인물에 의해 측정되지 않는다. 그러나 교양이 있는 사람은 자신의 본성을 다시 돌아봄으로써, 혹은 기증이나 죄악으로 인한 경우에는 그것을 증오하게 된다. 그때는 그것을 소유라는 것이 아니라고 느끼게 된다. 다시 말해 그것은 자신의 것이 아니라, 자신에게 근거하고 있지 않으며 단지 혁명이나 도둑들에 의해 그것을 강탈당하지 않았기 때문에 그곳에 존재하고 있을 뿐이라고 여긴다. 그러나 인간의 본성은 항상 필연적으로 획득하는 것이다. 그리고 인간본성이 획득하는 것은 살아 있는 소유물이며 그것은 위선자, 폭도, 혁명, 화재, 폭풍우, 파산의 지도를 기다리지 않고 인간 그 자체가 호흡하고 있는 모든 곳에서 끊임없이 그 자체가 변신을 한다.

"그대의 운명, 수명은 그대를 추구하고 있다. 그러므로 그대는 이것을 더 이상 추구하지 마라."라고 칼리프 알리(600?~661. 이슬람교 초기 귀의자로 무함마드의 원조자)는 말했다. 우리가 이런 외적인 소유물에 의지하고 있다면 결국은 숫자를 노예처럼 숭배하게 될 것이다. 정당은 빈번하게 회합을 한다. 회의에 참석한 사람들이 많을수록 "에섹스 대표 여러분!" "뉴햄프셔 민주당원들이여!" "메인의 독립당원들이여!"라는 식의 외침이 새로이 일어날 때마다 젊은 애국자들은 새롭게 수천의 눈과 팔이 더해진 만큼 자신이 이전보다 강해졌다는 것을 느끼는 것이다. 마찬가지로 개혁자들은 회의를 소집하고, 투표를 하여 다수결을 하자고 주장한다. 아아, 친구여! 신은 황송하게도 그렇게 해서 당신들 속에 들어왔다가 머물지 않고 정반대의 방법을 취한다. 내가 사람이 강해지고 번영을 누리는 것을 볼 수 있었던 것은 그 사람이 모든 외적 지지를 배제하고 오로지 홀로 섰을 때뿐이다. 사람들은 자신의 군기軍旗 아래 보충병을 더해질 때마다 점점 약해진다. 인간은 도시보다 뛰어난 것이 아닌가? 타인의 것은 상관하지 말자. 그러면 무한한 변화를 통해 단 ▒▒▒▒▒▒▒▒▒▒▒▒▒▒▒▒▒▒▒▒▒▒▒▒▒▒▒▒▒▒ 을 지탱해 주고 있다는 것을 확실하게 알 수 있을 것이다. 힘은 타고난 것이며 사람이 약한 것은 자신의 외부에, 혹은 자신과는 다른 곳에서 선을 추구하기 때문이라는 것을 깨닫고 아무런 주저 없이 자기 자신을 자기의 사상 속에 던질 수 있는 자는 곧바로 자신의 잘못을 고치고 홀연히 일어서서 자신의 손과 발로 기적을 일으키게 된다. 그것은 마치 자신의 두 발로 서 있는 사람이 물구나무를 서 있는 사람보다 강한 것과 같다.

그러므로 '운명'이라 불리는 모든 것을 활용하도록 하라. 대부분의 사람은 운명의 여신과 도박을 벌여 여신이 물레를 돌리는 방향에 따라 따거나 모두 다 잃게 된다. 그러나 당신은 이런 이득은 부당한 것으로 여기고 이것을 근절하여 신의 대법관인 '원인과 결과'와 거래를 해야 한다. '신의神意'에 따라 일하고 얻어야 한다. 그

러면 당신은 이미 '요행'이라는 쳇바퀴를 옭아매고 있어 더 이상
은 요행의 회전이라는 공포에서 벗어나 생활할 수 있다. 정치적 승
리, 땅값의 상승, 병의 회복, 여행을 나선 친구의 귀향, 이 밖에도
모든 좋은 일이 생긴다면 의기충천해져 좋은 나날들이 자신을 기
다리고 있다고 여기게 된다. 그것을 믿어서는 안 된다. 자신 이외
에 자신에게 평화를 가져다주는 것은 결코 없다. 절개와 지조 이외
에 본인에게 평화를 가져다주는 것은 없다.

제 4 장
경험

씨를 뿌리면 거둬들이기 마련이다. 남을 때리면 당신도 고통을 겪어야 한다. 남을 도우면 도움을 받을 것이다. -에머슨

경험

1844년 출판된 『에세이 제2집』의 1편
"Experience" in Essays: Second Series, 1844

♥ ♥ ♥

우리는 어디에 있는 것일까? 쉽게 말하자면 하나의 연속성 속에 있는데, 우리는 그 극한을 알지 못하며 또한 극한 따위는 없다고 착각하고 있다. 눈을 떠보면 자신은 계단의 중간에 서 있다. 눈 아래로도 계단이 보이며 그곳을 올라온 듯싶다. 위쪽으로도 계단이 끝없이 이어지다가 결국은 하나의 점이 되어 사라져 버린다. 옛날 신앙에 의하면 우리가 들어갈 문 입구에 수호신이 서 있는데, 우리가 쓸데없이 남의 흉을 보지 못하도록 망각의 술을 먹였기 때문인지 이미 정오가 훨씬 지난 시간인데도 취기를 떨쳐버리지 못하고 있다. 마침 그때 전나무 가지 주변에 밤이 하루 종일 서성이듯이 잠이 우리의 눈가를 떠나지 않고 있다. 모든 것들이 잠에서 깨어 빛을 내고 있다. 우리의 생명보다는 오히려 우리의 지각이 위협을 당하고 있다. 우리는 유령처럼 자연 속을 방황한다. 자신이 어디에 있는지 도무지 종잡을 수가 없다. 우리가 태어났을 때, 자연은 궁핍해서 절약을 강요하며 우리에게 육체는 넉넉히 선사했지만 활력은 넉넉하지 않게 준 것은 아닐까? 그로 인해 우리는 긍정적인 원리가 결여되어 있는 것처럼 보이고, 건강과 이성은 갖추고 있지만 새로운 창조를 위해 필요한 넉넉한 정기를 갖지 못한 것은 아닐까? 내게는 어떻게든 1년을 살아갈 만큼의 활력은 있지만 남에게 주거나 투자할 만큼의 여력은 1온스도 없다. 아아, 우리의 수호신이 조금만 더 천재적이었다면! 우리는 상류에 있는 공장이 물을 다써서 말라붙게 한 강의 하류에 사는 방앗간 주인과 닮아 있다. 우리는 상류에 사는 사람들이 댐의 수위를 높인 것이 틀림없다고 생각하기도 한다.

자신들이 무엇을 하고 있는지, 자신들이 어디를 가려고 하고 있는지, 그리고 우리가 가장 중요한 것을 분간할 수 있는지를 우리 중에 누군가가 알고 있다면! 우리는 오늘날 자신들이 바쁜지 한가한지조차 모르고 있다. 자신은 한가하다고 생각하고 있을 때, 실은 우리의 내부에서 많은 것들이 성취되고 수많은 것들이 시작되고 있었다는 것을 훗날에야 깨닫게 된다. 우리의 날들은 모두 그것이

경과하고 있을 때는 아무런 도움도 되지 않는 것처럼 보이는 것이 불가사의한 일이다. 우리는 그것을 역사에 기록된 날들에 자신의 것으로 만들지 못했다. 헤르메스가 달의 여신과 주사위 놀이에서 이겨 오시리스가 태어날 날을 다시 지정했듯이, 한 신성한 날들이 어딘가에 삽입되었음에 틀림없다. 모든 순교는 그것이 현실적으로 이루어졌을 때는 초라한 것으로 보였다고 한다. 그 어떤 배라도 우리가 그것에 타지 않았을 때는 낭만적으로 보인다. 하지만 실제로 디보면 우리가 탄 배에서 나까오 사라지고 먼 수평선 위를 달리는 배들로부터 영원히 벗어나지 못할 것처럼 보인다.

우리의 일상은 너무나 하찮은 것이라 기록으로 남길 만한 가치가 없다고 여긴다. 인간은 끊임없이 뒤로 물러서면서 달리 의지할 방법을 저 멀리 수평선에서 배우고 있는 것은 아닐까? "저 언덕은 비옥한 목장이고 이웃집에는 풀이 잘 자라는 목초지가 있다. 하지만 우리 밭은 그냥 흙만 있을 뿐이다."라고 어리석은 백성은 말한다. 우리는 흔히 남의 말을 인용하길 좋아하는데 불행하게도 그 사람 또한 자신의 생각은 접어두고 내 말을 인용하려 한다. 이렇게 해서 오늘이라는 날을 폄하하게 만드는 것이 자연의 책략인 것이다. 그러나 결국 소동을 벌이는 동안 어디선가 마치 마법처럼 하나의 성과가 찾아든다. 어떤 집이라도 곁에서 보기에는 아름답게 보인다. 그러나 안으로 한 걸음만 들어가 보면, 그곳에는 비극이 있으며 울부짖는 여자들과 험악한 인상을 한 남편이 있다. 망각의 강은 범람하고 사람들은 "뭐 재미있는 일이 없나?"라고 물으며 돌아다닌다—마치 지금까지는 전혀 재미가 없었다는 듯이 말이다. 이 사회에 진정한 개인이라고 할 수 있는 사람이 몇 명이나 될까? 진정한 행위, 진정한 의견은 얼마나 있는 걸까? 우리의 시간은 너무나도 많은 준비를 위해, 빤한 일을 위해, 자만으로 인해 허비되고 있기 때문에 각자가 가지고 있는 재능의 진수는 고작해야 몇 시간으로 압축되고 만다. 티라보시(Girolamo Tiraboschi. 1731~1794. 이태리 문학가, 비평가), 와튼(Wharton. 1728~1790. 영국 문학비평가, 시인), 슈레겔(Friedrich von Shclegel. 1772~1829. 독일 비평가, 시인) 등이 남긴 위대한 업적을 생각해 본다면 알 수 있듯이, 문학의 역사란 극소수의 사상과 극소수의 독창적인 이야기를 총화總和한 것에 불과하며 다른 것들은 전부 이들의 사상과 이야기의 변주곡에 불과하다. 그러므로 우리 주변에 펼쳐진 커다란 사회에서도 비판적으로 바라본다면 내면으로부터 자연스럽게 분출된 행위는 매우 희박하다. 거의 대부분은 습관적이고 거친 감각을 드러내는 행위에 지나지 않는다. 의견다운 의견도 조금은 있지만 이것들도 그 사람의 체질에 의한 것이지 전체의 필연적인 경향을 움직일 수 있는 것은 아니다.

모든 재해 속에는 아편이 주입되어 있다. 재해는 가까이 다가갈수록 무서운 본색을 드러내지만, 결국 아무런 마찰음도 내지 못한 채 부드럽고 매끄러운 표면만이 있을 뿐이다. 우리의 모든 사상과의 만남도 조용히 이루어진다. 재해의 신은 너그럽게

사람들의 머리 저 높이서
가벼운 발걸음으로 살며시

걷고 있는 것이다. 사람들은 자신의 현실을 한탄하지만 사태는 그들이 말하는 것의 반까큼도 나쁘지 않다. 우리는 스스로 고뇌를 자청하는 기분이 되는 경우도 있다. 적어도 고뇌 속에서 진실이라는 것을, 진실의 뾰족한 산과 그 뒷모습을 발견할 수 있을 것이라는 품는 것이다. 그러나 고뇌라고 하는 것도 결국은 연극의 무대처럼 가짜에 불과하다는 것을 깨닫게 된다. 슬픔이 내게 가르쳐 준 것은 그것이 얼마나 천박한 것인가뿐이다. 다른 모든 것도 마찬가지이지만 슬픔 또한 표면적으로만 떠돌고 있어 나를 깊은 진실로 인도해 주는 일은 결코 없다―그 진실에 다가가기 위해서라면, 우리는 소중한 자식과 사랑하는 사람을 희생해도 좋다고 여기겠지만. 진짜와는 결코 접촉할 수 없다는 사실을 발견한 것은 보스코비치(Ruder Boskovic. 1711~1787. 이태리 수학자, 물리학자)뿐이었을지도 모른다. 어쨌거나 인간의 영혼은 그 대상과 접촉하는 일이 없다. 우리와 우리가 추구하는 것은, 우리가 이야기를 나누는 사이에는,

배도 지나지 않는 바다가 조용한 파도로 정화를 시키고 있다. 슬픔은 또한 우리를 관념론자로 만들어 버린다. 이미 3년 이상 전의 일이지만, 내가 아들을 잃었을 때 나는 아름다운 재산을 잃은 것 같은 기분이 들었다-단지 그뿐이었다.

나는 그것을 내게로 가까이 끌어들일 수가 없다. 만일 내일 내가 막대한 돈을 빌려준 사람이 파산했다는 것을 알게 된다면, 나는 재산을 잃음으로 인해 아마도 오랜 세월 큰 불편을 겪게 될 것이다. 그러나 나라는 인간은 이전과 변함이 없을 것이다-즉, 좋아지지도 나빠지지도 않을 것이라 생각한다. 재해라고 하는 것은 바로 이런 것이다. 그것은 나의 본질에 접촉할 수가 없는 것이다. 내가 자신의 일부라고 여겼던 어떤 것-찢어버리면 나도 찢기고, 키워나가면 나도 풍요로워질 것이라고 여겼던 그것이 내게서 나온 것이지만 아무런 상처도 남기지 않는다. 아마도 그것은 껍질처럼 벗겨지는 성질의 것이었을 것이다.

내가 슬프게 생각하는 것은 그 슬픔이 내게 아무것도 가르쳐 주지 않은 채 진실이라는 것에는 한 걸음도 다가가지 못한다는 것이다. 바람도 불지 않고, 물도 흐르지 않고, 불도 타오르지 않는다는 저주를 받은 인도인이 있는데, 이것이야말로 우리 모두의 모습이다. 여름의 비는 매우 고마운 것이지만, 우리는 방수 망토를 두른 듯이 물방울을 모두 막아버리고 있다. 지금 우리에게 남겨져 있는 것은 죽음뿐이다. 우리는 불안한 만족감을 품고 죽음을 바라보며 이렇게 말한다—저곳에서는 적어도 우리를 따돌리려하지 않는 진실이 있다고.

모든 것들이 꽉 붙잡으려고 하는 우리의 손가락 사이를 미끄러지듯이 빠져나가 버린다. 이 허무하고 미련스러운 점을 우리는 인간의 바람직하지 않은 상태라고 여긴다. 자연은 관찰당하는 것을 싫어하며, 우리가 자연의 놀림거리나 놀이 상대가 되길 바란다. 우리는 꾸미꼐요 한 신 l 는 있네에 쯔미구 새계인 성시 는 민서 넜나. 자연은 우리에게 직격탄을 날릴 힘을 주지는 않았다, 우리가 공격한 타격은 모두 빗나가거나 명중한다하더라도 우연에 불과하다. 우리의 상호관계도 간접적이고 우연적인 것에 지나지 않는다.

우리는 꿈에서 꿈으로 옮겨져서 끝없는 환상 속을 방황한다. 인생이란 하나로 이어진 유리구슬과 닮은 일련의 기분에 불과하다. 우리가 온갖 기분 속을 지나오게 되면 그것들이 온갖 렌즈와 닮아 있다는 것을 깨닫게 된다. 이 렌즈들은 이 세계를 자신의 색으로 물들여 각각 자신의 초점 속에 있는 것만 우리에게 보여준다. 산에서는 산밖에 볼 수 없다. 우리는 할 수 있는 범위 내에서 생명을 부여하지만, 우리의 눈에 보이는 것은 자신이 생명을 불어넣은 것뿐이다. 자연과 책은 자연과 책을 보는 힘이 있는 눈에만 존재한다. 어떤 사람이 저녁노을을 볼지, 아름다운 시를 볼지는 그 사람의 기분에 달려 있다. 저녁노을은 언제든지 볼 수 있고, 천재도 항상 존재한다. 그러나 우리가 자연과 비평의 기쁨을 진정으로 맛볼 수 있는 것은 조용한 두세 시간에 불과하다. 그 시간이 많을지 적을지는 그 사람의 체질과 기질에 따라 좌우된다.

인간의 기질은 유리구슬을 이어주는 철사와 같다. 차갑고 결함이 많은 천성을 지닌 인간에게는 행운과 재능이 아무런 도움도 되지 않는다. 의자에 앉아 졸거나, 과장되게 큰 소리로 웃거나, 품위 없이 웃거나, 변명만 늘어놓거나, 자기중심적이거나, 돈밖에 모르고, 먹을 것을 그냥 지나치지 못하거나, 어려서 일찍감치 아이를 낳는 인간이라면, 그런 인간이 어느 날 갑자기 뛰어난 감수성과 식별력을 표출한다고 해서 누가 관심이나 가지겠는가? 설령 천부적인 재능을 가지고 있다고 하더라도, 그 눈이 너무 돌출되었거나 함몰되어 있어서 인간생활의 현실세계 속에서 초점거리를 찾지 못한다면 천재성도 아무런 도움이 되지 않는다. 머리가 너무 차거나 뜨거우면, 그리고 본인이 자신의 사상에서 발생한 결과라는 것을 중요하게 여기지 않기 때문에 자신의 사상에 대한 실현을 시작하거나 그것을 지속할 마음이 없다면 천재성은 아무런 도움도 되지 않는다. 혹은 거미집이 너무나 정교하게 만들어져서 쾌락과 고통에 휩싸이기 쉽고, 그로 인해 수용해야 할 것만 많아 적당한 출구가 없어 생활이 정체된다면 무슨 도움이 되겠는가? 이후 마음을 굳게 먹고 당당하게 맹세를 한다고 하더라도 이미 규정을 한 번 깬 사람이 그런 맹세를 한다고 해서 무슨 도움이 되겠는가? 종교적인 감정이라는 것이 자신도 모르는 사이에 춘하추동의 계절과 혈기의 상태에 의존하고 있는 것이 아닐까 하는 생각이 들기 시작했다면, 종교적인 감정이 사람들에게 얼마나 위안이 될 수 있을까?

내가 아는 의사 중에 기지가 뛰어난 사람이 있는데, 이 의사는 인□□□□□□□□□□□□□□□□□□□□□□□□□□□□□□□□□다면 그 사람은 칼뱅주의(Calvinism: 모든 것의 위에 있는 신의 주권을 강조하는 신학체계와 크리스천 생활의 실천을 주장) 신자가 되고, 간장이 건강하다면 유니텔리언주의(Unitarianism:기독교가 전통적으로 주장하는 삼위일체의 교리를 부정하고 신의 유일성을 강조하는 주의의 총칭)의 신자가 된다고 말했다. 뭔가 좋지 않은 것을 과도하게 가지고 있거나 어리석은 행위 등으로 인해 기대가 무너져 버리는 것은 대단히 굴욕적인 경험이다. 나는 새로운 세계를 창조해 보이면 간단하고 호탕하게 받아들이는 청년들을 우리는 쉽게 볼 수 있는데, 그들은 결코 그 약속을 지킨 예가 없다. 젊은 나이에 요절해 부채에서 벗어나거나 오래 살더라도 유상무상의 존재가 되고 만다.

기질이라는 것 또한 환상의 체계 속에서 커다란 역할을 하며 눈에 보이지 않는 유리 감옥 속에 우리를 가두고 만다. 우리가 만나는 인간은 누구를 막론하고 시각적인 환상을 갖고 있다. 실제로 그들은 모두 일정한 소질을 가지고 있는 인간들이며 그 소질은 일정의 인격 속에서 드러나고, 그 인격이 갖는 온갖 한계를 그들은 결코 뛰어넘을 수 없는 것이다. 그러나 그들을 보면 너무나도 활기가 넘치고 있기 때문에 우리는 그들의 내부에는 충동의 불이 이글거리고 있다고 착각한다. 순간적으로 그것은 분명히 충동처럼 보인다. 그러나 1년이 지나고 삶을 마감할 때, 그것은 오르골 속에서 회전하는 원통이 싫든 좋든 간에 연주를 멈추지 않는다. 특정된 곡에 불과하다는 것을 깨닫게 된다. 기질이라는 것이 시간과 공간과 정황의 모든 것을 지배하고 있고 종교의 불꽃으로도 이것들을 불태울 수 없다는 결론에 대해, 사람들은 아침에는 저항을 하지만 저녁이 가까워질수록 이 결론을 인정하고 만다. 도덕적인 감정은 여기에 약간의 수정을 덧붙인 힘을 가지고 있지만 개인적인 기질은 그 지배력을 잃지 않고 도덕적 감정에 특정한 편향성을 주지는 않지만 활동과 혜택의 척도를 결정해 준다.

지금까지 나는 일상생활의 입장에서 해석한 법칙에 대해 말해 왔는데, 아주 큰 예외가 있다는 사실도 덧붙이지 않으면 안 된다. 왜냐하면 자신은 별개로 누군가가 기질이라는 힘을 예찬하는 것을 흔쾌히 들어줄 인간은 한 사람도 없기 때문이다. 물리학의 입장에서 보면 우리는 과학적인 것들이 가지고 있는 사물을 수축시키는 힘에 저항할 수는 없다. 기질은 모든 신성한 것을 쫓아버리고 만다. 나는 의사라는 자들이 어떤 정신적 경향을 가지고 있는 사람들인지를 잘 알고 있다. 골상학자의 숨죽인 웃음소리가 내 귀에는 들린다. 이론상의 유괴자, 노예감독이라 불러야 할 그들은 한 사람 한 사람의 인간을 자신들의 동료들과 함께 희생해야 할 존재로 여기고 있다. 그들의 동료는 어떤 인간의 존재 이치를 알고 있다며 그들을 마음대로 농락한다. 그리고 머리카락 색깔이나 후두부의 모양과 같은 싸구려 값싼 기준으로 그 인간의 운명과 성격을 읽어내려 한다. 그 어떤 무지함도 이렇듯이 무례하고 아는 척하는 것만큼 우리에게 혐오감을 일으킨 적이 없다.

의사는 자신들은 유물론자가 아니라고 말하지만 실제로 그들은 유물론자이다. 정신이란 물질을 극도로 잘게 나눈 것에 지나지 않는다고 그들은 생각하고 있다. 그러나 '정신적'이라고 하는 말의 정의는 "그것 자체가 스스로 증명하는 것."이라는 의미가 아니면 안 된다. 하지만 그들은 '사랑'과 '종교'에 대해 과연 어떤 관념을 부여하고 있는 것일까? 누구나 그들이 들을 수 있는 곳에서 이런 말을 입에 담으며 그들에게 이런 말을 더럽힐 기회를 주고 싶지 않을까? 나는 어느 고상한 신사가 자신이 하고 싶은 말을 상대의 머리 형태에 맞추려 하는 것을 본 적이 있다. 인생의 가치는 이루 헤아릴 수 없는 가능성에 있다—내가 처음 만난 사람에게 말을 걸 때,

그 이후로 자신의 신변에 무슨 일이 일어날지 절대로 예측할 수 없다는 사실 속에 있다고 생각한다. 나는 내 저택의 열쇠를 손에 들고 거닐며 나의 주인이 언제 어떤 모습으로 변장하고 나타나더라도 당장 그 발밑에 열쇠를 던지겠다고 마음을 먹고 있다. 나는 내 주인이 부랑자 속에 몸을 감춘 채 내 주변을 배회하고 있다는 것을 알고 있다. 나는 높은 자리에 앉아 자신의 이야기를 상대의 머리 형태에 맞추며 자신의 미래를 배척하고 싶지는 않다. 그렇게 된다면 나를 의사들에게 단 돈 한 닢에 팔아 넘겨도 좋다. 그들은 "하지만 이보시오, 의학사와 학회의 보고와 증명된 사실이 있지 않소?"라고 말할지도 모르지만, 나는 사실과 추측을 신용하지 않는다.

기질은 그 인간의 신체 속에서 거부권, 혹은 한정된 힘으로 작용하는 것으로 그 체질에 있어서 이것과 정반대의 것이 과도해지는 것을 억제하는 데 이용하는 것이 올바르지만. 어리석게도 본래의 공정함을 방해하는 데 이용되고 있다. 미덕이 존재하면 종속적인 힘은 모두 잠들어 버린다. 기질은 그 자신의 수준에 있어서는, 혹은 자연의 입장에서 보면 궁극적인 것이다. 인간은 또 다시 흔히 말하는 과학이라는 덫에 빠지게 되면 그 인간은 물적 필연의 연쇄로부터 벗어날 수 있는 길이 없다고 생각한다. 어떤 잉태가 시작되면 반드시 특정한 역사가 함께 일어난다고 생각한다. 이런 입장에서 본다면, 인간은 관능주의의 돼지우리에서 사는 것과 마찬가지로 가까운 시일 내에 자살을 하게 될 것이다. 그러나 창조적인 힘이 스스로를 제외하는 일은 결코 없다. 절대적인 진실을 사랑하는 지성과 절대적인 선을 사랑하는 마음이 우리를 구하기 위해 나타나서 단 한 번 속삭이기만 하면, 우리는 이 헛된 악몽과의 싸움에서 눈을 뜨게 된다. 우리는 이 악몽을 지옥으로 몰아넣고 두 번 다시 비굴함에 몸을 맡기는 일은 결코 없을 것이다.

인간을 현혹시키는 것의 비밀은 인간의 기분과 모든 대상이 멈추지 않고 계속적으로 일어난다는 점에 있다. 우리는 기꺼이 닻을 내리려고 하지만 정박지는 물결이 빠른 모래톱이다. 이와 같이 앞으로 진행하려고 하는 자연의 경향은 우리에게 약이 너무 잘 드는—"게다가 그것은 움직인다."(지동설을 주장한 갈릴레오가 한 말)는 것이다. 밤에 달과 별을 바라보고 있으면 자신은 전혀 움직이지 않고 있는데 달과 별은 달리고 있는 것처럼 보인다. 진실에 대한 우리의 사랑은 항구성을 향하여 우리를 이끌어 준다. 그러나 육체의 건강은 순환하고 있으며 정신이 건강은 연상의 다양성과 신속성에 있다. 우리는 대상의 변화를 필요로 하고 있다. 단 하나의 사상에 몸을 맡기면 금방 싫증이 나고 만다. 광인狂人들과 함께 살면서 그들의 눈치를 살펴야 한다면 그 대화는 생명력을 잃고 만다. 나는 한때 몽테뉴에 매우 심취해서 다른 책들은 전부 다 필요 없다고 생각했었다. 그전에는 셰익스피어, 다음은 플루타르코스, 다음은 플로

티노스로 바뀌었다. 어떨 때는 베이컨, 다음에는 괴테에 매료되었다. 그러나 지금은 그들의 천재성에 여전히 깊은 애정을 품고 있지만 그들의 책 어디를 보더라도 무료한 느낌이 든다. 회화에 대해서도 마찬가지다. 어떤 그림이라도 한 번은 강한 인상을 남기지만 우리가 그 기쁨을 억지로 받아들인다고 하더라도 그리 오래 가지는 않는다. 어떤 그림을 깊게 관찰한 뒤에는 그 그림과 작별을 고하지 않으면 안 되며, 두 번 다시 그 그림을 봐서는 안 된다고 절실하게 느낀 적도 있다. 그 이후로 특별한 감동도 느끼지 못한 채 주의를 기울이지 않았던 그림들에서 대단히 큰 교훈을 받은 적도 있다.

총명한 인간들이 어떤 새로운 책과 사건에 대해 말한 의견도 조금은 낮추어서 생각하지 않으면 안 된다. 그들의 의견은 그들의 기분의 소식과 새로운 사건에 대한 막연한 추측을 우리에게 전달하고 있지만 결코 그들의 지성과 그 대상 사이의 영속적인 관계를 제시하는 것으로서 신뢰할 수는 없다. "엄마, 어째서 이 이야기는 어제 엄마가 들려줬을 때와 마찬가지로 재미가 없죠?"라고 아이가 묻는다. 아아, 애야! 가장 나이가 많고 지식이 풍부한 천사도 너와 같은 기분일 거다. 하지만 이렇게 말한다면 네 질문에 대답이 될까—"너는 전체를 위해 태어났지만 이 이야기는 개별적인 것에 불과하기 때문이다." 이 발견이 우리에게 느끼게 해 주는 고통의 원인(우리는 성장을 한 뒤에 예술 작품과 지성의 작품에 대해 같은 발견을 하지만)은 인간과 우정과 연애에 대해서도 속삭이고 있는 비극의 한 숨 소리인 것이다.

예술 속에서 볼 수 있는 고정성과 유연성의 결여를 우리는 예술가에게서도 발견하고 보다 큰 고통을 느끼게 된다. 인간 속에는 확대되어 나가는 힘이 전혀 없다. 우리의 친구들은 처음에는 그들이 통과했거나 능가한 적이 없는 어떤 이상을 상징한 존재인 양 우리의 눈에 비춰진다. 그들은 사상과 힘의 넓은 바닷가에 서 있지만, 그것에는 ~~~~~~~~~~~~~~~ 코 하지 않는다. 인간은 래브라도 반도의 녹니석과 닮았는데, 이 돌은 손에 들고 특정한 각도까지 회전하지 않으면 전혀 빛을 반사하지 않지만, 적당한 각도에 이르면 깊고 아름다운 색을 표현하게 된다. 인간의 내면에는 순응성 내지는 보편적 적응성이라고 부를 만한 것이 없으며 각각 특수한 재능만을 가지고 있을 뿐이며, 성공을 거둔 인간이란 그런 자질을 훌륭하게 행사할 수 있는 시간과 장소에 가 있을 수 있도록 숙달된 사람인 것이다. 우리는 자신이 하고 싶은 일을 하고 있을 뿐이지만 그것에 대해 가능한 미사어구로 꾸밀 뿐이며, 게다가 거기서 발생된 결과를 사전에 의도했던 것이라는 타인의 칭송을 받길 원한다. 또한 나는 가끔은 불필요하게 여겨지지 않는 사람을 한 사람도 떠올릴 수 없을 때도 있다. 이것은 너무나 안타까운 일이다. 인생은 목적을 달성하기 위해 소동을 일으킬 만한 가치가 없는 것이다.

물론 인생에 대해 우리가 추구하는 균형을 유지하기 위해서는 사회 전체가 이 일과 맞지 않으면 안 된다. 알록달록한 색으로 물든 바퀴가 흰색으로 보이기 위해서는 최대한 빨리 돌려야 한다. 애매한 것, 결함이 있는 것과 섞이는 것도 무언가 반드시 얻을 수 있다. 실제로 누군가 손실을 입는다고 하더라도 우리는 항상 이득을 취하는 입장이 된다. 신은 우리가 저지른 실패와 애매함의 배후에도 숨어 있다. 아이들의 놀이는 어리석어 보이지만 대단히 교육적이라는 사실은 의심의 여지가 없다. 가장 중대하고 엄숙한 것들에 대해서도 상업과 정치와 교육과 결혼에 대해서도 개개인의 생계에 관한 역사와 그 인간이 그것을 획득한 수단에 대해서도 같은 말을 할 수 있다.

어디에도 멈추지 않고 끊임없이 가지에서 가지로 날아다니는 작은 새처럼, 신은 단 한 명의 남자와 여자 속에만 존재하지 않고 어느 순간에는 갑이라는 사람을 통해 자신의 의사를 전달하는가 하면, 다음 순간에는 을이라는 사람을 통해 의지를 표현한다.

그러나 이렇게 번거롭게 구별하거나 아는 척한다고 해서 아무것도 얻을 수는 없을 것이다. 과연 사상에서 어떤 도움을 받을 수 있겠는가? 인생은 변증법이 아니다. 요컨대 우리는 최근 들어 비판의 허무함에 대해 질릴 정도로 깨달았을 것이다. 우리나라의 젊은 사람들은 노동과 개혁의 문제에 대해 충분히 생각하고 주장해 왔지만, 온갖 글들을 썼음에도 불구하고 세상은 물론 그들 자신들조차 단 한 걸음도 전진하지 않았다. 인생을 지적으로 음미하는 것이 근육의 활동을 대신할 수는 없다. 한 조각의 빵이 목을 지나는 이치만을 따진다면 그 사람은 굶어죽고 말 것이다. 교육용 농장에서는 완전히 무력하고 음산한 남녀 청년의 고귀한 모습 위에 고귀한 인생이론이 군림하고 있다. 그런 이론은 1톤의 건초를 긁어모으거 ⸻ ⸻ ⸻ 은 결국 청년들을 창백하고 굶주린 인간으로 만드는 데서 그쳤다. 한 정담政談 강연자는 우리나라의 정당공약에 대해 서부지방의 도로에 대해 정곡을 찌르고 있다. 서부 도로의 출발점은 양쪽에 가로수가 심어져 있어 여행자의 마음을 사로잡는 데 충분하고 당당하지만, 갈수록 점점 길이 좁아져 결국 쥐구멍 같은 길로 바뀌어 버린다. 우리의 경우에 문화라는 것도 마찬가지로 결국 두통을 일으키고 말 뿐이다.

불과 두세 달 전, 화사한 미래에 현혹된 사람들에게 있어서 인생은 현재 좋은 것이 없이 슬프기만 한 것으로 보인다. "현재 잉글랜드인에게 더 이상 행동방침도 없으며 헌신도 완전히 사라지고 없다." 이론異論과 비판은 이제 귀가 따가울 정도다. 여기저기서 흘러나오는 이론에서 현실적인 예지가 결론적으로 이끌어 내는 것은

"무관심하라."라고 하는 것이다. 모든 것이 무관심하라고 설득하고 있는 것이다. 사색으로 당신의 머리를 복잡하게 하지 말고 어디에 있든 간에 성실하게 당신의 일을 하는 것이 좋다. 인생은 지적인 것, 비판적인 것이 아니라 강인한 것이다. 인생의 최대 행복은 자신이 찾아낸 것을 의심하지 않고 누릴 수 있는 사람들의 것이다.

자연은 쓸데없이 훔쳐보는 것을 혐오한다. 세상의 어머니들이 아이들에게 "어서 빨리 밥을 먹어라, 쓸데없는 잔소리하지 말고."라고 말하는 것은 그야말로 자연의 도리를 말하는 것이다. 눈앞의 시간들을 충족시키는 것—그것이 곧 행복이다. 시시각각 충족시켜 후회하거나 시인할 틈을 주지 말 것. 우리는 표면적인 부분에서만 생활하고 있다. 진정한 생활의 기술이란 표면을 교묘하게 미끄러져 나가는 것이다. 선천적으로 힘을 가진 인간은 낡고 퇴쾌한 인습 아래 있더라도 새로운 세상에 있는 경우와 마찬가지로 성공을 거둘 수 있다. 게다가 그것은 조작과 처리에 숙련됨으로 인해서 가능해진다. 이런 사람은 모든 곳에서 그 대상을 확실하게 파악할 수 있다. 인생은 힘과 형태가 혼합된 것으로 그 어느 쪽인가가 조금이라도 과도해지는 것은 견딜 수 없다. 지금의 순간을 완료하고 한 걸음씩 옮길 때마다 여정의 끝을 생각하고 가능한 좋은 시간을 많이 만들 것—이것이야말로 예지라 할 수 있다.

인생이 속박 속에 있다는 것을 생각한다면 이런 짧은 시간에 궁핍한 처지에 있든, 높은 지위를 차지하고 있든 간에 따질 필요가 없다고 하는 것은 광신자들이나 교육자들의 말버릇이다. 우리의 역할은 매순간에 달려 있기 때문에 순간을 소중히 여겨야 한다. 오늘 5분이라는 시간이 내게는 다가올 천복년(예수가 재림해서 천년 동안 통치하며 정의와 행복이 널리 퍼지는 시기)과의 5분과 마찬가지로 중요하다. 우리는 오늘 냉정하고 현명한 자신을 잃지 않도록 노력해야 한다. 자신과 같은 사람을 따뜻하게 맞이하도록 하자. 그들을 여의니 비나도록에서 내서로에 이래꾸―거는남 맹난니 비노이니 베바

이다. 인간이 자신의 공상 속에서 살고 있는 것은 손이 오그라들고 떨려서 제대로 일을 하지 못하는 술주정뱅이와 닮아 있다. 쉽게 말해서 공상의 폭풍우 속에 있는 것이며 내가 알고 있는 한 이것을 안정시키기 위해서는 현재라는 시간을 존중하는 것 이외에는 없다. 단지 외관이나 정치적인 흥정이 횡행하는 이 혼란 속에 있으며, 내가 한줌의 의혹도 품지 않고 완고하게 믿고 흔들리지 않는 신조는, 우리는 연기하거나 타인에게 맡기고 희망만을 품지 않은 채 자신들이 지금 처해 있는 처지의 진가를 올바르게 꿰뚫어보며 누구를 대해더라도 현실 속의 친구나 주변 상황을, 그것이 아무리 비속하거나 천박한 것이라 할지라도 이 우주가 우리에게 선물한 모든 기쁨을 가져다주는 불가사의한 사자使者로 받아들여야 한다는 것이다. 설령 그 모든 친구들이 비열하고 악으로 가득한 인간이라

할지라도 우리의 태도에서 그들이 느끼는 만족감은 공정한 인간관계의 최후 승리자라 해야 할 것이며, 그것은 우리의 마음에 있어서는 시인의 목소리와 생각지도 못했던 훌륭한 사람들의 동정 따위보다도 만족할만한 반응이라 할 것이다. 예컨대 어느 사상이 깊은 사람이 자신의 친구들의 모든 결함과 어리석은 행동 때문에 아무리 큰 고통을 받고 있다고 할지라도, 그는 어떤 무리의 남녀라 할지라도 타인의 뛰어난 장점에 대한 감수성만큼은 갖추고 있다는 사실을 솔직하게 인정하지 않을 수 없을 것이다.

아무리 조잡하고 경박한 인간이라 할지라도 뛰어난 것에 대해서 설령 공감을 느끼지 못한다고 하더라도 그것을 한탄하는 본능은 갖추고 있으며 뛰어난 것에 대한 그들의 일류를 향한 마음과 어설픈 방법이기는 하지만 마음속으로 영의를 표하는 데 인색하지는 않다.

훌륭한 젊은이들이 생활이라는 것을 경멸한다. 그러나 나나 나와 마찬가지로 소화불량 등에 걸리지 않고 매일이 건강하고 만족스러운 행복 그 자체라고 여기는 사람들의 경우에는 모멸적인 얼굴을 하고 친구가 되길 바라는 것은 지나치게 낮은 자세를 취하는 것이다. 나는 사람들의 동정을 받아 조금은 감상적이거나 열심을 다하기도 한다. 그러나 사실은 나 혼자 내버려두기를 바란다. 그러면 나는 시시각각으로 그것이 내게 가져다주는 것-전혀 특이할 것

없는 하루의 식사를, 술집에 모인 단골들의 잡담처럼 마음으로 음미하게 될 것이다. 나는 사람들에게 받은 작은 자비의들에 대해 고맙게 생각한다. 내 친구 한 명은 이 우주에 대해 온갖 것들을 기대하며 무엇이든 최상의 것이 아니면 실망을 하는 남자가 있는데, 이남자와 의견을 교환해서 깨달은 것은 나와 그는 정반대의 극단, 다시 말해 아무것도 기대하지 않는다는 것에서 시작하므로 적당한 행복감에 젖는다고 하더라도 항상 감사의 마음으로 가득하다는 것이다.

나는 대립하는 모든 경향이 서로 부딪혀 내는 소음까지 묵묵히 받아들인다. 술주정뱅이와 따분한 인간도 따져보면 득이 된다고 생각한다. 이것들은 그 주변의 광경에 대해 유성과 같은 순식간에 사라지는 것처럼 가상의 세계에서는 없어서는 안 되는 현실성을 주는 것에 불과하다. 아침에 내가 눈을 떠보면 자신의 곁에 보이는 것은 여전히 변하지 않는 세계와 아내, 아이들과 어머니, 콩코드와 보스턴, 그리고 늘 똑같은 정신세계이며 악마조차 변함없이 그 주변을 떠돌고 있다. 우리가 행복이라는 것을 찾고 모아나간다면 산처럼 커지게 될 것이다. 커다란 성과는 분석에 의해 얻을 수 있는 것이 아니다. 좋은 것은 모두 인생의 큰 길에 존재한다. 우리 인생의 중간 영역은 습지와 같다. 우리는 순정기하학과 생명이 없는 과학의, 공기가 희박하고 찬 세계로 오르는 경우도 있으며 감각의 세계로 내려가는 경우도 있을 것이다. 이 양극단의 사이에 생명과 사상과 정신과 시의 적도^{赤道}가 존재한다. 그림 수집가는 푸생(Nicolas Poussin. 1594~1665. 프랑스 최대의 화가이며 프랑스 근대회화의 시조)의 풍경화와 살바토르(Salvator Rosa. 1615~1673. 로마의 화가, 음악가)의 크레용 스케치를 사기 위해 유럽의 모든 갤러리를 찾아 돌아다닌다. 그러나 '산 위의 변모'나 '최후의 심판', '성 제롬의 성찬예배', 그 밖에 이런 종류의 탁월한 그림은 바티칸 궁과 루브르 미술관의 벽에 걸려 있어서 아무리 천한 신분의 사람이라도 볼 수 있다. 어떤 도시에도 있는 대자연의 회화, 매일의 일몰과 일출의 광경, 어디서든 쉽게 볼 수 있는 인체조각 등은 더 이상 말할 필요가 없을 것이다. 한 수집가가 얼마 전에 런던에서 행해진 경매에서 셰익스피어의 친필 원고라고 불리는 것을 157기니에 샀다. 그러나 학교에 다니는 남자 아이는 쉽게 『햄릿』을 읽을 수 있으며 이 책 속에 매우 중대하지만 아직까지 공식화되지 않은 비밀을 발견할 수 있다.

나는 아주 평범한 책—성서와 호메로스와 단테와 셰익스피어 외에는 결코 읽지 않겠다고 다짐한다. 또한 우리는 누구나 알고 있는 생활과 이 지구에 대한 참을성이 극에 달해 후미진 곳이나 사람들이 모르는 비밀을 좇아 이리저리로 방황한다. 인간의 상상력이라는 것은 인디언의 나무 조각과 덫으로 새를 잡는 사냥꾼과 양봉 등에 깊은 흥미를 갖게 된다. 우리 인간은 자신이 이 세계의 침입자로 미개인과 야수와 새와 비교해서 이 지구라는 것에 대해 충분히 익숙하지 않다고 여기고 있다. 그러나 지구에서 쫓겨난 것은 야수와 새 또한 마찬가지이다. 그들을 기어오르거나 하늘을 날며 털이 달린 네 발 달린 인간인 것이다. 여우나 모르모트도, 독수리나 도요새나 뻐꾸기도 가까이서 보면 인간과 마찬가지로 이 깊은 세계에 뿌리를 내리지 못한 채 고작해야 지구 표면의 주인밖에 되지 않는다. 또한 새로운 부자이론은 원자와 원자 사이에 있는 천문학적 공간을 명확히 하며 이 세계는 모두 표면적일 뿐 내적인 것이 없다는 것을 분명하게 밝혀주고 있다.

중간의 세계야말로 최선의 것이다. 우리가 아는 자연은 결코 성자가 아니다. 자연은 교회나 금욕주의자나 인도 교도와 인디언을 특별히 역성을 들지는 않는다. 자연은 먹고 마시고 죄를 짓는 속에서 찾아온다. 자연의 총애를 받아야할 위대한 것, 강한 것, 아름다운 것은 우리의 계명이 아니다. 일요 학교에서 탄생하는 것은 없으며 자신이 먹을 것을 저울로 재거나 율법을 제대로 지키지도 않는다. 우리도 자연의 힘을 받아 강해지고 싶다면 어딘가의 국문의 양심에서 빌려온 쓸쓸한 양심 따위는 가슴에 품지 않는 것이 좋다. 우리는 과거의 신의 노여움과 닥쳐올 신의 노여움에 대한 모든 것에 대해 강한 현재형을 가지고 대항하지 않으면 안 된다. 반드시 해결하지 않으면 안 되는 수많은 문제가 여전히 미해결의 상태로 남아 있지만 그것을 미해결의 상태로 둔 채 우리가 해야 할 일을 하는 것이 좋지 않은가? 상업의 공정성 문제에 대한 논쟁이 이루어지며 앞으로 100년이나 200년은 지속될 것처럼 보이지만 그러는 와중에도 영국과 미국은 장사를 계속하고 있다. 저작권법과 국제 저작권법에 대해서도 논의하지 않으면 안 되지만, 그러는 사이 우리는 가능한 많은 책을 팔도록 하자. 학문의 효용, 문학의 근거, 한 가지 사상을 문장의 형태로 쓰는 것의 합법성 등이 문제시 되고 있다. 서로 하고자 하는 말이 많다. 그러나 논쟁이 분분한 와중에, 그대 친애하는 학자여, 그대의 어리석은 일에 매달려 매일 한 줄씩 덧붙여 나가라. 또한 절실한 심정으로 한 줄을 더하라. 토지를 보유할 권리, 소유권에 이의가 제기되고 이것에 대한 논의, 취득물이 하늘의 선물이라고 생각하고 모든 조용하고 아름다운 목적을 위해 소비하라. 인생 그 자체는 포말과 같으며, 회의적이고, 잠 속의 잠이라고 말하는 사람이 있다. 그것을 인정해야 한다. 아니 그들의 원하는 만큼 인정해 주면 그만이다. 그러나 그대 신의 총애를 받는 자여, 그대의 개인적인 꿈에 마음을 두어라. 모멸과 회의 속에 그대가 없다고 해서 큰일이 일어나지는 않을 것이다. 그런 자들은 그대 말고도 수없이 많다. 다른 사람들이 앞으로 처치에 대해 의견의 일치를 이룰 때까지, 그대는 그대의 위치에서 열심히 일하라. 그대가 이것을 이루고 그것을 피할 이유를 찾는 것은 그대의 병과 그대의 하찮은 습관 때문이라고 그들은 말한다. 그러나 그대의 삶은 촌각의 경지, 하룻밤의 천막에 지나지 않는다는 것을 염두하고 그대가 병이 들었거나 건강하든 간에 그대에게 주어진 일에 최선을 다하라. 그대가 병이 들었다고 하더라도 더 이상 악화되지는 않을 것이다. 그러나 그대를 지탱해주는 우주는 보다 더 훌륭한 것이 될 것이다.

인간생활은 힘과 형태라는 두 가지 요소로 이루어져 있으며 인생을 감미롭고 건전한 것으로 만들기 위해서는 끊임없이 이 두 가지 요소가 균형을 이뤄야 한다. 이 두 가지 중에 어느 하나가 과도해 지면 그것이 부족한 곳으로 독을 흘려보내게 된다. 모든 것은 극단적으로 가기 쉽다. 좋은 성질은 너무 순수하면 유해해진다. 그리고 이 위험을 파멸의 끝으로 몰 아 가기 위해 자연은 모든 인간이 가진 특성을 과도하게 만들고 만다. 주변의 농장에서 전원생활을 누리는 학자들을 자연의 이런 배신의 실례로 들 수 있을 것이다. 그들은 자연에 의해 표현의 특성에 이바지한 사람들이다. 당신은 예술가와 웅변가와 시인을 너무 가까이서 보며 그들의 생활이 기계공과 농부의 생활과 비교해 별반 다를 것이 없으며, 그들 자신이 불공평함의 희생양이며 공허하고 바싹 마른 사람들이라는 것을 발견하고, 그들이 실패자이며 영웅이 아닌 광산채굴업자라고 밝히고—당신은 이 모든 예술은 인간에게 도움이 되지 않는 것 즉, 병에 불과하다고 단정할 것이다. 그러나 자연은 당신의 뜻을 지지해 주지는 않는다. 저항하기 힘든 자연이 사람들을 이런 인간으로 만들었으며 매일 새롭고 바쁜 사람들을 이런 인간으로 만드는 것이다. 당신은 책을 읽거나 그림과 조각을 바라보고 있는 소년을 사랑할지도 모른다. 그러나 이렇게 읽거나 감상하고 있는 수많은 사람들은 결국 작가와 조각가가 될 사람들이다. 현재 읽거나 감상하고 있는 그 성질을 좀 더 덧붙인다면 그들은 펜과 끌을 손에 잡는다. 그리고 누구라도 자신이 과거 얼마나 어리석게 예술가인 척하기 시작했는지를 상기한다면 자연이 자신의 적에 협력하고 있다고 깨달을 것이다. 인간은 훌륭하지만 형편없는 존재이다. 그가 가야 하는 길을 머리카락만큼의 폭도 되지 않는다. 현자도 과도한 예지 때문에 어리석게 되고 만다.

운명이 허락한다면, 우리는 영구적으로 이렇게 아름다운 한계를 지키며 이미 알고 있는 인과관계라는 왕국의 완벽한 계산에 완전히 자신을 적응시킬지도 모른다. 거리와 신문지상에서 보면 인생은 매우 간단명료한 것으로 남자다운 결의를 굳히고 밝은 날도 어두운 날에도 구구단표에 매달리기만 한다면 성공은 의심할 여기가 없다고 여겨진다. 그러나 어느 날 문득, 아니 겨우 30분의 시간을 천사가 귓가에 속삭일 것이다. 그러면 그것이 수많은 국민의 수많은 세월이 만들어낸 결론을 뒤집어 버린다. 내일이 되면 다시 모든 것들이 현실적이고 앙상한 모습으로 보이게 돼서, 평소의 기준이 원래의 자리로 돌아와 상식이야말로 천부적인 재능과 마찬가지로 훌륭한 것으로, 아니 천부적인 재능의 기초이며 경험이야말로 모든 계획의 도구라는 느낌이 들게 된다. 그러나 이런 입장에 서서 자신의 일을 하는 인간은 순식간에 파산하고 말 것이다. 힘이라는 것은 선택과 의지라는 유료도로와는 전혀 다른 길, 다시 말해 인생의 기치, 눈에 보이기 않는 덕부과 수르를 지나게 된다. 우리가 외교관이거나, 의사이거나, 신중한 인간인 것은 생각해 보면 웃음거리에 지나지 않는다. 이렇게 어리석은 것은 달리 없을 것이다. 인생이란 놀라움의 연속이며 그렇지 않다면 인생은 그것을 받거나 유지할 가치가 없는 것이다. 신은 우리를 매일 고립시키고 우리로부터 과거와 미래를 감추길 좋아한다. 우리는 주변을 둘러보지만 신은 조심스럽게 우리의 앞에 앞날을 내다볼 수 없는 투명한 장막을 내리고 우리의 뒤편에도 또 한 장의 투명한 장막을 드리운다.

신은 "너는 과거를 떠올리지 못하고, 미래를 예측할 수도 없다."라고 말하는 것처럼 보인다. 훌륭한 대화와 규정과 행위는 모두 관례를 잊고 현재의 순간을 위대하게 만들어주는 자발성에서 비롯된다. 자연은 타산적인 인간을 꺼려한다. 자연의 방법은 비약적이고 충동적인 것이다. 인간은 규칙적인 운동에 의해 살아간다. 우리 유기체의 운동이 바로 그러한 것이다. 화학적인 작용과 에테르의 작용도 파동성의 교대적인 형태를 취한다. 인간 정신은 대립하며 진행하면서 항상 발작적으로 훌륭한 결과를 이룬다. 우리가 번영하는 것도 우연에 의한 것이다. 가장 사람의 마음을 끄는 종류의 인간은 직접적이지 않고 간접적이고 강렬한 힘을 가진 사람이다. 천재적이기는 하지만 아직 일반적으로 인정받지 않은 사람들이다. 우리는 큰 노력을 하지 않고 그들의 재능의 빛을 받을 수 있다. 그들의 아름다움은 작은 새와 아침 햇살의 아름다움과 같으며 인위적인 아름다움은 아니다. 천재들의 사상 속에는 항상 사람들을 놀라게 하는 것이 있다. 도덕적인 감정이 '신기'라 불리는 것도 무리가 아니다. 왜냐하면 그것은 항상 신기한 것이기 때문이다. 어린아이에게 있어서만이 아니라 나이든 지성의 사람에게도 신기한 것—"느끼지 못하는 사이에 올 신의 나라"(신약성서 누가복음 17장 20절)인 것이다. 마찬가지로 실제로 성공을 거두기 위해서도 너무 많은 계획을 세워서는 안 된다. 인간은 가장 잘할 수 있는 일을 하고 있을 때는 다른 생각을 하지 않는다. 그의 본분으로 삼는 행위에는 특별하고 불가사의한 힘이 있어 당신의 통찰력을 마비시켜 그가 당신의 눈앞에서 그 행위를 하더라도 당신은 그것을 깨닫지 못한다. 삶의 기술은 쑥스러움을 잘 타기 때문에 사람들 눈에 띄는 것을 좋아하지 않는다. 태어나기 전까지는 누구나 존재하지 않으며 우리가 성공을 눈으로 확인할 때까지는 모든 것이 불가능하다. 깊은 신앙의 열정은 결국 차가운 회의와 일치한다—즉, 우리에게 속한 우리의 일은 하나도 없으며 모든 것은 신의 것이라는 것이다.

자연은 우리에게 월계수의 가장 작은 잎조차 나눠주려 하지 않는다. 모든 서적, 모든 행위, 모든 소유는 신의 은총에 의해 생겨난다. 나는 기꺼이 도덕적이고자 하며 스스로 중요한 일을 생각하고 정당한 경계를 지키도록 하겠다. 그리고 인간의 의지라는 것의 힘은 기꺼이 인정하며 그 생각을 결국 성공하든 실패하든 간에 나는 그 안에서 영원한 것(신)에게서 받은 생명력의 많고 적음밖에 볼 수 없다. 인생의 모든 결과는 미리 계산된 것이 아니며 계산할 수도 없다. 며칠간의 경험으로는 알 수 없는 수많은 것들을 몇 년간의 경험이 가르쳐 준다. 우리의 교우관계를 형성하고 있는 사람들이 이야기를 나누거나 서로 왕래를 하고, 여러 가지 일들을 계획하거나 실행하여 무언가가 그곳에서 탄생하지만, 그것은 예기치 않은 결과로 이어지는 경우가 많다. 인간은 항상 잘못을 저지른다. 그는 여러 가지 일들을 계획하고 다른 사람들을 조력자로 끌어들여 특정한 사람, 혹은 모든 사람과 싸우는 잘못을 저지르고 무언가를 성취한다. 전체로서는 약간의 진보가 보이지만 그 개인으로서는 항상 오산을 하고 있는 것이다. 그가 자신에게 약속한 것은 전혀 닮지 않은 뭔가 새로운 것이 탄생하게 된다.

이렇게 해서 인간생활의 모든 요소를 예측하는 것이 절대로 불가능하다는 사실을 깨달은 고대인들은 '우연'이라는 것을 신으로까지 추앙했다. 그러나 이래서는 특정한 한 점에서만 빛을 발하는 불똥에 마음을 빼앗길 뿐이며, 이 우주는 내면에 감춰져서 보이지 않는 같은 불에 의해 데워지고 있다. 인생의 기적은 설명할 수 없는 것으로 여전히 기적적이지만, 이것은 인생에 새로운 요소를 끌어들이고 있다. 에버러드 홈 경(Everard Home. 1756~1832. 스코틀랜드의 유명한 비교 해부학자)이었다고 생각하는데, 그는 폐의 성장 속에 진화는 하나의 중심점에서 이루어지는 것이 아니라 세 개나 혹은 그 이상의 점에서 동시에 이루어진다는 사실을 인정했다. 생명은 기억이 없다. 연속적으로 진행되는 것은 기억될 수도 있지만 동시에 공존하는 것, 혹은 보다 깊은 원인에서 출발한 것은 아직 의식을 갖지 않은 상태로 스스로의 경향이 무엇인지를 알지 못한다.

우리의 경우에도 이것과 마찬가지이며, 우리는 형태와 결과라는 것에 마음을 빼앗겨 모든 것이 서로 동등하지만 대립하는 가치를 가지고 있는 것처럼 보이기 때문에 회의에 빠져 통일성을 잃은 것처럼 보이다가 다음 순간에는 위대한 영적 법칙을 받아들여 종교적으로 되기도 한다. 이와 같은 착란을 견디고 이와 같은 부분 부분의 동시적인 성장을 견딘다면 결국 그것들은 신체의 일부가 돼서 하나의 의지를 따르게 될 것이다. 그 하나의 의지, 그 사람들이 알 수 없는 원인에 우리의 주의와 희망을 위탁하게 된다. 인생은 여기서 녹아 하나의 기대, 하나의 종교로 바뀐다. 조화롭지 못하고 하찮으며 세세한 것 저변에는 음악적이고 완전히 원만한 것이 존재한다. '이상' 이-빈틈이 없는 천국이 항상 우리와 함께 여행을 하고 있다.

우리의 정신적 계시의 경험 양식을 관찰해 보자. 내가 깊은 정신을 가진 사람과 담화를 나눌 때, 혹은 어떤 때라도 고독한 속에서 끼어난 이상요 기신이 젏으로 이뤄냈을 때, 나는 갈증을 해소해 준 물을 마시거나 추운 날에 따뜻한 불가로 가는 때와 마찬가지의 만족감에 도달하는 것은 아니다. 결코 그런 것이 아니며 나는 먼저 인생의 새로운 영역에 지신이 다가가 있다는 것을 알게 된다. 좀 더 많이 알고 좀 더 많이 생각하다보면 이 새로운 세계는 그 존재를 알려주는 새로운 징조를 부여한다. 그 세계를 덮고 있는 구름이 가끔씩 틈을 보이며 다가가는 여행객에게 깊은 산속을 제시해 준다. 산자락에는 양떼가 풀을 뜯고, 양치기가 피리를 불거나 뛰어다니고 있는 조용하고 영원한 목장이 펼쳐져 있다. 이 사상의 영역에서 찾아오는 통찰력은 모두 겨우 시작단계로 느껴지며 계속적으로 이어진다는 것을 약속한다. 이런 내가 그것을 만드는 것이 아니다. 내가 그곳에 도착해서 이미 그곳에 존재하고 있는 것을 바라볼 뿐이다. 아니면 내가 만드는 것일까? 아니, 역시 그렇지는 않다. 헤아릴 수 없는 과거 시대의 애정과 존경을 받아 세월이 흘렀으며, 또한 동시에 생명력으로 넘쳐 씩씩한 이 존엄스럽고 장려한 세계, 사막 한가운데의 뜨거운 태양이 빛나는 메카(성지)가 내 눈앞에 처음으로 펼쳐진 순간, 나는 마치 어린아이처럼 기쁨과 놀라움으로 나도 모르게 손뼉을 치게 된다. 얼마나 멋진 미래를 제시해 줄 것인가! 나는 새로운 심장이 새로운 아름다움에 대한 사랑으로 고동치고 있는 것을 느낀다. 나는 지금 당장이라도 죽어 이 세상에서 사라져 버리고, 내가 서부에서 발견한 이 새롭고 전인미답(前人未踏)의 미국에 다시 한 번 생명을 부여받고 싶다.

이 사상들이 탄생할 때는 어제와 지금은 물론
그것은 항상 존재하는 것
그것이 탄생하는 때를 아는 사람은 한 사람도 없다.

나는 이생이란 온갖 기분의 흐름에 불과하다고 했지만, 나는 지금 우리의 내부에는 불변의 것이 있어서 그것이 모든 감각과 정신상태의 등급을 정한다는 말을 덧붙이려 한다. 개개인의 내부에 있는 이 의식은 일종의 계산의 척도이며 어느 때는 그 인간의 본질을 제1 원인(신)과 동일시하기도 하고 때로는 그 인간의 육체와 동일시하기도 한다. 그것은 무한의 계급을 가진 생명을 초월한 생명이다.

그 원천이 되고 있는 감정이 모든 행위의 품위를 결정한다. 이 경우 문제가 되는 것은 항상 당신이 무엇을 하고 무엇을 참고 있는 것이냐가 아니라, 무언가의 명령에 의해 그것을 행하고 그것을 견딘다는 것이다.

운명, 미네르바(로마 신화 속 지혜의 여신), 시신詩神(뮤즈), 성령—이 낡은 명칭들은 이 무한의 실체를 감싸기에는 너무도 부족하다. 이름이 붙여지기를 거부하는 이 근본적 원인 앞에 인간의 곤혹스러운 지성은 머리가 무표요 끊기 않으면 안 된다. 뛰어난 현개들은 누구나 언어를 초월한 이 근본적 원인을 표현하고자 매우 두드러진 상징을 이용했다. 예를 들어 탈레스(Thales. BC 624~546. 그리스 최초의 철학자, 일곱 현인의 제1인자이며 밀레토스학파의 시조)는 '물', 아낙시메네스(Anaximenes. BC 585~528. 고대 그리스의 자연 철학자)는 '공기', 아낙사고라스(Anaxagoras. BC 500~428. 고대 그리스의 철학자)는 '사상', 소크라테스는 '불', 예수와 그 밖의 근대 사람들은 '사랑'이라는 상징을 이용했으며 각각의 비유는 하나의 민족적 종교가 됐다. 중국의 맹자는 이것에 대한 설명을 통해 약간의 성공을 거두었다. "나는 말을 충분히 이해하고 내 양들과 흐르는 힘을 양육하고 있다."라고 맹자는 말했다. "당신이 말하는 향들과 흐르는 힘이라는 것은 대체 무엇인가?"라고 친구가 물었다. 맹자는 이렇게 대답했다—"설명하기는 힘들지만, 이 힘은 매우 위대하며 확고부동한 것이다. 이 힘을 제대로 키워 위해를 입히지 않는다면, 그것은 천지의 허공을 가득 채울 정도가 된다. 이 힘은 정의와 이성과 일치하고 이것들을 도와 굶주리지 않게 한다." 가장 정확한 서적 중에 우리는 이것에 '실존'이라는 명칭을 부여하고 더 이상 갈 수 없는 곳에 도달했다고 칭하고 있다. 그러나 우리가 도달한 것은 하나의 벽이 아니라 끝없이 펼쳐진 대양이라는 사실은 우주를 만족시키기에 충분할 것이다. 우리의 삶은 현재에 속하기보다는 오히려 미래에 속하는 것일지도 모른다. 그것은 우리의 삶을 낭비시키는 온갖 일들 때문에 있는 것이 아니라 이 유유히 흐르는 생명력을 암시하는 것으로 존재한다. 인생의 대부분은 인간의 능력을 알려주는 것에 불과하다, 그런데 우리는 대단히 위대한 존재이기 때문에 자신을 싸게 팔아서는 안 된다는 지적을 받고 있다. 그러므로 특히 우리의 위대함이란 항상 경향이나 방향 속에 있는 것으로 하나의 행위 속에 있는 것이 아니다. 우리는 예외 없이 원칙을 믿어야 한다. 고귀한 것과 열등한 것은 이렇게 구별할 수 있다. 그러므로 감정의 안내를 따를 때 먼저 생각해야 하는 것은 이 지구의 역사에 있어서 중요한 점, 중심적인 사실이란 영혼의 불멸에 대해 우리가 믿고 있는 것들이 아니라 모든 사람들의 믿으려 하지 않는 충동이라는 것이다. 우리는 이 힘을 직접 작용하는 힘이라 칭해도 좋을 것인가? 인간의 정신은 무력한 것, 매개적인 기관을 필요로 하는 것이 아니다. 그것은 온갖 풍요로운 힘을 가지고 있으며 직접적인 효과를 가져다줄 수 있다. 나라는 인간은 아무런 설명을 덧붙이지 않더라도 상대가 확실하게 알 수 있으며 어떤 행동을 하지 않더라도, 또한 내가 없는 곳이라도 상대는 나름대로 느낄 수 있는 것이다. 그러므로 올바른 인간은 모두 자신만의 칭찬에 만족한다. 그들은 자신이라는 인간을 설명하는 것을 피하고 자신이 앞으로 할 행위가 설명할 수고를 덜어준다는 데 만족한다. 우리는 말을 하지 않고 말을 초월해서 이기의 건달을 치는 것, 우리의 올바른 행위는 거리의 상관없이 우리의 친구들을 움직이게 한다는 것을 그들은 믿고 있다. 왜냐하면 행위의 영향력이라는 것은 거리로 측정하는 것이 아니기 때문이다. 내가 어떤 사정으로 인해 당연히 참석할 것이라고 여겼던 장소에 출석하지 못했다고 하더라도 특별히 초조해할 필요는 없다. 설령 그 자리에 참석하지 못했다고 하더라도 내가 지금 있는 장소에 있음으로 해서 그 장소에 있는 것과 마찬가지로 우정과 예지의 세계에 공헌할 수가 있다.

　나는 모든 장소에서 동일한 성질의 힘을 발휘할 수 있다. 이렇게 해서 거대한 '이상'은 항상 우리의 앞에 서서 움직이는 것으로 우리의 후미를 쫓는 일은 결코 없었다. 누구나 더 이상은 힘들다는 식의 경험은 하지 못했을 것이다. 아니, 그들이 경험한 좋은 것들은 보다 좋은 것의 존재를 알리고 있다. 전진에 또 전진만이 있을 뿐이다. 우리가 자유로운 순간을 살면서 확실하게 알 수 있는 것은 인생과 의무에 대해 새로운 영상을 가질 수 있다는 것, 우리가 지금 가지고 있는 모든 기록을 초월한 새로운 인생론의 내용이 될 요소가 이미 우리 주변의 수많은 사람들의 마음에 잠재되어 있다는 사실이다. 이 새로운 인생론은 사회에 존재하는 신앙뿐만이 아니라 회의懷疑가 포함될 것이다. 그러나 수많은 회의 속에서 하나의 신념이 형성되게 된다. 왜냐하면 회의라는 것은 아무런 근거도 없이 제멋대로인 것이 아니라 긍정적인 의견에 한정하려고 하는 것이기 때문에 새로운 철학은 낡은 신앙을 포함하지 않으면 안 되는 것과 마찬가지로 그런 회의를 포섭하고 그 외부에 긍정적인 의견을 제시하지 않으면 안 된다.

자신이 살아 있다는 것을 발견하는 것은 대단히 불행한 일이지만 이제 와서 바뀔 수 있는 것이 아니다. 그 발견은 '인간의 추락(원죄)'이라 불리고 있다. 그 이후로 우리는 자신이 가지고 있는 도구에 의문을 품게 되었다. 우리가 직접적이 아니라 간접적으로밖에 사물을 볼 수 없다는 것, 자신들은 쉽게 말해서 색이 들어가고 왜곡된 렌즈이며 그것을 교정할 수단이나 오차의 양을 산출해낼 수단도 가지고 있지 않다는 것을 깨달은 것이다. 아마도 이런 주관이라는 렌즈는 창조력을 가지고 있으며 대상 따위는 존재하지 않는다. 과거 우리는 우리의 눈에 보이는 것들 속에서 살아왔지만 지금은 모든 것을 호흡하려고 하는 탐욕적인 이 새로운 힘이 우리를 매료시키고 있다. 자연, 예술, 인간, 편지, 종교 등, 온갖 것들이 줄지어 굴러들어오고 신이란 주관을 가진 이념의 하나에 불과하다. 자연도 문학도 주관적인 현상으로 모든 악과 모든 선도 우리가 투영한 그림자에 지나지 않는다. 자부심이 높은 사람에게 있어 거리는 온통 굴욕으로 가득하다. 멋쟁이가 자신의 집사에게 제복을 입히고 시타에서 수녀이 시쥬을 듣게 히둥이 니쁘 미요이 기푸치퍼 방출하는 원한은 순식간에 도시의 신사숙녀, 점원, 호텔에서는 술집 주인의 모습으로 우리의 내부에 존재하는 협박할 수 있는 모든 것, 굴욕적인 모든 것을 협박하고 굴욕을 주려 한다. 우리의 우상숭배의 경우도 이와 비슷하다. 사람들은 지평선을 만드는 것이 인간의 눈이며 갑이라는 인간과 을이라는 인간을 인류의 전형, 혹은 대표로 삼아 영웅이나 성자라는 이름을 붙이는 것도 인간 정신의 동그란 눈이라는 것을 잊어버리고 만다.

　'신의 아들' 예수는 수많은 사람들의 동의를 얻어 이런 시각적 법칙이 효과를 거둘 수 있는 대상이 된 뛰어난 인물에 불과하다. 한쪽에서는 애정에서, 또 다른 쪽에서는 이론을 제시할 수 없게 하는 마음 때문에 한동안 우리는 지평선의 한가운데에 예수를 놓고 이렇게 바라보는 인간들의 온갖 속성을 예수도 가지고 있다고 단정 짓는 데 불과하다. 그러나 오랜 세월에 걸친 애정과 혐오에도 불구하고 신속한 결과가 찾아든다. 절대적인 자연에 근거를 둔 위대하고 성장을 이뤄야만 하는 자아는 모든 상대적인 존재를 대신해서 인간적인 우정과 사랑의 왕국을 멸망시켜 버린다. 흔히 말하는 정신적인 세계에 있어서의 결혼은 모든 주관과 모든 대상과의 차이 때문에 불가능한 것이 된다. 주관은 신성을 수용해서 항상 자신이 특정하고 신비한 힘에 의해 강요를 당하고 있다는 것을 느끼지 않을 수 없다. 이 영적 창고는 작용을 하지 않더라도 존재하고 있으며 반드시 그것이라고 느껴지는 것이다. 어떤 지석의 힘으로도 모든 주관 속에 영원히 잠들거나 혹은 자각하고 있는 고유의 신성을 대상으로 삼을 수는 없다. 애정 또한 의식과 귀속을 같은 힘을 가진 것으로 만들지는 못한다. 모든 '나'와 '너' 사이에는 실물과 그림 사이에 있는 것과 마찬가지의 심연深淵이 존재한다. 우주는 인간의 영혼처럼 단 한 점에서만 접촉할 수 있으며 그렇게 접촉하고 있는 동안 각각의 구슬의 다른 점은 모두 미동도 하지 않는다. 그 점들이 접촉할 때가 올 것은 분명하지만 한 부분의 결합이 오래 지속될수록 결합하지 않은 부분은 그 친화력을 더해 간다.

삶이라는 것은 그것의 닮은꼴을 그려낼 수는 있지만 이것을 나누거나 증가시킬 수는 없다. 삶의 통일성을 침해하는 것은 혼돈을 가져다줄 뿐이다. 인간의 영혼은 쌍둥이가 아니라 혼자이며 시간

속에서는, 또한 겉모습에 있어서는 유아의 모습을 하고 있지만 운명적이고 보편적인 힘의 소유자이며 '공생'을 용납하지 않는다. 하루하루는, 행위의 하나하나는 쉽게 말해서 감출 수 없는 신성神性을 겉으로 드러낸 것이다. 우리는 타인을 믿지 않지만 자신은 믿고 있다. 우리는 모든 것을 자신에게 허락한다. 타인의 경우라면 죄악이라고 칭할 것도 자신의 경우에는 '실험'이라 생각한다. 인간이 죄악을 무분별하게 입에 담지 않고 타인에게는 절대로 용서하지 않은 행동이 자유를 자신은 괜찮다고 생각하는 것을, 우리가 자신이라는 대상을 믿고 있는 일례라 할 수 있다. 행위라고 하는 것은 그 내면과 외면이, 그리고 그 성질과 거기서 발생한 결과에는 큰 차이가 있다. 살인자가 살인을 생각했을 경우 단순히 생각만 했다면, 시인과 소설가가 생각하는 것만큼 위험한 것이 아니다. 그로 인해 그 사람이 불안해하거나 공포에 질려 하찮은 일들이 평소처럼 여겨지지 않게 된다.

살인이라는 행위는 매우 쉽게 기획할 수 있다. 그러나 그것이 실현되면 놀랄 만한 소동을 일으키며 모든 인간관계를 혼란 속에 빠뜨리게 된다. 특히 애정으로 인한 범죄는 행위자의 입장에서 본다면 공정한 것으로 보일지라도 그것이 실제로 이루어지면 사회를 파멸로 몰아넣게 된다. 누구라도 자신을 파멸시킨 인간이라거나 자신이 저지른 죄가 다른 중죄인들이 저지른 것과 마찬가지로 흥악한 것이라는 사실을 전혀 믿으려 하지 않는다. 왜냐하면 지성이라는 것이 자신의 경우에는 도덕적 판단을 완화시켜 버리기 때문이다. 지성에 있어서 죄악이라는 것은 존재하지 않기 때문이다. "그것은 범죄보다 더 나쁘다. 그것은 엄청난 착각이다."-나폴레옹의 이 말은 예컨대 지성의 말인 것이다. 지성에 있어서 이 세계는 수학과 산술에 관한 학문에 관련된 문제에 불과하며, 지성은 칭찬과 비난과 그 밖의 모든 나약한 감정을 제외한다. 도둑질은 모두 비교적인 문제이다. 절대적인 것이 되면 과연 도둑질을 하지 않은 인간이 있을까? 성자가 슬픔을 느끼는 것은 죄악이라는 것을(깊이 고려했을 경우에도) 양심의 입장에 바라보며 지성의 입장에서 바라보지 않는다는 것이다. 이것은 사고의 혼란에 불과하다. 사고의 입장에서 본다면 죄악은 축소된 것, 보다 작은 것이 된다. 양심과 의지의 입장에서 보면 죄악은 추락, 혹은 나쁜 것이 된다. 지성은 그것에 그림자와 빛의 결여, 비본질이라는 명칭을 부여한다. 양심은 그것을 본질, 본질적인 악이라 느낀다. 죄악이란 그런 것이 아니다. 그것은 객관적으로는 존재하지만 주관적으로는 존재하지 않는 것이다.

이렇게 해서 우주는 필연적으로 우리 자신의 색채를 띠게 되며 모든 대상은 점점 주관 속으로 흘러들게 된다. 주관은 존재하고 확대된다. 모든 것은 초저녁에 점령해야 할 위치를 차지한다. 나는 나라는 인간의 편밖에 들지 못한다. 우리는 어떤 말을 쓰더라도 진정으로 자신 이외의 것은 단 한마디도 말할 수 없다. 헤르메스도, 카드모스(그리스 전설에 나오는 페니키아의 왕자)도, 콜럼부스도, 뉴턴도, 나폴레옹도 인간정신에 봉사하는 사람들에 불과하다. 우리는 위인을 만났을 때 자신의 부족함을 느끼지 않도록 하자. 처음 우리를 찾아오는 사람을 여행 중의 지질학자처럼 대하도록 하자. 그는 우리의 땅을 지나 잡초가 무성한 목초지에 있는 양질의 점판암과 석회암과 무연탄을 우리에게 가르쳐 줄 것이다. 가까이 늘름한 정신의, 하나의 방향을 향해 편중된 행동은 그 방향에 있는 대상을 바라보는 망원경이다. 그러나 인간의 영혼이 당연히 갖춰야 할 원만한 형태를 자신의 것을 삼기 위해서는 지식 이외의 다른 부분 모두가 방자하게 느껴질 만큼 추구하지 않으면 안 된다. 당신은 아기 고양이가 자신의 꼬리를 물려 빙글빙글 도는 귀여운 모습을 본적이 있을 것이다. 당신이 아기 고양이의 관점에서 볼 수만 있다면 아기 고양이 주변에는 수백에 달하는 사람 그림자가 비극적인, 혹은 비극적인 문제를 포함한 긴 대화와 수많은 인물과 수많은 운명의 흥망성쇠를 묘사한 복잡한 연극을 연기하고 있는 것이 보일지도 모른다. 그리고 실은 그것이 한 마리의 고양이와 꼬리에 지나지 않는다는 것을 깨달을 것이다. 우리의 가장무도회가 탬버린과 웃음소리와 비명 소리의 소음을 그치고 무도회란 결국 혼자서 연기를 하는 것에 불과하다는 것을 깨달을 때까지 얼마나 시간이 걸릴 것인가? 하나의 주관과 하나의 대상-전기의 회로를 완전하게 하기 위해서는 매우 복잡하다. 그러나 전기는 아무것도 덧붙이지 않는다. 케플러와 천제이든, 콜럼부스와 미국이든, 독자와 책이든, 고양이와 꼬리든, 그것은 그리 중요한 것이 아니다.

시신屍身과 애정과 종교의 모든 것이 이와 같은 일의 추세를 기뻐하지 않고 실험실의 비밀을 응접실에서 공개하는 화학자를 처벌하는 방법을 찾아내려고 하는 것은 사실이다. 그리고 우리는 우리의 체질적인 필연에서 모든 것들을 사적인 관점에서, 혹은 자신의 기분으로 물들이고 바라보는 경향이 있다는 것도 미리 말해두지 않으면 안 된다. 게다가 신은 이와 같은 황량한 바위 틈 사이에 살고 싶어 한다. 그와 같은 이유로 자기신뢰라는 미덕이 도덕 중에서도 가장 중요하게 여겨지고 있다. 우리가 아무리 파렴치하게 보이더라도 이 가난한 자아를 고수하지 않으면 안 된다. 그리고 다시 씩씩하게 자기발견을 계속함으로써 행위를 계속 반복한 뒤에 우리의 존재 축을 더욱더 확실한 것으로 만들어나가야 한다.

진리의 생활은 차가워서 지금까지는 슬픈 것이었다. 그러나 그것은 눈물과 회한과 혼란의 노예가 아니다. 그것은 타인의 일을 자신이 시험하거나 타인의 사실을 그대로 채용하지는 않는다. 자신의 것과 타인의 것에 대한 구별을 할 줄 아는 것이 예지의 큰 교훈인 것이다. 나는 타인의 사실을 내가 처리하는 것은 불가능한 것이라는 것을 깨달았다. 그러나 나는 자신의 사실을 처리할 열쇠를 가지고 있다. 배려심이 많은 인간은 물에 빠져 익사하려고 하는 사람들 속에서 수영을 하고 있는 사람처럼 묘한 딜레마에 빠져 있다. 익사 직전의 사람들이 전부 다 달라 붙어 손가락 하나라도 붙잡히게 된다면 함께 익사하고 말 것이다. 그들은 그들의 악덕이 가져온 소용돌이에서 빠져나오고 싶어 하지만, 악덕 그 자체에서 벗어나려고 생각하지 않는다. 이런 불쌍한 인간의 외부 증상만을 보고 자비를 베풀더라도 그것은 헛수고로 끝날 것이다. 현명하면서도 뛰어난 의사라면 진료의 제일 조건으로 틀림없이 "스스로 거기서 나오라."라고 말할 것이다.

남의 이야기하기를 좋아하는 미국에서 우리의 어수룩한 성격과 사방팔방으로 너무 귀를 기울이기 때문에 우리의 몸은 엉망진창이 되어 있다. 이렇게 타인을 맹종하는 태도는 진정으로 사람들에게 도움이 되는 힘을 빼앗아 버린다. 인간은 직접적이고 곧바르게 사물을 볼 수 없는 것이 낫다. 타인의 집요하고 하찮은 요구에 대해서는 하나의 목적에 대해 여념이 없이 주의를 기울이며 대항해야 한다. 이것이야말로 그들의 요구에 대한 신성한 대답으로 상대의 호소와 귀찮은 참견이 끼어들 여지는 없다. 플랙스먼(John Flaxman. 1755~1826. 영국의 고전주의 조각가)의 붓에 의해 그려진 아이스킬로스(Aeschylos. BC 525~456. 고대 그리스의 대 비극시인으로 모두 90편의 비극을 남겼다)의 비극 『유메니데스(Eumenides:사랑의 정령)』의 그림 속에서는 오레스테스(Orestes:그리스신화에 나오는 미케네 왕 아가멤논과 클리타임네스트라의 아들)가 아폴로에게 탄원을 하고 있으며, 복수의 여신이 문턱에서 잠이 들어 있다. 아폴로의 얼굴에는 회환과 연민의 그림자가 드리워져 있지만, 두 가지 세계는 서로 섞이지 않는다는 확신에서 조용하고 투명하다. 아폴로는 다른 정치 세계인 영원하고 아름다운 세계 속에서 탄생한 것이다. 그의 발밑에 있는 남자는 그가 지상의 소란한 세계에도 관심을 가져달라고 애원하고 있지만, 그의 천성은 그곳으로 들어서지는 않는다. 그곳에 자리 잡고 있는 유메니데스는 이와 같은 배경을 잘 표현해 주고 있다. 아폴로는 자신의 신성한 운명의 짐을 짊어지고 있는 것이다.

환상, 소질, 동기, 표면, 경탄, 현실, 주관성—이미 이야기한 이런 것들은 시간이라는 직물기의 실, 인생의 주인들이다. 나는 이것들에 감히 서열을 매길 마음은 추호도 없지만 생각이 나는 대로 일단 그것들의 이름을 매겨 보았다. 내가 묘사한 것들이 완벽하다고 주장하고 싶은 생각은 처음부터 없었다. 나라고 하는 인간은 하나의 단편에 불과하며 내가 묘사한 것들은 나라는 인간의 단편에 불과하다. 나는 자신을 가지고 한두 가지 법칙을 일반에게 알릴 수 있으며, 그 법칙은 부조^{浮彫}가 되어 아름다운 모습을 취하고 있지만, 나는 아직 젊기 때문에 법전을 편찬하기 위해서는 아직 몇 시대가 걸릴지도 모른다. 나는 영원의 정치에 대해 잠시 쓸데없는 소리를 하겠다. 나는 수많은 아름다운 그림을 봐왔으며 전혀 무익하지 않았다. 나는 멋진 시대를 살고 있다. 나는 14살 때의, 아니 7년 전의 초보 수도사가 아니다. 그 성과가 어떤 것이었는지 묻는 사람이 있을 수도 있다. 나는 자신만의 미약한 성과만으로도 충분하다고 생각하며, 성과가 이런 것이다─즉, 명상과 조업과 진리의 추적에서 성급한 결과를 기대해서는 안 된다는 것이다. 나는 이 마을과 도시에 하나의 결과가 이루어지기를 바라거나, 이 달이나 올해에 명백한 성과가 드러나기를 바라는 것은 천박한 것이라고 생각한다. 결론은 원인과 마찬가지로 깊고 영속적인 것이다. 그것은 인간의 일생 따위는 눈에 들어오지 않을 만큼 많은 시대 속에서 작용한다.

내가 알고 있는 것은 모두 다른 것에서 얻은 것이다. 나는 존재하고 나는 소유하고 있다. 그러나 나는 그것을 스스로 획득하는 것은 아니다. 뭔가를 획득한 것 같은 마음이 들었을 때, 실은 그렇지 않다는 것을 나는 알고 있다. 나는 경이로운 마음으로 위대한 '운명'을 예배한다. 나는 너무 많은 것을 받았기 때문에 한두 개를 필요 이상으로 더 받았다고 해서 고민하지는 않는다. 이런 잠언을 말해도 용서받을 수 있다면 나는 수호신이게 이렇게 말하고 싶다─"이미 출발한 배는 뒤로 돌아오지 않는다." 내가 새로운 선물을 받을 때, 나는 그 대가를 치루기 위해 내 몸을 단식의 고통으로 몰아넣지는 않는다. 만약 내가 그로 인해 죽더라도 도저히 그 대가를 치를 수 있는 것이 아니기 때문이다. 내가 얻은 이익은 처음부터 나의 진가를 훨씬 넘는 것이며 그 이후로도 계속 더 높은 것이다. 쉽게 말하자면 진가라는 것도 내가 얻는 것의 일부라고 생각한다.

명백하고 실질적인 결과를 집요하게 추구하는 것도 배신행위의 하나라고 생각한다. 솔직히 말해서 나는 필요하지도 않은 행위 따위는 하지 않고 끝내고 싶다고 여길 정도다. 인생이라는 것은 내게 환상적인 모습을 하고 있다. 격렬하고 늠름한 행위 또한 환상에 지나지 않는다. 조용한 꿈이나 격렬한 꿈 중에 어느 하나를 택할 뿐이다. 사람들은 인식의 생활과 지적인 생활을 무시하고 행동을 강요한다. 나는 진정으로 이치를 깨달을 수 있다면 인식의 생활에 마음으로부터 만족을 느낀다. 이것은 존엄한 오락이며 내게는 이것으로 충분하다. 조금이라도 이치를 깨달을 수 있다면 이 세계 전체와 맞바꿀 만큼의 가치가 있다. 내 귀에는 항상 아드라스테이아(Adrasteia:그리스신화에 나오는 제우스의 유모 가운데 하나로 '피할 수 없는 여인'이라는 뜻이며, 아드라스테이아는 복수의 신을 뜻하는 네메시스와 동일시되기도 한다)의 규정이 들려온다—"어떤 진리로라도 이것을 획득한 영혼은 모두 다음 세대까지 재앙을 피할 수 있다."

내가 도시와 전원에서 접하는 세계는 내 사상의 세계가 아니라는 것을 알고 있다. 나는 그것이 서로 다르다는 것을 알고 있으며 앞으로도 이 점을 잊지 않을 것이다. 그리고 언젠가 나는 이 모순이 가진 가치와 법칙을 깨닫게 될 것이다. 내가 알고 있는 한 사상의 세계를 현실화시키고자 하는 재주만으로는 많은 것을 얻을 수 없었던 것 같다. 수많은 열성적인 사람들이 줄을 이어 이런 방식으로 실험을 해 보지만 스스로 가소로움을 드러내고 마는 것이 일반 ㅁ이나, 그들은 흔히 밀리는 민주기인 행동을 외쳤거민 입에 거품을 물어가며 토론하고, 증오하고, 부정한다. 더 안 좋은 사실은 이런 시험이 성공을 거둔 경우는, 그들이 말하는 성공의 기준이라는 틀에 맞춰보거나 인류의 역사 속에서도 단 한 번도 없었다. "어째서 그대의 사상의 세계를 현실화하려 하지 않는가?"라고 하는 질문에 나는 논박할 생각으로 이런 말을 하고 있다. 그러나 나는 하찮은 경험주의에 의해 사상 세계의 법칙에 섣부른 판단을 내리려고 하는 자포자기의 태도와는 거리가 멀다. 올바른 노력이 성공을 거두지 못한 적은 없기 때문이다. 인내하고 또 인내함으로써 우리는 결국 승리를 거두게 될 것이다. 우리는 시간이라는 요소가 가진 온갖 유혹을 경계하지 않으면 안 된다. 먹거나 자고, 100달러의 돈을 벌기 위해서는 상당한 시간이 걸리겠지만 우리 생활의 빛이 될 희망과 통찰을 가슴에 품기 위해서는 거의 시간이 들지 않는다. 우리는 정원을 깔끔하게 손질하거나 식사를 하고, 아내와 집안일에 대해 이야기를 나누기도 하지만, 이런 것은 우리에게 아무런 인상도 남기지 않고 다음 주에 깨끗이 잊어버린다. 그러나 모든 인간이 항상 돌아가는 고독 속에서 사람은 건전한 정신을 제 것으로 삼으며 온갖 계시를 받게 된다. 사람들은 그것들을 확실하게 몸에 익혀 새로운 세계로 들어간다. 타인의 조롱을 마음에 담지 않고, 패배나 좌절도 하지 않으며, 용기를 갖고 일어설 수 있으며 모든 정의는 결국 승리를 거두게 된다-라고 하는 목소리가 들려오는 것 같다. 그리고 이 세계가 현실의 것으로 만들고자 노력하고 있는 진정한 로맨스는 천부적인 재능이라는 것이 실제적인 힘으로 바뀌게 된다.

제 5 장

비극적인 것

아름다움을 사랑하는 것은 취미요, 아름다움을 창조하는 것은 예술이다.
아무리 위대한 일도 열심히 하지 않고 성공된 예는 없다. -에머슨

비극적인 것

1844년에 트랜센덴틀 클럽(Transcendental club:초월주의) 기관지 『다이얼』에 발표된 논문
The Tragic, 1844

ㅣ ㅣ ㅣ

　'고뇌의 집'을 지금까지 본 적이 없는 사람은 이 우주의 반밖에 보지 못한 것이다. 지구 표면의 3분의 1 이상을 짠 바다가 차지하고 있듯이 슬픔은 인간의 행복을 침투하고 있다. 사람들의 이야기 대부분은 회한과 불안의 혼합물에 불과하다. 그 이유는 알 수 없지만 아무것도 하고 있지 않는 인간의 눈에 비치는 모든 것들의 바탕 색깔은 우울이다. 무거운 기분이 들 때 우리의 생존은 하나의 방어전, 침입해 오는 모든 것을 적으로 삼아 싸우고 있는 것처럼 느껴진다. 적은 우리에게 주어진 짧은 집행유예의 기간까지 아까워하며 당장이라도 우리를 삼켜버릴 기세를 하고 있다. 우리에게 허락

된 얼마 안 되는 소유물이 얼마나 초라하게 보일 것인가?

우리에게 남겨진 기운이 얼마나 나약한 것인가? 정신은 이미 그 영역이 축소되고 기억력을 잃게 돼서, 결국 사각의 좁은 틀에 갇히고 말아 이미 다 심어 놓은 밭을 말소와 소멸의 손길에 맡기고 있는 것처럼 보인다.

이미 우리의 사상과 말조차 묘하게 이질적인 뉘앙스를 풍기게 됐다. 기억력과 희망이 동시에 축소되기 시작한다. 한때 우리가 웃고 춤추며 달성하려 했던 계획을 앞에 두고 이제는 그저 잠이 오고 눈 속에 몸을 눕히고 있는 것에 불과하다. 주변이 조용해졌을 때, 우리는 여분의 용기가 전혀 없다는 것을 깨닫는다. 자신이 가지고 있는 그 어떤 이익을 포기할 여유가 없다는 느낌이 든다. 우리가 오늘은 필요로 하지 않는 육체와 마음의 풍요가 내일 닥쳐올지도 모르는 재해에 대비하기 위한 자금이기 때문이다. 대중들의 눈에는 특정 국민이 우리보다도 음울한 기질을 가지고 있다고 한다. 그러나 우리가 현재 주변에서 보고 느끼고 있는 사회만큼 쉽게 실망과 낙담에 빠지기 쉬운 사회는 역사적으로도 없는 것 같다. 우울은 아이올로스(Aiolos: 그리스 신화에 나오는 바람의 신) 하프 현에 딱 달라붙은 것처럼 양 반구에 사는 영국인의 마음에 딱 달라붙어 떨어지지 않는다. 남자나 여자나 30살이 되면, 아니 그보다 빨리 모든 탄력성과 쾌활함을 잃고 제일 처음 세웠던 계획마저 실패로 끝나면 그냥 포기를 하고 만다. 그러나 우리와 우리 주변의 사람들이 이런 남녀보다도 나약한 존재인지 아닌지는 별도로 악덕, 고통, 병환, 빈곤, 불안정, 분열, 공포, 죽음이라는 것의 가치를 고려하지 않은 인생론은 아무런 권리도 얻을 수 없을 것이다.

인간성 중에서 가장 비극적이라고 할 수 있는 것은 무엇일까? 지적인 근원에서 유래하는 인생의 가장 가차 없고 비극적인 요소는 잔인한 숙명, 혹은 운명에 대한 신앙이다. 자연계와 수많은 사물과 인생을 세계에는 길서는 인간에게 길치하지 않고 또한 인간이 이 장에서도 적합하지 않다. 하나의 법칙에 의해 통제되며 그 목적지를 향해 전진하고 인간의 바람이 같은 방향이라면 인간에게 봉사하고 반대 방향이라면 인간을 분쇄하고, 인간에게 봉사하려는 인간을 분쇄시키기 위해 조금의 주저도 하지 않는다―라고 하는 신앙이다. 이것이야말로 그리스 비극의 근저에 자리 잡고 있으면서 오이디푸스와 안티고네와 오레스테스를 여전히 동정하고 있는 무서운 운명이라는 의미이다.

그들은 전부 멸망해 버리려야 한다. 그리고 그들을 학대하고 위협하여 잡아들이고 그들을 그 무서운 조직 속에 집어넣는 이 끔찍한 기관을 멈추게 하거나 막아줄 신은 없는 것이다.

인도의 신화에서 인간의 상상에 대해 다루고 있는 내용 중에 전신을 마비시킬 것 같은 공포도 똑같은 사상에서 유래한다. 터키인들의 운명관도 이와 같은 사고방식이다. 그리고 어디에 있든 간에 종교적인 감정이 조금은 영향을 미치고 있어 교육을 받지 못하고 별로 생각을 하지 않는 사람들 속에서 이런 미신의 흔적을 발견하는 건 어려운 일이 아니다. "물의 방해를 하면 언젠가 물에 빠져 죽는다." "열 개의 별을 세면 쓰러져 죽는다." "소금을 쏟으면…" "네 포크가 바닥에 수직으로 꽂히면…" "신에 대한 기도를 반대로 말하면…"과 같은 것들이 그런 것들로, 그로 인해 받아야 하는 벌은 각각 그 사실의 성질에 근거를 두는 것이 아니라 한 제멋대로인 의지에 기반을 두고 있다. 이 확인되지도 않았으며 확인할 수도 없는 의지에 반하는 것이 아닐까 하는 공포는 인간의 사색과 공존할 수 있는 것이 아니다.

그것은 문명과 함께 자취를 감추게 된다. 그리고 유년시절이 지나면 귀신에 대한 공포가 사라지듯이 두 번 다시 모습을 드러내지 않게 된다. 이 공포는 철학적 필연의 교양이라 불리는 것들과 다음의 점에서 구별할 수 있다. 즉, 후자는 하나의 낙천주의이며 따라서 고뇌하고 있는 인간은 자신의 행복이, 자신이 그 일부를 이루고 있는 전체의 행복과 이어져 있다는 것을 발견하게 된다. 그러나 운명의 경우에는 실현되는 것은 전체의 행복과 최선의 의지가 아니라 하나의 특정한 의지이다. 운명이란 올바르게 말하자면 결코 의지가 아니라 하나의 거대한 변덕이다. 이것은 합리적인 정신의 경우에는 공포와 절망의, 문학에 있어서는 비극의 유일한 원인이 된다. 그러므로 이와 같은 신앙에 기반을 둔 고대의 비극은 더 이상 재현이 불가능하다.

이성과 신앙이 보다 뛰어난 공적, 사적인 전통을 이끌어낸 뒤에는, 비극적인 요소는 약간의 한정을 받게 된다. 그러나 우리의 개인적인 만족이 세상의 법칙에 의해 방해를 받는다는 것은 여전히 변함이 없다. 자연과 인간을 확립시키고 있는 법칙은 무지한 개인이 이기를 끊임없이 방해한다. 이것은 병과 결핍과 불안정과 불화와 같은 형태로 나타난다.

그러나 비극의 본질은 특정의 악을 늘어놓은 것들 속에는 없다고 생각한다. 기근, 열병, 무능, 사지의 절단, 고문, 광기, 친구의 죽음 등을 헤아린 다음에도 여전히 엄밀한 의미로 따지자면 비극적인 요소가 남아 있다. 다시 말해 그것은 '공포'이다. 이 공포는 명확한 악이 아니라 막연한 악과 관련이 있다. 정오가 지날 때나 한밤의 잠시, 나태한 때나 고독한 때에 우리를 따라다니는 불길한 영인 것이다.

마르고 지쳐 허약한 요정이 "확실하지도 않은 악의 그림자 속에서" 우리의 곁에 앉아 있는—불길한 예감, 잘 정돈되고 마음을 즐겁게 해주는 것을 흩뜨려 놓아 섬뜩한 모습을 떠올리게 하는 상상의 힘. 귀를 기울여 보라. 밤바람을 타고 들려오는 것은 무슨 소리인가? 이웃집에서 살해당하는 사람의 비명소리일까? 터벅터벅 들려오는 발자국 소리, 아무도 모르는 폭동의 조짐을 보라. 남들이 엿들어 버린 비밀 이야기, 들통난 곁눈질, 악의로 가득한 강렬한 시선, 이유 없는 공포, 의혹, 불확실한 지식, 오해-이런 것들이 인상을 찌푸리게 하고 사람들의 마음을 섬뜩하게 한다. 그러므로 다른 모든 사람들이 보는 것을 보지 못하고 앞서 말한 원인 때문에 고통을 겪는 것은 명석하지 않은 자질을 가진 사람이며, 민첩하고 확실한 지각력을 가진 사람도 아니며, 결점이 많은 성격의 사람이다. 깊은 동정심을 유발하는 이런 사람들을 볼 때면 비극은 사건 속에 있는 것이 아니라 기질 속에 있는 것처럼 여겨진다. 슬픔을 갈망하며 기뻐하는 마음이 나약한 사람들이 있다. 그들은 고통을 동경하고 추구하여 독을 넣은 빵으로 배를 채워야 하는 위장을 가지고 있다. 그들은 잘못 알아듣거나 잘못 보기도 한다. 그들은 의심하고 두려워한다. 그들은 나무울타리의 모든 쐐기풀, 모든 담쟁이덩굴을 만져보고 목장의 모든 뱀들을 짓밟는다.

악운이여 오라,

나는 나의 힘에 그것을 더해

그것에 기술을 가르쳐

악운을 통해 자신을 초월해 갈 것이다.

—존 던(Rev. John Donne. 1572~1636, 신부, 성공회 사제이자 시인) 시에서

그러나 솔직히 말하자면 모든 슬픔은 낮은 곳에 존재한다고 말하지 않으면 안 된다. 슬픔은 천박한 것이고 그 대부분은 공상이 만들어낸 것으로, 다시 말하자면 속이 텅 빈 껍데기에 불과한 것이다. 비극은 그것을 보는 사람의 눈에 있으며 고통 받는 마음속에는 없다.

지구는 비극이라는 감당하기 힘든 짐을 짊어지고 비명을 지르고 있는 것처럼 보인다. 그러나 자세히 살펴보면 항상 자학하고 있는 것은 나나 당신들이 아닌 다른 인간이다. 누군가가 "보라, 나는 슬퍼하고 있다."라고 할 때, 그가 슬퍼하고 있지 않다는 것은 분명한 사실이다. 왜냐하면 슬픔은 소리를 내지 않기 때문이다. 슬픔은 그 사람을 파멸하도록 미리 준비되어 있다. 당신을 갈기갈기 찢어 놓는 것 같은 슬픔은 당신 이외의 보다 더 강인한 성격을 가진 사람을 덮치도록 정해져 있는 것이다.

감당하기 힘든 비난과 사별처럼 보이는 것들도 비난을 받고 있는 당사자와 유족들로부터 식욕과 수면을 빼앗지는 못한다. 어떤 사람들은 슬픔을 초월하기도 하고, 또 어떤 사람들은 슬픔에 가치를 두지 않는다. 진정으로 사랑할 수 있는 인간은 거의 없다. 점액질의 인간에게는 재난이 영향을 미치지 않으며, 천박한 인간의 경

우에 슬픔은 수사적인 과장에 불과하다. 진정한 비극은 내가 존경할 수 있는 것이어야 한다. 화를 잘 내는 성격은 비극이 아니다. 고대민족과 미개민족의 경우에서 흔히 볼 수 있었던, 적도 없는데 부대와 군대를 도망치게 만드는 공포심, 유령에 대한 공포, 겨울의 깊은 밤, 황야를 방황하는 인간의 발길을 가로막는 동사에 대한 공포, 가족이 한밤중에 지하실과 계단에서 들은 섬뜩한 소리에 대한 공포—이런 공포는 다리가 부들부들 떨리고 소름이 돋게는 하지만 비극은 아니다.

배 멀미로 인해 죽을 수도 있지만 이것도 비극이 아니라 일반적인 현상이다. 인간의 삶은 환상으로 가득 차 있다. 생이 찾아올 경우에는 반드시 자신을 지탱해 줄 것을 가지고 있다. 병사와 어부와 빈민 등, 항상 위험에 노출된 채 살아가는 사람들은 반드시 동물적인 정기를 몸에 지니고 있다. 인간정신은 스스로에게 충실하며 어떤 상황에 처한다고 하더라도 의지할 수 있는 것을 찾아내서 설령 재난에 처해 있더라도 행복 속에 있는 경우와 마찬가지로 용이하게 살 수 있는 길을 배운다. 이것은 깨지기 쉬운 유리종이 강바닥과 바다 바닥처럼 같은 물속이라면 1천 파운드의 물의 무게를 견딜 수 있는 것과 비슷하다.

인간은 자기 마음의 평온함을 외부의 영향력에 그대로 맡기기지 않고 고삐를 가능한 바싹 안으로 끌어당겨 작은 일로 기쁨과 슬픔의 격정에 휩싸여서는 안 된다. 조각 예술의 초기 작품이 숭고함과 평온함이 드러난 얼굴을 표현하고 있다는 것은 대부분이 잘 알고 있다. 이집트의 스핑크스는 오늘날에도 여전히 그리스인들이 찾아가 그것을 보고 돌아가고, 로마인들이 찾아와 그것을 보고 돌아갈 때와 마찬가지 자세로 앉아 있다. 현재 그곳을 찾고 있는 터키인들, 프랑스인들, 영국인들이 돌아간 뒤로도 여전히 "그 돌 같은 눈을 동방과 나일 강을 향한 채" 변함없이 앉아 있을 것이지만, 평온하 마즈긔 ㅠ시오 표현하고 이는 얼굴 가스에 깁마요 기가한 표정으로 역사가 이 민족의 영원함에 대해 내린 최초의 선고-"그들의 힘은 조용히 앉아 있다."라는 말을 증명하고 있다. 인간의 이 건강한 안정성에 그리스 인의 천부적인 재능은 정밀한 봉인을 깨지 않고 하나의 이상적인 아름다움을 더했다. 격렬한 환락과 분노와 고뇌가 들어오는 것을 허락하지 않았다.

이것은 인간성에 충실한 방식이었다. 왜냐하면 실생활에 있어서 행동은 적게, 의견도 적게, 기도도 적게, 감정과 증오와 그 밖에 영혼이 분출하는 것은 거의 없기 때문이다. 실생활 속에서 하루의 대부분 중에 우리에게 요구되는 것은 그저 마음의 균형과 준비를 하고 있을 것, 열린 눈과 귀, 자유로운 손이다. 사회가 우리에게 바라고 있는 것은 이상의 것들과 진리와 사랑, 우리의 생활 정신이다. 어떤 사람들은 불이 타오르고 있으며 그것이 어떤 조잡한 행동을 통해 배출구가 된다. 그들은 조용한 것을 참지 못하는 기질을 지니고, 불규칙한 반역자 풍의 걸음걸이와 불규칙하고 더듬거리는 말투를 하며, 상황에 닥치면 너무 힘이 들어가 거친 말투로 표현한다. 그들은 하찮은 일들을 비극적인 태도로 다룬다. 이것은 아름답다고 할 수 없다.

그들은 한두 칸 돌담이라도 쌓아보고 이 주체할 수 없는 초조한 마음을 진정시킬 수 있을 것인가? 두 명의 미지의 인간이 거리에서 조우할 때, 서로 상대에게 바라는 것은 좋든 싫든 간에 모든 가능성에 대해 각오가 되어 있다. 다음 순간에 아무리 갑작스러운 일이 벌어지더라도 필요에 따라 생사 어느 쪽이든 간에 각오가 되어 있다는 확고한 정신을 상대의 모습에서 발견할 수 있을 것이다.

우리는 손님으로서 흥분하지 않고 냉정하고 차분하게 자연 속을 거닐어야 한다. 인간은 '시간'을 다스리려야만 한다. 그리고 그의 얼굴은 공정한 재판관의 표정을 해야 한다. 결코 자신의 의견을 철회하지 않으며, 아무것도 두려워하지 않으며, 아무것도 희망하지 않으며, 자연과 운명을 명백한 사실에 근거해 판정할 것, 다시 말해 소송 사실을 마지막까지 듣고 그런 다음에 판결을 내리는 재판관과 같아야 한다. 왜냐하면 모든 우울은 모든 격정과 마찬가지로 외적인 생활에 속하기 때문이다.

인간이 자신의 고유한 뿌리에 의해 성스러운 생명 속에 기반을 두지 않는다면, 그는 어떤 애정의 덩굴에 의해 사회에-아마도 사회 속의 최상최대라고 생각하고 있는 것에 매달려 있다. 그리고 주변이 조용할 때는 떠다니고 있는 것처럼 보이지는 않는다. 그러나 습관과 법률과 의견의 급격한 변화와 같은 충격이 사회에 일어나면 순식간에 그가 가지고 있던 항구성은 흔들리고 만다.

그의 눈에는 자신의 이웃들의 혼란이 세계 전체의 혼란인 것처럼 보인다. 혼란이 또 다시 시작된다. 그러나 사실은 바람이 일기 저부터 그는 이미 푸락에 흔들리는 나뭇서에 지나지 않으며, 바람은 그저 그의 부랑자와 같은 실체를 확실히 그에게 보여준 것에 불과하다. 마음의 중심이 확실한 사람의 눈에는 외부 사람들과 사건은 그가 이미 자신의 내부에서 알고 있던 것의 올바른 모습이거나 혹은 반영처럼 비친다. 사회에 사악한 것과 방탕한 일들이 일어났을 경우에 그는 틀림없이 다른 사람들과 함께 그 위해로부터 벗어나려고 하겠지만, 그것이 그에게 원한과 공포를 느끼게 하지는 못한다. 그런 사악한 것들의 아무리 해도 뛰어넘을 수 없는 한계를 알고 있기 때문이다. 일찌감치 죄악의 분출 속에서 동시에 작용하는 구제활동을 발견한 것이다.

인간의 재난에는 독자적인 구제가 준비되어 있다. 왜냐하면 이 세상은 균형 상태를 취하길 바라고 있어 모든 종류의 확장을 싫어하고 거부하기 때문이다. 인간의 위안인 '시간', 모든 변화를 풍성하게 가져다주는 '시간'은 우리의 눈에 새로운 인물과 새로운 의상과 새로운 도로를 제시하며 우리의 귀에 새로운 소리를 들려주고, 우리가 지금 막 흘린 눈물을 닦아 준다.

태풍으로 쓰러진 보리를 서풍이 다시 세워주고 헝클어진 머리처럼 풀들을 곱게 빗질해 주듯이, 우리는 어둡고 칙칙하고 쓰러진 사상의 밭에 상쾌한 바람처럼 '시간'을 불어넣는다. '시간'은 사상에 침착함과 탄력성을 되살려 준다. 우리는 우리를 폐인으로 만들어 버릴 것 같던 타격을 얼마나 쉽게 잊어버리는가? 자연은 조용히 앉아 있지 않는다. 인간의 기능은 무언가를 성취한다. 새로운 희망이 싹트고 새로운 애정이 찾아와 지친 사람을 다시 건강하게 해 준다.

'시간'은 위안이다. 그러나 '기질'은 고통의 각인에 저항한다. 자연은 적의 강습에 따라 그 방비를 강화한다. 우리 인간은 틀림없이 유연성이 뛰어나 여기서 특정한 만족감을 느끼지 못하면 다른 곳으로 달려가 또 다른 만족을 얻고 그로 인해 메워나가려 한다. 혹은 물의 흐름과도 닮았다고 할 수 있을 것이다. 하나의 제방으로 막으며 다른 곳의 제방을 넘어 범람하고, 모래든 진흙 위든 대리석 위든 간에 항상 자신에게 바람직한 방향으로 흘러간다. 고뇌의 대부분은 단지 겉모습에 불과하다. 우리는 그것을 고문과도 같은 고통이라고 상상한다. 그러나 실제로는 고뇌를 견뎌내는 사람에게는 독자적인 보상이 있다.

상냥한 미국의 처녀들은 아프리카 서안과 서인도제도 사이에 있는 노예 수송의 난관이라 불리는 '중간 항로'의 두려움에 대해 책을 읽고 신의 섭리를 의심한다. 분명 그 공포는 절대로 작은 것이 아니다. 그러나 그 무서운 고난은 그녀들과 같이 마음이 착한 처녀들을 찾아가지는 않고 둔감한 야만인들에게 덮친다. 그런 자들에게 있어 그런 고뇌는 그다지 큰 공포가 아니며 이전의 고통보다 조금 심한 정도에 불과하다. 그들은 끔찍이 그녀들에게는 별 것도 아닌 것에서 큰 만족감을 얻고 있다.

시장의 상인들은 귀부인들이 이전의 계산을 하지 않았다고 해서 따지지는 않지만 건장한 아일랜드 여자들은 한 달에 한 번씩 이 상인들에게 핀잔을 듣고 있다. 그러나 이 아일랜드 여자들은 노예를 매매한 사실 때문에 양심의 가책을 느끼지는 않는다. 이와 같은 자기 적응력은 병에 걸렸을 때 더욱 두드러진다.

찰스 벨(Charles Bell 1774~1842. 영국의 외과의사) 경은 이런 말을 했다─"내가 하는 일은 확실한 병은 없지만 참을 수 없을 만큼 고통스럽거나 반드시 죽을 것이라고 착각하는 병에 걸린 환자들이 있는 병동을 방문하는 것이다. 고통을 받고 있는 사람들의 모습을 옆에서 지켜보는 것이 아무런 위로도 되지 않는 것처럼 보이지만 특별한 효과가 있는 것 같다." 자신의 성격에 이끌려 격렬하게 심신을 움직이는 노동을 하는 사람들에게도 같은 효과를 얻을 수 있다.

나폴레옹은 세인트헬레나 섬에서 친구에게 이렇게 말했다-"자연은 내가 수많은 불운을 견딜 수 있도록 꾸민 것 같네. 왜냐하면 자연은 한 덩어리의 대리석처럼 내게 자질을 주었기 때문이야. 벼락도 이것을 움직이게 하지 못하고 화살도 미끄러져 버리지. 내 생애 가장 큰 사건은 나의 선천적인 정신과 육체에 아무런 부담도 주지 않고 나를 비껴가 버렸다네."

지성은 사람을 위로해 준다. 다시 말해 지성은 즐겨 인간을 그 운명으로부터 초연하게 해 주고, 혹은 인간과 운명 사이의 거리를 두어 고통 받는 사람을 방관자로 바꾸고 그의 고통을 시로 바꾸어 버린다. 지성은 대화와 편지와 학문의 즐거움을 느끼게 해 준다. 이렇게 해서 인생의 고뇌는 엄숙하고 조용한 음악과 깊이 있고 어두운 그림처럼 나타나 조화로 가득한 비극이 된다. 그러나 예술의 작용보다 훨씬 높은 곳에서 순수한 지성과 순수한 도덕의식은 서로 구별하기 힘든 것이 되어 둘 다 황홀한 기쁨으로 우리를 채우고 슬픔의 그림자가 드리울 수 없는 세상으로 우리를 이끌어 준다.

제 6 장
운명

얼음위를 안전하게 미끄러지려면 속도를 내는 것이 안전하다.
아무리 훌륭한 생각도 그것을 행하지 않으면, 꿈을 꾸는 것과 다를 바 없다.
어떤 사람은 슬픔을 딛고 서고, 어떤 사람은 슬픔 밑에 깔린다.
악에 고통받는 일이 없이 악을 행할 수는 없다. - 에머슨

운명

1860년에 출판된 『어떻게 살아야 하는가』의 1편

"Fate" in The Conduct of Life, 1860

***

 수 년 전 어느 겨울, 우연히 우리나라의 몇몇 도시에서 '시대' 론으로 떠들썩거린 적이 있다. 희한하게도 4, 5명의 저명인사들이 우연의 일치로 보스턴과 뉴욕의 시민들에게 시대정신에 관한 강연을 하게 된 것이다. 그리고 정말로 우연히 같은 시기에 런던에서 발행되고 있는 주요 잡지와 신문에서도 이 문제가 화젯거리로 부각됐다. 그러나 내 입장에서 말하자면 '시대' 의 문제는 어떻게 살 것인가라고 하는 처세의 실질적인 문제로 귀착하게 된다. 우리는 시대의 문제를 해결할 능력이 없다. 우리의 기하학은 시대사조의 거대한 궤도를 짐작하거나 그런 사상의 회귀를 목격하고 그 대상을 화해시킬 수가 없다. 우리가 할 수 있는 것은 그저 자신의 운명을 따르는 것뿐이다. 우리가 이 저항할 수 없는 천명을 받아들일 수밖에 없다고 한다면, 자신이 나아가야 할 방침을 고찰하고 선택하는 것이 현명한 것이 아닐까?

자신의 소망을 이루기 위해 두세 걸음 앞으로 발걸음을 내디디면, 우리는 순식간에 꼼짝도 할 수 없는 한계에 봉착하고 만다. 예를 들어 인간개혁에 대한 희망으로 부풀어 있다고 치자. 그러나 수많은 시행착오를 격은 끝에 우리가 발견하게 되는 것은 인간의 교정은 가능하다면 최대한 일찍–그들이 학교에 다니는 시기부터 시작하지 않으면 안 된다. 그러나 학교의 소년소녀들은 다루기 쉬운 존재가 아니라 우리의 능력으로는 한계가 있다. 그래서 우리는 아이들을 근본이 못됐다고 단정해 버린다. 인간개혁은 가능한 빨리– 인간이 태어나는 순간부터 시작해야 한다. 다시 말해 운명이라는 것이 있다. 이 세상을 지배하는 법칙이 존재하는 것이다–라는 결론에 이르게 된다.

그러나 거스를 수 없는 천명이 있다고 하더라도, 이 천명은 함부로 흉내를 내서는 안 된다. 우리가 운명을 받아들여야 한다고 하더라도, 우리는 의연하게 자유와 개인의 뜻, 의무의 존엄성과 성격의 힘을 긍정하고 받아들여야 한다. 인간의 자유도 진실이라면 숙명 또한 진실이다. 그러나 우리의 기하학은 이 양극을 추측하거나 화해시킬 수가 없다. 대체 어떻게 하는 것이 좋을까? 이 두 가지 사상을 각각 솔직하게 따르고 각각의 현 줄을 연주함(원한다면 세차게 튕겨도 좋다)으로써, 우리는 드디어 이 둘의 힘을 확인할 수 있게 된다. 다른 사상과 마찬가지로 따름으로써, 우리는 그 사상의 힘을 깨달을 수 있고 그것들을 조화시킬 수 있다는 정당한 소망을 품을 수 있게 된다. 그 이유는 알 수 없지만, 우리는 필연과 자유, 개인과 사회, 우리의 극성極性과 시대정신이 합치하게 된다는 것을 믿고 있나, 시대의 매 시 끼게 친 기란 한 기란이 인간이 스스로 해결해야 하는 것이다. 만약 당신의 시대를 조사하고 살피길 바란다면 자신의 인생체계에 속한 주요한 모든 문제를 순서대로 다루는 한편 자신의 경험에 일치하는 것들을 모두 확실하게 드러내고, 또 한편으로는 그것과 반대되는 사실도 공평하게 평가하는 방법을 취해야 한다. 이렇게 하면 진정한 한계가 드러나게 된다. 한쪽만 과도하게 강조하는 폐해를 바로잡아 정당하게 균형을 유지할 수 있게 된다.

이제 사실을 명백하게 밝혀보기로 하자. 미국은 천박하다는 오명을 듣고 있다. 위대한 인간과 위대한 국민은 어릿광대나 허풍장이였던 적이 없다. 그들은 인생의 공포가 무엇인지 확실히 알고 있으며 그 공포와 의연하게 맞서 싸울 용기를 가진 사람들이었다. 스파르타인은 조국을 자신들의 종교로 여겼으며 조국의 존엄성을 지키기 위해 목숨을 바쳤다. 터키인은 자신이 이 세상에 태어난 순간에 자신의 운명이 철판에 새겨진다고 여기며 절대로 뒤로 물러서지 않고 적의 칼날을 향해 돌진한다. 터키인, 아랍인, 페르시아인들은 미리 정해진 운명을 감수하고 받아들인다.

그대의 무덤에서 벗어나려는 노력도 허사인 날 이틀이 있다.
하늘이 정한 날도, 정하지 않으면 안 되는 날이 되고
첫째 날에는 약과 의사가 그대를 구할 수 없으며
둘째 날에는 우주도 그대를 능히 죽일 수 있다.

인도인들은 바퀴에 깔리더라도 태연자약하다. 옛 미국의 캘빈파 신도들도 약간의 비슷한 위엄을 갖추고 있었다. 우주의 무게에 짓눌려 자신들은 현재의 위치에 있는 것이다―그들은 그렇게 느끼고 있었다. 그렇다면 자신의 힘으로 무엇을 할 수 있는가? 현자들은 논의와 표결로 결론을 지을 수 없는 것이 이 세상에 존재한다는 것을―이 세상을 튼튼하게 감싸고 있는 가죽 끈이나 벨트와 같은 것이 있다고 여긴다.

이 세상의 모든 것에 작용하는
운명―위대한 사자使者.

신이 정한 운명의 힘은 막강하며

세상 사람들은 이에 저항하지 못하고 그저 받아들이는 것도

천 년의 세월 동안에

갑작스럽게 정해진 날에 이루어질 것이다.

그야말로 땅 위에 존재하는 우리의 욕망은

전쟁과 평화, 증오와 사랑도

모두 하늘에서 내려다보고 있는 신의 뜻이다.

　그리스의 비극도 같은 의미를 표현하고 있다-"미리 정해진 천명은 반드시 일어난다. 제우스신의 넓은 마음은 감히 범할 수 있는 것이 아니다."

　미개인들은 한 부족 한 부락의 국부적인 신에 집착한다. 예수의 위대한 윤리는 순식간에 비좁은 촌락적인 신학으로 변질되고, 신의 선택과 신의 편애를 설명하는 도구로 전락한다. 그리고 가끔씩 융 스틸링과 로버트 헌팅턴과 같은 마음이 여린 목사들은 싸구려 '섭리'를 굳게 믿고 있는 듯, 그들의 섭리에 의하면 착한 사람이 진수성찬을 먹고 싶어지면 신이 심부름꾼을 보내 그들의 문을 두들기고 50센트 은화를 전해준다고 한다. 그러나 자연은 그렇게 자상한 존재가 아니다. 우리의 투정을 받아주거나 제멋대로 굴게 내버려두지 않는다. 우리는 이 세상이 가혹하고 냉정한 존재이며 남

자든 여자든 간에 태연하게 물속에 빠뜨리고 인간이 탄 배를 종잇장처럼 삼켜버린다는 것을 잊어서는 안 된다. 추위는 우리의 피를 얼리고 우리의 발목을 잡으며 인간을 나무토막처럼 동결시켜버리고 만다. 병환, 지수화풍(만물을 생성하는 5대 원소), 운명, 중력, 번개는 인간을 고려하지 않는다. 신의 섭리는 그야말로 거칠다고 말하지 않을 수 없다. 뱀과 거미의 습성, 호랑이와 그 밖의 맹수들이 먹이를 물고 늘어지는 모습, 큰 구렁이가 똬리를 틀어 먹잇감의 뼈를 부수는 소리–이런 것들은 우주체계 속에 있는 것으로 우리 인간의 습성 또한 그것들과 다르지 않다.

여러분들은 지금 막 식사를 끝마쳤다. 그러나 도살장을 아무리 용의주도하게, 그럴듯한 체제로, 아무리 먼 곳에 감춘다고 하더라도 공모관계라는 사실은 존재하기 마련이다. 갑이라는 종족은 을이라는 종족의 희생과 함께 살아가는 것이며 생물은 희생을 바탕으로 살아가는 것이다. 지구는 혹성과 충돌할 가능성이 있으며, 다른 혹성과의 섭동을 하거나 지진과 화산이 일어날 때마다 땅이 갈라지며, 기후의 변화와 시차운동도 있다. 강은 삼림이 황폐해지면서 말라붙었다. 도시는 바다 속으로 함몰되어 버린다. 리스본에서는 지진이 인간들을 마치 벌레를 죽이듯이 죽인 적이 있다. 나폴리에서는 3년 전에 1만 명이라는 사람들이 2, 3분 사이에 깔려 죽은 적도 있다. 해상에서는 괴혈병이 창궐하고, 아프리카 서부, 파나

마, 뉴올리언스 등에서 풍토병으로 죽은 사람들은 마치 학살을 당한 것과 같다. 미국 서부의 대 초원은 열병과 말라리아에 대한 두려움으로 떨고 있다. 귀뚜라미가 여름 내내 울어대다가 기온이 급격하게 떨어지면 조용해지는 것과 마찬가지로, 콜레라와 천연두는 갑작스러운 서리가 귀뚜라미의 목숨을 앗아가듯이 어떤 부족들에게는 죽음을 의미한다. 우리는 자신과 아무런 상관도 없는 것을 들춰내거나, 몇 종류의 기생충이 누에고치에 모여드는지를 세거나, 어떤 다른 기생충과 공생충들이 세대교번의 비밀을 연구하는 등—이 정도는 아니더라도 상어와 놀래기과 어류의 형태, 무시무시한 이빨을 가진 전기뱀장어의 턱, 돌고래의 무기, 이 밖에도 바다 속에 숨어 있는 맹자들은 자연의 내부에 존재하고 있는 잔인함을 암시하고 있는 것이 아닐까? 우리는 솔직하게 이런 사실을 인정해야 한다. 하늘은 그 목적을 다하기 위해 도리에 어긋나는 거친 수단을 취한다. 하늘은 거대하고 복잡하게 얽힌 수단을 미화시키거나 이경외할 은인에게 신학생이 입고 있는 청결한 셔츠에 흰 목깃으로 치장시키더라도 아무런 도움도 되지 않는다.

인간을 위협하는 재해가 아주 드문 것이라 지상의 대변동을 예측하려 애쓸 필요가 없는 것일지도 모르겠다. 그러나 한 번 일어났던 일은 두 번 일어날 수 있다고 생각하지 안 되고, 우리가 이런 재해를 피할 수 없다면 두려워하는 것이 마땅한 일이다.

그러나 이런 타격과 파괴도 매일 우리에게 닥치고 있는 또 다른 법칙의 은밀한 힘과 비교해 본다면 두려울 것이 없다. 거의 대부분 수단을 위해 목적이 희생을 당하는 것은 운명적인 것이다. 신체구조가 성격을 학대한다는 사실도 바로 이런 이유에서이다. 동물원의 동물들, 척추의 형태와 힘은 운명의 사실들을 기록한 서적과도 같다. 새들의 부리와 뱀의 두개골은 새와 뱀의 제약을 결정해 버린다. 종족과 기질의 차이도, 남녀 간 성의 결정도, 풍토도 마찬가지다. 재능이 가져다주는 작용도 그 재능을 가진 자의 생명력을 한 방향으로 국한시켜 버린다. 정신은 자신이 살 집을 만들지만 나중에는 그 집이 정신을 구속한다.

대략적인 인상에 대해서는 머리가 나쁜 사람도 파악할 수 있는 듯하다. 마차를 끄는 마부들도 이런 점에서는 꽤나 골상학적으로 뛰어나서 상대의 얼굴을 보고 제 값을 치를 지 말지의 여부를 판단한다. 잘 발달된 이마는 무언가를 표현하고 있고, 불룩 나온 배는 또 다른 무언가를 말해주고 있다. 사시, 매부리코, 헝클어진 머리카락, 피부색은 각각의 성격을 나태내고 있다. 인간은 튼튼한 근육으로 둘러싸인 것처럼 보인다. 그렇다면 인간의 선천적인 기질에 의해 결정되는 것은 아무것도 없는 걸까? 아니, 기질에 의해 결정되지 않는 것이 과연 있기나 한 것일까? 슈푸르츠하임(Johann Gaspar Spurzheim. 1776~1832. 독일의 골상학자)과 케틀러(Quételet,

Lambert Adolphe Jacques. 1796~1874. 벨기에의 수학자, 천문학자)에게 물어보는 것이 좋을 것이다. 네 가지 성질(담즙질, 점액질, 우울질, 다혈질)에 대해 쓴 의학서적을 읽어보면 누구라도 아직 타인에게 말하지 않은 자신의 사상을 발견한 듯한 느낌이 들 것이다. 여러 사람들이 모인 자리에서 검은 눈동자와 파란 눈동자가 어떤 작용을 하는지 생각해 보는 것이 좋을 것이다. 인간은 자신의 선조로부터 벗어날 수 있겠는가? 자신의 아버지, 혹은 어머니의 생명으로부터 놀라난 한 빵을이 끊은 피들 기 신이 혈관에서 제거해 버릴 수가 있겠는가? 어느 한 가정을 보면 선조들의 성질 모두를 몇 개의 그릇에 보존, 혹은 우수한 성질은 그 집안의 아들과 딸들에게 각각 보존되어 온 것처럼 여겨지는 경우가 많다. 그리고 때로는 순수한 성질, 다시 말해 심하게 악취가 풍길 정도의 진액이라 할 수 있을 일가의 악덕이 단 한 사람에게만 이어지고 다른 사람들은 그 악덕과는 비교적 거리가 먼 경우도 있다. 우리는 친구의 표정 변화에서 문득 이것은 그의 아버지나 어머니, 어쩌면 먼 친척이 그의 '마음의 창'인 눈에서 모습을 드러내는 것이라고 생각한다. 또 어떤 때는 한 인간이 몇 명의 선조들을 표현하기도 한다. 적어도 7, 8명의 선조들이 한 사람의 피부 속에 스며들어 그 사람의 삶이 연주하고 있는 새로운 음악의 온갖 음색을 구성하고 있는 듯하다. 거리에 서서 거리를 오가는 사람들의 장래를 얼굴과 표정과 눈동자를 통해 읽을 수 있을 것이다. 그들의 태생이 그것을 이미 결정하고 있는 것이다. 인간은 어머니가 만들어 준 그대로의 존재이다. 조잡한 천만 짤 수 있는 편물기에 대고 어째서 캐시미어를 짜지 못하냐고 추궁하는 것과 마찬가지로 기관사에게 시를 추구하고, 일용잡부에게 화학적 발견을 기대하는 것은 불가능한 일이다. 땅을 파는 인부에게 뉴턴의 법칙을 설명해 달라고 해보면 좋을 것이다. 그의 두뇌의 섬세한 기관들은 100년 동안 조상 대대로 이어진 중노동과 초라하고 빈곤한 생활 때문에 주눅이 들어 있는 것이다. 인간이 어머니의 뱃속에서 태어날 때 하늘이 수여한 재능의 문은 그의 등 뒤에서 닫히고 만다. 인간은 하나밖에 없는 손발을 소중히 여겨야만 한다. 마찬가지로 인간에게는 단 하나의 미래밖에 없다. 게다가 그것은 이미 그의 신체구조상으로 정해져 있어 기름진 얼굴, 돼지와 같은 눈, 작고 뚱뚱한 모습 속에 드러나 있다. 이 세상의 모든 특권, 모든 법을 총 동원하더라도 이것을 간섭하거나 그를 시인이나 귀인으로 만들 수는 없다.

"색정을 품고 여자를 바라보는 사람은 이미 간음을 저지르고 있는 것이다."라고 예수는 말했다. 그러나 그 남자는 몸속에 넘쳐흐르는 야성과 사상의 결여로 인해 여자를 보기 전에 이미 간음을 범하고 있는 것이다. 거리에서 남자와 만나는 여자, 여자와 만나는 남자는 자신들이 서로 먹이가 될 때가 임박했다는 것을 알고 있을 것이다.

어떤 사람의 경우에는 소화와 섹스가 생명력을 흡수해 버리고 만다. 식욕과 성욕이 강하면 강할수록 그 사람은 점점 쇠약해 진다. 이런 게으른 일벌이 죽는다면 꿀벌들 전체의 입장에서 보면 매우 다행스러운 일이다. 그러나 이런 가들이 훗날 자신의 야성에 새로운 목적을 더할 수 있는 힘을 갖추고 그 목적을 달성하기 위한 완전한 장치를 갖춘 뛰어난 개인을 배출하게 된다면 선조들에 대해서, 빛이진다. 인간 남녀의 대부분은 그저 한 세대의 부부를 인류에 더하는 것에 불과하다. 그러나 때로는 그 두뇌 속에 새로운 세포가 작은 방과 같은 것을 만들어 내는 경우도 있다. 그것은 건축과 음악과 언어학적 재능이거나, 꽃과 화학과 색채와 이야기에 대한 뜻밖의 재능이기도 하고, 그림을 그리는 재능이 뛰어나고, 춤을 추는 재능이 뛰어나고, 먼 거리를 여행하기에 좋은 건강한 체구 등, 여러 가지지만 이 모든 기능들은 자연의 질서에 있어 그 사람의 위치를 바꿔주는 것이 아니라 그저 시간을 소비하는 데 도움이 될 뿐, 그 사람은 감각적인 생활을 옛날과 변함없이 지속하게 된다. 결국 이런 징후와 경향이 가족 한 사람의 인간에게, 혹은 몇 대에 걸친 인간에게 집중적으로 나타난다. 그런 인간은 각각 양분과 힘을 흡수하여 그 자신이 새로운 중심이 된다. 이 새로운 재능은 급속도로 생명력을 앗아가기 때문에 동물적인 기능을 다할 수 있는 힘, 아니 건강을 유지하기 위한 힘조차도 남지 않는다. 그러므로 다음 세대에 비슷한 천재가 태어나더라도 그 인간의 건강은 눈에 띄게 열악하고 생식력도 떨어진다.

인간은 정신적이고 물질적인 편향성을 가지고 태어난다. 같은 부모에게서 태어난 형제라도 이처럼 삶의 방향이 다르다. 고성능의 확대경을 이용한다면 프라운호퍼(Joseph von Fraunhofer. 독일의 광학, 물리학자. 1787~1826)나 카펜터(Carpenter. 1813~1885. 영국의 생물학자, 비교생리학자)는 생후 나흘 된 태아를 보고 휘그당원(영국 최초의 근대적 정당)인지, 아니면 자유토지론자인지를 판단할 수 있었을지도 모른다.

운명이라는 이 거대한 산을 움직여 혈통이라는 포악한 힘과 인간의 자유를 화해시키려 하는 것은 그야말로 시적인 시험으로 인도인들은 이렇게 말하고 있다-"운명이란 전생에 행한 행위에 지나지 않는다." 동서사상에서 양극의 일치는 셸링(Friedric Wilhelm Joseph von Schelling. 1775~1854. 독일의 철학자)의 한마디로 요약될 것이다-"인간이라면 누구나 품고 있는 감정-그것은 본인이 영원한 옛날부터 현재에 이르기까지의 자신이며 시간의 경과 속에서 현재의 자신이 된 것은 아니다." 좀 더 세속적인 표현을 하자면 개인의 과거 역사 속에는 그의 현재 상태를 명확하게 밝혀줄 것이 반드시 있으며, 그 사람 자신이 본인의 현재 상태를 만들어 낸 것이 자신이라는 것을 깨닫고 있는 것이다.

우리의 정치도 생리적인 것에 의존하고 있는 부분이 많다. 때로는 부유한 사람도 혈기 왕성한 청춘 시절에는 폭넓게 자유주의적인 입장을 취하고 있다. 영국에는 돈도 있고 인맥도 상당히 넓은 사람이 건강할 때는 항상 진보적 입장에 서지만, 몸에 쇄약해지기 시작하면 순식간에 전진운동을 멈추고 무리에서 빠져나와 보수주의로 전향한다. 보수주의자들은 모두 신체적인 결함에서 비롯되는 것이다. 그들은 기식이 신분과 혈성 때문에 유약해지며 부모의 사치 때문에 태어나면서부터 절름발이나 맹인과 같은 환자처럼 그저 자신을 지키려고만 한다. 그러나 선천적으로 씩씩한 사람, 개척지의 사람들, 뉴햄프셔의 건장한 사내들, 나폴레옹, 버크(Edmund Burke. 1729~1797. 영국의 철학자, 정치가), 브로엄(Henry Peter Brougham. 1778~1868. 영국의 정치가), 웹스터(Daniel Webster. 1782~1852. 미국의 정치가, 웅변가), 코슈트(Kossuth Lajos. 1802~1894. 헝가리 정치가)와 같은 사람들은 그 생명력이 쇄약해지고 힘이 꺾이기 전까지는 둘도 없는 애국자의 삶을 살았다.

가장 강력한 관념은 다수자들 속에서, 국민들 속에서, 가장 건강하고 강한 힘 속에서 구현된다. 아마도 선거는 체중에 의해 정해지는 것 같다. 도시의 휘그당 당원 100명과 민주당 당원 100명의 체중을 건초더미의 무게를 재듯이 수평 저울로 잰다면 어느 당이 선거에 이기게 될 지를 상당히 정확하게 예언할 수 있을 것이다. 쉽게 말해서 투표를 결정하는데 있어 가장 쉽고 빠른 방법은 도시의 행정위원과 시장과 시의원을 저울에 올려보는 것이다.

과학에 있어 우리가 고려해 봐야 할 것이 두 가지 있다. 그것은 그 생물이 본래 가지고 있는 힘과 그 생물을 둘러싼 환경이다. 달걀에 대해 새롭게 밝혀지는 사실에서 우리가 알 수 있는 것은 작은 세포 속에 다시 작은 세포가 들어 있다는 것 한 가지 뿐이다. 지금으로부터 500년 뒤에 또다시 뛰어난 관찰자가 나타나고 훨씬 정밀한 현미경이 발명됐다고 할지라도 지금까지 인정받아온 세포 속에서 또 다른 작은 세포를 발견하는데 지나지 않을 것이다. 식물과 동물의 조직의 경우에도 이와 마찬가지로 근원적인 힘, 혹은 충돌이 작용하는 것 또한 항상 새로운 세포의 발견에 지나지 않는다. 그러나 환경이란 것의 힘은 어떠한가! 새로운 환경 속에 처해 있는 세포, 예를 들어 어둠속에 잠들어 있던 세포는 오켄(Lorenz Oken. 1779~1851. 독일의 자연철학자, 생물학자)의 설에 의하면 동물이 되고 밝은 곳에서는 식물이 된다고 한다. 동물인 부모에 깃들면 그 세포는 변화를 일으키고 그로 인해 변화하지 않은 세포에 불가사의한 능력이 생겨나 물고기가 되고, 새가 되고, 네 발 달린 짐승이 되고, 머리와 다리, 눈과 손톱이 된다. 환경은 곧 자연인 것이다. 자연에는 마음먹은 대로 할 수 있는 부분이 있지만 어쩔 수 없는 부분도 많다. 우리에게는 환경과 생명의 두 가지가 있다. 한때 우리는 적극적인 힘(생명)이야 말로 전부라고 여겼다. 그러나 지금은 적극적인 힘이란 주변 상황이 반을 차지하고 있다는 것을 깨달았다. 자연은 억압적 정황—다시 말해 그때그때마다 두꺼운 두개골, 의젓한 태도, 바위처럼 튼튼한 턱, 불가피한 활동, 강렬한 지시와 같은 온갖 형태를 취한다. 그것은 하나의 기구가 가진 여러 가지 조건으로 기관차처럼 궤도 위에 있을 때는 강력한 힘을 발휘하지만 궤도를 빠져나와 평원의 일까 가, 그 레이드처럼 여유 위에서는 날개를 단 듯이 달리지만 땅 위에서는 족쇄가 되고 만다.

자연이란 거대한 운명의 서적과도 같다. 자연은 엄청나게 큰 페이지를 한 장 한 장 넘기며 결코 뒤로 돌아가지 않는다. 자연은 화강암층이라는 한 장의 종이를 올려놓는다. 천 년의 세월이 흐르면 어느 정도의 석회가, 그리고 다시 천 년이 경과되면 진흙층이 쌓이고 식물이 모습을 드러낸다. 이렇게 볼품없는 식물—연체동물, 삼엽충, 어류가 생겨나고 다시 파충류가 생겨났다. 그런 조잡한 모습 속에 자연은 미래의 모습을 감추고 이 추하게 생긴 괴물들 속에 미래 자연의 왕좌를 차지할 아름다운 모습을 감추고 있었다. 지구의 표면은 차고 건조하였으며 그곳에서 살아가는 생물 종족들이 진화하면서 인간이 태어나게 됐다. 그러나 하나의 종족이 주어진 기간 동안 생존한 뒤에는 또 다시 그 모습을 드러내지는 않았다.

이 세상에 살고 있는 인간은 조건부 인간이다. 최선의 상태가 아니라 현재 서식하고 있는 중에 최선의 것이라는 의미이다. 그리고 인간의 모든 종족에 계급이 존재한다는 것과, 갑의 종족이 반드시 승리를 하고 을이라는 종족이 반드시 패배한다는 사실은 지층이 쌓이는 것과 마찬가지로 일정하고 불변의 것이다. 역사를 살펴보면 종족이라는 것이 얼마나 중요한 것인지를 알 수 있다. 영국인과 프랑스인과 독일인이 미국과 호주의 모든 해안과 도시를 식민지화시키고, 이 나라들의 상업을 독점하고 있는 모습이 내 눈에 선명하다. 우리는 자신들이 속해 있는 앵글로 색슨 민족의 늠름하게 싸워 이겨내는 기풍을 자랑스럽게 여긴다. 유대인, 인도인, 흑인의 과거 행적을 거슬러 살펴보면, 유대인을 전멸시키려고 얼마나 많은 기력을 낭비했는지 알 수 있다. 녹스의 『인종에 관한 단편』이라는 책에서 말하고 있는 불유쾌한 결론을 훑어보면 좋을 것이다—녹스는 성급한 면이 있지만 언제나 신랄하고 잊어서는 안 될 진리를 적는 사람이다. "자연은 종족을 존중하고 잡종을 좋아하지 않는다.", "종족은 각각 자신의 산지가 있다.", "식민 집단을 원 종적으로부터 떼어낸다면 열악해져 쇠퇴할 것이다." 이런 사태를 보여주는 미묘한 의미를 살펴보지 않으면 안 된다. 수백만에 달하는 독일인과 아일랜드인은 흑인들처럼 그들의 운명 속에 많은 자양분을 가지고 있다. 그들은 배로 대서양을 건너고 마차로 미국 대륙을 지나 물길을 파며 힘들게 일해서 곡물을 싸게 제공해 주었고, 젊은 나이에 요절해 대초원의 일부로 되돌아갔다.

이처럼 가혹한 운명을 또 하나 예로 들어보면, 그것은 새로운 통계학이다. 일시적인 이상 현상도 통계의 기초가 되는 모집단이 광범위의 것이라면 틀림없이 계산의 재료가 될 것이다. 나폴레옹과 같은 명장, 제니 린드(Jenny Lind. 1820~1887)와 같은 명가수, 바우디치(Bowditch. 1773~1838. 미국의 수학자, 천문학자)와 같이 뛰어난 한 세기가 [불분명]에서 태어날 것이기고 예언하는 것은 위험한 것이다. 그러나 2천만에서 2억의 모집단을 기초로 한다면 좀 더 정확하게 말할 수 있을지도 모르겠다.("인간에 관한 모든 것은 전체적으로 고찰한다면 물적인 사실의 질서에 속한다. 개체의 수가 많으면 많을수록 개체의 영향이라는 것은 점점 영향력이 낮아져, 사회가 존속될 수 있는 근거가 되는 원인에 의존하는 것에 대한 일련의 일반적 사실이 우위를 점하게 된다.")

한 특정 발명이 이루어진 때를 마치 잘 알기라도 한다는 듯이 언제라고 단정 짓는 것은 어리석은 짓이다. 모든 발명은 이미 50번 이상의 반복을 통해 얻어진 결과물이다. 인간은 쉽게 말하자면 커다란 기계와 같은 것이며, 인간이 스스로 이끌어낸 이 발명은 이 커다란 기계를 모방해서 만들어낸 완구이다. 인간은 언제나 필요에 따라 자신의 신체구조를 모방하거나 복사함으로써 힘을 얻고자 한다. 누가 정말로 호머(BC 8세기 경. 그리스 작가)인지, 조로아스터(BC 6세기 경. 조로아스터교의 창시자)인지, 메누(BC 7세기 경. 고대 왕국 우라르투의 5번째 왕)였는지를 밝히기는 어렵다. 행방이 묘연한 발명가였던 코페르니쿠스(Copernicus Nicolaus. 1473~1543. 폴란드 태생의 천문학자, 지동설을 주장), 풀턴(Fulton Robert. 1765~1815. 미국의 기계 기사, 잠수정 등을 발명, 증기선의 시운전을 성공)과 같은 사람들의 소재지를 파악하는 것은 더더욱 어렵다. 실은 이런 발명가들이 수백 년에 걸쳐 수십 명에 달하기 때문이다. "대기는 사람들로 가득 차 있다." 이런 종류의 재능―도구를 만들어내는 이 건설적인 능력은 화학원소에 부착되어 있기라도 하듯이 곳곳에 폭넓게 존재하고 있기 때문에 발명가가 호흡하는 공기는 보캉송(Jacques de Vaucanson. 1709~1782. 프랑스의 발명가. 로봇의 원조인 자동악기와 자동인형의 창시자, 자카드 자동 직물기 발명), 프랭클린(Benjamin Franklin. 1706~1790. 미국의 정치가, 외교관, 저술가, 물리학자, 기상학자), 와트(James Watt. 1736~1819. 스코틀랜드의 발명가이자 기계공학자, 산업 혁명에 중대한 역할을 했던 증기 기관을 개량)로 이루어진 것이 아닐까 여겨질 정도였다.

틀림없이 백만 명의 사람 중에는 진정한 천문학자, 수학자, 희극시인, 신비가라고 칭할 만한 사람이 한 명 정도는 존재할 것이다. 천

문학의 역사를 읽는 사람들은 모두 코페르니쿠스, 뉴턴, 라플라스
(Pierre Simon de Laplace. 1749~1827. 프랑스의 천문학자 · 수학자. 행렬론
· 확률론 · 해석학 등을 연구하였으며, 1773년 수리론을 태양계의 천체운
동에 적용하여 태양계의 안정성을 발표)가 새로운 인간과 새로운 형태
의 인간이 아니라 탈레스(Thales, BC 624~BC 546. 고대 그리스의 철학
자), 아나쿠시메네스(Anaximenes of Miletus. BC 585~BC 525. 고대 그리
스의 자연철학자, 만물의 근원은 공기라고 주장), 히파르코스(Hipparchus.
BC 190, BC 120, 고대 그리스의 천문학자, 지리학자, 수학자, 현재까지 이어
지는 46 성좌를 결정), 아리스타르코스(Aristarchos. BC 310~BC 230. 고
대 그리스의 천문학자, 지리학자, 수학자. 우주의 중심이 지구가 아니라 태
양이라는 태양중심설을 처음 주장. 때문에 그를 고대의 코페르니쿠스라고
부르기도 함), 피타고라스(Pythagoras. BC 582~497. 그리스의 종교가 ·
철학자 · 수학자. 피타고라스는 만물의 근원을 '수^敷'로 보았으며, 수학에 기
여한 공적이 매우 커 플라톤, 유클리드를 거쳐 근대에까지 영향을 끼침) 등
과 같은 인물들이 그들보다 앞섰다는 것을 깨달아야 할 것이다. 이
들은 모두 후대의 사람들과 마찬가지로 철저한 계산과 이론을 적
용한 긴장감 넘치는 기하학적 두뇌, 세상의 움직임에 합치한 지력
을 가지고 있었던 것이다. 로마인들이 활용한 기준이 된 것은 아마
도 자오선을 기초로 삼았을 것이며, 회교도와 중국인들은 윤년과
그레고리력과 세치^{歲差}에 대해 우리가 아는 것만큼 이미 알고 있었

다. 뉴베드퍼드 항구에 내려진 한 통의 비단조개 속에는 반드시 하나 이상의 다른 조개가 섞여 있는 것과 마찬가지로, 천만 명의 말레이인과 회교도 속에는 반드시 한 명 이상의 천문학적 두뇌를 가진 사람이 있다. 대도시에서는 매우 우연히, 혹은 우발적인 속에서 아름다움을 잠재한 채 확실하게 주문한 대로 일어난다—빵 집에서 아침 식사용 머핀을 준비하는 것처럼. 『펀치』지는 일주일에 한 번은 반드시 재치 있는 농담을 터뜨려 주고, 신문은 매일 하나쯤은 대단한 기삿거리를 싣는다.

억제의 법칙은 기능을 남용해서 발생하는 형벌이지만 이 법칙도 마찬가지 작용을 한다. 기근, 티푸스, 서리, 전쟁, 자살, 무력화된 인종 등은, 이 세상 구조의 일부로서 고려하는 것이 마땅한 것이다.

이런 것은 산에서 나오는 자갈, 우리의 생활을 둘러싸고 있는 조건을 암시하는 것들이지만, 우리가 우연이라 부르는 사건들 중에도 직물기와 제분기에서 볼 수 있는 것 같은 일종의 기계적 정확성이 존재한다는 것을 암시하고 있다.

이 거센 물결 같은 움직임에 대해 우리가 아무리 온 힘을 다해 저항한다고 하더라도 그 힘은 허무할 정도로 무력한 것으로 수백만 명의 강압 속에서 홀로 비판하거나 저항하는 것에 지나지 않는다. 폭풍이 사납게 몰아칠 때 배에서 떨어진 사람들이 파도에 휩쓸려 고통을 받으며 깊숙한 바다 속으로 빠지는 모습을 보는 것 같은 느낌이다. 그들은 서로 잘난 척 얼굴을 바라보지만 상대를 위해서는 아무런 도움도 되지 않는다. 혼자만이라도 떠 있을 수 있다면 매우 훌륭한 것이다. 그들은 서로 얼굴만 마주할 뿐 모든 것은 운명에 맡겨야 한다.

이 현실-초목이 심어져 있는 우리의 정원에 이 세상의 핵심이 갑자기 노출되는 것 같은 현실-을 우리는 가볍게 여겨서는 안 된다. 인생의 어떤 표현으로도 이 불길한 사실을 이겨하기 않는 것은 진실성이 있다고는 할 수 없다. 인간의 힘은 필연이라는 틀에 박혀 있는 것이다. 인간은 온갖 일들을 하면서 주변의 틀과 접하게 되면서 그 틀이 활처럼 휘어 있다는 것을 깨닫게 된다.

우리가 세속적으로 운명이라고 부르는 것은 자연 전체에 일관되게 적용되는 하나의 요소로 우리에게 '제약'이라는 것이다. 우리는 이 모든 제약을 운명이라 부른다. 그러므로 우리가 광폭하고 야만적인 존재라면 운명도 광폭하고 무서운 모습을 드러낸다. 우리가 세련됨에 따라서 우리를 저지하는 것도 고상해지게 된다. 우리가 정신적인 교양을 높이 쌓아간다면 적대적인 것도 정신적인 형태를 취한다. 인도의 전설에 따르면 비슈누(Visnu. 힌두교에서 최고신 시바신*과 양립하는 천신째)는 마야(현상세계를 움직여 자유자재로 모습을 바꾸는 마력)가 곤충과 가재의 형상에 이르기까지 점차적으로 모습을 바꿔가는 동안 항상 그것을 쫓으며, 마야가 어떤 모습으로 변하더라도 비슈누는 그 남자의 모습을 하고 있다가 마야가 여자가 되고 여신이 된 순간에 비슈누도 남자가 되고 신이 된다고 한다. 인간의 영혼이 정화됨에 따라 그를 구속하는 제약도 고상한 것이 되지만 필연의 고리는 항상 가장 높은 곳에 위치하고 있다.

북미 신화에 따르면 하늘의 신들이 팬리스 울프라는 늑대를 강철은 물론 큰 산으로도 제압이 불가능했을 때(늑대는 강철을 끊어버리고 산을 발로 걷어 차버렸다), 신들이 늑대의 다리에 명주실과 거미줄과 같은 부드럽고 가는 실을 감자 늑대는 꼼짝도 할 수 없었다고 한다. 늑대가 발버둥 칠수록 실은 더욱 단단히 조여졌다. 운명이라는 연결고리는 이와 마찬가지로 부드럽지만 견고한 것이다. 브랜디나 감미로운 음료도, 유황 가스도, 지옥의 불꽃도, 신들의 체액도, 시와 천재도 이 부드럽고 가는 실을 풀 수는 없다. 사상이라고 하는 것에 시인처럼 높은 의미를 부여한다고 할지라도, 사상 그 자체 또한 운명을 초월할 수 있는 것은 아니다. 다시 말해 사상 또한 영원의 법칙에 따라 작용하지 않으면 안 되며, 사상 속의 방자하고 막을 수 없는 요소는 모두 다 사상 그 자체의 본질의 배후에 있기 때문이다.

마지막으로 사상보다 높은 도덕의 세계에 있어서 운명은 옹호자로서의 모습을 드러내서 높은 곳은 평평하게, 낮은 곳을 끌어올려 인간 속에서 정의가 이루어지기를 추구하고, 정의가 이루어졌을 때는 이르건 늦건 간에 일격을 가하게 되어 있다. 필요한 것은 영속하고, 해를 가하는 것은 소멸해 간다. "일을 처리한 사람은 그로 인해 고민하지 않으면 안 된다. 신의 기분을 살피는 것은 신의 화를 자초하는 것이다."라고 그리스인들은 말하고 있다. "악인을 위해 이익을 꾀하는 것은 신 또한 가능하다."라고 켈트족들은 노래하고 있다. "신은 묵묵히 인정할지 모르지만, 그것은 일시적인 것에 불과하다."라고 스페인 시인은 노래했다. 인간이 아무리 명석한 두뇌를 이용한다고 하더라도 제약을 뛰어넘을 수는 없다. 명석하다는 것도, 의지의 자유도, 가장 높은 곳에 오른 마지막 경지에서는 제약이라는 것의 기관 중에 하나에 지나지 않는다. 그러나 우리는 너무 대략적인 일반론을 따라서는 안 된다. 당연히 존재하는 몇 가지 경계, 혹은 본질적인 구별을 제시함과 동시에 운명 이외의 다른 요소들도 공평하게 다루지 않으면 안 된다.

이렇듯이 우리는 물질, 정신, 도덕 속에서, 인종 속에서, 지층의 구성 속에서, 사상과 성격 속에서 운명의 발자취를 되돌아볼 수 있다. 운명은 모든 곳에서 경계가 되고 제약이 된다. 그러나 운명에도 섬겨야 할 주인이 있고 제약에도 한계가 있다. 위에서 보고, 아래서 보고, 옆에서 보고, 곁에서 볼 때, 운명은 다른 모습을 보여준다. 왜냐하면 운명은 거대하지만 이에 대항하는 힘 또한 거대하며 힘이라는 것은 이 거대한 이차원적인 세계에 있어 또 하나의 엄연한 사실이기 때문이다. 운명의 힘에 휩쓸려 이것을 제약으로 여긴다면, 힘은 운명에 휩쓸려 이것에 대항하게 된다. 우리는 운명을 박물지(일종의 백과사전)로 존중한다. 그러나 박물지 이상의 것이 이 세상에는 존재한다. 예를 들어 운명이라는 문제를 고찰하는 이러한 비평은 어떤 사람에 의해 이루어지고, 또 어떤 의미가 있는 것일까? 인간은 자연의 일부가 아니다. 물건을 넣는 주머니, 복부와 손발, 방어막의 형태를 취하는 하나의 틀, 경멸스러운 짐이 아니다. 인간은 우주의 양극을 끌어다 하나로 만든 경탄할 만한 대립인 것이다. 인간은 인간 이하의 것과의 관계를 노골적으로 드러내고 있다. 인간의 두개골은 두터우며 뇌는 작아 물고기와 닮은 곳도 있으며, 원숭이처럼 네 발을 가진 짐승과 닮았으며 완벽하게 두 발 달린 짐승이 되지 못한 채 새로운 힘을 얻은 대신에 낡은 힘을 약간 잃어버렸다. 그러나 혹성을 폭발시키거나 형성시키는 전광과 혹성과 항성을 만들어 내는 것은 인간의 내부에 존재한다. 인간이라는 존재는 한편으로는 지수화풍의 하나이고, 화강암이고, 바위 덩어리고, 흙이고, 삼림이고, 바다와 모래사장이기만, 또 다른 한편으로는 사상이고, 자연을 구성하고 분해하는 정신이다. 이렇게 해서 각각의 인간의 눈과 두뇌 속에는 신과 악마, 정신과 물질, 왕자와 음모자, 조여드는 띠와 약동하는 힘이 서로 평화적으로 공존하고 있는 것이다.

인간은 또한 자유의지를 무시할 수 없다. 모순된 말로 표현하자
면 자유란 필연적인 것이다. 여러분이 운명의 편에 서서 운명이야
말로 전부라고 한다면, 우리는 이런-운명의 일부는 인간의 자유라
고 할 수 있다. 인간의 영혼 속에는 선택과 행동의 충돌이 끊임없
이 일어난다. 지력은 운명을 무력화시킨다. 인간이 사고하는 한,
인간은 자유이다. 인간의 대부분은 노예이고 그런 노예가 자유에
내내 의기양양이게 떠벌릴 만큼 어리석한 것이 아니다. 사고하고 행
동하는 용기도 없는 자들이 '독립선언' 과 같은 종잇조각을 배포하
고, 헌법으로 정해진 투표권을 자유라고 착각할 만큼 불쾌한 것이
아니다. 그러나 인간이 운명의 얼굴을 바라보지 않은 채 다른 방향
을 보는 것은 건강한 일이다. 다른 방향이란 실질적인 것을 보는
견해를 일컫는다. 사실이라는 것에 대한 인간의 건전한 관계란 사
실을 이용해 사실을 지배하는 것이지 사실에 아첨하는 것이 아니
다. "자연을 보지 마라. 자연의 이름은 숙명적인 것이기 때문이
다."라고 고대의 신탁은 인간들에게 고하고 있다. 인간을 둘러싼
제약을 지나치게 응시하면 인색한 인간이 된다. 숙명이라든가 하
늘의 뜻이라는 말을 너무 자주 쓰는 인간은 낮고 위험한 곳에 있으
므로 자신이 두려워하고 있는 재난을 초래하게 된다.

나는 본능적으로 용맹한 민족이 숙명을 자랑스럽게 여기는 사람

이라는 말을 했다. 그들은 숙명과 공모해서 사건이라는 것을 인내한다. 그런데 이런 숙명론을 나약하고 게으른 자들이 믿게 된다면 또 다른 인상을 받게 된다. 운명에 비난을 퍼붓는 것은 나약하고 추락한 자들이 할 짓이다. 운명을 올바르게 활용한다는 것은 우리의 행동을 자연이 지닌 숭고함까지 끌어올리는 것이다. 지수화풍이라는 자연의 힘은 매우 거칠어서 이것을 깨기 위해서는 자연 본연의 힘을 이용하는 수밖에 없다. 인간도 이것을 따라야 한다고 생각한다. 공허한 자부심을 가슴속에서 몰아내고 태도와 행위에 의해 자연과 같은 입장에서 자신의 지배력을 드러내는 것이 좋다. 중력이 가진 견인력을 배워 자신의 의도하는 것을 굳게 지켜야 할 것이다. 어떤 권력, 어떤 설득, 어떤 뇌물을 받더라도 자신의 주장을 양보해서는 안 된다. 인간은 강과 나무와 산과 비교해서 뒤떨어져서는 안 된다. 강처럼 흐르고, 나무처럼 가지를 뻗고, 산처럼 저항력을 가지지 않으면 안 된다.

죽을 각오로 배우는 것은 운명에서 최고의 마음가짐이다. 바다 위에서 화재를 당하고, 친구의 집에서 콜레라가 발생하고, 자신의 집에 강도가 들고, 혹은 의무를 수행하는 중에 널려 있는 모든 위험에 대해 자신은 숙명의 천사로부터 보호를 받고 있다는 확신을 가지고 과감히 맞서 싸우는 것이 좋다. 운명이 자신에게 위해를 가한다는 것을 믿는다면 그와 마찬가지로 운명이 이익을 가져다준다는 것을 믿어야 한다.

왜냐하면 운명이 모든 것을 지배한다고 할지라도 인간은 운명의 일부이자 운명에는 운명으로 맞서 나갈 수 있기 때문이다. 우주에 수많은 잔혹하고 우발적인 사건이 있다고 하더라도 우리의 육체 속 원자 또한 마찬가지로 광폭하게 대항한다. 우리 체내의 공기가 반작용을 하지 않는다면 우리는 대기의 압력 때문에 눌려버리고 말 것이다. 하나의 얇은 관은 그 속에 바닷물이 들어 있다면 대양 에 슬기요 기면 : 이 아 해 에에 바꿰에 보기의 까에 뛰기 있다고 한다면 그 반동에도 무한의 힘이 잠재되어 있는 것이다.

첫째, 그러나 운명과 맞서기 위해 운명으로 대처하는 것은 방어 적 대비에 불과하다. 인간에게는 그 이상으로 고귀하고 창조적인 힘이 작용하고 있다. 사상의 계시는 인간을 노예 상태에서 자유의 세계로 안내한다. 우리는 태어나고 또 다시 태어나는 탄생을 몇 번 이고 반복한다고 하는데, 이것은 정말로 기가 막힌 표현이다. 우리 는 소중한 경험을 수도 없이 반복하고 있기 때문에 새로운 경험은 낡은 경험을 잊으면서 '제7천국'이나 '구천'이라는 신화가 탄생하 게 되는 것이다. 수많은 나날 중에서 최상의 날, 인생의 최대 축일 은 만물 속에 존재하는 통일성, 성의 편재에 대해 내면의 눈을 뜨 게 되는 날—즉, 지금 있는 것들은 반드시 있어야 하는 것이고, 또 한 반드시 있어야 하는 것이자 최선의 것이라는 사실을 인정하는 날을 의미하는 것이다. 이 지복至福은 하늘이 우리에게 내려주고 우리의 눈에 그것이 보이게 된다. 지복이 우리 안에 있다고 하기보다는 우리가 지복 속에 있는 것이다. 대기가 폐 속에 들어오면 우리는 호흡을 하며 살 수 있지만 그렇지 않으면 죽고 만다. 빛이 눈으로 들어오면 사물을 볼 수 있지만 그렇지 않으면 아무것도 볼 수 없다. 진리가 마음에 찾아들면 우리는 갑자기 그 진리를 커다랗게 확대해서−세상의 크기만큼 성장한다. 우리는 입법자가 되고, 자연의 대변자가 되고, 예언하고 예지할 수 있게 된다.

이 같은 직관은 우리를 우주의 편으로 만들어 우주의 이익이 되도록 봉사하게 하고, 유상무상의 것들에 대적하게 하여 타인은 물론 자기 자신도 적대시 한다. 직관으로 모든 것을 대하는 인간은 자신에 관하여 마음의 진실만을 이야기 한다. 마음이 불멸하다는 것을 알고 있는 그는 자신도 불멸하다고 한다. 마음이 천하무적이라는 사실을 알고 있는 그는 스스로 강하다고 말한다. 우리 속에 마음이 있는 것이 아니라 마음속에 우리가 있는 것이다. 그것은 만드는 것이지 만들어지는 것이 아니다. 모든 것은 이것에 의해 접촉하고 이것에 의해 바뀐다. 그것은 다른 것을 사용하는 것이지 다른 것에 의해 쓰이지 않는다. 그것을 가진 사람과 그것을 가지지 않은 사람 사이에는 커다란 틈이 생긴다. 그것을 가지지 못한 사람은 어리석은 중생에 불과하다. 그것은 스스로 시작을 하며 과거의 인간과 위인-복음과 헌법과 대학과 습관에서 유래하지 않는다. 그것이 빛나는 순간 자연은 더 이상 우리를 방해하지 않으며 모든 것이 음악이나 그림과 같은 인상을 남긴다. 인간들의 세상이 웃음이 없는 희극과 같은 인상을 준다. 군중도, 이해도, 정부도, 역사도 모두 장난감 집 속의 완구인형처럼 되어 버린다. 그것은 특정 진리를 흉내 내지 않는다. 우리는 한 현자로부터 인용한 사상과 말 한마디 한마디에 신중하게 귀를 기울인다. 그러나 이 현자의 앞에 나서면 우리 기서의 것서의 한동을 시각한다. 우기는 그가 하는 말을 순시간에 잊어버리고 그의 사상보다도 우리 자신의 사상이 새로운 작용에 훨씬 큰 흥미를 느끼게 된다. 우리는 갑자기 장엄한 세계로 올라갔다. 과거의 우리는 이쪽으로 한 걸음 저쪽으로 한 걸음씩 떠돌고 있지만, 현재 우리는 기구를 탄 인간처럼 이륙한 지점과 앞으로 착륙할 지점을 생각하기보다는 비행하는 도중의 자유와 영광으로 가득 차 있다.

지력이 커지면 그만큼 근원적인 힘도 증가한다. 생각을 꿰뚫어 보는 사람은 생각을 지배하고 필연적인 것을 스스로 나서 의욕을 갖게 된다. 우리는 앉은 채로 지배한다. 우리가 잠에 빠지더라도 우리의 꿈은 반드시 실현된다. 우리의 사상은 고작해야 1시간 전의 사상에 있을 것이라고 최고의 필연성을 가지고 있다. 그 필연성은 사상과 불가분의 관계이며 의지와도 불가분의 관계이다. 그것들은 항상 공존해온 것임에 틀림없다. 사상은 우리를 향해 스스로가 지닌 불가분한 주권과 신성을 알려준다. 그것은 내 것도 아니고 당신의 것도 아니라 모든 사람의 마음에 잠재되어 있는 의지인 것이다. 그것은 모든 인간의 영혼 속에 깃든다―그것은 인간을 인간답게 만들어주는 영혼 그 자체인 것이다. 사람들이 말하는 것처럼 대기의 상층부에는 끊임없이 서쪽을 향해 흐르는 기류가 있어 그 높이까지 올라가는 미립자를 모두 흘러가게 한다는 것이 사실인지를 나는 알 수 없다. 그러나 내가 알 수 있는 것은 사람들의 정신이 한 명석한 지각의 세계에 도달할 때, 그 정신은 이기적인 것을 초월한 지식과 동기를 내 것으로 삼는 것이다. 이것이야말로 현자가 호흡하는 대기, 세계에 질서와 궤도를 제시해주는 바람이다.

인간의 정신이 모두 마음먹은 모습으로 만들 수 있는 세계까지 끌어올림으로써, 사상은 물적인 우주를 해체시킨다. 자신의 사상에 따라 사는 두 명의 인간 중에 깊은 사상을 가진 사람이 훨씬 더 강한 성격의 소유자라 할 수 있다. 항상 갑보다 을이 시대에 대해 신의 뜻을 표출하고 있다.

둘째, 사상이 인간을 자유롭게 해준다면 도덕 감정도 인간을 자유롭게 해준다. 정신의 세계에 있어서 화학의 화합물은 분석하기 어렵다. 그러나 우리가 알 수 있는 것은 진리를 지각하는 것과 진리에 대한 지배 욕구와는 깊은 연관이 있다는 것이다. 애정은 의지에 있어서 없어서는 안 되는 것이다. 뿐만 아니라 하나의 강한 의지가 드러날 경우 그것은 유기체의 특정 통일에 의해 발생하는 것이 보통이며, 심신의 에너지 전체가 한 방향으로 흐르는 것과 닮아 있다. 흔히 말하는 위대한 힘이란 현실적이고 근원적인 것이다. 완고한 의지를 억지로 만들어내려고 한다는 것은 불가능한 일이다. 1파운드의 무게의 것과 평형을 유지하기 위해서는 1파운드의 것이 필요하다. 의지에 힘이 작용할 경우, 그 힘은 반드시 우주의 힘에 의존하고 있다. 알라리크(Alaric. 370? 410. 서고트족의 왕으로 410년에 로마를 점령)와 나폴레옹은 자신이 진리에 의거하고 있다는 것을 굳게 믿었음에 틀림이 없다. 그렇지 않다면 그들의 의지는 매수되거나 꺾이고 말았을 것이다. 유한한 의지라면 그것은 매수가 가능하다. 그러나 우주의 목적에 대한 순수한 공감은, 다시 말해 그것은 무한한 힘이기 때문에 매수하거나 왜곡시킬 수 없는 것이다. 도덕 감정을 경험한 사람은 모두 무한의 힘을 믿지 않을 수 없다. 그 사람의 심장 고동 하나하나는 지극히 높은 신의 서약인 것이다. '숭고'라고 하는 말은 인간이라는 갓난아기에게 이 경외할 힘을 알리는 것 이외에 무엇을 의미하겠는가? 장렬한 대서사시, 용기를 전하는 인명과 우화는 자유의 용솟음인 것이다. 그사이 소식을 전하는 것은 페르시아의 시인 하피즈(Hafiz. 14세기 페르시아 최고의 시인)의 시이다-"하늘의 문에 적혀 있듯이-〈운명은 자신을 속이는 자에게 재난을 내릴지니.)" 역사를 읽는 것은 우리를 운명론자로 만들까? 아니다. 사실은 이와 정반대가 되는 견해야말로 커다란 용기를 드러내는 것이다. 자유라고 하는 사소하고 변덕스러운 의지도 물적인 우주와 용맹하게 싸울 수 있는 것이다.

그러나 명찰明察은 의지가 아니고 애정도 의지가 아니다. 지각은 냉철한 것이고 선은 갈망하는 사이 시들어 버린다. 볼테르(Voltaire. 1694~1778. 프랑스 계몽기의 사상가)가 말한 것처럼 뛰어난 사람들의 불행은 그들이 겁쟁이라는 점에 있다.(un des grands malheurs des honnêtes gens c'est qu'ils sont des lâches.) 의지의 힘을 만들어내기 위해서는 이 두 가지의 것의 융합이 반드시 필요하다. 인간을 의지로 전화시키고 의지 그 자체로 바꾸고, 더 나아가 의지를 인간으로 바꾸지 않는 한 추진력은 생기지 않는다. 아마도 그 어떤 인간이라 할지라도 진리에 깊은 감동을 받아, 진리를 위해 스스로 순교자가 될 각오를 하기 전에는 그 진리를 올바르게 파악하지 못했다고 감히 단언할 수 있는 것은 아닐까?

자연 속에서 무섭고도 조심해야 할 것은 의지이다. 사회는 의지의 결여 때문에 노예근성이 된다. 그래서 세상은 구세주와 종교를 바라게 되는 것이다. 나아가야 할 올바른 길은 단 한 가지뿐이다. 영웅은 그 길을 보고 그 목적을 따르며 현재를 자신의 근거로 삼으며 버티고 있다. 영웅은 다른 사람들의 눈에는 세상 전부처럼 보인다. 영웅의 인정을 받는 것은 영광이지만 부정을 당하는 것은 치욕이다. 그의 시선은 햇빛과 같은 힘을 가지고 있다. 인격의 영향력은 인간의 기억 속에 고귀한 것으로 높은 칭송을 받으며, 우리는 금전과 풍토, 중력과 숫자 등, 그 밖의 운명적인 것들은 모두 다 기꺼이 잊어버린다.

제약이라는 것이 성장해 나가는 인간을 측정하는 척도라는 것을 깨닫는다면, 우리는 제약의 주게를 용납할 것이다. 아이들이 집안 벽에 기대어 서서 해마다 자신의 키를 재는 것처럼 우리는 운명에 기대어 서 있다. 그러나 소년이 어른이 되어 일가의 가장이 되면, 그는 그 벽을 허물어버리고 새롭고 더 큰 집을 세운다. 이것은 시간의 문제에 지나지 않는다. 용감한 청년은 이미 운명을 뛰어넘을 훈련이 되어 있다. 자신의 격정과 자신의 전진을 방해하는 모든 힘을 무기와 날개로 바꾸는 것이 그들의 기능인 것이다. 그런데 운명과 능력이라는 이 두 가지 것을 바라볼 때 우리는 그 통일을 정말로 믿고 있는 걸까? 인간의 대다수는 두 개의 신을 믿고 있다. 그것은 바로 친구와 부모로서, 집안과 사교계, 문학과 예술, 연애와 종교 속에서 살고 있을 때는 갑의 신의 지배하에 속해 있지만, 기계공학의 세계에 있을 때, 증기와 날씨를 상대하고 있을 때, 상업과 정치에 관여하고 있을 때는 을의 지배하에 있다고 여기고 있다.

그리고 하나의 세계가 돌아가는 모습이 다른 세계에 영향을 끼치는 것은 실천상의 커다란 과오라 생각하고 있다. 가정에서는 선량하고 정직하고 관대한 인간이, 거래처에서는 늑대나 여우로 바뀐다. 사람들 앞에서는 신앙심 깊은 인간이지만 투표장에서는 무뢰한에게 투표를 한다. 그들은 자신들이 신의 보살핌을 받고 있다는 것을 어느 정도 믿고 있다. 그러나 증기선에 타고 있을 때, 역병이 돌고 있을 때, 전쟁 중일 때는 악으로 가득한 힘이 세계를 지배하고 있다는 착각에 빠지게 된다.

그러나 이 두 가지 것의 연관은 특정한 것과 특정한 때에만 존재하는 것이 아니라 모든 곳에, 그리고 항상 존재하는 것이다. 신의 질서는 인간의 눈길이 미치지 않는 곳에서도 작용하고 있다. 우리의 주변 농장에, 지구의 주변 혹성에 따뜻한 힘이 작용하고 있는 것이다. 그러나 그 힘을 경험하지 못한 사람들은 그 힘에 충돌하고 스스로 상처를 입는다. 그렇다면 운명이란 인간 사상의 불꽃 밑을 통과하지 않은 사실에 주어진 명칭, 인간의 이해 저편에 있는 원인에 주어진 명칭인 것이다.

그러나 혼돈으로부터 방사되고 있는 곳의, 우리를 전멸시킬 것처럼 보이는 모든 것은 인간의 지성에 의해 건전한 힘으로 바꿀 수 있다. 운명이란 아직 인간이 이해할 수 없는 것에 기인한다. 물은 배와 선원들을 단숨에 삼켜버린다. 그러나 수영을 배우고 선체를 조종한다면 배를 삼켜버렸던 파도는 배에 의해 갈라지며 오히려 배를 수면 위의 거품처럼, 모자에 달린 깃털이나 고귀한 인간을 대하듯이 운반해 줄 것이다. 추위는 인간에게 배려를 하지 않고 피를 얼게 하여 인간을 이슬처럼 얼려버린다. 그러나 얼음을 지치는 법을 배운다면, 얼음은 인간에게 우아하고 즐거우며 시적인 운동을 선물해 준다. 추위는 인간의 사지와 두뇌를 긴장시켜 천재로 바꾸어 당대 최고의 인물로 만들어 준다. 자연의 총애를 받았다고 할 색슨 민족은 추위와 바다가 혹독한 훈련을 시켜 주어 천 년 동안 영국을 작은 섬에 가둬 두었다가 백의 영국, 백의 맥시코를 선물해 준다. 색슨 민족은 모든 혈액을 흡수하고 지배한다. 멕시코뿐만이 아니라 물과 증기의 비밀, 전기의 진동, 금속의 연성延性, 하늘을 나는 전차, 방향키가 달린 기구—이것들은 모두 인간이 써주기만을 기다리고 있다.

해마다 티푸스로 인해 죽는 사람의 수는 전쟁으로 인해 죽는 사람의 수보다 훨씬 많다. 그러나 하수시설을 개선한다면 티푸스는 박멸할 수 있다. 해상 업무에 종사하고 있는 사람들이 걸리는 괴혈병은 레몬주스나 그 밖에 휴대에 편리하고 쉽게 손에 넣을 수 있는 음식으로 치료가 가능하다. 콜레라와 천연두에 의한 사망은 하수와 예방주사로 막을 수 있다. 이 밖의 모든 질병 또한 인과관계의 연쇄 속에 있기 때문에 박멸이 가능하다. 인간의 기술은 자연물에서 독을 제거하지만 그와 동시에 정복한 적으로부터 이익을 창출해 내는 것이 일반적이다. 사람의 힘으로 막기 힘든 거센 물줄기를 이용해 힘든 일을 처리할 수도 있다. 들짐승에게서 옷과 음식을 얻고 노동을 대신하게 할 수도 있다. 화학 약품의 폭발도 마치 시계처럼 마음먹은 대로 통제할 수 있다. 인간은 지금 이렇게 해서 말을 탈 수 있게 되었다. 인간은 온갖 방법으로 손톱을 세우고 우쭐대며 하늘을 나는 독수리도 사냥하려 하고 있다. 인간에게 있어 스스로를 움직이게 해 주는 기구가 될 수 없는 것은 하나도 없다.

증기는 얼마 전까지 인간에게 두려움을 느끼게 하는 악마였다. 인간인 도공이나 대장장이가 만들어 내는 냄비 뚜껑에는 반드시 구멍이 나 있다. 이것은 증기라고 하는 적을 밖으로 배출하기 위한 것으로, 그러지 않으면 그 적은 냄비와 지붕을 뚫고 집을 날려버릴 수도 있기 때문이다. 우스터 후작(Worcester. 160~1667. 영국의 과학자. 처음 증기의 이용을 주장)과 와트 등은 힘이 있는 곳에 악마가 있는 것이 아니라 신이 있다는 것을, 힘은 이용해야 하는 것이지 절대로 낭비하거나 피해서는 안 된다는 착안을 하게 됐다. 이 악마가 냄비와 지붕과 집 전체를 쉽게 날려버릴 수 있다면, 그것이야말로 그들이 찾아 헤맸던 힘이었다. 모두가 위험해서 꺼리는 모든 악마들을—즉, 수만 평방미터에 달하는 토지, 산, 물의 무게, 혹은 저항, 기계, 세상의 모든 인간의 노력—높이 끌어올리고 사슬로 묶어 복종을 강요했기 때문에 우리는 이 증기라는 악마를 활용할 수 있는 것이다. 이렇게 해서 증기는 시간을 길게, 공간을 단축시켜 줄 것이다.

이보다 뛰어난 종류의 증기의 경우에도 사정은 별반 다르지 않다. 일반 대중의 의견은 세계의 공포 대상이었다. 국민 대중에게 오락을 제공하고 그 의견을 제시하거나 그 위에 몇 개의 사회층을 형성하는 등의 시험이 이루어졌다. 먼저 군대라는 계층, 그 위에 제후라는 계층이 더해지고 그 정점에 국왕이 자리를 잡고 성과 수비대와 경찰이라는 테두리로 민중을 옭아매고 있는 것이다. 그러나 때때로 종교적인 저항운동으로 그 테두리를 깨뜨리고 어깨 위에 놓인 무거운 짐을 산산이 부숴버리고 만다. 정치 세계에 있어서 풀턴이나 와트와 같은 사람들은 만물의 통일을 굳게 믿고 민중도 하나의 힘이라는 것을 인식하며(정의는 모든 인간을 만족시켜 주는 것이기 때문에) 사회구조를 바꿈으로 인해—즉, 민중을 쌓아 올려 산을 만드는 것이 아니라 민중을 평면적으로 늘어놓음으로써—민중들에게 만족감을 주고 이 두려운 것을 좀 더 무해하고 믿음직스러운 국가형태로 만든 것이다.

요컨대 운명의 교훈이라는 것은 너무나 분통이 터지는 것이다. 깔끔한 차림을 한 골상학자에게서 자신의 운명에 대한 설교를 듣는 것을 좋아하는 사람이 과연 있을까? 당신의 두개골과 척추와

골반 속에 색슨 민족과 켈트 족의 모든 악덕이 잠재되어 있으며, 이 악덕이 결국 장대한 희망과 결의로 불타오르는 그대를 쓰러뜨리고 이기적인 장사꾼처럼 비굴하고 교활한 동물로 만들어 버릴 것이라고 말하는 골상학자의 말을 즐겁게 받아들일 사람이 있을까? 어느 학식이 높은 의사의 말에 의하면 나폴리 사람들 백이면 백 다 어른이 되면 틀림없이 악당의 인상을 하게 된다고 한다. 이것은 조금 과장된 표현이지만 사실일지도 모른다.

그러나 이런 사람들의 숙명적 결함들은 사실 인간에게 있어서는 그들을 도와줄 군수품 창고이자 무기고이다. 인간은 오히려 자신의 결점을 감사하고 자신의 재능을 두려워하는 것이 좋다. 비범하고 뛰어난 재능은 그 소유자를 절름발이로 만들 정도로 그 힘을 낭비하게 만든다. 이와 달리 결함은 그 소유자의 이익이 될 수 있다. 그리스도의 상징인 고난이 오늘날에는 그리스도를 왕 중의 왕으로 만들어 주었다. 운명이라는 것이 광산이고 채석장이라고 하고, 악은 지금 모습을 갖추려고 하고 있는 선이라고 한다면, 제약이라는 것이 결국은 힘이 된다고 한다면, 재해와 자신을 적대시하는 사람과 자신이 짊어진 짐이 사실은 자신의 날개이자 수단이라고 한다면—우리는 만족스러워 해야 할 것이 아닐까?

운명에는 반드시 개량이 동반된다. 이 우주라는 것이 가지고 있는 위로 향하고자 하는 노력을 인정하지 않는 우주관은 건전한 것일 수가 없다. 우주 전체와 부분이 지향하고 있는 것은 우리의 이익이며 이것은 건전함에 비례하고 있다. 모든 개체의 뒤에서 생물 유기체가 종말을 고하고 자유가—보다 나은 것, 최선의 것이 그들 앞에 펼쳐진다. 생물의 세계에서 최초로 나타났던 최악의 종족은 이미 모두가 멸종되고 말았다. 두 번째로 나타난 불완전한 종족은 지금 멸종을 향해 가고 있다. 그리고 보다 진화된 종족이 성숙되기를 기다리고 있다. 최종적으로 나타난 종족, 다시 말해 인간에게서 보이 있는 모든 깨끗함, 모든 미덕, 사랑, 기쁜 희생에게 보내는 애정과 칭찬, 그것들은 인간이 운명으로부터 자유를 향해 전진하고 있다는 것을 나타내 주는 것들이다.

인간이 벗어던진 생물유기체의 껍질과 장애물에서 의지가 해방되는 것—그것이 이 세계의 목적인 것이다. 모든 재난은 인간을 고무시키는 것들이며 귀중한 지침이 된다. 인간의 노력이 아직 충분한 결실을 맺지 못한 경우에도 그 노력은 하나의 경향을 가리키고 있다. 동물의 생활 전체—이에는 이로 대항하는 투쟁, 약육강식의 전쟁, 음식물의 쟁탈, 고통의 비명, 승리의 외침, 모든 동물들, 모든 화학적 물질이 보다 나은 용도에 맞도록 순화되고 단련되게 된다. 그런 생활의 전체적인 모습은 충분히 균형을 갖춘 입장에서 바라본다면 너무나도 흐뭇한 것이다.

그러나 운명이 언젠가 자유로 바뀌고, 자유가 언젠가 운명으로 바뀌는 과정을 보고 싶다면 각각의 생명의 뿌리가 얼마나 멀리까지 뻗어 있는지를 관찰하면 된다. 혹은 그들 생물을 서로 연결해주는 실이 끊어져 있는 지점은 존재하지 않는 것을 확인할 필요가 있다. 우리의 생명은 서로 합치되어 있고 깊은 관련이 있다. 자연의 이 연결고리는 매우 정교하게 만들어져 있어서 아무리 눈이 좋은 사람이라도 이 실의 양끝이 어디에 있는지 알지 못한다. 자연은 중복적으로 복잡하게 얽혀 있어 끝이라는 것이 없다. 크리스토퍼 렌(Christopher Wren. 1632~1723. 영국의 건축가)은 킹스 컬리지(King's College Chapel, 1446~1515. 부채꼴 모양의 볼트로 덮인 예배당 안은 완벽한 조화와 세련된 힘과 미의 결합을 보이는 수직식 고딕의 대표적 걸작)의 아름다운 교회에 대해 이렇게 말했다—"누군가가 처음 초석을 어디에 두는 것이 좋을지 가르쳐 준다면, 나는 이것과 같은 건물을 지어 보이겠다." 그러나 모든 것이 완벽하게 접합되어 있고, 모든 부분이 조화를 이룬 이 인간이라는 집의 최초 세포는 어디에 있는 것일까?

이 망처럼 얽혀 있는 상호관계는 생물의 '생식지'에서, 동면 현상 속에서 엿볼 수 있다. 동면 현상을 관찰해 보면 어떤 동물은 겨울이 되면 잠을 자고, 어떤 동물은 여름에 잠을 잔다는 것을 알 수 있다. 그렇다면 '동면'이라는 말은 잘못된 것이다. 이 '긴 잠'은 겨울 때문이 아니라 그 동물에게 적절한 음식의 공급 여하에 따른 것이다. 그 동물이 항시 먹는 과일과 버섯 등이 없는 계절이 되면 잠을 자고 먹을 것이 자라기 시작하면 활동을 시작한다.

잠은 빛 속에 있고, 귀는 소리를 전달하는 공기 속에 있으며, 발은 대지 위에, 지느러미는 물속에, 날개는 대기 속에 있다. 각각의 생물은 정해진 장소에서 외부세계에 적합하도록 존재한다. 모든 생물 대에는 특유한 독물이 있다. 동물과 먹잇감, 그 기생동물, 그리고 천적 사이에는 조절이 이루어지고 있어 균형을 유지하고 있다. 그 동물이 수가 갑자기 줄거나 늘어나는 경이 용납되지 않는다. 이와 마찬가지 조절이 인간세계에도 존재한다. 인간이 이 세상에 태어나 음식을 요리하고, 탄광에는 석탄이 있고, 집에는 공기가 통하고, 홍수로 인해 젖은 모든 것은 마르게 된다. 그들의 동료들도 동시에 이 세상에 나타나 사랑과 협력과 웃음과 눈물로 그들을 기다리고 있다. 여기서 예를 든 것은 아주 평범한 조정이지만, 이밖에 훨씬 은밀한 조정이 존재한다. 각각의 생물에 소속된 것들은 공기와 음식물뿐만이 아니다. 인간은 충족시키고자 하는 본능을 가지고 있으며 가까이에 있는 것을 자신의 목적에 맞게 꺾거나 맞추는 능력을 처음부터 가지고 있다. 눈에 보이는 것만이 아니라 눈에 보이지 않는 것도 인간에게 적합한 것이 아니라면, 인간은 이 세상에 나타나지 않는다. 그렇다면 존 던 (John Donne. 1572~1631. 성공회 사제이자 시인)이나 콜럼버스와 같은 사람이 출현한 것은 이 눈에 보이는 세상과 눈에 보이지 않는 세상에 엄청난 변화가 생겼다는 것을 우리에게 알려주고 있다.

어떻게 해서 이것은 이루어지고 있는 것일까? 자연은 낭비자가 아니라 그 목적을 향해 최단거리를 택한다. 장군이 부하병사들에게 "요새를 바란다면 요새를 지어라."라고 말하듯이 자연은 혹성이든, 동물이든, 수목이든 모든 창조물에 대해 스스로 일하며 생계를 꾸리도록 요구한다. 굴뚝새든 용이든 간에 살아 있는 생명체는 모두 다 자신의 집을 짓는다. 생명은 그 생명이 가진 자유의 양에 정비례한다. 새롭게 태어난 인간은 결코 무기력하지 않다. 생명은 그 환경 속에서 자발적이며 불가사의한 작용을 한다. 이렇게 주변으로 손발을 뻗고 방사하며 투사하는 존재인 인간을 과연 몇 파운드의 체중으로 평가를 할 수 있는 걸까? 작은 횃불도 1리의 넓이만큼 밝혀 준다.

무슨 일이든 해야 할 일이 있다면 세상은 어떻게 해야 할지를 알고 있다. 식물의 싹은 필요에 따라 잎이 되고, 열매의 껍질이 되고, 뿌리가 되고, 나무껍질이 되고, 가시가 된다. 동물의 세포는 필요에 따라 위, 입, 코, 손톱으로 변한다. 세상은 그 생명을 영웅 속에서, 혹은 양치기 목동에게 주고 그 인간을 필요로 하는 장소로 보낸다. 단테와 콜럼버스는 자신들의 시대에서는 이탈리아인이었다. 오늘날이었다면 러시아나 미국인이었을지도 모른다. 사태의 심각성에 따라 새로운 인간이 나타나는 것이다. 이 경우의 적응은 변덕스럽지 않다. 궁극적인 목적, 자신을 초월한 의도, 혹성을 안정시키고 결정을 이루게 한 뒤, 차례대로 금수와 인간에게 생명을 불어넣는 만물의 상호관계는 결코 멈추지 않고 더욱더 미묘한 세포에 작용을 촉진시켜 정묘의 극치까지 도달하게 된다.

이 세상의 비밀스러운 의식은 사람과 사건을 이어주는 유대 속에 존재한다. 사람이 사건을 만들고 사건이 사람을 만든다. '시대'가 별기는 것은 그 시대의 추스팜인 깊은 사상을 가지 수수의 인간, 소수의 활동적인 긴간을 가리키는 데 불과하다. 다시 말해 괴테, 헤겔, 클레멘스(Klemens. 1773년~1859. 오스트리아의 정치가이자 외교가), 새뮤얼 애덤스(Samuel Adams 1722~1803. 미국의 독립 혁명 지도자), 칼훈(John Caldwell Calhoun. 1782~1850. 미국의 정치가), 기조(François Pierre Guillaume Guizot. 1787~1874. 프랑스 정치가, 역사가, 수상), 필(Sir Robert Peel, 2nd Baronet. 1788~1850. 영국 정치가, 수상), 코브던(Richard Cobden. 1804~1865. 영국 정치가, 자유무역을 주장), 코슈트(Kossuth Lajos. 1802~1894. 헝가리 정치가, 혁명가), 로스차일드(Mayer Amschel Rothschild 1744~1812. 유대계 독일의 국제적 금융업자. 로스차일드은행 창설), 브루넬(Isambard Kingdom Brunel. 1806~1859. 영국 기술자)과 같은 사람들이 그러하다. 양성 사이에 존재하는 적합성, 동물의 특정 종류와 그들이 먹는 먹잇감과 그들이 사용하는 열등한 종류들 사이에 존재하는 적합성과 같은 적합성이 인간과 시대와 사건 사이에도 존재하는 것으로 추정하지 않으면 안 된다. 인간은 자신의 운명을 자신과는 이질적인 것으로 여긴다. 자신과 운명과의 연결고리가 눈에 보이지 않기 때문이다. 그러나 인간의 영혼은 결국 자신에게 일어날 사건을 그 내부에 포함하고 있다. 왜냐하면 그 사건은 영혼이 생각하는 것을 현실화시킨 것에 불과하기 때문이다. 그리고 우리가 기원하는 것은 반드시 주어진다. 사건이란 자신의 모습을 각인한 것에 지나지 않는다. 때문에 자신의 피부처럼 자신의 몸에 딱 맞는 것이다. 각자의 행위는 그 사람에게 아주 잘 어울리는 것이다. 사건이란 그 사람의 마음과 몸으로부터 태어난 자식이다. 운명의 영혼이 우리의 영혼이라는 것을 알 수 있는 것이다. 때문에 하피즈(Hafiz Hakki Pasa. 1879~1915. 터키 군인)는 이렇게 노래했다.

아아, 나는 지금까지 깨닫지 못했다.
나를 인도하는 것과 운명을 인도하는 것이 동일하다는 것을.

인간이 가지고 놀고 인간을 흥분시키는 모든 완구—집, 토지, 금전, 사치, 권력, 명성은 모두 동일한 것으로 고작해야 한두 가지 환영이라는 비단으로 감싼 것에 불과하다. 인간은 큰북의 울림과 소음에 격양되어 기꺼이 자신의 머리를 포탄으로 깨지는 것은 느낌을 받거나 매일 아침 엄숙하게 훈련장으로 달려가지만, 이처럼 인간을 현혹시키는 것 중에서 가장 그럴듯한 것은, 사건이란 변덕의 극치이며 인간의 행동과 무관계한 것이라고 우리를 착각하게 만드는 교묘한 술책이다. 마술사를 찾아가면 인형을 다루는 실이 눈에 들어오는데, 우리는 원인과 결과를 이어주는 실을 꿰뚫어볼 수 있을 만큼의 날카로운 눈을 가지고 있지 않다.

지연은 법칙이라면 개념으로 인간이 욕망을, 그 사람의 성씨로부터 생겨난 것이라 여김으로써 인간을 그 운명에 걸맞는 것으로 만들어 준다. 오리는 물에, 독수리는 하늘에, 물새는 물가에, 사냥꾼은 숲에, 지배인은 계산대에, 병사는 전선에 마음을 쏟는다. 이렇게 해서 사건은 그 사람과 같은 줄기로부터 성장한다. 쉽게 말해서 '아인슈(demihuman:인간의 모습을 한 전설의 생물)'이라 불러야 할 것이다. 인생의 즐거움은 인생을 영위하는 인간에 달린 것이지 일과 지위에 의한 것이 아니다. 인생은 하나의 황홀함이다. 우리가 알고 있는 사랑에는 어떤 광기가 동반되는지를, 그리고 더럽혀진 것을 천상의 색채로 채색하기 위해 어떤 힘이 발생하는지를 생각해야 한다. 미친 사람이 자신의 복장과 식사와 그 밖의 생활환경에 관심이 없는 것과 마찬가지로, 그리고 우리가 꿈속에서 아무렇지 않게 말도 안 되는 행동을 서슴지 않고 행동하듯이, 우리 인생의 그릇에 한 방울의 술이 더해지면 우리는 아무리 이상한 사람들과도 아무렇지 않게 사귈 수 있으며, 아무리 이상한 일이라도 아무렇지 않게 할 수 있다. 민달팽이가 체액을 분비해 배나무 잎사귀 위에 끈적거리는 집을 짓고, 털이 나지 않은 진딧물이 사과나무 위에 체액으로 잠자리를 만들고, 조개가 껍데기를 만들듯이 생물은 모두 자신의 환경과 세계를 자신의 내부로부터 만들어 낸다. 청년 시기의 우리는 자신의 몸을 무지개로 치장하고 하늘의 별처럼 용맹하게 앞으로 나간다. 노년기가 되면 우리는 또 다른 체액을 분비한다—통풍, 열병, 류마티스, 우울증, 의혹, 초조, 탐욕이 바로 그것이다.

인간의 운명은 그 사람의 성격이 만들어낸 것이다. 그의 친구는 그의 매력이 만들어낸 것이다. 우리는 운명이라는 것의 실례를 찾아 헤로도토스(Herodotus. BC 485 BC 420년경의 그리스 역사가)와 플루타르코스의 『영웅전』을 읽지만, 실제로는 우리 자신이 그 실례인 것이다. "우리는 스스로의 운명에 굴복하지 않으면 안 된다." (Quisque suos patimur manes.) 인간은 모두 자신의 체내에 있는 모든 것을 실현시키려는 경향이 있지만, 그것은 "자신의 운명으로부터 벗어나려는 우리의 노력은 우리를 그 운명으로 빠져들게 하는데 도움만 될 뿐이다."라고 하는 낡은 신앙 속에서 표현되어 있다. 우리가 아는 한, 인간은 자신의 궁극적이고 전체적인 탁월함의 증거로서 자신의 아름다움보다는 자신의 지위에 대해 칭찬을 받는 것을 좋아한다.

인간은 자신의 성격이 사건 속에서 드러나고 있다는 것을 인정할 것이다. 그런데 그 사건이란 우연히 일어난 것처럼 보이지만 실제로는 자신의 내면으로부터 분출되고, 자신의 곁을 떠나지 않는 것이다. 사건은 성격과 함께 퍼져 나간다. 한때 완구들 속에 파묻혀 있었던 것과 마찬가지로 지금은 거대한 조직 속에서 자신의 역할을 연기한다. 그의 성격은 그의 야심, 그의 친구, 그의 행동 속에서 명확하게 표현된다. 그는 운명의 한 조각처럼 보이지만 실은 인과관계의 단편―그가 채워나가야 할 간격을 확실하게 채워나가듯이 조각을 맞춰나가는 모자이크에 불과한 것이다. 그러므로 어떤 도시라도 그 사람의 두뇌와 행위를 보면 그 도시의 경작, 생산, 공장, 은행, 교회, 생활양식, 사교계가 어떤지 알 수 있는 인물이 있는 것이다. 우연히 그 사람과 만나지 않으면 무엇을 보더라도 좀처럼 납득이 되지 않지만 그 사람을 만나면 모든 것이 명백해지는 것이다. 매사추세츠 주에는 뉴베드퍼드, 린, 로웰, 로렌스, 클린턴, 피치버그, 홀리요크, 포틀랜드 등의 수많은 번화한 도시를 만들어 낸 사람들이 있다. 이런 사람들은 모두 있는 그대로 행동했다면 인간이라기보다는 걸어 다니고 있는 도시처럼 보였을지도 모른다. 그리고 그들은 어디에 있든 간에 도시를 만들어 냈을 것이다.

역사란 자연과 사상의 두 가지 작용과 반작용에 지나지 않는다. 두 명의 소년이 평균대 위에서 서로 밀쳐내고 있는 것이다. 모든 것은 밀고 밀린다. 사물과 마음은 끊임없이 서로를 밀쳐내면서 균형을 유지하고 있다. 인간이 약할 때는 대지가 그를 붙잡고 있다. 그의 두뇌와 애정은 그곳에서 뿌리를 내린다. 드디어 그는 대지를 자신의 것으로 만들고 자신의 정원과 포도밭을 자신의 아름다운 사상의 질서와 생산성 속에 놓이게 한다. 우주 속의 모든 고체는 인간의 정신이 다가가면 언제라도 유동체로 변한다. 다시 말해 유동시키는 힘이 바로 정신의 척도인 것이다. 만약 장벽이 철석처럼 단단한 것이라면, 그것은 사상의 결여를 책망하고 있는 것이다. 훨씬 정묘한 힘과 맞서고 있다면 장벽은 사라지고 정신의 특징을 나타내는 온갖 새로운 형태로 바뀌게 된다.

우리가 지금 살고 있는 이 도시도 한 특정한 한 사람의 의지에 복종한 잡다한 물질의 집합체에 불과하지 않는가? 화강암이 아무리 저항을 하더라도 인간의 손이 훨씬 강하기 때문에 마음먹은 대로 이용할 수 있었던 것이다. 철은 땅속 깊이 묻혀 돌과 단단하게 결합되어 있었지만 인간의 화력에서 벗어날 수는 없었다. 목재, 석탄, 원료, 과실, 고무―이것들은 지상과 바다 속에 분산되어 있었지만 모두가 헛수고였다. 모두 다 가까운 곳에 긁어모을 수 있어 누구나 조금만 고생한다면 원하는 만큼 자신의 것으로 만들 수 있다.

전 세계에 사상의 방침이 전해져 극지든 어디든 간에 사상이 무엇이든 하고자 하는 곳으로 움직인다. 인류의 수많은 민족들은 제각각 자신들을 지배하는 한 가지 사상에 근거해 대지로부터 모습을 드러내고 이 형이상학적인 추상이상을 위해 싸우려 무장하고, 분노로 들끓으며, 몇몇 당파로 나뉘었다. 그 사상의 성격에 따라 이집트인과 로마인으로 나뉘고, 오스트리아인과 미국인으로 나뉘었다. 특정 시기에 무대에 모습을 드러낸 사람들은 모두가 서로 관련이 있었다. 한 이념이 주변에 널리 퍼지기 때문이다. 우리는 모두 그런 이념의 영향을 받는다. 우리는 그런 이념에 의해 만들어졌기 때문이다. 누구나 다 영향을 받게 되어 있지만 몇몇 사람은 특히 강한 영향을 받으며, 이런 사람들이 최초로 그 이념을 표현한다. 이 사실은 수많은 발명과 발견이 희한하리만큼 동시에 일어나는 현상에 대해 답해 주고 있다. 진리는 공중에 떠다닌다. 그리고 가장 민감한 두뇌의 소유자가 최초로 그 진리를 알게 되는데, 얼마 뒤에는 모든 사람들이 그것을 알게 된다. 감수성이 예민하다고 하는 여성은 그 시기를 가장 잘 나타내주는 지표이다.

위인들 또한 시대정신에 가장 깊은 영향을 받은 인간으로, 요오드가 빛에 민감한 것처럼 쉽게 반응하며 조심스럽고 섬세한 성격의 가진 사람이다. 그는 섬세한 색인 힘조차 느낄 수 있다. 그의 정신은 다른 사람들보다 정확하다. 정밀하게 평형을 유지하는 바늘만이 느낄 수 있는 아주 약한 진동에도 반응하기 때문이다.

사물의 상호관계는 결함 속에서도 드러나고 있다. 뮐러(Müller. 1784~1832. 독일 건축가)는 『건축론』에서 그 목적에 정확하게 맞도록 만들어진 건축물은 설령 아름다움을 추구하지 않은 경우라 할지라도 아름다운 것이라고 말하고 있다. 나는 인간의 몸속에 있는 비슷한 일치가 대단히 맹렬하고 철저한 것으로 여겨진다. 혈액의 조악함은 그 인간의 말에서 드러나고, 어깨의 혹은 그 인간의 언어와 제작품에서도 드러난다. 그의 정신을 눈으로 볼 수 있다면 이 혹을 확실히 볼 수 있음에 틀림없다. 목소리가 불안정하다면 그것은 그의 문장이나 시에도, 그가 만들어낸 이야기의 구조에서도, 사색 속에서도, 그의 자선 속에서도 드러날 것이다. 인간은 누구나 자신의 악귀에 쫓기고, 자신의 병에 학대를 받듯이, 이 결점은 그의 모든 활동을 방해한다.

마찬가지로 인간은 모두 식물처럼 고유한 기생충을 가지고 있다. 강하고, 엄하고, 신경질적인 남자는 나뭇잎을 갉아먹는 민달팽이나 나방보다도 훨씬 흉측한 적을 가지고 있는 것이다. 이런 부류에게는 항상 상비충(象鼻蟲)이나 천공충(穿孔蟲)이 기생을 한다. 다시 말해 제일 먼저 사기꾼, 다음은 더부살이, 그리고 표면적으로는 친절하고 입속의 혀처럼 말을 하지만 실제로는 몰록(Moloch. 아이를 제물로 바치는 암몬족의 신)처럼 가혹하고 이기적인 신사의 제물이 되고 말 것이다.

현실 속에 존재하는 이 상호관계는 미리 예측할 수가 있다. 맥락이 여기에 있다면 사상은 그것을 따르고 있기 때문에 규명할 수 있는 것이다. 특히 인간의 영혼이 예민하고 솔직할 때는 더더욱 그렇다.

만약 그대의 영혼이

이버거그로 흐류히 걓이기면,

다가올 일을 예지하고

선견과 전조를 통해

다가올 일에 대해 알려라.

만져 보아라, 우리의 육신은

사물을 올바르게 판단할 힘이 없으며,

영혼이 아는 것은 어렴풋한 것이기 때문이다.

—초서(Chaucer, Geoffrey. 1340~1400. 영국 시인), '명예의 집'에서

어떤 사람들은 음운과 우연과 전조와 주기율과 예감과 같은 것을 꿰뚫어보는 능력이 있다. 이런 사람들은 자신이 찾고 있던 사람들과 반드시 만나며, 친구가 자신에게 말하려 했던 말을 먼저 말하

고, 엄청난 전조가, 앞으로 일어날 일을 가르쳐 줄 것이다.

방향이 정해지지 않은 인생은 그 조합 속에 불가사의하고 복잡함을, 그 생각 속에 불가사의한 항구성을 내포하고 있다. 우리는 파리가 어떻게 교미할 상대를 찾아내는지 의아하게 생각하는 한편, 매 년 두 명의 남자와 두 명의 여자가 상대로부터 그리 멀리 떨어져 있지 않은 곳에서 법률적인 연인도 육체적인 인연도 맺지 않은 채 가장 왕성한 젊은 날의 대부분을 허비해 버린다. 여기서 교훈은 이렇다–우리가 추구하는 것은 발견된다는 것과 괴테가 말한 것처럼 "청년시대에 우리가 바라던 것이 청년시대에 산더미처럼 밀려온다." 우리의 기도는 놀랄 만큼 이루어지고 있다. 따라서 우리가 주의를 기울여야 하는 것은, 우리가 바라는 것은 반드시 이루어질 수 있기 때문에 마음속으로 고귀한 것만을 기원해야 한다는 것이다.

인간존재의 비밀을 푸는 열쇠, 운명과 자유와 예지처럼 오랜 옛날부터 존재했던 난문에 대한 해결은 단 한 가지뿐이다. 그것은 바로 이중 의식을 가지고 사는 것이다. 인간은 자신이 가지고 있는 사적인 천성과 공적인 천성이라는 두 마리 말을 갈아타지 않으면 안 된다. 서커스의 곡예사가 이 말에서 저 말로 가볍게 옮겨 타거나 한 발은 갑이라는 말 등에 다른 한 발을 을이라는 말의 등에 놓고 말을 타는 모습과 닮아 있다. 그러므로 인간이 운명의 희생양이

됐을 때, 다시 말해 허리에는 좌골신경통, 마음에는 경련이 일어나고, 발이 휘고 지성도 휘고, 무뚝뚝한 얼굴에 마음은 삭막하고, 거드름피우며 걸어 다니며, 애정에는 쉽게 빠지고, 같은 인간끼리의 악덕으로 인해 심신이 피폐해진다—이런 때는 우주와 자신과의 관계에 의존해서 힘을 회복시켜야 한다. 심신의 파멸이 우주와의 관계를 험악하게 하기 때문에 고민하고 고통스럽게 하는 악마를 버리고 신의 편에 서는 것이다—신은 그의 고통을 통해 만인의 이익을 꾀하기 때문이다.

인간을 쓰러뜨리는 기질과 종족과 같은 방해물을 상쇄시키는 것에서는 이런 교훈을 배울 수 있다—즉, 자연의 모든 곳에서 볼 수 있는 두 개의 요소가 교묘하게 공존하기 때문에 인간을 불구로 만들거나 마비시켜버리는 것은 전부 다 이것을 보상하기 위해 성스러운 것을 동반한다는 것이다. 좋은 의도는 갑자기 힘이라는 옷을 걸치게 된다. 신이 타고 달리려고 하면 나무토막이나 자갈도 날개와 다리 나와 신을 태우고 달리는 말이 된다.

자연과 인간의 영혼을 완전히 하나로 녹여내고 온갖 원자를 통해 불문곡직하고 위대한 우주의 목적을 위해 봉사하게 하는 '성스러운 통일'의 앞에 제단을 쌓도록 하자. 눈발과 조개껍데기와 여름의 풍경, 별들의 아름다움은 놀랄 만한 것이 아니다. 그러나 전 우주를 발밑에 복종시키는 아름다운 필연이야말로 경탄스러운 것이다. 모든 것은 그림처럼 아름답고, 또한 아름답지 않으면 안 된다는 것, 무지개와 지평선의 곡선과 창공의 아치는 인간의 눈 조직에서 탄생한 결과에 지나지 않는다는 것—이것이야말로 경탄할 사실인 것이다. 밖을 보면 자연의 화려함과 우아함이 저절로 눈에 들어오게 될 때, 어리석은 호사가가 나와 동반해서 화원과 태양빛에 물들어 금빛으로 반짝이는 구름과 폭포의 아름다움에 탄성을 지르는 데 필요한 것은 아무것도 없다. 내면의 필연이 혼돈의 이마 위에 아름다운 장미를 심고 자연의 심오한 의도가 조화와 환희라는 것을 드러낼 때, 여기저기서 우연히 발견한 아름다움의 빛줄기는 부질없는 것이라는 것을 깨닫게 될 것이다.

우리는 '아름다움의 필연' 앞에 제단을 세우도록 하자. 하나의 변덕스러운 의지가 우주의 법칙을 단 한 번밖에 조종할 수 없는 것을 가지고 인간의 자유라고 생각한다면, 그것은 아이들이 태양을 끌어내릴 수 있다고 생각하는 것과 마찬가지다. 인간이 매우 미세한 점에 대해서도 자연의 질서를 어지럽히게 된다면 누가 이 인생의 하사품을 받으려 하겠는가?

우리는 '아름다움의 필연' 앞에 제단을 세우도록 하자. 모든 것은 하나의 것에서 이루어진다는 것—원고와 피고, 적과 동료, 동물과 혹성, 먹는 자와 먹히는 자, 이것은 단 한 가지 종류라는 것을 보증할 필요가 있다. 천문학은 광대한 공간이 있다는 것을 가르쳐 준다. 그러나 그것은 태양계와 다르지는 않을 것이다. 지질학은 장대한 시간이 흘렀다는 것을 가르쳐 준다. 그러나 그것을 지배한 법칙은 오늘날에도 변함이 없다. 어째서 우리는 자연을 두려워하지 않으면 안 되는 걸까? 자연이란 철학과 신학이 구체화된 것에 지나지 않은가? 어째서 우리는 광폭狂暴한 지수화풍에 깎여 나가는 것을 두려워하지 않으면 안 되는 걸까–우리는 이것들과 똑같은 원소로 만들어져 있음에도 불구하고. 그렇다면 우리는 아름다움의 필연 앞에 제단을 세우도록 하자. 인간은 이미 정해진 위험을 피할 수 없다는 것을, 그러나 정해지지 않은 위험을 스스로 초래하는 것도 불가능하다는 것을–인간에게 그것을 믿게 만드는 위대한 힘이 아름다움의 필연인 것이다. 어떤 때는 거칠게, 어떤 때는 부드럽게 인간을 가르치며 이 세상에 우연은 절대로 없다는 것, 위대한 법칙이 존재하는 모든 것을 지배하고 있다는 것을 깨닫게 하는 것이 아름다움의 필연인 것이다. 이 법칙은 예지능력이 있다고 말하기보다는 예지 그 자체이며, 인격적이지도 비인격적이지도 않으며, 말을 모멸하고 인간의 깨달음을 초월한다. 개개의 인간을 하나로 녹여 자연에 생기를 불어넣으며 마음이 맑은 사람에게 그것이 가진 전능의 힘에 의지하는 것을 바라고 있다.

제 7 장
힘

열의없이 성취된 위업은 하나도 없다.
역경은 과학적인 가치를 지니고 있다. 그것은 무엇을 배우고자 하는 사람에겐 절호의 기회가 된다.
역경은 청년에게 있어서 빛나는 기회이다. 젊은 시절 고생은 발전의 밑거름이다.
　　　　　　　　-에머슨

힘

1860년에 출판된 『어떻게 살아야 하는가』의 1편
"Power" in The Cona?uct of Life, 1860

ԾԾԾ

그의 혀는 음악 소리로 만들어졌고,

그의 손은 재능으로 치장되어 있으며,

그의 얼굴은 아름다움의 틀,

그의 마음은 의지의 왕좌.

인간의 의견을 낱낱이 적어놓은 권위 있는 책이 없는 것처럼, 인간이 가진 기능을 낱낱이 적은 명세서 또한 현재로서는 찾을 수 없다. 그렇다면 한 인간이 가진 영향력에 한계를 단정할 수 있는 사람이 과연 있을까? 자신이 가진 공감의 견인력에 의해 국민 전체를 이끌어 나가 인류의 활동을 지도할 사람들이 있다. 인간과 자연과의 사이에 어떤 보이지 않는 인연의 끈이 있어 인간의 마음이 가는 곳마다 자연이 따라온다면, 그 사람이 가지고 있는 자기磁氣가 물질과 원소의 힘을 끌어들이는 강인한 인간도 존재할 것이다. 이처럼 인간이 출현하는 곳에서는 그 주변에 그 사람의 수족이 될 거대한 힘이 조성되게 된다. 인생이란 힘의 탐구이다. 힘이야말로 이세상에 가득한 원소이며 모든 균열과 틈 사이에도 힘이 숨어 있기 때문에 성실한 인간이 힘을 추구해 나간다면 반드시 발견할 수 있다. 인간은 온갖 사건과 자신의 소유물을 이 뛰어난 금속을 포함한 광석으로써 소중히 여겨야 한다. 그것이 가지고 있는 가치가 힘이라는 형태로 자신의 것이 된다면 사건도 소유물도 육체의 생명도 모두 버려도 상관없다. 불노불사의 영약을 확실하게 손아귀에 쥐고 있다면 그 영약을 추출해낸 약초밭 따위는 더 이상 어떻게 되든 상관이 없는 것이다. 총명하게 사물을 판단하고 무적의 실행력을 갖춘 교양 있는 인간―자연이 벌이는 모든 목적은 이런 인간을 만들어 낸다. 인간이 의지를 양성하게 된 것은 그런 지질학과 천문학이 꽃을 피우고 결실을 맺은 것에 지나지 않는다.

성공을 거둔 모든 사람들에게서 공통적으로 발견할 수 있는 것이 하나 있다―그것은 그들이 인과율因果律을 믿고 있다는 것이다. 그들은 모든 것을 운에 맡기지 않고, 법칙에 의해 작용하는 것이며 모든 일의 처음과 끝을 이어주는 연결 고리에는 약한 자물통이나 금이 간 자물통은 하나도 없다는 것을 굳게 믿었다. 인과율이라고 하는 것에 대한 신앙, 하찮은 것들의 개개와 존재의 원리 사이에는 엄밀한 인과관계가 있다는 신앙, 따라서 모든 것에는 결과가 따른다는 신앙, 무슨 일이든 마음먹은 대로 되지 않는다는 신앙—이것이야말로 모든 위대한 정신의 특징이며 근면한 인간이 행하는 모든 노력을 지배할 신앙인 것이다. 원래 영웅적인 인간이란 법칙의 긴장관계를 굳게 믿으며 두려워하지 않는 인간이다. "뎌쟝으 모두가 전술의 법칙에 순응함으로써, 온갖 장애에 대해 자신의 노력을 적응시킴으로써, 위대한 전공을 거둘 수 있다."라고 나폴레옹은 말했다.

한 특정 시대를 해방시켜 주는 열쇠는, 젊은 강연자들이 흔히 말하는 것처럼 갑이라는 사실이거나 을이라는 사실, 혹은 병이라는 사실이기도 하다. 그러나 모든 시대를 해명하는 열쇠는 '우매^{愚昧}'라는 말 한마디다. 모든 시대의 대다수 인간들에게 인정받는 어리석음이다. 영웅이라고 할지라도 특정한 두드러진 순간 이외에는 어리석다. 다시 말해 중력과 관습과 공포의 희생이 되는 것이다. 대중은 자기신뢰와 독창적인 행위의 습관이 전혀 없다는 이 사실이 강자에게 힘을 부여한다.

우리는 성공이라는 것을 체질적인 특성에서 발생하는 것이라고 여겨야 할지도 모른다. 옛날 의사들의 이야기에 따르면(그들이 말하는 생리학은 너무나도 신화적이지만 그것이 의미하는 것은 지금도 타당성이 있다) 용기, 다시 말해 생명력의 정도란 동맥을 흐르는 혈액의 순환 정도와 비교할 수 있다. "격정, 분노, 힘의 시련, 힘겨루기, 투쟁 등에 있어서는 다량의 혈액이 동맥으로 모이게 되는데, 이것은 체력을 유지하기 위해 필요한 것으로 정맥으로 보내지는 혈액은 매우 적어진다. 공포를 모르는 인간은 항상 이런 상태로 있는 것이다." 동맥에 혈액이 가득 넘쳐날 때, 용기와 모험이 가능해지는 것이다. 동맥에서 혈액이 무제한으로 정맥으로 흘러들어갈 때는 의기소침해진다. 위대한 업적을 달성하기 위해서는 비범한 건강이 필요하다. 만약 에릭(Eric the Red. 950~1001. 처음으로 그린란드를 노르웨이 식민지로 만든 탐험가)이 그린란드를 출발할 때 몸도 건강하고 충분한 수면도 취해서 최상의 몸 상태에 30살 정도의 젊은 나이였다면, 방향을 서쪽으로 틀어 그가 탄 배는 새로운 땅을 발견할 수 있었을 것이다. 그러나 에릭 대신에 훨씬 거칠고 용감한 남자들을 배에 태웠다면 배는 훨씬 쉽고 멀리까지 나가 래브라도나 뉴잉글랜드까지 도달했을 것이다. 모든 일의 결과에 우연이란 없다. 어른이나 아이들 또한 마찬가지로 특정 부류의 인간은 열심히 게임에 참가하여 소용돌이치는 세계와 함께 열심히 돈다. 그러나 또 다른 부류의 인간은 냉담한 방관자일 뿐이다. 혹은 무거운 짐을 운반할 수 있는 인간의 활달한 기운에 이끌려 게임 속으로 빨려들어 간다. 그러므로 최고의 부는 건강이다. 병이라는 것은 활력이 없고 아무에게도 도움이 되지 않는다. 살기 위해 자신의 힘을 조금씩만 사용해야 하는 것이다. 그러나 건강과 충만함은 스스로의 목적을 달성하고도 여력이 남아 다른 곳에도 영향력을 미치며, 타인이 힘겹게 살아가는 주변과 실개천을 범람시키게 된다.

모든 힘은 동일한 종류의 것으로 이 세계의 모든 본질적인 힘을 나누어 갖는 것이다. 자연이 법칙에 조화를 이루 정신을 가진 인간은 사건의 흐름에 몸을 맡기고 그것이 가진 힘을 받아들여 강해진다. 어떤 사람은 사건을 만들어 내는 것과 같은 재료로 만들어져 있다. 따라서 일의 행방에 공감하고 그것을 예언할 수 있는 것이다. 무슨 일이 일어나더라도 그 일은 먼저 그에게 일어난다. 따라서 그는 앞으로 일어난 모든 일에 대처할 수 있다. 인간에 대해 아는 사람은 정치에 대해서도, 상업에 대해서도, 법률에 대해서도, 전쟁에 대해서도, 종교에 대해서도 훌륭하게 논할 수 있다. 왜냐하면 어디에 있든 간에 인간은 같은 방식으로 움직이는 동물이기 때문이다.

씩씩한 태동이 가지는 장점은 아무리 힘든 일이라 할지라도, 어떤 방법을 이용해서라도, 누구의 도움을 받더라도 얻을 수 있는 것이 아니다. 그것은 풍토와 닮았으며 그곳에서는 작물들이 쑥쑥 자라며 다른 토지의 어떤 풀이나 관개灌漑도, 경작이나 비료도 이에 대적할 수 없다. 그것은 또한 뉴욕과 콘스탄티노플과 닮아 있다. 그곳에서는 자본과 재능과 노력을 모으는 데 외교적 수완 등은 필요로 하지 않는다. 그것들은 물이 흘러들어오듯이 자연적으로 모여든다. 폭넓고 건강하며 당당한 지성이란 밤낮으로 수많은 배들이 모여들고, 눈에 보이지 않는 강, 눈에 보이지 않는 대양의 연안에 존재하지 않는 것일까 하는 생각, 그런 지성의 품으로 흘러들어 오는 것을 얻고자 꾀하며, 다른 인간들이 숨어 기다리고 있는 것이다. 이 건강한 힘은 모든 인간의 비결이자 모든 인간의 발견을 기다리고 있다. 이 힘이 천재와 학자들이 제시하는 하나하나의 사실을 마음먹은 대로 좌우할 수 없다고 하더라도, 그것은 이 힘이 광대하고 유유히 흐르는 것으로 천재와 학자 등은 노력의 대상으로 삼을 가치가 없는 것으로 여겨지기 때문이다.

어떤 말의 비약 능력은 체내에 있지만 다른 말의 비약 능력은 채찍에 있는 것과 마찬가지로 갑의 인간 속에는 이와 같은 긍정적인 힘이 있지만, 을의 인간에는 그것이 없다. "청년의 옷깃에 빛나는 보석 중에서 진취적인 기상보다 아름다운 보석은 없다."라고 하피즈(이란의 시인)는 말했다. 뉴욕 주와 펜실베이니아 주에서 오래 살아온 네덜란드 사람과 버지니아 주의 식민지 사람들 속에 샘솟는 두뇌와 증기 해머, 도르래, 크랭크, 톱니바퀴로 가득 찬 건장한 양키의 이주민들을 받아들이는 것이 좋다. 모든 것은 새로운 가치를 띠고 빛나기 시작한다. 제임스 와트와 브루넬의 출현으로 인해 영국의 물과 대지가 얼마나 많은 광채를 발하게 되었는가? 모든 사람들에게는 활동적인 성격과 수동적인 성격이 있지만, 남성이든 여성이든 간에 보다 깊이 있고 중요한 정신적 의미에 있어서의 성격이 존재한다.

다시 말해 남녀 모두에게 창의력이 풍부한 창조적인 무리와 창조력이 약하고 수동적인 무리가 존재하는 것이다. 한당한 인간은 각각 자신이 속한 무리를 대표한다. 그리고 그 인간이 우연히 개인적으로 더 뛰어난 것을 갖추고 있다면(이것은 재능의 많음을 의미하는 것이 아니라 한 병사, 혹은 한 교사가 가진 개성이 강한 눈, 아니면 타인을 복종시키는 눈을 의미하는데 불과하다. 그리고 그런 눈을 가지고 있을지 말지는 검은 머리카락을 가진 사람도 있고 금발 머리를 가진 사람이 있는 것처럼 일반적이다), 매우 간단하게 타인의 질서나 저항을 받지 않고 그의 협력자와 지지자들은 모두 자신들의 흉중에 억누르고 있는 그의 권리를 용인하는 것이다. 상인은 부기와 출납을 담당하는 사람의 도움을 받으며 일을 하고, 법률가의 근거로 삼는 판례는 그의 사무실에 있는 조수가 찾아낸 것이며, 지질학자의 보고는 그 조수의 측량을 기반으로 한 것이며, 윌크스 제독(1801~1877. 미국의 제독, 탐험가)은 자신이 세운 탐험에 참가한 모든 박물학자들이 모은 결과를 자신의 것으로 만들었고, 토르발센(Bertel Thorvaldsen. 1770~1844. 덴마크 조각가)의 조각상은 석공들의 손에 의해 완성됐으며, 뒤마(Alexandre Dumas. 1802~1870. 프랑스 소설가, 극작가)는 조수를 많이 두고 있었으며, 셰익스피어는 극장의 매니저로 다른 각본을 이용했을 뿐만이 아니라 수많은 청년들의 노력을 이용했다.

힘이 있는 인간에게는 반드시 그가 할 일이 있다. 그리고 수많은 사람들을 위해 여지를 만들어 준다. 사회는 한 무리의 사상가가 만들어 낸 것으로 그 중에서 가장 머리가 좋은 사람이 제일 위 자리를 차지한다. 나약한 인간의 눈에 보이는 것은 이미 울타리가 쳐지고 경작된 농지와 이미 다 지어진 집뿐이지만, 강한 인간의 눈에는 앞으로 경작해야할 농지와 앞으로 세워야할 집이 보인다. 그의 눈은 태양이 구름을 만들어 내는 것처럼 빠르게 자산을 만들어 낸다. 학교에 새로운 학생이 들어올 때, 혹은 누군가가 여행을 하면서 매일 모르는 사람들과 만날 때, 혹은 오래된 클럽에 신입회원이 들어와서 익숙해 질 때, 그럴 때는 많은 소를 키우고 있는 우리나 목장에 한 마리의 새로운 소를 넣었을 때와 같은 상황이 발생한다. 지금까지 있던 소들 중에서 가장 뿔이 강한 소와 신참 소 사이에서 순식간에 힘겨루기가 시작되고 누가 대장이 될지를 결정한다. 사람의 경우에도 매우 조심스럽기는 하지만 결정적인 역량의 비교가 이루어진 뒤 나중에 두 사람이 대면하게 되면 반드시 한 쪽이 복종을 하게 된다. 두 사람 다 상대의 눈에서 자신의 운명을 읽어낸다. 약한 사람은 자신의 지식과 재능이 부족하다는 걸 깨닫는다. 모든 것을 다 알고 있다고 생각했지만 그 목적에 대해 깨닫지 못했다는 걸 느끼게 된다. 그가 알고 있는 것 모두가 마치 과녁에서 빗나간 것 같지만 상대의 화살은 정확하게 과녁을 꿰뚫는다. 그러나 그가 백과사전처럼 많은 지식을 가지고 있지만 전혀 도움이 되지 않는다. 왜냐하면 모든 것은 마음의 평정과 침착한 태도의 문제와 연관이 이기 때문이다. 상대는 태양과 바람을 자신의 것으로 삼아 발사할 때마다 무기와 과녁을 선택한다. 그리고 누군가 다른 상대와 싸울 때마다 그가 쏜 화살은 정확히 날아가 과녁에 명중한다. 이것은 위장僞裝과 체격의 문제이다. 이인자는 일인자와 비교해서 부족함이 없거나 오히려 뛰어나지만, 일인자의 건강한 위장이 없으며 그의 재능은 너무 예민하거나 둔하거나 둘 중 하나이다.

건강은 매우 중요하다. 그것은 힘과 빛이며 병과 독과 같은 모든 적에 저항하며 모든 것을 창조하고 보존한다. 봄이 올 때마다 밀랍으로 접목을 시키거나, 석회수를 바르거나, 가성칼륨으로 씻어 내거나, 가지를 칠 것인가가 문제이다. 그러나 중요한 것은 그 나무가 풍성한 열매를 맺는 것이다. 토양과 맞는 좋은 나무는 고사병이나 해충의 공격을 받거나 가지치기를 하고 방치해 두더라도, 어떤 기후에서도 성장을 멈추지 않는다. 제일 중요한 것은 활발하고 씩씩한 지휘능력을 갖춰야 한다. 그리고 우리는 이것을 선택할 때는 마음대로 고를 수가 없다. 맑은 물을 얻을 수 없다면 더러운 물을 정수시키지 않으면 안 된다. 빵을 만들고 싶다면 반죽을 발효시키는 효모 등이 필요하다. 슬럼프에 빠져 있는 예술가가 어떤 대가를 치르더라도, 미덕이든 악덕이든, 친구의 힘을 빌리거나 악마의 힘을 빌려서라도, 기도나 술에 의지하면서 영감을 추구하는 것과 비슷하다. 우리에게는 독특한 본능이 있어서 생명력이 넘치고 있을 때는 아무리 그것이 조잡하고 하찮은 것이라 할지라도 스스로 밀어내고 정화시킬 수 있는 독자적인 힘을 가지고 있기 때문에 결국은 도덕적인 법칙과 조화를 이루고 있다는 것이 확실해질 것이다.

우리는 아이들이 얼마나 빠른 회복력을 가지고 있는가에 대해 깊은 흥미를 가지고 관찰을 하는 경우가 있다. 그들이 우리나 친구들에 의해 상처를 입거나 해마다 주어지는 상을 받지 못하고 시합에서 졌을 때, 의기소침해서 집으로 돌아와 자신의 불행에 대해 끙끙 앓는다면 쉽게 고칠 수 없는 장해를 일으키는 경우가 있다. 그러나 그들이 탄력적인 정신력과 저항력을 통해 새로운 순간에 대한 새로운 흥미로 마음이 가득 차 있다면 상처가 치유되면서 섬유조직은 그 상처 덕에 더욱 강해지게 된다.

이렇게 양성적인 건강 앞에 모든 역경이 사라지는 것을 볼 때, 사람은 건강을 소중하게 여기게 된다. 겁쟁이는 국회나 신문지상에서 떠들어대는 말에 귀를 기울이고 정당들의 무질서함을 보면서, 자신이 선택한 결과가 드러나지 않은 채 격정에 사로잡혀 파벌 싸움에 대해 극단적으로 흥분된 정신으로 오른손에는 투표용지를, 왼손에는 총을 들고 옹호하는 모습을 바라보며 자신과 자신의 나라가 내리막길을 내려가고 있다고 쉽게 믿으며 다가올 파멸에 대해 가능한 심적 무장을 하려고 한다. 그러나 이런 것은 과거에 이미 50번이나 진실인 양 예언됐으며 정부가 발행한 공채의 값이 떨어지지 않는 것을 바라보며, 이 세상, 현시로 인간 사회 속에서 작용하고 있는 거대한 힘의 요소가 정치에서는 아무런 의미도 없다는 것을 발견하게 된다. 개인의 힘, 자유, 자연이 가진 무진장한 자원은 시민 개개인의 능력을 긴장시킨다.

우리는 얼음, 이, 쥐, 좀벌레 따위와 상관없이 무성하게 자라는 수목처럼 튼튼하게 성장한다. 그러므로 국가 재정에 빌붙어 자신의 배를 채우는 이기적인 무리들을 걱정할 필요가 없다. 거대한 동물은 큰 기생충을 먹여 살리고 있다. 병이란 체질의 강인함을 단련시키기 위한 것이다. 그리스 백성들과 같은 강인함으로 민주정치의 폐해는 사실보다 더 심하게 느껴지지만, 민주정치가 일깨워주는 정신과 활력은 모든 폐해를 보상하고도 남음이 있다. 어부와 나무꾼, 농부, 장인 등의 계급에 해당하는 사람들의 투박하지만 빠른 행동양식에는 나름대로의 장점이 있다.

힘은 주권주의를 교육시킨다. 우리 미국인들이 모든 것을 영국을 기준으로 삼고 있는 한 스스로를 왜소하게 만들고 만다. 서부에 살고 있는 뛰어난 법률가가 내게 미국의 법정에 영국의 법률을 적용하는 것에 대해 소송을 걸어야 한다고 했다. 자신의 경험에 의하면 영국에서의 판례를 공손하게 따르는 것은 막대한 피해만 있을 뿐 아무런 이득도 없다. '상업'이라는 말도 영국적인 의미밖에 없으며, 영국의 궁핍한 경험치에 얽매이게 될 뿐이다. 하천에 의한 상업, 철도에 의한 상업은 지금까지도 있었지만, 비행선에 의한 상업을 우물 안 개구리와 같은 영국 해군의 향방에 미국적인 확장을 더해야 하는 것은 아닐까?

우리 미국인이 모든 일에 대해 영국을 기준으로 삼고 있는 한 힘의 주권을 얻을 수 없다. 중서부에 살면서 와이셔츠 차림으로 일하는 입법자들, 빈틈없는 아칸소 주와 오리건 주, 유다 주의 주민들이 선출해서 자신들의 분노와 가난을 대변하게 하기 위해 반은 웅변가 반은 자객의 심정으로 워싱턴으로 보낸 대리인들, 야생마를 길들이는 거친 남자들에게 멋대로 말을 타고 날뛰게 해봐도 좋을 것이다. 주의 지정과 공유지의 처분 문제, 수많은 독일인과 아일랜드인 이민자들과 수백만 명의 미국인들이 서로 맞서며 대립할 필요성은 결국 물소를 사냥하는 서부의 사내들에게 민첩함과 이성적인 판단을 할 수 있게 해서 그들의 태도에 권위와 장중함을 갖추게 해 줄 것이다. 민중의 본능은 항상 올바르다. 그들은 미국의 강력한 추천에 의해 관직에 오른 선량한 공화당원들에게 멕시코, 스페인, 영국과의 교섭과 국내의 불평분자와의 절충에 있어 뛰어난 수완을 기대할 수밖에 없다. 제퍼슨 잭슨(미국 2대, 7대 대통령)처럼 일단 자국 정부를 정복하고 천부적인 재능을 통해 외국인들을 정복할 수 있는 건장한 무법자의 수완이 훨씬 중요하다. 제임스 포크(미국 11대 대통령)가 일으킨 멕시코 전쟁에 반대하는 상원의원들은 포크 그러나 생명에 생명이 배문이 이나며 깅지기 입깅에서 피갑히게 주장했던 사람들, 웨스터(미국 정치가, 웅변가)가 아니라 벤튼과 칼훈과 같은 사람들이었다.

　힘이라는 것은 분명히 부드러운 털실로 감싸여 있지는 않다. 그것은 사형刑의 힘, 군대와 해적의 힘이며 평화를 사랑하는 사람들과 성실한 사람들을 위협한다. 그러나 그것은 독자적인 해독제를 함께 가지고 있다. 내가 하고 싶은 말은 이렇다―힘이란, 그 모든 종류가 일반적으로는 동시에 모습을 드러내는 것이다. 선한 정력에는 악한 정력이 동반되고, 정신의 힘에는 육체의 건강이, 신앙의 법열法悅에는 격한 방탕함이 동반된다. 같은 요소가 항상 존재하고 있지만, 어떤 때는 갑이라는 요소가 현저하고 또 어떤 때는 을의 요소가 두드러지는 것이다. 어제는 전경이었던 것이 오늘은 배경으로 물러서고, 한때는 표면이었던 것이 지금은 기저基에 있어 동시에 유력한 역할을 다하고 있다. 가뭄이 계속될수록 대기는 수분을 머금게 된다. 천체가 태양을 향해 추락하는 속도가 빠를수록 태양에서 벗어나려고 하는 힘은 그만큼 증가한다. 도덕에 있어서는 자유분방함은 철석과 같은 양심을 만들어 낸다. 천성이 거칠고 충동적인 사람은 또한 슬기롭게 해쳐나갈 지혜가 있어 먼 곳에서부터 원래 자리로 돌아온다. 정치에 있어서는 민주당원의 아들이 공화당원이 되기도 한다. 아버지가 과격한 공화주의를 신봉하면 아들이 반발하게 되어 다음 세대에는 참을 수 없을 만큼 폭군을 탄생시킨다. 이와 반대로 소심하고 편협한 보수주의는 아이들에게 혐오감을 주어 한 줌의 신선한 공기를 추구하며 급진주의에 빠지게 된다.

이런 조악한 에너지로 가득한 자들은—군群과 주州의 흑막 의회와 술집에서 대중들의 신랄한 비평을 받았다. 자연 속의 '맹자들'에게는 악덕도 많지만 그들은 힘과 용기라는 천성도 갖추고 있다. 거칠고 파렴치하지만 대부분 솔직하고 단도직입적이라 거짓말을 하지 않는다. 우리나라의 정치는 악당의 손에 넘어가서 종교가와 고상한 무리는 국회로 보내기에 걸맞지 않은 사람들이라고 여기고 있다. 정치는 유해한 직업이라 쉽게 말해서 유해한 손재주이다. 권력을 쥐고 있는 사람은 의견이 전혀 없으며 타인의 의견과 목적을 위해 쉽게 매수당하고 만다. 그러나 가장 고귀한 인간과 가장 씩씩한 인간 중에 누구를 선택해야 할지에 대해서 나는 후자를 선택하겠다. 중서부 지역의 거친 남자들은 눈치만 보는 반대파보다 실제로 훨씬 뛰어나기 때문이다. 그들의 분노는 적어도 무적의 남자다운 특징을 가지고 있다. 대중들이 목소리를 높여 반대를 하더라도 그들은 국민들이 악덕을 어느 정도까지 참을 수 있는지를 파악하고 있다. 그들은 한 걸음씩 전진해서 뉴잉글랜드의 지지와 뉴잉글랜드의 의원들을 너무나도 정확하게 평가하고 있다. 지지의 교서와 의회의 결의가 기껏해야 거짓말에 지나지 않는다는 것을 알고 있으며 허위에 대한 도덕적 격분을 드러내는 것으로 비웃음을 사게 된다.

상업에 있어서는 이런 왕성한 정력이 항상 약간의 광폭함을 띠고 있다. 자선단체와 종교단체도 집행위원은 성도聖徒적인 사람들을 고르지 않는 것이 일반적이다. 오늘날까지 사회주의자들이 건설한 사회, 예수회의 수도사, 포트 로열의 수녀들, 뉴햄프셔와 브룩 팜(brook Farm: 켄터키의 경주마 서러브레드의 산지)에 있는 미국인의 사회주의적 공동사회-이것들은 유다와 같은 남자를 사무장으로 앉혀 놓아야 성립하는 것이다. 다른 역할은 선량한 시민들이 맡아도 좋은 것이다. 신앙심이 깊고 자비심이 많은 경영자는 자신만큼 신앙이나 자비심이 깊지 않은 인간을 감독으로 선임한다. 상당히 따뜻한 지방의 대지주는 자신의 과수원을 지켜 주는 불독의 송곳니에 만족을 느끼고 있을 것이다. 예수회 신자가 시장에서 물건을 사는 일을 악마에게 맡긴다는 것은 미국에서는 이전부터 정평이 나 있었다. 신을 표현하기 위한 그림과 시도, 민간 종교도 항상 불지 옥을 묘사해 왔다. 완력을 키우기 위해서는 약간의 사악함이 필요하다는 것은 사회의 통념이 되어 있다. 양심은 수족을 움직이게 하는 데는 아무런 도움도 되지 않으며 법률과 질서를 굳게 지키는 나약한 무리들은 산양과 늑대와 토끼처럼 달릴 수 없다고 한탄만 할 뿐이다. 독이 때로는 약이 되듯이 이 세상은 악당이 없어서는 돌아 가지 않으며 공공정신과 쉽게 타인을 도와주는 정신을 악인들에게서도 볼 수 있다는 것이 공공연한 비밀이다. 거추장스러운 공사公私의 구분이 공공정신과 훌륭한 이웃정신과 일치하는 경우도 적지 않다.

나는 한 시골에서 오랫동안 여관을 경영하고 있는 뚱뚱한 주인을 알고 있다. 그는 악당이지만 그 마을에서 없어서는 안 될 존재였다. 사교적이고 혈기왕성한 남자로 탐욕적이고 이기적이다. 이 남자가 저지르지 않은, 혹은 저지르지 못할 죄가 하나도 없었다. 그러나 마을 행정위원의 친구가 되어, 그들이 그의 여관에서 식사를 할 때면 최고의 만찬을 준비해 주었으며 판사와도 막역한 사이라 악수를 나누기도 한다. 그는 남녀를 불문하고 모든 악당들을 마을로 끌어들여 폭력, 방화, 사기꾼, 술집 주인, 도둑 등을 하나로 결합시켰다. 밤이 되면 금주주의자들의 집 나무껍질을 벗기거나 말꼬리를 자르기도 했다. 마을 회의에서는 한바탕 연설을 하고 술꾼들과 부랑자들을 좌지우지했다. 한편 자신의 집에서는 온화하고 여유로워 그야말로 가장 공공심이 뛰어난 시민이었다. 마을의 도로를 수리하거나 거리의 가로수를 심는 데 열심이었으며, 마을에서 분수와 가스와 전신 등을 설치할 때는 기부를 하였고, 말이 끄는 신식 쟁기와 새로운 형식의 곡괭이, 어린이용 점퍼 등, 코네티컷주의 진기한 생활용품을 소개하기도 했다. 이제서 이 모든 일들을 쉽게 해낼 수 있었는가 하면, 행상인이 그의 여관에서 머물며 이런 물건들을 여관 안에서 진열하고 판매한 뒤 숙박료를 지불했기 때문이다.

이런 식으로 일을 찾아내고 실행으로 옮기는 에너지가 지나쳐 때로는 불구로 만드는 수도 있다—우리가 자신의 도끼에 손가락을 잘리듯이. 그러나 이와 같은 악에 대한 구제책이 전혀 없는 것은 아니다. 인간이 그런 도움을 추구하는 요소는 모두 인간의 지배자—특히 대단히 정묘한 힘을 가진 지배자가 되는 경우가 있다. 그렇다면 인간은 증기와 불과 전기를 버려야 하는 걸까? 아니면 이것들을 처리할 방법을 배워야 할 것일까? 이런 종류의 힘을 다룰 때의 원칙은 이러하다—모든 적극적인 것은 선이다. 단, 그것을 올바른 장소에 놓이게 하는 것이 중요한 것이다.

이처럼 동맥에 혈액이 지나치게 많이 공급되는 사람은 나무 열매를 먹거나 약을 먹으면서 비애를 노래하며 사는 일은 결코 없다. 소설을 읽거나 트럼프 게임은 하지 못한다. 목요일의 강연회와 보스턴 문화강좌에서 자신의 욕망을 채우는 일도 불가능하다. 그들은 모험을 추구하며 로키산맥의 정상을 정복하지 않고는 못 배긴다. 매일매일 회계사무소의 책상 앞에 앉아 있어야 한다면 인디언의 도끼에 맞아 죽는 것이 훨씬 낫다고 생각한다. 그들은 전쟁과 바다와 광산과 사냥과 개척을 위해 이 세상에 태어났고, 위기일발의 모험과 커다란 위험과 파란만장한 생활의 즐거움을 위해 태어났다.

어떤 사람은 해상에서 한시라도 바다가 잠잠한 것을 참지 못한다. 리버풀로 향하는 우편선의 선원 중에 말레이인 요리사는 질풍이 불어오면 "자아, 불어라. 더 세차게 불어라."라고 소리치면서 희열을 만끽하고 있는 모습이 떠오른다. 이런 사람의 친구와 부모는 그들의 폭발적인 성질을 발산시킬 배출구를 만들어 주지 않으면 안 된다. 왁자지껄한 것을 좋아하며 국내에 있을 때는 오명만을 남길 사람들도 멕시코로 보내면 국민들의 영광이 되고 영웅이라 불리는 장군이 되어 귀국한다. 미국에는 오리건 주와 캘리포니아 주 등의 미개한 땅에는 탐험대 등이 있어 이런 사람들이 악어고기를 먹어가며 거친 생활이 가능한 것이다. 젊은 영국인은 혈기왕성하고 뛰어난 동물들로 그들의 자유분방한 용기를 발산할 장소가 없다면 전쟁에 지지 않을 만큼 위험한 여행을 추구하며 노르웨이 해안의 소용돌이 속으로 잠수를 하고, 헬레스폰트(Hellespont: 다르다넬스 해협의 고대 그리스 이름)를 헤엄쳐 건너며, 눈 덮인 히말라야산을 기어오르고, 남아프리카의 사자와 코뿔소와 코끼리를 사냥하고, 볼로(1801~1881. 영국 소설가, 여행가)와 함께 스페인과 알제리를 여행하고, 남아프리카에서 악어를 타며, 레이어드(Austen Henry Layard. 1817. 1894. 영국 고고학자, 외교관)와 힘께 베두인 족(사막에서 유목생활을 하는 아랍인)과 그들의 족장과 터키 장관 등을 이용하고, 랭커스터 해협의 빙산 사이를 요트로 항해하며 적도의 분화구를 들여다보고 보르네오 섬에서 말레이 인의 단검의 위협을 받기도 한다.

넘쳐나는 정력은 개인의 생활과 산업의 발전에 있어서뿐만 아니라 역사 전반에 있어서도 똑같이 중요하다. 강인한 민족과 개인은 결국 자연력에 의존하고 있으며 그 자연의 힘은 미개인들에게서 가장 강력하게 작용하고, 그들은 주변의 들짐승들처럼 자연의 품에서 젖을 빨고 있는 것이다. 우리의 일과 이 원시의 힘과의 맥락을 끊어버린다면 그 일은 너무나도 뿌리가 얕은 것이 되고 만다. 민중은 이 힘에 의존하고, 폭도들은 우리가 가끔 말하는 것처럼 나쁘지 않다. 폭도는 이 원시적인 힘이라는 긍정적인 측면을 가지고 있기 때문이다. 프랑스의 한 의원이 하원에서 다음과 같이 연설을 했다―"민중과 함께 전진하지 않는 것은 어둠속에서 전진하는 것과 같다. 그러나 오를레앙 파와 몽탈랑베르 파와 같이 커다란 조직을 갖지 않은 당파를 지지하는 것은 아무리 선의에서 기인한 것이라 할지라도 주의主義가 아니라 인간을 상대하는 것이며 반드시 궁지에 몰리게 될 것이다."

이 원시적인 힘을 이야기하는 데 있어서 가장 좋은 예는 탐험가, 군인, 해적의 야행적인 생활에서 얻을 수 있다. 그러나 암살자들끼리의 싸움, 곰의 쟁투, 빙산이 서로 부딪히면서 내는 소리를 좋아할 사람이 어디에 있겠는가? 물적인 힘은 달리 아무것도 없을 때에는 털끝만큼의 가치도 없다. 눈덩어리 속의 눈, 화산과 유황불은 하찮은 것이다. 얼음이 소중한 것은 열대제국과 한여름 날이다. 불의 존재가 고마운 것은 난로 속에서 작은 불길을 일으키고 있을 때이다. 전기가 고마운 것은 먹구름에서 내리치는 번개가 아니라 우리의 손으로 통제할 수 있는 전선을 타고 흐르는 전류이다. 정신의 힘과 정력에 대해서도 이와 마찬가지로 한 사람의 도덕적인 문명인 속에 그것이 존재할 때 태평양의 식인종과 마찬가지의 가치를 가지게 되는 것이다.

역사에 있어서 위대한 순간이란 미개인이 미개의 영역에서 막 벗어나려고 털북숭이 펠라스기 족(유사 이래 그리스와 소아시아 지방에 살던 인종으로 모자이크 퍼즐을 창시한 민족)의 힘을 유지하면서 그것을 지금 막 펼치려 하며 자신의 미의식으로 전환할 때-페리클레스(BC 495~BC 429. 고대 아테네의 정치가), 페이디아스(BC 5세기의 그리스 조각가)가 태어났으며 코린트(Corinth. 그리스의 상업, 문화의 중심지였던 항구도시)풍의 우아함으로 발전하지 못했던 시기였다. 자연과 세계에 있어서의 모든 훌륭한 것들은 거무스름한 액즙이 여전히 풍성하게 자연으로부터 흘러나오고 있었지만, 떫고 매운 맛이 윤미나 인정과 맑은 깃 때문에 신비을 빈 시 못하는 개보시에서 깃 아볼 수 있는 것이다.

평화의 승리는 전쟁의 위험이 있는 곳에서 발생한다. 아직 손이 칼의 손잡이에 익숙하지 않을 때, 전진戰陣의 습관이 아직 신사적 태도와 표정이 남아 있을 때, 그의 지력은 절정에 달해 있는 것이다. 이와 같은 가혹한 조건이 가져다주는 압박과 긴장감은 더욱더 정묘하고 온화한 미술을 탄생시키기 위한 수련이 되며, 평온무사한 시대에는 전쟁에 뒤지지 않는 가열苛烈한 일을 통해 얻을 수 있는 것과 같은 왕성한 활력에 의한 것이 아니라면 이만한 것을 쉽게 얻을 수 없다.

감히 말하건대 성공은 체질적인 것으로 심신의 적극적인 태도, 업무 능력, 용기에 의지하는 경우가 많다. 다시 말해서 그것은 이 세계를 움직이고 있는 큰 힘으로 상품으로서 팔기 위해 최적의 상태로 존재하는 일은 결코 없을 것이다. 오히려 포화점을 초월하고 과도한 상태에서 존재하는 경우가 많으며, 그렇기 때문에 힘은 위험하고 파괴적인 것으로 바뀌기 쉬우며 이 힘은 필요불가결한 것이지만, 이렇게 위험한 형태로밖에 획득할 수 없는 것이며 칼끝을 둔하게 하기 위해 흡수제를 미리 준비해 두지 않으면 안 된다.

긍정적인 인간은 전 인류의 경의를 독점하게 된다. 모든 위대한 사업을 창조하고 수행하는 것은 바로 그들이기 때문이다. 나폴레옹의 두개골 속에는 어마어마하게 거대한 힘이 감춰져 있었다. 아일라우(Eylau. 동프러시아의 도시, 나폴레옹 군과 러시아 군과의 결전지)에서는 그의 휘하의 군대 6만 명 중에 약 3만 명까지는 도둑과 강도들의 무리였다고 한다. 이런 무리들은 평화로운 사회에서는 족쇄를 차고 감옥에 들어가 감수들의 삼엄한 감시를 당해야 할 인간들이었지만, 나폴레옹은 그들을 맨손으로 상대해서 군에 입대를 시키고 그들의 총검 덕으로 승리를 거둘 수 있었다.

이 원시적인 힘은 예를 들어 고귀한 예술가들의 경우에서 볼 수 있는 것과 마찬가지로 뛰어나고 고상한 상태 하에서 발생할 때는 보는 사람에게 깜짝 놀랄 만한 쾌감을 주게 된다. 미켈란젤로는 시스티나 성당의 벽화를 그릴 때 자신이 전혀 모르고 있었던 프레스코화법으로 그리지 않으면 안 되는 처지에 서자 바티칸 궁전의 뒤편에 있는 교황의 정원으로 가 삽으로 적토와 황토를 파내서 그것을 아교와 물과 수없이 배합을 해 본 뒤에 만족할 만한 결과를 얻어내자 사다리에 올라 일주일, 그리고 한 달 한 달 시간을 더해가며 무당과 예언자들의 모습을 그릴 수 있었다. 그의 투명한 성격과 우아함은 물론 거친 활력에 있어서도 그의 후계자들을 능가했다. 그는 미완성으로 끝낸 그림이 한 점도 없었다. 그의 인물 묘사방법은, 일단 골격을 그린 다음 살을 그린 다음 마지막으로 옷을 입혀 나가는 방식이었다. 한 성질이 불같은 화가가 위의 것을 생각하면 시 네세 이런 긴은 긴 끼에 있나 ─ 그벤나, 에게 비대의 끼세를 써 다고 한다면 그것이 그가 일은 하지 않고 몽상에만 사로잡혀 있었기 때문이란 것을 알 수 있을 것이다. 우리가 자신의 예술로 성공을 거둘 수 있는 길은 웃옷을 벗어버리고, 물감을 짜고, 매일매일 철도 인부처럼 일하는 수밖에 없다."

성공이라는 것은 이렇게 반드시 특정의 적극적인 힘에 의해 이룰 수 있는 것이다. 1온스의 힘은 당연히 1온스의 중량과 균형을 이룬다. 그리고 인간은 어머니의 태내로 다시 돌아가 모든 활력을 얻고 다시 태어날 수는 없지만, 그것을 대신할 수 있는 방법으로 가장 도움이 될 두 가지 경제적인 방법이 존재한다. 그 첫 번째는 우리의 잡다한 활동을 단호하게 끊어버리고 우리의 힘을 한 곳이나 아니면 두세 곳에 집중시키는 것이다. 그것은 마치 정원사가 단호하게 가지치기를 해서 나무가 너무 가는 가지를 뻗지 않게 해서 불필요한 수액의 낭비를 막아 한두 개의 튼튼한 가지로 흐르게 하는 것과 닮아 있다.

옛날 한 신탁神託에 이런 말이 있다-"너의 운명을 쓸데없이 넓히지 마라. 너에게 주어진 이상의 일을 하려 하지 않도록 노력하라." 인생에 있어서 마음에 새겨야 할 단 한 가지는 집중하는 것에 있으며 피해야 할 악덕은 낭비에 있다. 낭비란 고상한 것이든 천한 것이든 다르지 않은 것이다. 재산과 그것을 관리하는 것, 친구, 사교적 습관, 정치, 음악, 향연, 등의 모든 면에서 낭비는 바람직하지 않다. 우리가 놀이 거리와 그릇된 생각을 하나라도 더 없애버리고 우리에게 주어진 본연의 충실한 일에 대해 조금이라도 더 열심히 일할 기회가 있다면 그것은 대단히 바람직한 일이다. 친구와 책, 그림, 흔한 업무, 재능, 감언, 희망-이것들은 모두 마음을 흔들어 놓는 것으로 우리가 타고 있는 비행선을 어지럽게 흔들어 앞으로 곧장 갈 수 없게 만든다.

인간은 누구나 자신의 일을 선택하지 않으면 안 된다. 자신의 능력에 맞는 일을 선택하고 다른 모든 것은 버려야 한다. 그렇게 해야만 지혜로 다가갈 수 있을 만큼의 양의 생명력을 집중시킬 수 있다. 인간이 아무리 폭넓게 보는 능력이 있다고 하더라도 지혜로 다가가는 일은 쉽지 않다. 이 첫 걸음이야말로 백묵으로 그린 저능이라는 원에서 풍요로운 결실을 거둘 수 있는 세계로 향하는 것이다.

수많은 예술가들이 이 한 가지 것의 결여로 인해 모든 것을 잃게 된다. 그들은 미켈란젤로와 첼리니(Benvenuto Cellini. 1500~1571. 이탈리아의 조각가, 금속 세공가)의 남성적인 모습을 절망적인 눈으로 바라본다. 그들 또한 자연에 정통했으며 만물의 근원은 그의 사상 속에도 존재하고 있지만 자신의 모든 것을 모아 하나의 행위에 전력을 기울일 기백이 부족한 것이다. 시인 캠벨은 이렇게 말하고 있다―"일하는 데 익숙한 사람은 자신이 하고자 결심한 모든 일을 성취할 수 있다. 언제나 이러한 필요가 그의 사상을 뉴프게 해주는 것이다."

정치에 있어서도, 전쟁에 있어서도, 상업에 있어서도, 모든 일을 처리하는 데 있어 성공으로 이끌어주는 힘의 비밀은 집중에 있다. "당신은 어떻게 해서 이런 발견을 할 수 있었는가?"라는 질문에 뉴턴이 대답한 말은 아주 귀중한 일화가 되었다. 그는 "항상 내 마음을 그것에 쏟아 부었기 때문이다."라고 대답했다. 정치에서 예를 들어보자면 플루타르크의 『영웅전』에 이런 말이 있다―"시 전체에 있어 페리클레스의 모습을 항상 볼 수 있는 길이 단 한 곳 있다. 그 것은 시장과 의사당으로 이어진 길이다. 그는 연회의 초대는 모두 거절하고 사치스러운 모임과 교우관계는 전부 외면했다. 그는 그의 집정기간을 통해 친구의 식탁에서 절대로 식사를 하지 않았다."

상업에서 예를 들어보자면 이런 이야기가 있다. 어떤 사람이 로스차일드(1743~1812. 독일의 유대계 국제 금융자본가)에게 이렇게 말했다. "당신의 자녀분들은 돈이나 사업에 별로 관심이 없는 것 같군요. 아마도 당신이 그걸 바라지 않기 때문이겠죠?" 로스차일드는 이렇게 대답했다. "아니, 나는 진심으로 그걸 바라고 있소. 자식들이 혼신의 힘을 다해 사업에 전념하는 것이 내 희망이오. 그렇게 하는 것만이 행복으로 가는 길이기 때문이오. 큰 재산을 모으기 위해서는 대담함과 동시에 섬세함이 필요하오. 재산을 모은 뒤에는 그것을 유지하기 위해 이전보다 10배 이상의 지혜가 필요하오. 만약 내가 내게 가져오는 모든 계획에 일일이 귀를 기울였다면 아마도 파멸하고 말았을 것이오. 젊었을 때는 한 가지 사업에 전념하는 것이 좋소. 당신은 당신의 양조업에 전념하기만 한다면(그의 이야기 상대는 백스턴이라는 청년이었다) 런던에서 제일가는 양조업자가 될 것이오. 양조업과 은행가와 상인과 제조업자를 모두 다 하려고 한다면 당신은 순식간에 파산을 하고 관보에 실리게 될 것이오."

지식이 많은 사람은 얼마든지 있다. 이해력이 뛰어나고 끈기 있는 사람도 많다. 하지만 그들은 해결하는 데 시간이 많이 걸린다. 그러나 변화무쌍한 시대 흐름 속에서는 결단력이 필요하다. 가능하다면 최선의 해결책이 좋겠지만 그 어떤 결단력도 없는 것보다는 났다. 특정한 한 점에 도달하는 길은 20가지도 훨씬 넘으며 그

중에서 지름길이 단 한 가지 있는데, 그것은 오로지 한 길만을 곧장 걷는 것이다. 자신이 알고 있는 것들을 당장의 일을 처리하는 데 이용할 수 있는 침착함을 갖춘 사람은 똑같은 지식을 가지고 있으면서도 그것을 게으르고 명확하게 밝히지 못하는 사람 10명을 합쳐도 따라올 수가 없다. 국회의 훌륭한 의장으로서 명성이 자자한 인간은 의회에서 어떻게 토론을 해야 하는지에 대한 논리를 알고 있는 사람이 아니라 그 자리에서 결단을 내릴 수 있는 사람이다. 명판사라고 불리는 사람은 모든 이이에 끌려 다니는 사람이 아니라 실질적이고 공정한 판결을 위해 노력하면서 소송인을 위해 명료한 판결을 내리는 사람이다. 뛰어난 변호사는 우발적인 사건의 모든 면면을 구석구석까지 주목하면서 변호사로서의 모든 자격을 갖추려는 사람이 아니라 마음속으로 의뢰인의 편이 돼서 의뢰인을 궁지로부터 구해줄 수 있는 사람이다. 존슨 박사(1709~1784. 18세기 영국 문단의 중심이었던 비평가)가 그의 유려流麗한 문장 중에 이런 말을 한 적이 있다—"말할 수 없이 비참한 것은 일상생활의 모든 세세한 부분을 미리 추상적인 이상의 원칙에 비추어 생각하지 않으면 참을 수 없는 불행한 부부이다. 말은 적게 하고 행동으로 옮기지 않으면 안 되는 경우가 인생에는 이루 말할 수 없이 많다."

선천적인 천성을 대신할 수 있는 두 번째 것은 훈련, 다시 말해 습관과 일정한 일이 가진 힘이다. 빌려 타는 말은 아라비아 종의 준마보다 평소에 타고 다니기에 좋다. 화학에서 예를 들자면, 느리기는 하지만 지속적으로 흐르는 직류전기는 그 힘에 있어서는 전기 스파크와 맞먹으며 인간의 기술로는 전자의 것이 도움이 된다. 같은 인간의 행동에 있어서도 우리는 정력의 일시적이고 강력한 발산보다도 훈련의 지속성을 높이 평가한다. 같은 양의 힘을 일순간에 압축하는 것이 아니라 많은 시간을 들여 길게 늘어뜨리는 것이다. 구슬의 형태이든, 금박이든 간에 1온스의 금은 변함없이 1온스이다. 웨스트포인트에 있는 사관학교에서 기사장 뷰포드 대령은 해머로 대포의 포신을 두들겨 결국은 포신을 파괴했다. 또한 한 대의 대포로 수백 발의 사격을 해서 포신을 파열시켰다. 그렇다면 과연 포신을 파괴한 것은 몇 번째 해머질이었을까? 그것은 하나하나의 연속된 타격의 결과이다. 포신을 파열시킨 것은 몇 번째 발사 순간이었을까? 그것은 각각의 포탄의 발사 결과물이다.

"공부는 사려와 맞먹는다."라고 헨리 8세는 시종일관 말했다. 바꿔 말하자면 훈련의 힘은 위대하다는 것이 된다. 존 케이블 (1788~1844. 영국 비극배우)의 말에 의하자면 서커스단의 졸렬한 극단이라 할지라도 최고로 훌륭한 초보 극단보다는 연기가 뛰어나다. 버질 홀(1788~1844. 영국 장교이자 여행가)은 최악의 정규군이 최상의 지원병들을 가볍게 이긴 것에 대해 즐겨 이야기를 했다. 연습이 거의 대부분으로 십중팔구를 차지하는 것이다. 폭도들이 움직

286 - 에머슨 수상록

이는 모습은 웅변가들에게 좋은 연습 기회를 주게 된다. 위대한 웅변가는 모두 처음에는 말주변이 없는 사람들이었다. 코브던(Richard Cobden. 1804~1865. 영국 정치가)은 영국 내를 7년 동안 돌아다니며 연설을 하는 사이 완벽한 토론의 영웅이 되었다. 뉴잉글랜드를 14번이나 돌아다니며 연설한 것은 웬델 필립스(1811~1848. 미국 웅변가, 노예폐지론자)의 혀를 단련시켜 주었다. 독일어를 배우는 방법은 10페이지 정도의 같은 문장을 반복해 수백 번 읽어 한 구절 한 구절을 외우고 그 문장을 몇 번이고 암기할 수 있을 만큼 되는 것이다.

어떤 천재라 할지라도 처음에 민요 등을 낭독할 때는 평범한 사람들이 15번이나 25번째로 낭독할 때와 마찬가지로 잘할 수가 없다. 손님 접대를 잘하게 되거나 아일랜드 출신의 가정부를 교육시키기 위해서는 1년 내내 매일같이 최고의 음식을 먹는 게 제일이다. 그러면 결국 산골 출신의 가정부도 그 음식에 관해서는 완전히 선수가 되고 주인 또한 그 요리의 고기를 잘 썰 수 있게 되어, 손님은 친절한 접대를 받을 수 있게 된다.

내 친구 중에 상당히 재미있는 친구가 있는데 이런 생각을 하고 있었다. 대자연이 가진 기술이 완벽하고 상상을 초월할 만큼 아름다운 노을을 보여주는 것은 매번 똑같은 일을 반복하다 보니 저절로 비결을 익히게 된 것이라고 했다. 누구나 처음 하는 화젯거리보다는 자신이 경험했던 화젯거리에 대해 이야기를 나누는 것이 능숙한 화술이라 할 수 있지 않겠는가? 거래소에서 의견을 존중받는 사람이란 특수한 경험을 가진 사람들이지만 그곳을 벗어난다면 그들의 의견은 부질없는 것이 되고 만다. "인간은 천성에 의한 것보다 훈련을 통해 좋아지는 것이다."라고 데모크리토스(BC 460~BC 370. 고대 그리스의 최대 자연 철학자)는 말했다. 자연 속에서 이루어지는 마찰은 방대한 것이기 때문에 우리에게는 여분의 힘 따위가 남아 있을 리가 없다. 문제는 우리의 사상을 표현하고 우리가 나아가야 할 길을 고르는 것이 아니라 우리가 하는 모든 행위의 매체와 소재의 저항을 극복하는 것이다. 여기서부터 훈련의 공덕이 생겨나기 때문에 초보자는 도저히 능숙한 사람을 따라잡을 수 없게 된다. 그저 꾸준히 실력을 자신의 것으로 만들기 위해 매일 6시간씩 피아노 앞에 앉아 있을 것, 원하는 소재, 기름과 노란 물감과 붓을 자유자재로 구사할 수 있게 되기 위해서만 하루 6시간씩 붓을 잡을 것. 음악 대가들의 말에 의하면 건반 위에 놓여 있는 손을 보기만 하더라도 상대의 실력을 알 수 있다고 한다. 하나의 악기를 완벽하게 구사할 수 있다는 것은 그만큼 어렵고 중요한 행위인 것이다. 수천 번이 넘는 손길을 통해 도구를 이용하는 방법을 습득하는 것, 끊임없이 곱셈과 나눗셈을 함으로써 계산의 기술을 습득한 것-이것이 장인과 사무원의 힘이 되는 것이다.

미국에서의 내 경험은 영국에서는 이미 확인된 형태이지만, 내가 깨달을 수 있었던 것은 영국의 문단에서 신뢰를 받고 귀히 여기는 사람들과 출판인, 편집자, 대학의 학감과 교수, 국교회의 감독과 같은 사람들은 결코 풍성한 문학적 재능을 가진 사람들이 아니라 대부분 낮고 평범한 지성을 가진 사람들로 일종의 상인적인 활동력과 실무적인 재능을 갖춘 사람들이었다. 영국에서나 뉴잉글랜드에서나 잘나지도 못나지도 않은 느리고 평범한 인물이 그 힘을 ㅣㅣ ㅔㅣ ㅓ ㅔㅔㅣ ㅏㅔㅣㅓ ㅏㅓ ㅔㅔㅔㅔㅔ, ㅗㅓㅓㄴ ㅓㅔㄴㄴ ㅔㅔㅔㅔㅓㄴㅅ ㅓ ㅓㅔㅔ ㅔㅔ 수많은 뛰어난 인물들을 훨씬 능가하고 있다.

나는 고려해야 할 중요한 문제가 약간 있는데 그런 면에서 생각해 보면 재능과 표면적인 성공의 가치 등은 그리 대단한 것이 아니라는 사실을 여전히 잊지 않고 있다. 우리는 자칫 잘못하다가는 비속한 영웅을 지나치게 예찬하는 경향이 있다. 우리가 아직 이용하지 않고 있는 힘의 원천이 이 밖에도 몇 가지가 더 있지만, 내가 이 문장에서 언급을 피하고 있는 것도 있다. 하지만 어쨌거나 이 힘, 혹은 기백이라 부르는 것은 대자연이 그것에 의존해 일상의 일을 성취하는 수단이며, 우리가 가정생활과 사회적인 성공을 중시하는 이상 이 힘을 존중하지 않으면 안 된다. 그리고 내가 생각하고 있는 것은 이 힘에 대해서도 자연의 법칙을 적용할 수 있는 것이라 유동체와 가스체의 경우와 마찬가지로 엄밀한 법칙과 수학적 문제가 될 수 있다. 이 힘은 절약할 수도 있고 낭비할 수도 있다. 인간은 이 힘이 녹아드는 그릇이 될 때만 모든 일을 성취할 수 있으며 역사상 눈부신 활동과 위업은 모두 다 이 힘을 이용하지 않으면 안 된다. 이것은 황금이 아니라 황금을 만들어내는 것이고, 명성이 아니라 위업 그 자체인 것이다.

만약 이 힘을 우리의 뜻대로 이용할 수 있고 지금 말한 것처럼 힘의 절약도 뜻대로 할 수 있다면, 또한 우리가 이 힘의 법칙을 판단할 수 있다면 인간의 모든 성공과 생각할 수 있는 모든 이익도 인간의 손이 미칠 범위 안에 있는 것으로, 우리는 그것을 획득하기 위해 숭고한 원리와 법칙이 존재한다는 것을 추정할 수 있다. 세상은 수학적으로 만들어져 있으며 그 거대하고 완만한 곡선 속에 우연은 전혀 존재하지 않는다. 성공이라는 것은 공장에서 짜낸 천과 마찬가지로 궤도를 벗어나는 일이 결코 없다. 뉴잉글랜드의 모든 주에 있는 수로를 따라 세워진 공장을 견학하는 것은, 항상 기획으로 정신없이 바쁜 뉴잉글랜드의 사람들에게 있어서 무엇보다도 크고 감동적인 교훈이 될 것이다.

인간은 자신의 모습과 닮은 전신기와 직물기와 인쇄기와 기관차를 만들어내기 전까지는 자신이 어떤 기계와 닮아 있는지 모른다. 그러나 이런 기계에 있어서 인간은 자신의 어리석음과 장애가 되는 것들을 모두 버려야 한다. 그렇기 때문에 우리는 공장에 가보면 기계가 자신들보다 도덕적이라는 사실을 깨닫게 되는 것이다. 인간은 직물공장으로 가서 자신이 기계와 견줄 만한지를 확인해 볼 필요가 있다. 우리 몸을 기계로 생각하고 정말로 기계와 상대해 본 뒤 그 결과를 확인해 보면 좋을 것이다. 세계라는 공장은 사라사(기하학적 무늬를 색색으로 날염한 면직물) 공장보다 훨씬 복잡한 것이며, 그 건축가는 더욱더 의기충천할 것이다. 그 원천을 그 직물을 짠 소녀까지 거슬러 올라가게 되고, 소녀는 빛을 줄여나가게 된다. 사 ㄱㅗㄴ ㅣㄹㄴ ㅅㅣ ㅂㄴㅇ ㅇㅣㄹㄱㅗ ㄷㅜ ㅅㅗㄴㅇ ㅂㅣㅂㅣㅓ ㅁㅣㄴㄱ◯ㅁㅇㄴ ㅍㅗㄹㅣㅂ ㄱㅣㅅㅅㅓㅣ, ㅓ 해득실로 애태우는 자여, 교활한 그대는 그대가 짜낸 직물로 그대의 고용주를 기만하려 하는가? 하루라는 날짜는 양털보다도 화려한 천으로 그것을 짜는 기계는 훨씬 더 정교하다. 그대가 남들 몰래 천 속에 짜 넣은 거짓된 시간을 감출 수 없다. 게다가 자신이 짠 성실한 실, 수직의 강철과 휘어지지 않는 축과 닮은 마음이 직물에서 드러나지 않을까 하는 걱정을 할 필요가 없다.

제8장
부

인간이 인간다워질 수 있는 힘은 그 재능이나 이해력에 있는 것이 아니라, 제 아무리 재능과 이해력이 뛰어나고 풍부하더라도 실천력이 없다면 아무런 효과도 거둘 수 없기 때문이다. 인간의 의지력이 그 운명을 결정한다. - 에머슨

부

1860년에 출판된 『어떻게 살아야 하는가』의 1편
"Fate" in The Conduct of Life, 1860

† † †

미지의 인간이 특정 무리에 소개될 때 제일 먼저 듣는 질문 중에 하나는 그 사람이 무엇으로 생계를 꾸리냐인데, 이것은 당연한 것이다. 대체로 인간은 공명정대한 생활의 길을 익힐 때까지는 완전한 인간이라 할 수 없기 때문이다. 근면한 인간이 모두 부정한 습관에 의존하지 않고 생계를 꾸려나갈 수 없을 때, 그 사회는 야만의 영역에서 벗어나지 못한 상태이다.

인간은 누구나 소비자인 동시에 또한 생산자가 아니면 안 된다. 인간은 부채를 변제하는 데서 그치지 않고 공동으로 부에 또 다른 뭔가를 더하지 않으면 이 세상에서 충분히 자신의 역할을 다 하고 있다고는 할 수 없다. 인간은 또한 자신의 타고난 재능을 충분히 발휘하기 위해서는 단순히 목숨을 연명하기 위한 생계 이상의 더 큰 요구를 충족시키지 않으면 안 된다. 인간은 태어나면서부터 돈이 들게 되어 있기 때문에 부자가 될 필요가 있다.

부의 원천은 자연에 대한 인간의 정신을 적용하는 데 있으며 인간의 사상과 모든 생산물들 사이에는 깊은 연관성이 존재한다. 인간 정신의 내부에 있는 올바른 질서는 방대한 양의 작은 노력들에 필적한다. 힘과 저항은 대자연에 속하지만 인간정신의 작용은 온갖 것들을 풍요로운 곳에서 부족한 곳을 옮기거나 교묘하게 결합시켜, 유용한 기술을 연마하기 위해 수련을 시키거나 예술과 웅변과 노래와 기억의 재현이라는 방법으로 보다 더 훌륭한 가치를 창조해 낸다. 부는 정신을 자연에 적용함으로써 발생한다. 부를 얻는 기술은 근면에 있는 것이 아닌 것은 물론이며 저축에 있는 것도 아니고 정신의 질서 속에, 그리고 때와 장소를 찾아내야만 가능해진다. 남들보다 튼튼한 팔뚝과 긴 다리를 가진 사람도 있지만, 그 반면에 남들보다 뛰어난 시력을 가지고 있는 사람도 있어 물이 흐르는 방향과 시장의 발전을 보고 어디에서 땅을 필요로 하고 있는지를 판단하고 강 주변의 땅을 개척하여 하룻밤 사이에 부자가 됐다는 사람도 있다. 백 년 전과 비교해서 현재의 증기의 힘이 훨씬 더 강력해지지는 않았지만 그 힘을 과거보다 훨씬 유용하게 활용하고 있다는 것뿐이다. 한 사람의 머리가 좋은 사람이 증기의 팽창력을 숙지하고 있고, 동시에 들판을 가득 메운 밀과 목초가 미시건 주에서 썩고 있는 것을 바라보게 된 것이다. 그래서 그는 교활하게도 증기관과 밀의 수확을 결합해서 "증기야, 뿜어라!"라고 명령했다. 증기가 뿜어 나오고 이전과 마찬가지로 팽창을 했지만 이번에는 식량이 부족했던 뉴욕과 영국을 향해 미시간 주를 이끌어 갔다. 석탄은 노아의 홍수 이래 지하 광맥에서 잠들어 있었지만 드디어 노동자들이 곡괭이와 드릴레에 의해 기면으로 끌어 올려졌다. '위'은 운반이 가능한 풍토가 됐다고 할 수 있다. 열대지방의 폭염을 래브라도와 극지로 운반해 준다. 그리고 석탄을 필요로 하는 곳은 어디든지 자동적으로 운반할 수 있는 수단이 되기도 한다. 와트와 스티븐슨이 인류의 귀에 속삭인 비밀은 이러했다─"반 온스의 석탄으로 2톤의 중량을 400미터 가까이 운반할 수 있다." 그래서 석탄은 철도와 배로 석탄을 운반해서 캐나다를 캘커타와 마찬가지로 따뜻하게 해주어 생활의 쾌적함과 함께 산업적인 힘까지 가져다주었다.

농가의 복숭아를 수확해 도시로 가져갔을 때, 이전과는 전혀 다른 것으로 보이고 같은 가지에서 열렸다가 땅에 떨어져 부패가 진행되던 복숭아와 비교해서 백배의 가치가 발생한다. 상인의 지혜는 이와 같이 특정 상품을 넘쳐흐르는 곳에서 부족한 곳으로 가져가는 것에 있다.

부는 비바람을 막아주는 튼튼한 지붕에서부터 시작된다. 맑고 시원한 물을 충분히 제공해 주는 좋은 펌프, 젖었을 때는 바로 갈아입을 수 있는 두 벌의 옷, 땔감, 심지가 두 개 달린 램프, 하루 세 번의 식사, 육지를 횡단하기 위한 마차와 가차, 바다를 건너기 위한 배, 일을 위한 도구, 읽어야 할 책―부는 이런 것들에서 시작된다. 그리고 거기에 도구와 그 외의 보조물에 의해, 손과 발과 눈과 혈액과 하루의 길이와 지식과 선의를 더해가듯이 인간의 힘을 사방팔방으로 최대한 확대시켜 나가는 것에서 시작된다.

부는 이런 필수품에서 시작된다. 그리고 우리는 이 시점에서 자연이 이 북방의 대지에서 큰 소리로 외치고 있는 철칙을 알아볼 필요가 있다. 먼저 자연은 모든 인간이 자활하기를 바라고 있다. 다행히도 선조가 아무런 유산도 남기지 않은 경우에, 그 사람은 일을 하지 않으면 안 된다. 그리고 소득을 늘리고 부족한 것을 보충하며 자연이 매정하게 추위와 굶주림으로 몰아넣는 고통과 굴욕의 상태에서 스스로를 구제하지 않으면 안 된다. 그가 이 일을 성취할 때까지 자연은 그에게 휴식을 선사하지 않는다. 그가 고투 끝에 조금씩 살아갈 길을 찾아낼 때까지, 자연은 그를 굶주리게 하고 조롱하고 고문을 가해서, 따뜻함과 웃음과 수면과 친구들과 햇빛을 앗아가 버린다. 그리고 조금 부드러워지기는 했지만 여전히 신랄한 태도로 인간이 스스로 필요한 것을 획득할 수 있도록 독촉한다. 창고, 가게의 창가, 과수나무, 이런 것들을 볼 때마다 시시각각 그의 머릿속에 새로운 욕망을 불러일으키고, 그 욕망을 채우는 것이 그의 힘과 위신에 관련된 문제가 되는 것이다. 욕망을 억제하라고 아무리 설교를 하더라도 더 이상 아무런 도움도 될 수 없다. 이 세상의 철학자들은, 인간의 위대함은 욕망을 없애는 데 있다고 주장하고 있다. 그러나 과연 인간이 황폐한 집에서 살면서 마른 콩을 먹는 것만으로 만족할 수 있겠는가? 인간은 부자가 되기 위해 세상에 나온 것이다. 인간은 모든 것과 관계를 맺고 있다. 자신의 욕망과 좋아하는 것의 유혹에 의해 자연의 이것저것을 정복하여 자신이 살고 있는 지구, 더 나아가 다른 수많은 혹성들을 이용함으로써 행복을 찾으려 한다.

부는 먹고 사는 집뿐만이 아니라 도시의 자유, 대지의 자유, 여행, 기계, 과학이 가져다주는 온갖 이익, 음악, 미술, 최상의 교양과 최상의 친구를 얻는 것을 추구한다. 모든 인간의 능력을 자신을 위해 이용할 수 있는 인간이야말로 부자라 할 수 있다. 대다수의 인간—다른 나라에 사는 인간과 먼 옛날의 인간의 노력에서도 이익을 이끌어내는 방법을 알고 있는 사람이야말로 최고의 부자이다. 목마름과 샘물 사이에서 이루어지는 것과 마찬가지 대응관계가 인간 전체와 자연 전체의 사이에도 존재한다. 지수화풍은 스스로를 인간을 위해 제공하려 하고 있다. 적도와 극지를 씻어주는 바다는 그것이 가지고 있는 위험한 도움의 손길을 하루하루 인간의 지혜와 대담함을 향해 제시한다–그 후로는 권력과 제국을 인간에게 부여하려고 한다. 바다는 이렇게 말하고 있다–"나를 경계하라. 그러나 그대가 나를 소유할 수 있다면, 나는 그대에게 있어 모든 대륙을 이어줄 열쇠가 될 것이다."

불은 여전히 불이며 같은 힘을 인간에게 선물한다. 불, 증기, 번개, 중력, 암층, 철과 구리와 수은과 주석과 금광, 모든 종류의 나무가 자라는 숲, 모든 대지에서 얻는 과실, 모든 토지에 사는 동물, 온갖 경작 동력, 화학실험실에서 탄생한 제품, 직물 기에서 짜낸 천, 기관차의 남성적인 견인력, 기계공장의 마술, 모든 장대하고 정교한 것, 광물, 가스, 석유, 격정, 전쟁, 무역, 정부 등은 원래 인간의 장난감에 불과하며 자신이 이용하는 도구에 대한 인간의 애착은 개개의 인간에게 존재하는 기계가 뛰어날지 아닐지에 의해 결정된다. 세계는 인간의 도구상자이다. 그리고 인간의 능력과 결합이 진행될수록, 다시 말해 인간이 자신의 내부에 외부의 물질을 섭취할수록 그 인간은 성공을 거두게 되고 그 정신은 교육되어 나가게 된다.

강한 민족은 위와 같은 점에서 강하다. 색슨 민족은 세계적인 상인이다. 현재는 물론 천 년에 걸쳐 지도적인 민족이었지만 그들을 현재 존재하게 하고 있는 것은 그들의 개인적인 독립, 혹은 그것이 특수한 형태를 띠고 있는 것, 즉 금전적 독립의 힘에 의한 것이다. 그들은 빵은 물론이고 오락에 대해서도 정부에 의존하려 하지 않는다. 민족적 감정도 없고, 족장의 소득에 의해 생활하는 족장제적 생활양식도 없고, 파벌도 없으며, 그들은 상하관계도 좋아하지 않는다. 그저 모든 인간이 자신의 역할을 다해야 한다는 것뿐이다. 영국인이 번영하고 평화를 누리고 있는 것은, 인간은 모두 타인에게 피해를 끼치는 일 없이 사회 속에서 자신의 지위를 유지하거나 향상시킬 수 없더라도, 그것은 자업자득이라고 생각하는 습관을 가지고 있기 때문이다.

인간의 독립을 확보하는 것이 미덕의 지상명령이라고 한다면 경제적 문제가 도덕의 문제와 얽히게 된다. 가난은 인간을 추락시킨다. 빚이 있는 인간은 그만큼 노예로 전락하게 된다. 월가에서는 백만장자를 약속을 지키는 인간, 체면을 중시하는 인간이라고 생각하지만 사양길로 접어들면 그 어떤 인간도 신용할 수 없다고 생각한다. 미국의 대서양 연안 대도시의 호텔과 대저택에서 사람들이 돈을 낭비하고 오감의 희열에 빠져 있고 그들을 얽매고 있는 모든 관계와 파벌의식도 공동의 이해관계가 성립되지 않는다는 것을 목격하는 순간, 이런 자들이 궁지에 몰렸을 경우에는 성실함을 유지할 가능성은 눈에 띄게 줄어들 것이라고 생각할 수밖에 없다. 이런 경우에는 미덕이라는 것이 소수 인간의 손에밖에 들어오지 않는 것이라는 에드먼드 버크(Edmund Burke. 1729~1797. 영국 정치가, 웅변가)의 말을 인용하자면 "인간의 손이 닿지 않는 곳에서 매매되는" 일종의 사치품에 가까운 것이 되기 때문이다. 인간은 자신의 필수품과 오락의 목록을 만들 때 원하는 만큼의 규모로 만들어도 상관이 없을 것이다. 그러나 사상적인 권력과 특권을 자신의 것으로 삼고자 평생 계획을 세워 사회를 뜻대로 하고자 할 때는 자신의 욕망을 자신의 적당한 힘의 범위 안에서만 만족하지 않으면 안된다.

남자다움이란 자신이 할 수 있는 일에 전력을 다하는 데 있다. 세상에는 남자답지 못하게 살랑거리는 자들이 어슬렁대고 있는데, 이런 자들은 지금까지 아무 일도 해낸 것이 없으며 다른 재능 있는 사람들을 설득해서 그들에게 자신들과 똑같이 남자답지 못한 옷을 갈아입힌다. 그러면 재능 있는 사람들은 생활비를 버는 모습을 남들에게 보이는 것은 꼴사납다, 벌지 않고 쓸 수 있는 것이 훨씬 멋지다는 궤변을 늘어놓게 된다. 이런 사악한 낭설이 세상의 식자識者들의 입에서 흘러나오는 경우도 있다. 왜냐하면 총명한 인간도 하루 24시간 총명할 수만은 없으며 이성적으로 판단하고 말하는 경우가 한 번이라면 그저 아무 생각도 없이 이야기를 하는 경우는 다섯 번 정도이기 때문이다. 의연한 장인들은 태도에서는 이런 해이

한 감정을 드러내는 경우도 있을 수 있지만, 자신의 일에 있어서
이런 감정에 굴복하지 않는다면 그가 성취한 일의 가치에 의해 그
태도 때문에 손상된 우아하고 전아^{典雅}함을 회복할 수 있다. 그가 만
들어내는 것이 신발이든 조각상이든 법률이든 간에 문제가 되지는
않는다. 인간의 그 어떤 일이라 할지라도 훌륭하게 완성된 것이라
면 그 일을 해낸 사람에게서 느낄 수 있는 독특한 오만함은 쉽게
말해서 그 일을 하는 사람의 특권이다. 그는 타인의 환심을 살 필
요가 없다. 그의 취미가 가끔이 그를 대신해 대답해 주기 때문이
다. 일터에서 열심히 일하고 있는 장인은 조용한 마음과 자신감이
넘치는 태도를 유지한 채 어떤 신분의 사람이라 할지라도 대등하
게 접할 수 있다. 진실로 가득한 그림을 그린 예술가는 그 작품으
로 모든 비평을 압도한다. 아름다운 조각상은 시장의 분위기를 오
염시키지 않고 오히려 그 시장을 조용한 미술관으로 바꾸어 놓는
다. 젊은 변호사가 의뢰받은 소송 사건은 짜증스러운 것이었다-단
추나 핀셋 상자에 관한 사소한 사건이었던 것이다. 그러나 이 젊고
결연한 성격을 가진 변호사는 이 사건 속에서 열쇠가 될 만한 깜짝
놀랄 빈틈을 찾아내서 자신의 양식과 정력을 쏟아 부어 답배갑 제
조회사의 이름과 사건을 세상에 널리 알렸다.

　대도시의 사회는 갓난아기와 같으며 부는 그 갓난아이의 완구와
비슷한 것이다. 쾌락을 쫓는 생활은 사람들의 눈을 사로잡는 것이

기 때문에 그 모습을 있는 그대로 바라보는 천박한 인간은, 이것이야말로 모든 사람이 인정하는 부의 최선의 이용법이라 여기며, 이유가 뭐든 간에 부는 결국 이것을 즐기는 것이라고 착각하고 만다. 그러나 이것이 잉여자본의 주된 용도가 된다면 바리케이드와 불타 버린 도시와 몸싸움과 같은 사태에서 순식간에 표면화될 것이다. 생각이 있는 사람이라면 부란 자연을 자신에게 동화시키는 것이며 이 지구의 액즙을 통해 자신의 계획을 실현하기 위한 영양분에 불과하다고 생각한다. 그들이 추구하는 것은 과자가 아니라 힘이다. 자신의 계획을 실행으로 옮길 힘, 자신의 사상에 살을 붙여 모습과 현실성을 부여하는 힘인 것이다. 사물에 대한 생각이 깊은 사람에게 있어서 이것이야말로 우주가 존재하는 목적이며, 이 우주에 존재하는 모든 자원은 그것을 위해 제대로 활용하지 않으면 안 된다. 콜럼버스의 생각에 따르면 이 지구는 책상 위의 기하학적 연구대상인 동시에 항해해야 할 곳이며, 그에게는 자신을 위한 배를 준비해 주고 여행을 보내주지 않는 국왕과 국민은 모두 겁쟁이로 보이는 것이다. 지구상에서 콜럼버스만큼 지구를 가까이서 느낀 사람은 많지 않을 것이다. 그러나 그 또한 세계지도의 많은 부분을 공백으로 남기지 않으면 안 됐다. 그의 뒤를 잇는 사람은 지도를 물려받고 그의 맹렬함도 물려받아 지도를 완전한 것으로 완성시켜야한다.

광산, 전신, 공장, 지도 측량의 일을 하는 사람들도 마찬가지다. 그들은 시장이든 사무실에서든 자신의 계획을 논하는 것은 물론 그 계획을 실현으로 옮길 수 있게 기금을 모을 만큼 열정적인 사람들이다. 우리나라의 공장들은 어떻게 세워졌을까? 미국의 곳곳에서 철도가 거미줄처럼 퍼져나간 것은 무엇 때문일까? 그것을 가능하게 해 준 것은 지나치게 사리분별이 깊은 무리들을 설득한 이런 웅변가들의 집요한 설득 이외에는 아무것도 없다. 당파란 소수자의 이익을 위해 다수자들이 광분하는 것을 가리키는 것일지도 모른다. 그러나 이 운명을 건 싸움은 세계의 이익을 위해 소수자가 광분을 하는 것을 말한다. 계획을 세운 사람은 희생양이 돼서 사라진다. 그러나 대중은 이익을 얻게 된다. 이상을 추구하던 이런 사람들은 모두 다 자신의 꿈을 좇아 일을 했으며 자칫하다가는 모든 것을 제압하려 한다. 그리고 자신과 마찬가지로 열광적인 다른 상대와 조우하게 되고 상대의 반대에 부딪힌다. 이런 방해에 의해 균형이 유지되는 것은 숲속에서 나무들이 서로 견제하면서 땅속의 양분을 독점하는 것을 저지하는 것과 닮아 있다. 철도회사의 회장과 광산업자, 대중교통업자, 무연장치의 발명가, 소화기의 발명가 등의 출현을 억제하고 있는 것은 탄소와 백반과 수소의 공급에 균형을 유지하는 것과 마찬가지 법칙이다.

부유하다는 것은 모든 민족이 만들어낸 걸작과 지도자들과 접할 수 있는 입장권을 손에 넣는 것과 같다. 항해를 통해 바다를 제 것으로 삼고 모든 산들과 나이아가라 폭포와 나일 강과 사막과 로마와 파리와 콘스탄티노플에서 놀고, 미술관과 도서관과 포병공장과 각종 공장들을 견학하는 것과 같다. 훔볼트(Friedrich Heinrich Alexander, Freiherr von Humboldt. 1769~1859. 독일 과학자, 탐험가)의 『코스모스(우주)』라는 제목의 책을 읽은 사람은 인류가 지금까지 여기저기서 모은 모든 과학과 예술과 기계에 의해 스스로의 눈과 귀와 마음을 무장하고 이 모든 것들을 이용해 과거에 축적된 과학, 예술, 기계에 더 많은 새로운 기술을 더하고 있는 저자들과 함께 여행을 하는 인상을 받게 될 것이다.

"부자는 어디서든 준비를 하고 있고 어디에 있든 집에 있는 것과 다를 바 없다."라고 사디(Sa'di. 1184~1291. 페르시아 시인)는 말했다. 부자는 다른 사람들보다 뛰어나며 이 세상의 모든 것을 섭취하여 인간의 생활의 일부로 만든다. 도시는 물론 시골, 해변도, 극서부도, 유럽에 있는 고대 사람들의 성곽도, 이용할 수 있는 모든 재료가 그들의 생각하고 있는 것들에 포함되어 있다. 세계는 그곳을 돌아다닐 수 있을 만큼의 돈을 가진 사람들의 소유물에 불과하다. 부자가 항구에 찾아오면 장려한 배가 그를 기다리고 있으며 그를 위해 거친 대서양 위에 융단을 깔고 폭풍우가 치는 대서양 한 복판을 호화스러운 호텔로 바꾸어 버린다. 페르시아 사람들은 이렇게 말했다-"신발은 신고 있는 사람에게 있어서는 지구 전체가 손질된 가죽으로 뒤 덥혀 있는 것과 같다."

군주王侯는 긴 팔을 가지고 있다고 하는데, 누구나 다 긴 팔을 가져야 한다. 그리고 그의 생계와 도구와 힘과 지식을 태양과 달과 별로부터 얻어내야 한다. 그렇다면 부자가 되고자 하는 욕구는 정당한 것이 아닐까? 그런데 나는 진정한 부자를 한 번도 만나본 적이 없다. 모든 사람들이 당연하고 자연스러울 만큼의 부자, 자연을 충분히 기배하고 있는 부기를 본 적이 없다. 무섯야 싶은 자기들은 부자에 대한 갈망을 비난하는 어리석고 부질없는 말들만 떠들어댄다. 그러나 만약 사람들이 이런 도덕군자들의 말을 액면 그대로 받아들이고 부자가 되는 꿈을 포기해 버린다면, 그들은 갑작스럽게 민중들 속에서 들끓는 이 권력에 대한 사람의 불씨를, 모든 위험을 무릅쓰고라도 또다시 들끓게 될 것이다. 그렇지 않으면 문명은 멸망해 버리기 때문이다.

사람들은 자신의 사상에 의해 자연을 자신의 지배하에 두고 싶어 한다. 과거의 시대에는 각각 로마 황제와 레오 10세의 부, 프랑스의 호화로운 국왕들의 부, 이탈리아 토스카니 공작의 부, 영국 데번셔 공작, 타운레이 가, 필 가의 부, 그 밖의 막대한 재산가들의 부에서 하나의 문화를 이끌어 내고 있다. 고귀한 예술품으로 가득한 바티칸 궁전과 루브르 박물관, 그 밖의 대영박물관, 프랑스 식물원, 필라델피아 박물학관, 옥스퍼드대학 보들레이 도서관, 밀라노 암브로지아나 도서관, 영국 왕립 도서관, 미국 국회 도서관 등 등—이 모든 것들이 존재하는 것은 인류 모두의 이익이 되는 것이다. 탐험가의 원정, 쿡(James Cook. 1728~1779. 영국 해군 장교, 탐험가) 선장 등의 세계 일주 항해, 로스와 프랭클린, 리처드슨과 케인과 같은 사람들의 자극과 극지를 발견하고자 했던 실험은 모든 사람들의 이익이 된다. 지구 표면의 위도를 한 번이라도 더 측정을 한다면 그만큼 인류의 모든 사람이 부자가 된다. 해도가 완성되면 우리의 항해는 그만큼 안전해진다. 우주의 조직에 관한 우리의 지식은 이런 사실에 얼마나 많이 의존하고 있는가? 국가의 경제도 개인의 경제도 이와 같은 조사와 연구를 위해서는 아낌없이 경비를 지출할 것이다.

생활의 안락과 편의뿐만이 아니라 부와 잉여산물이 어디엔가 존재한다는 것은 모든 인간들의 이익이 되는데, 이것이 꼭 사람들의 수중에 들어 있을 필요는 없다. 부가 인간에게 있어 때로는 바람직하지 않는 것으로 여겨지는 경우가 많다. "부가 어떤 것인지를 이해하고 있는 사람 이외에는 부자가 돼서는 안 된다."라고 괴테는 날카로운 지적을 하고 있다. 한 인간은 소유하기 위해 태어나 자신의 소유물에 생명력을 부여할 수 있지만 누구나 그렇게 할 수 있는 것은 아니다. 그들이 부를 소유하는 것은 기품이 동반되지 않아 자신의 성격에 상처를 입히고 있는 것처럼 보이기까지 한다. 본인 스스로 자신의 이익을 훔치고 있는 것 같은 인상을 받게 된다. 부는 부를 관리할 수 있는 자만이 소유해야 한다. 쌓아놓고 숨기기만 하는 사람, 막대한 재산을 가지고 있으면서도 거지처럼 사는 사람은 부자라고 부를 수 없다. 더 많은 사람들에게 일을 나눠주고 인류를 위해 길을 열어주는 사람이 부를 소유해야 한다. 왜냐하면 민중을 풍요롭게 해주는 인간이 곧 부자이고 민중을 곤경에 처하게 하는 사람은 가난한 사람이기 때문이다. 예술과 자연의 길과 내 기쁨의 길을 어떻게 해서 모든 사람들에게 열어줄까 하는 것이 문명의 문제이다. 현재 부유한 자만이 누리고 있는 특정한 문명의 이익을 어떻게 모든 사람이 누릴 수 있게 할 것인가에 대한 문제를 사람들에게 생각할 수 있게 하기 위해서는 현대의 사회주의가 이룬 공헌에 있다. 예를 들어 모든 인간에게 과학과 기술의 수단과 기계를 제공하는 것이 그것이다. 가끔씩 활용하면 큰 도움이 되는 물건들이 산처럼 쌓여 있는데 이것들을 소유할 수 있는 인간들이 많지 않다.

토성의 광경, 목성과 화성의 위성, 달 표면과 분화구를 보고 싶지 않은 사람은 한 명도 없지만 망원경을 살 수 있는 사람은 그리 많지 않다. 그중에서도 항상 망원경을 정비해 두고 타인에게 보여줄 만큼의 마음의 여유가 있는 사람이 한 명도 없는 걸까? 전기와 화학기기와 이것과 비슷한 것들도 마찬가지이다. 누구나 가끔씩 참조는 하지만 특별히 갖고 싶다고 여기지 않는 서적-예를 들어 백과사전, 사전, 표, 해도, 지도, 공공의 기록, 등이 있다. 금수어패, 목초의 도감도 이름을 알고 싶을 때는 펼쳐보지만 그다지 갖고 싶어 하지는 않는다.

모든 것을 받아들일 자세가 되어 있는 사람에게 디자인 예술은 아름다운 감화력을 지니지만, 이것은 음악의 영향력에 뒤지지 않을 만큼 결정적인 것이며 그 어떤 것으로부터도 얻을 수 없다. 그러나 회화, 판화, 조각, 주조물 등은 처음 제작할 때 필요한 비용 이외에 전시를 할 곳의 미술관과 관리 비용 등이 더 필요하다. 이 미술품들을 이용할 수 있는 사람은 그다지 많지 않으며 가격적인 면은 물론 그것을 즐길 수 있는 사람이 적기 때문에 그 비용은 훨씬 더 많이 든다. 그리스의 도시에서는 모든 사람이 감상해야 할 이 예술품을 한 사람이 독차지하는 것은 신을 모독하는 행위라고 여겼다. 나는 가끔씩 마음껏 음악을 들을 수만 있다면 얼마나 좋을까 생각한 적이 있다. 대도시에 살면서 음악의 물결에 마음을 진정시키고 그 속에서 심취하고 싶을 때 쉽게 찾아갈 곳이 있으면 좋겠다고 생각했다. 그것은 목욕이나 약처럼 나를 건강하게 해준다.

이런 종류의 재산이 국가와 도시와 문화단체가 소유하고 있다면 이웃들과의 유대관계를 더욱 돈독하게 해줄 것이다. 도시는 문화적인 목적을 위해 존재하게 될 것이다. 유럽에서는 여전히 수많은 봉건적인 것들이 남아 있기 때문에, 부는 항구적으로 특정의 몇몇 집안의 손에 쥐어져 있으며 그들이 예술품을 보존하면서 대중들에게 관람 기회를 제공하고 있다. 미국에서는 민주적인 제도들이 모든 재산을 수년에 걸쳐 세분화시키기 때문에 대중이 이런 예술품의 소유자를 대신하면서 예술품들에서 느낄 수 있는 교양과 영감을 일반 시민들이 공유할 수 있다.

인간은 부를 누리기 위해 태어났다. 자신의 모든 능력을 활용함으로써, 세상과 지혜와 결합함으로써, 인간은 부모가 되고 부자가 된다. 재산은 지성이 창출해낸 것이다. 경기에 참석하는 사람은 모두 냉정함과, 올바른 추리와, 기민함과, 인내를 필요로 한다. 세련된 노력은 야만적인 노력을 구사한다. 무수한 세월 동안에 빈틈없는 무수히 많은 인간들이 일을 하는 데 있어서 최선의 길을 자신의 것으로 만들었지만 기술, 재배, 수확, 치료, 제조, 항해, 환전거래 등에 있어서 이렇게 축적된 숙련성이 오늘날 우리가 사는 세계의 가치를 나타내고 있다.

상업은 쉽게 말해서 숙련된 경기이지만 누구나 이 경기에 참가할 수는 없는 데다 경기를 잘할 수 있는 사람은 매우 적다. 상인이 되기에 걸맞는 사람이란 모든 능력의 평균치(이것이 흔히 말하는 '상식'이다)를 가진 사람, 사실이라는 것에 강한 친화력을 가지고 있어 자신의 눈으로 본 것에 대해 결단을 내릴 수 있는 인간이다. 이런 사람은 수학이 가르쳐 주는 진리를 굳게 믿는다. 행운과 불행을 초래하는 이유는 항상 본인에게 있으며, 그것은 돈벌이에 관해서도 마찬가지다. 사람들은 돈벌이에 뭔가 범상치 않은 비결이 있기라도 하듯이 떠벌이며 인생의 모든 면에서도 그런 비결이 있다고 착각하고 있다. 그러나 진정한 상인은 모든 것이 옛날과 변함없는 방식으로 움직이고 있는 것으로 1파운드에는 1파운드, 1센트에는 1센트로 모든 결과에는 그만한 원인이 있다는 것, 그리고 행운이란 목적에 대한 끈기의 별명에 지나지 않는다는 것을 명심하고 있는 것이다. 그는 모든 거래에 있어 자신의 몸을 지키며 사소한 일이라도 확실한 이익을 바란다. 이 경우 성실함과 사실에 밀착하는 것이 기초를 이루고 있지만 상법의 대가들은 이에 덧붙여 '장기에 걸친 계산'이라는 태도를 겸비하고 있다. 사실을 정확하게 알고 그것을 고집하는 것은 가깝고 작은 거래의 경우에는 간단하지만, 문제는 이런 거래와 함께 멀리서 이뤄지는 거래가 함께 이루어지는 데 있다. 이렇게 함으로써 안전을 보장받으면서 커다란 결과를 얻을 수 있게 된다. 나폴레옹은 마르세이유의 한 은행가에 대해 이야기하기를 좋아했는데, 이 은행가는 자신을 찾아온 손님이 자신의 대저택의 웅장함과 호사스러운 환대, 두 사람이 만난 은행 회계실의 초라함이 너무나도 대조적이라는 것을 보고 이렇게 말했다고 한다―
"당신은 아직 젊기 때문에 집합체라는 것(이것만이 진정한 힘이며 돈의 집합체이든, 물의 집합체이든, 인간의 집합체이든 간에 마찬가지다)이 어떻게 이루어지는지에 대해 모른다. 일단은 그렇게 집합체를 만들고 유지하지 않으면 안 된다." 어쩌면 그 은행가가 그것을 만들고 유지하는 방법은 미립자를 지배하는 법칙에 복종하는데 있다고 덧붙이는 것이 좋았을지도 모르겠다.

성공이란 세상의 법칙에 딱 달라붙어 가는 데 있다. 그러나 이 법칙은 지적이고 도덕적인 것이기 때문에 지적, 도덕적인 복종이 된다, 깃세피은 인민이 깨뭍어미끄 꾀으 읽괴了고, 버길이미! 깃이 모든 사적이고 서로 대립하는 영향력을 위에서부터 지배하고 있다는 것을 일깨워주는 교과서로서 현재까지 전해져 내려온 그 어떤 성전에도 뒤지지 않는다.

금전은 상징적인 것이며 그 소유자의 성격과 운명을 따르게 되어 있다. 화폐는 시민과 사회와 도덕의 변화를 나타내 주는 정교한 잣대이다. 농부는 돈을 탐내는데 그것에는 이유가 있다. 돈은 그에게 있어 우연한 습득물이 아니기 때문이다. 게다가 얼마나 고통스러운 노력이 따라야 하는지도 잘 알고 있다. 그것을 벌어들이기 위해 허비한 수많은 나날의 노력 때문에 농부의 뼈마디는 쑤신다. 그것이 얼마만큼의 토지를 상징하고 있는지, 얼마만큼의 비와 서리와 햇빛을 상징하고 있는지를 그는 잘 알고 있다. 1달러 속에 얼마나 많은 주의와 인내를 허비해야 하며, 얼마나 격렬하게 괭이와 도리깨질을 해야 하는지도 알고 있다. 이렇게 돈을 벌어들이기 위해서는 앞에서 말한 모든 중압감을 견디지 않으면 안 된다. 펜을 돌리며 주식이 조금만 오르면 돈이 굴러들어오는 도시에서 돈이란 너무나 하찮게 여겨진다. 나는 농부가 돈을 아주 소중히 여기며 진정한 빵, 힘을 위한 힘을 얻고자 할 때만 그 돈을 썼으면 좋겠다고 생각한다.

농부의 돈은 무겁고, 사무원의 돈은 가볍고 민첩하다. 주머니에서 흘러나와 도박과 온갖 놀이를 향해 날아가 버린다. 그러나 정말 희한한 것은 이것이 형이상학적인 것의 변화에 대해 민감하다는 것이다. 그것은 사회적인 폭풍우를 예시하는 정교한 기압계이자 혁명의 예고이다.

시민사회가 한 걸음 앞으로 진행할 때마다 모든 인간이 가진 돈은 가치를 더해 간다. 돈을 생산하는 캘리포니아에서는 무엇을 살 수 있을까? 2, 3년 전까지는 오두막집과 이질, 배고픔과 악질 범죄밖에 살 수 없었다. 시베리아와 같은 삭막한 땅에서는 아직도 돈을 살 수 있는 것이라고는 고통을 조금 덜어주는 데 불과할 것이다. 로마에서는 아름다움과 장려함을 살 수 있다. 40년 전의 보스턴에서도 대단한 걸 살 수가 없었다. 현재는 철도와 전신과 기선 덕분에 거의 동시에 뉴욕과 미국 전체가 발전할 수 있었고, 보스턴이라는 낡은 도시에서도 이전보다 훨씬 더 많은 것들을 살 수 있게 되었다. 그러나 여전히 보스턴에서는 돈을 산더미처럼 쌓아놓고 있다고 하더라도 살 수 없지만, 수도권에서는 살 수 있는 물건들이 많다. 플로리다 주에서의 1달러는 메사추세츠 주의 1달러만큼의 가치가 없다. 1달러는 가치가 아니라 가치의 상징 즉, 도덕적인 상징인 것이다. 1달러는 그것을 살 수 있는 곡물로 평가된다. 혹은 엄밀히 따져 곡물이나 집으로 평가하는 것이 아니라 아테네의 곡물과 로마의 집-다시 말해 기지와 성실함의 힘으로 평가되는 것이다. 부는 정신적인 것이다. 부는 도덕적인 것이다. 1달러의 가치는 올바른 것을 사는 데 있다. 대학에서의 1달러는 형무소에서의 1달러보다 가치가 높다. 1달러는 세상의 모든 정신과 모든 미덕이 발전함에 따라 가치가 커진다. 중용을 지키며 잘 훈련된 법을 지키는 사회에 있어서는 주사위와 비수와 비소가 횡행하는 범죄의 소굴에서보다 훨씬 가치가 높다.

『위조지폐 감별법』이라는 책은 도움이 되는 책이다. 그러나 통용되는 화폐가 은화든 지폐든 간에, 돈이 유통되고 있는 곳에서는 스스로의 힘으로 감별이 가능하다. 통화는 사회가 정의로울수록 그 가치를 높여가는 것이 아닐까? 한 상인이 선거에서 매수당하길 거부하고, 혹은 사람들이 싫어할 수도 있는 권리를 완고하게 고집하며 물러서지 않는다면, 그는 이 메사추세츠 주의 정의를 증대시키는 것이 된다. 매사추세츠 주의 땅은 모두 그의 이런 행위를 통해 가치를 높인다. 스테이트 가에서 정직한 상인 10명을 뽑아 악당 10명을 대신 그 자리에 넣고 같은 금액의 자본을 쓸 수 있게 하면 보험율이 확실하게 달라지고 은행의 신용도 달라지며, 거리에는 노상강도가 출몰하고 학교에도 영향을 끼치게 되어 아이들은 해로운 독소를 조금씩 집으로 가지고 가게 되며, 판사는 재판관 자리에 붙어 있을 수 없게 되며 그 판결은 고귀함이 결여되어 모든 사람에게 필요한 타인의 도움과 억제력을 잃게 되고, 목사들 또한 영향을 받아 생활의 규율이 흔들리게 된다. 사과나무 뿌리 주변의 흙을 며칠 동안 파낸 다음 그 대신에 모래를 넣어주면 사과나무도 그것을 깨달을 수 있다. 사과나무가 아무리 생각이 없는 존재라고는 하지만 이런 취급을 당하면 뭔가 불신의 마음을 품게 될 것이다.

상업에 종사하고 있는 유력한 계층으로부터 백 명의 선량한 사람들을 빼어내고 백 명의 악당, 혹은 그와 비슷한 악영향을 끼칠만한 시설을 대신 설치하면 사과나무보다 영리한 돈은 쉽게 그것을 깨달을 것이다. 돈을 만들어 낸 것은 인간사회이기 때문에 그 가치는 사회적인 것이다. 남들에 뒤지지 않을 재능과 수완을 가진 사람이 이 도시로 이사를 오게 된다면, 틀림없이 그 사람은 이 도시의 모든 사람들의 노동에 새로운 가치를 더하게 된다. 세상의 어디선가 하나의 재능이 탄생하면 국제사회는 풍요로워지고 세상의 성실함 또한 훨씬 증가할 것이다. 모든 나라들의 주된 지출 중에 하나인 범죄에 관련된 경비는 그만큼 줄어들게 된다. 유럽에서는 빵의 가치와 정비례해서 범죄가 증가하고 있다는 사실을 확연히 보여주고 있다. 로스차일드가 파리에서 어음 지불이 받아들여지지 않는다면 맨체스터, 페이즐리, 버밍엄의 사람들은 노상강도로 돌변해 아일랜드에서는 지주들을 살해할 것이다. 경찰의 기록이 그것을 증명해 주고 있다. 그 파장은 얼마 안 돼 뉴욕, 뉴올리언스, 니기고에 니도 느끼게 되다 이이 미키기기구 겁게이 힘으 걸치걸 실권자를 통해 대중을 움직이게 한다. 로스차일드가 러시아에 대한 차관을 거절한다면 평화가 찾아오고 수확이 보장될 것이다. 로스차일드가 차관을 받아들인다면 전쟁이 일어나 상상도 할 수 없는 결과를 초래할 난동이 모든 인류의 대부분에서 일어나 결국 혁명으로 끝나버리고 새로운 질서가 탄생한다.

부는 스스로 억제하고 균형을 잡을 수 있는 힘을 갖추고 있다. 경제학의 기초는 불간섭에 있다. 유일한 안전 규정은 수요와 공급이라는 자동조절 기능에서 찾을 수 있다. 허투루 법률적 장치를 두어서는 안 된다. 간섭적인 태도를 취한다면 사치 금지법에 의해 근육의 힘을 빼앗아가는 꼴이 될 것이다. 국가가 조성금을 낼 필요가 없다. 평등한 법률을 만들어 생명과 재산의 보증만 해준다면 입을 것까지 나눠줄 필요는 없다. 재능이 있는 사람이나 덕이 있는 사람에게 기회의 문만 열려 있다면 그들이 스스로 해야 할 도리를 다하게 되어 재산이 악당들의 손에 넘어가지 않을 것이다. 공정하고 자유로운 공화국에서 재산은 태만하고 무능한 사람의 손에서 벗어나 근면하고 용감하며 결코 굴하지 않는 사람의 손으로 들어가게 될 것이다.

작은 건전지가 전기의 힘을 보여주듯이 자연의 법칙은 상업을 통해 작용한다. 인간사회에 있어서 수요와 공급에 의해 가치의 균형이 유지되는 것은 표준해면이 확실하게 유지되고 있는 것과 같다. 인위적인 방법이나 법적 장치는 반발과 공급과잉과 파산을 초래해 스스로 무너지게 된다. 숭고한 법칙이 원자에도, 모든 별에도 똑같이 작용하고 있다. 한 덩어리의 빵, 한 잔의 맥주를 획득해 먹고 마시는 것에 대한 의미를 알고 있는 사람은 아무리 원하더라도 한 잔의 맥주, 1페니의 빵의 소중함은 변함이 없으며, 소비해 버린 빵과 맥주는 확실하게 상자와 병에서 사라지고 만다는 것을 아는 사람, 그러나 사라진다는 것이 낭비가 아니라 그 사람의 몸에 영양분이 돼서 그 사람으로 하여금 일을 할 수 있게 해 준다면 올바르게 쓰였다는 것을 알고 있는 사람—이런 사람들은 모두 대국의 예산에서 배울 수 있는 경제학의 모든 것을 이미 알고 있는 사람이다. 작은 경제가 흥미로운 것은 이와 같은 큰 경제를 상징하고 있다는 점이다. 한 가정과 한 사람의 활용 방법이 태양계와 맞아떨어진다는 점, 자연 전체에 퍼져 있는 호혜互惠의 법칙과 일치하고 있다는 점이다.

우리는 서로 기만하고 꾀를 부리다 스스로 상처를 입어 항상 경계를 게을리 하지 않지만, 모든 사람들이 자신이 하는 거래가 필연의 사실과 접하게 되는 순간 항상 독특한 만족감을 느끼게 된다. 세상의 모든 것들은 스스로의 가치를 결정하며 항상 그런 경향이 있지만, 특히 대규모의 제조업에서 그런 모습을 볼 수 있다는 것을 깨닫는 순간 특별한 만족감을 느끼게 된다. 어떤분이 산 종이의 질이 너무 저질이거나 너무 좋고, 너무 두껍거나 너무 얇다고 하자. 제조업자는 이에 대해 이렇게 말한다−"두껍든 얇든 간에 원하는 것을 준비하겠습니다. 문양도 원하는 대로 넣을 수 있습니다. 여기에 목록이 있습니다. 싼 것부터 비싼 것까지 여러 가지가 있고 가각 가격이 매겨져 있습니다." 1파운드의 종이는 가격이 좀 비싸지만 문양이 들어간 종이를 만들 수 있다.

우리의 거래에는 항상 자기 조절이 작용하고 있어 가격의 흥정이 필요 없다. 예를 들어 가능한 싼 곳에 집을 빌리고 싶다고 하자. 그래서 집주인은 임대료를 깎아주지만 그 때문에 집안 수리를 제대로 해주지 않아 임차인은 원하는 집에 들어가지 못하고 그보다 못한 집에 들어가게 된다. 그뿐만이 아니라 집주인과 임차인 사이의 관계가 약간 서먹해지는 사태가 벌어진다. 집에서 고용하고 있던 패트릭이라는 하인에게 이렇게 말하며 해고했다고 하자-"패트릭, 자네가 없어 곤란해지면 다시 부르겠네." 패트릭은 만족스럽게 휴가를 취한다. 그리고 감자밭에는 잡초가 무성해질 것이고, 다음 주에는 포도나무도 심어야 하고, 멜론과 호박, 오이 등의 작업 때문에 자신을 다시 부를 것이라는 것을 이미 알고 있었기 때문이다. 노동과 가치가 모두 똑같으며, 단순하고 경쟁이 심한 시장에 내다 팔기를 바라지 않는 사람이 있을까? 노동이든 가치든 최선의 것이라면 반드시 시가가 정해지기 마련이다. 우리는 1년을 통틀어 목수, 열쇠 공, 정원수, 종교인, 시인, 의사, 요리사, 직공, 마부들에게 지속적으로 부탁을 하지 않으면 안 된다.

세인트미카엘 섬의 배가 1실링에 팔리고 있다고 한다면 그것을 재배하는 데도 1실링이 들어간다. 보스턴에서 가장 저렴한 대출이라도 12퍼센트의 이자를 내지 않으면 안 된다는 것은 그중에 6퍼센트가 위험성에 따른 이자이다. 여러분은 상품의 배가 1실링에 팔리고 있다는 것을 모를 수도 있지만 사회에서는 그만큼의 가치가 있다. 이 1실링은 열매 주변에 모여드는 해충들과 그 배를 숙성시키는 동안에 실패할 가능성의 빈도를 상징한다. 석탄의 가격은 탄층이 두께와 광부들이 일정한 장소에 강제적으로 감금되어 있다는 것을 상징한다. 모든 급여에는 실질적인 일과 함께 임시적인 일까지 계산된 것이다. "바람이 늘 남서쪽에서만 분다면 여자라도 배를 운행할 수 있을 것이다."라고 한 선장이 말했다. 모든 것의 가격은 똑같아 싼 것도 비싼 것도 없으며, 우리의 눈에 비치는 외면적인 가격의 차이는 거래상의 손실을 감추려고 하는 소매상의 손실은 술수에 불과하다. 한 청년이 고향 뉴햄프셔 주의 농장에서 도시로 상경해 시골의 초라한 밥상이 아직도 생생한데도 불구하고 1류 호텔에 머물며 호사를 누리는 데 생각했던 것보다 많은 돈이 들지 않자 왠지 프랭클린 박사와 맬서스(Malthus, Thomas Robert. 1766~1834, 영국의 경제학자)의 가르침을 떠올려졌다. 그러나 그는 호사스러운 식사를 얻기 위해 풍요로운 사회상 교육상의 이익을 조금 잃게 된다. 그의 몸을 지켜주는 것, 그를 자극하는 것을 잃고만 것이다. 그는 결국 호텔 입구에서 시신詩神 뮤즈와 이별하고, 호텔에서 복수의 여신 에리니에스와 만나게 됐다는 것을 깨달을 것이다. 돈을 손에 넣기 위해서는 수많은 대가를 치루지 않으면 안 되며 권력과 쾌락은 결코 싸지 않다. 옛 시인은 이렇게 말했다－"신은 모든 것들을 공정한 가격으로 팔고 있다."

우리나라의 상업역사 속에는 이와 같은 대가를 치룬 실례를 엿볼 수 있다. 1800년부터 1812년에 걸쳐 계속된 유럽의 전쟁으로 인해 세상의 운송업이 미국의 화물선에 의지하게 되었고, 때로는 미국 선박이 나포당하는 일도 있었다. 물론 선주에게 있어서는 심각한 손실이었지만, 국가는 그 보상금을 받아냈다. 1파운드의 면을 운반하는 데 3펜스, 담배 1파운드에는 6펜스 등등의 운임을 부과했기 때문이다. 이것은 위험과 손실을 보상하는 데 충분했으며 우리나라에 막대한 번영을 가져다주었고, 그 덕분에 결혼이 빨라질 수 있었고 개인의 부도 증가해 수많은 도시와 주를 건설할 수 있었다. 그리고 전쟁이 끝났을 때 나포되었던 모든 배에 대해서는 조약에 따라 과대한 보상금을 받을 수 있었다. 이렇게 해서 미국은 부를 얻고 강대국이 될 수 있었다. 그러나 지불 날짜는 시시각각 돌아온다. 우리나라의 막대한 이익으로 인해 가난에 빠지게 된 영국, 프랑스, 독일이 미국은 이민에 유리하다는 평가에 이끌려 처음에는 수천 명을, 그리고 다음에는 수백만 명의 빈민들을 소작인으로 보내왔다. 처음에 우리는 그들을 고용하여 우리의 부를 증대시켰지만, 이 또한 우리가 유럽에서 채용하고 확충한 사회와 노동보호라는 인위적인 제도 속에서는 언젠가 장애와 단절을 일으키게 될 것이다. 그래서 우리는 이런 빈민들의 고용을 거부했지만 원하는 대로는 될 수 없었다. 그들은 빈민세의 도움을 받게 되었고, 이렇게 해서 우리는 현재 임금은 거부하더라도 세금이라는 명목으로 똑같은 금액을 지불하지 않으면 안 된다. 게다가 범죄의 대부분은 외국인에 의해 벌어졌다는 것이 확연히 드러나 있다. 우리는 범죄를 처벌할 비용, 법정과 형무소의 비용을 부담하지 않으면 안 되며, 범죄를 방지할 경찰 상비군의 비용도 지불하지 않으면 안 된다. 이들 수많은 이민자들의 교육비는 계산에 전혀 넣지 않았다. 그러나 우리는 이런 비용의 총액을 1800년에 대서양 너머의 고객들로부터 얻은 수익이라던 착각에서 이제 막 벗어나기 시작했다. 이 대가는 절대로 거부할 수가 없다. 이 빈민들을 다시 내쫓을 수도 없으며 부양해 줄 것이라는 그들의 희망을 거부할 수도 없다. 이것은 미국 정치의 피할 수 없는 요소가 되어버렸다. 정당들은 모두 그들의 투표권에 아부하면서 그들의 의지가 실현되도록 돕고 있나 그뿐아니 아니라 우리는 그들이 사신의 교육에서다며 비록 했을 금액이 아니라 이 미국에서 그들이 필요라고 여기는 금액을 그들에게 지불하지 않으면 안 되는 것이다. 이렇게 해서 여론, 취향, 모든 종류의 도덕적 사고가 문제를 더욱더 복잡하게 만들고 있다.

경제상의 방법적인 문제로 열거하더라도 불쾌하게 여겨지지 않는 것이 두세 가지 있다. 왜냐하면 이 문제는 다루기가 상당히 까다롭기 때문에 자칫하다가는 혐오감을 불러일으키기 십상이다. 때문에 우리의 몸을 형성하고 있으면서도 꺼리는 세포와도 닮아 있다─그것은 개별적으로는 불쾌한 느낌을 주지만 귀중하고 힘센 육체를 만들어 내고 있다. 우리의 천성과 소질은 우리를 통해 수단과 동시에 목적이라는 것에 경의를 표하게 만든다. 우리는 수단을 이용하지 않으면 안 된다. 왜냐하면 목적의 영광을 반영시켜야만 수단을 아름다운 것으로 만들 수 있기 때문이다. 목적을 위해 수단을 지배할 수 있는 두뇌야말로 뛰어난 두뇌라고 할 수 있다. 세인들은 수단으로 인해 부패한다. 수단은 그들에게 있어 너무나 강렬하기 때문이다. 그리고 결국 그들은 그 목적을 포기하게 된다.

첫째, 경제상의 방법에서 제일 먼저 생각해야 할 것은 각자가 쓰는 비용은 그 사람의 성격으로 인해 발생하는 것이 아니면 안 된다는 것이다. 그 사람 천성이 물건을 사는 한 아무리 왕후王侯처럼 돈을 쓰더라도 그 투자는 안전하다. 자연은 모든 인간이 가지고 있는 능력을 무기로 주어 다른 사람은 할 수 없는 위대한 업적을 달성할 수 있도록 해주었고, 그로 인해 그 사람을 사회에서 없어서는 안 될 존재로 만들었다. 이처럼 선천적으로 정해진 것이 그 사람의 노동과 소비를 인도한다. 그는 자신의 재능에 걸맞은 수단과 도구가 갖춰지길 바란다. 그리고 이 점에서 억지로 비용을 절약하려고 하는 것은 각각의 정신이 가진 특수한 힘과 효용을 소멸시키는 것이다. 자신이 하는 일을 세상이 어떻게 받아들일까가 아니라, 그것이 훌륭한 일이라고 여기며 자신의 일에 전념하는 것이 좋다. 이것이야말로 경제의 길이며 바르게 해석한다면 이것이야말로 경제의 전부인 것이다. 낭비란 수많은 세월과 수많은 상자 속의 돈을 허비하는 것이 아니라 자신이 가야 할 인생행로에서 벗어나 시간과 돈을 낭비하는 것이다. 인간과 국가를 파산시키는 죄악이란 품팔이를 하는 일-자신의 목적에서 벗어나 여기저기서 일을 하고 돌아다니는 것이다. 그것이 당신 생명이 추구하는 방향에 있는 것이라면 어떤 일이라 할지라도 당신을 비굴하게 만들지는 못한다. 그것이 당신의 생명방향에서 벗어나지 않은 것이라면 어떤 것이든 위대한 일이나 바람직한 일이라고는 할 수 없다.

우리는 여기서 선을 긋고 이렇게 말해도 좋을 것이라고 생각한다-모두 인간은 각각 특정한 일을 성취하기 위해 이 세상에 태어났지만, 각자가 그런 의미에서 일을 하지 않는다면 사회는 결코 번영을 이룰 수 없으며 항상 파산하고 말 것이다.

자신에게 어울리는 일을 하기 위해서만 돈을 쓰고 그렇지 않은 비용은 절약해야 한다. 화가 올스턴(Washington Allston. 1779~1843. 미국 화가)이 평소에 이렇게 말했다-"우리는 소박한 집을 짓고 그 집에서 소박한 세간들을 넣는다. 자신과 취향이 다른 사람에게 아양을 하면서까지 방문해주기를 바라지 않기 때문이다." 우리는 무엇에 대해서든 공명하기 쉬우며 마치 어린애처럼 눈에 보이는 것은 다 갖고 싶어 한다. 그러나 한 인간이 자신의 올바른 재능을 발견하고 불필요한 비용의 필요성을 무시할 수 있을 때, 그 사람은 독립적이고 독보적인 경지에 크게 한 걸음 내딛는 것이 된다. 약혼한 소녀가 한 남자에 대해 확실한 애정을 자신의 것으로 만듦으로써 일종의 노예제도-그녀는 모든 인간의 뜻을 받아들이지 않으면 안 된다고 매일 주입을 당하고 있는 것이다-헌 껍질에서 탈피하듯이 자신이 할 수 있는 일을 발견한 남자는 그 일을 위해 시간과 돈을 쓰고 다른 지출은 모두 자제하게 된다. 몽테뉴는 이렇게 말하고 있다-"그는 차남이었을 때는 의복과 마차를 화사하게 치장하고 다녔지만, 나중에는 그의 저택과 농원이 그를 꾸며 주었다." 귀인 계급-다시 말해 자신이 무엇을 이루어야 하는지를 발견한 사람들은 자신의 목적이 아닌 목적을 위해 낭비하지 않도록 해야 한다. 현실적인 사람은 외관을 그다지 중시하지 않는다. 돈이 드는 사교생활의 허례허식은 타인에게 넘겨버리는 것이 좋다. 미덕은 검약하는 사람에 있고 약간의 악덕도 검약가에게 있다. 그러므로 내가 인정하는 자부할 수 있는 악덕이란 겸손이라는 미덕에 대해 매우 뛰어난 검약가이다. 좋은 의미의 자부심은 내 계산으로는 1년에 100달러나 150달러 정도의 가치가 있지 않을까 생각한다. 자부심은 아름다운 절약가다. 자부심은 자신 이외의 그 어떤 것의 존속을 허락하지 않고 모든 악덕을 근절해 준다. 그러므로 허영심을 자부심으로 바꾸는 것은 매우 큰 이득이 된다. 자부심은 하인을 두지 않더라도, 훌륭한 옷을 입지 않더라도 살아갈 수 있게 해 준다. 방이 두 개밖에 없는 집에서 살면서 감자와 콩과 저린 옥수수를 먹으며 밭일을 하고, 걸어서 여행을 하고 가난한 사람들과 사귀면서도 훌륭한 거실에서 만족스러운 기분으로 조용히 앉아 명상에 잠길 수 있다. 그러나 허영심은 돈과 노력과 말과 남자와 여자와 건강과 평화를 필요로 하지만 결국 헛된 망상에 지나지 않아 마치 목적지가 없이 먼 길을 가는 것과 마찬가지다. 단 한 가지 결점이 있다면 자부심이 강한 사람들은 참을 수 없을 만큼 이기적이며 허영심이 강한 사람은 온화하고 순응적이다.

예술은 질투심이 깊은 여주인이다. 어떤 사람이 회화와 시, 음악과 건축 철학 등에 천부적인 재능을 가지고 있다면 그 사람은 반드시 낭비벽이 심하며 가족들에게 생활의 불편을 끼칠 것이다. 그러므로 이런 사람은 정신을 차리고 현명하게 행동해야 한다. 그리고 자신의 생애를 초라하게 하고 자신이 당연히 해야 할 일에 대해 자신을 무력화하게 만들어버리는 의무로 자신의 몸을 얽매어서는 안 된다. 2년 전에 뉴잉글랜드 지방의 교육을 받은 사람들 사이에 일종의 전원생활을 동경하는 풍조가 일었다. 농부가 돼서 경작과 지적인 연구를 종합적으로 하려는 열렬한 바람이 있었다. 수많은 사람들이 이것을 실제로 실행으로 옮겼으며 실험을 통해 어떤 사람은 자연스럽게 농부가 되었다. 그러나 결국 모든 사람들이 학문과 스스로 땅을 일구며 경작하는 것이 양립할 수 있다는 신앙을 포기하고 말았다.

창백한 얼굴의 학자들은 인상을 찡그리며 확고한 의지로 책상에서 벗어나 자유로운 공기를 마시며 정원을 거닐면서 자신의 사상을 좀 더 정확하게 표현하고자 하는 실험을 했다. 정원을 걷다 보니 밭에서 무성한 잡초들이 옥수수의 성장을 방해하고 있는 광경을 목격하고 몸을 숙여 잡초를 뽑는다. 그러자 앞쪽에 잡초가 두 개 더 눈에 들어온다. 그리고 바로 건너편에 세 개가 더 보인다. 손을 뻗어 네 개째 잡초를 뽑는다. 그러나 그 반대편에 네 개 이상이 더 있다. 그는 흥분을 해서 감정을 추스르지 못한다. 결국은 자신의 어리석은 몽상에서 깨어나 그날 아침 자신이 생각했던 것을 떠올리며, 그렇게 철석같이 결심을 했는데 결국은 고작해야 민들레에 당하고 말았다는 것을 깨닫고 만다.

정원이라는 것은 우리가 매달 신문에서 접하는 무시무시한 기계와 닮았다. 그 기계는 사람의 옷자락을 붙잡고 팔과 다리와 전신을 칭칭 감아 저항할 수 없는 파멸로 그를 몰아넣는다. 인간은 운이 나쁘게도 우연한 계기로 벽을 허물고 자신의 정원에 손바닥만 한 밭을 만들어 버린다. 토지를 소유하지 못하는 것은 그다지 좋은 일이 아니지만 토지를 갖는 것은 더욱 뒤끝이 좋지 않다. 인간이 토지를 소유하고 시간이 지나게 되면 결국 토지가 인간을 소유하게 된다. 이렇게 된 다음에 인간은 집을 벗어나려고 해도 벗어날 수 없게 된다. 나무들의 접붙이기, 멜론 밭의 밭이랑, 빽빽하게 늘어선 옥수수, 울타리, 그가 행한 모든 것, 그가 하려고 하는 모든 것이 문밖으로 나서려는 그의 앞에 수문장처럼 앞을 가로막을 것이다. 이렇게 해서 정원의 포도나무와 정원수들에 시간을 빼앗기는 것이 유해하다는 것을 깨닫게 된다.

마음껏 산책을 즐기거나 수마일의 거리를 돌아다니는 것은 두뇌 작용을 자유롭게 해서 신체적으로 도움이 된다. 오랜 여행을 하더라도 그리 힘겹게 느껴지지 않는다. 언덕 위에 올라가 자유롭게 시를 즐길 수 있다. 그러나 고작해야 몇 야드밖에 되지 않는 밭에서 하루 종일 일을 해야 하는 것은 사람을 지치게 하고 마다 식물이 냄새가 구토를 유발시켜 그의 정력을 빼앗아버린다. 뼈도 휘어버리는 게 아닐까 걱정이 된다. 기분도 가라앉아 의기소침해진다. 대개 책을 읽는 재능과 원예의 재능은 양전기와 음전기와 마찬가지로 서로 적대관계이다. 한 쪽은 불똥과 충격을 집중시키고 다른 한 쪽은 힘을 분산시킨다. 그러므로 둘 다 어느 한 쪽에 속해 있는 사람의 다른 쪽 능력을 빼앗아버리는 것이다.

정교하고 치밀하게 끌을 사용할 줄 아는 손을 가진 조각가가 돌담을 쌓는 일을 해서는 안 된다. 데이비드 브루스터(David Brewster. 1781~1868. 스코틀랜드 과학자, 편광의 연구로 유명)는 현미경에 의한 관찰법에 대해 정확하게 지적하고 있다─"하늘을 보고 누워 단 하나의 렌즈와 물체를 똑바로 직사하라." 그러면 고독의 순간도 여념 없는 집중과 사색을 위해 체외에 정신이 빠져나가는 것조차 필요할 만큼의 추상적인 진리의 탐구자는 훨씬 더 엄격하게 전념을 다하지 않으면 안 된다.

둘째, 자신의 재능에 따라, 그리고 자신의 방식에 따라 소비할 것. 자연은 법칙에 따라 움직이고 돌발적이고 비약적으로 작용하지는 않는다. 경제에도 방식이 필요하다. 저축을 하고 지출을 줄인다고 하더라도 안타깝게도 일가의 파산을 구할 수 없으며 소득이 커지더라도 맘대로 써서는 위험하다. 성공의 비결은 돈의 많고 적음이 아니라 수입과 지출의 관계에 있다. 예를 들어 지출을 어느 정도 줄인 뒤에 아무리 적은 돈이라 할지라도 소득이 새롭고 확실하게 끊임없이 늘어간다면 부가 시작된다. 그러나 보통은 수입이 늘어나면 소비는 더 빨리 증가하기 때문에 영국이든 어디든 간에 많은 수입은 아무런 도움도 되지 않는 것이다. 무엇이든 닥치는 대로 먹어치운 부채는 가난에서 벗어날 수 없게 만든다. 감자가 병이 들면 아무리 경작지를 늘리더라도 전혀 도움이 되지 않는다. 세상에서 가장 부유한 영국에 대해 예리한 눈을 가진 관찰자들이 하는 말을 들어보면 귀족과 귀부인들도 일반 대중들과 똑같이 타인에게 줄 돈을 갖고 있지 않으며 돈을 멀리 두는 것이 좋다는 것은 미국과 마찬가지로 매우 드문 일이며 금방 유명한 미덕이 되었다고 한다. '결핍'이라는 것은 급속도로 성장하는 거인이며 '소유'라는 의복은 이것을 덮어씌울 만큼 크지는 않다.

영국 워릭셔에서 셰익스피어 시대와 같은 이름이 붙은 훌륭한 정원을 본 적이 있다. 그곳에서 거둬들이는 총 수입은 연간 약 1천만 파운드에 달한다고 한다. 그럼에도 불구하고 차남이 태어났을 때 아버지는 이 자식을 어떻게 부양해야 좋을지 곤혹스러워 했다. 정원은 당연히 장남이 물려받게 되어 있다. 이 불필요한 차남을 어떻게 하면 좋을까? 그는 차남을 성직자로 만들어 교구의 목사로 살게 하는 것이 어떻겠냐는 권유를 받았는데, 다행히도 성직자의 이며귀을 ㄱ의 집안에서 쥐고 있었기 때문에 차남을 목사로 만들 수 있었다. 소득이 아무리 늘어나더라도 아무런 도움이 되지 않는 것이 영국의 통례가 되어버렸다. 복권에 맞거나 가난한 집안에서 막대한 유산을 물려받는 등의 갑작스러운 재산은 그리 오래 가지 않는다는 것을 누구나 잘 알고 있다. 이런 사람들은 부에 대해 집착을 하고 있었기 때문에 갑작스럽게 부자가 되면 요구 또한 갑작스럽게 늘어나고, 이런 요구를 거절하는 방법을 모르기 때문에 재산은 순식간에 사라져 버리고 마는 것이다.

모든 경제에는 방식이 반드시 필요하다. 다시 말해 아무리 뛰어난 방편이라 할지라도 단독적으로는 아무런 도움도 되지 않는다. 농장의 경영자는 그것에 모든 것을 집중시키고 이것을 유지하기 위해 봉급을 지불하거나 점포를 경영할 필요가 없다면 훌륭한 것이다. 그러므로 소는 농업에 있어 가장 중요한 고리를 담당하고 있다. 관습을 거스르는 인간과 심미적인 인간이 소를 제외하고, 게다가 소가 충족시켜 주는 필요한 모든 것을 제외하게 된다면, 그 인간은 소가 없어서 발생하는 공간을 채우기 위해 구걸을 하거나 강도짓을 하지 않으면 안 된다. 오늘날 인간이 태어난 곳은, 농장은, 그곳에서 소비되고 있는 모든 것을 생산하고 있다. 농장에서 돈을 만들어내지는 않지만 농부는 돈이 없이도 일을 해내고 있다. 병이 들면 이웃들이 달려와 도움을 준다. 누구나 하루, 혹은 반나절의 일을 대신 해 준다. 아니면 마차를 끌 소나 말을 빌려 줘서 지장 없이 일을 할 수 있으며 감자를 파내고, 건초를 깎고, 밀을 수확해 준다. 토지를 팔지 않는 이상 사람의 손길이 필요하다는 것을 잘 알고 있기 때문이다. 가을이 되면 농부는 소나 돼지를 팔고, 세금을 낼 정도의 작은 돈을 얻을 수 있다. 그러나 이제 농부는 소비하는 거의 모든 것―주석으로 만든 도구, 의복을 만들 천, 설탕, 차, 커피, 물고기, 석탄, 기차표, 신문 등을 돈을 지불해서 사들인다.

누구든 간에 모든 사람은 한 가지 뛰어난 재능을 가지고 있는 것이 바람직하다. 왜냐하면 인간이 취급하는 대상은 움직이지 않고 죽은 것이 아니라 손아귀에서 점점 변해가는 것이기 때문이다. 농가의 건물과 넓은 밭을 확실한 재산으로 생각하고 있을 수도 있지만, 그 가치는 물처럼 흐르고 있을 뿐이며 통에서 포도주를 따르는 것과 같이 조심스럽게 주의를 기울여야 한다. 그러나 농부는 어떻게 해야 할 것인지를 마음속으로 잘 알고 있다. 모든 구멍을 막고 작은 흐름들을 모두 한 곳으로 모이도록 포도주를 따르는 것이다. 그런데 런던의 한가운데서 흘러나온 얼빠진 사람은 어떻게든 해보려고 하지만 모두가 다 흘리고 만다. 화강암이 깔린 거리와 목재로 만들어진 마을도 과일이나 꽃과 마찬가지다. 그 어떤 투자도 영원한 것은 없으며 끊임없이 주의를 기울이지 않으면 원래의 모습을 유지할 수는 없다. 2대에 걸쳐 아직 태어나지도 않은 상속인을 위해 ㅣㅣㅓㅐㅣ ㅓㅣㅗㅕㅗ ㅔㅣㅓㅜㅛㅏ ㅏㅣ빈 ㅣㅔㅁ ㄲㄱㅔ ㅓㅣㅁ ㄱㅔㄱㅜ. 끝났다는 것을 보면 알 수 있다.

런던 사람이 시골로 가서 전원생활을 하며 소를 키우면, 소에게 건초만 먹이면 하루에 한 통의 우유를 생산해 줄 것이라고 생각한다. 그러나 그들이 산 소는 3개월만 우유를 생산해 주고 젖이 말라버린다. 더 이상 젖을 생산하지 못하는 소는 어떻게 하는 것이 좋을까? 그런 소를 사는 사람이 과연 있을까? 그는 다시 소를 사서 다시 일을 시키려고 하겠지만, 이 소는 피로에 지쳐 다리를 절게 된다. 명이 다해 다리를 저는 소는 어떻게 하는 것이 좋을까? 농부는 봄 일이 끝나면 소를 살찌우고 가을이 되면 도살한다. 그러나 목장이 없이 집무 시간이 되면 매일 집을 나서 차로 런던으로 출퇴근하는 사람은 어째서 소를 살찌우거나 도살하는 일 때문에 고민을 하는가? 그는 또 과일나무를 심는다. 밭에 과일나무를 심은 이상 수확을 하지 않으면 안 된다. 그런데 어떤 수확을 얻을 수 있겠는가? 나무를 제대로 돌보지 않아 잡초만 무성할 뿐이다. 1, 2년이 지나면 땅을 뒤집어 주어야 한다. 과연 어떤 수확을 거둘 수 있을까? 세상 물정 모르는 도시인에 불과한 것이다.

셋째, 우리를 도와주는 것은 그 토지의 습관과 "따름으로써 지배를 하라."라는 규칙 속에 있다. 그 규칙이란 타인에게 명령을 하지 않고 무지하고 단편적인 의지로 자신의 계획을 전부 다 수행하려고 주장하지 않고 자연 전체가 이야기해 주는 비밀을 현지에서 배우는 것이다. 그 비밀이란 모든 것들은 부당한 처우를 당하는 것을 거부하고 빈틈없는 사람에게만 그 법칙을 제시해 준다는 것이다. 누구나 무턱대고 손발을 움직이지 않아도 된다. 그 토지의 모든 것을 다 해결해 주기 때문이다. 나는 집을 짓는 방법도 초목을 심는 방법도 모른다. 목재를 사는 방법도 모르고 집과 밭과 숲을 사더라도 그것을 어떻게 해야 좋을지 모른다. 그러나 걱정할 필요는 없다. 어떻게 하면 좋을지는 그 지방의 습관에 의해 이미 오래 전에 결정되어 있기 때문이다. 토지에 모래를 뿌려야 할지 점토를 뿌려야 할지, 언제 밭을 갈고, 언제 비료를 쳐야 좋을지, 풀을 내버려두는 것이 좋은지, 씨를 언제 뿌려야 할지, 모든 것은 이미 다 결정되어 있기 때문에 그것을 돕거나 방해할 수도 없다.

자연은 무슨 일을 하든지 간에 독자적으로 가장 좋은 방법을 가지고 있으며, 우리가 눈을 크게 뜨고 귀를 기울이고만 있다면 자연은 어디선가 이미 그 방법을 확실하게 알려주고 있기 때문이다. 그렇지 않고 우리가 자연의 방법보다는 자신의 방법을 고집한다면, 자연은 순식간에 우리의 망상을 깨주고 말 것이다. 우리가 명기해야 하는 것은 외과의사의 방법이다. 다시 말해 골절을 원래대로 돌릴 때는 단순히 부러진 부분만을 교정하는 것이 좋다. 그러면 그 부분은 순식간에 근육과 뼈의 작용에 의해 정상적인 위치로 되돌아오게 되나

얼마 전 영국에서 철도 건설에 관련된 두 명의 유명한 기술자가 있었는데 그중에 한 사람인 브르넬 씨는 기점에서 종점으로 이어지는 일직선에 산을 뚫고 강을 건너, 가도를 횡단해 공작의 영지를 두 개로 가르고, 혹은 남의 집 지하실과 다락방 창문을 관통해서 그 목적지에 도달해서 기하학자들을 즐겁게 해주었지만 철도회사는 막대한 비용을 들여야 했다. 이와 달리 또 한 명의 기사 스티븐슨은 강은 철도가 달려야 할 길을 일고 있다고 믿었으며, 우리나라의 서부철도가 자연스럽게 웨스트필드 강의 흐름에 따라 놓여졌듯이 그 또한 강의 흐름에 따라 철도를 놓아 훨씬 안정하고 비용이 덜 든다는 것을 증명했다. 최초에 보스턴의 땅을 차지한 것은 소들이었다고 한다. 미국의 목장을 돌아다녀보면 소떼가 숲속에 길을 내고 언덕을 넘어 훌륭한 길을 만들어 준 것을 감사하고 싶을 정도

이다. 여행자나 인디언은 물소가 지나간 흔적이 얼마나 귀중한지를 잘 알고 있다. 그 흔적은 반드시 산에서 가장 안전한 길이기 때문이다.

도시의 도크 스퀘어나 밀크 스트리트라는 곳에 사는 시민이 처음 도시를 벗어나 시골에 땅을 살 경우, 그가 먼저 생각하는 것은 창밖으로 보이는 아름다운 풍경이다. 서제에서 서쪽 방향의 전망을 맘껏 볼 수 있으며 블루 힐과 와추셋 산 정상과 그 위로 저무는 노을을 매일 바라볼 수 있다. 고작해야 30에이커의 땅, 1500달러의 돈으로 이런 장려한 전망을 바라볼 수 있으니 5만 달러라도 아깝지 않다. 그는 감격의 눈물을 흘리며 당장 지어야 할 집의 초석을 정한다. 우물을 만드는 석공은 40피트는 파내려가야 한다고 한다. 빵집은 빵을 배달하기 위해 이런 집들의 문 앞까지 차를 몰고 갈 수는 없다고 한다. 옆집 남자는 창고 자리에 대해 현실적인 입장에서 이의를 제기한다. 이렇게 해서 도시에서 온 남자는 전에 살던 농부가 햇빛과 통풍과 우물과 하수도를 고려하고, 목장과 정원과 밭으로 가는 도로의 편의성을 고려해서 적당한 장소에 집을 지었다는 사실을 깨닫게 된다. 이렇게 해서 도크 스퀘어에서 온 사람은 양보해서 모든 것을 흐름에 맡기게 된다.

관습은 농부를 현명하게 해준다. 그리고 어리석은 시민은 농부에게 상담하지 않으면 안 된다는 사실을 배우게 된다. 그는 결국

한걸음, 또 한걸음씩 무조건적인 항복을 하게 된다. 농부는 그의 명령을 따르는 것처럼 꾸미지만, 그는 이렇게 말할 수밖에 없다— "벽을 세우는 방법과 우물을 파는 방법과 토지의 구획 등에 대해 몇 번이고 나신의 의견을 따르는 게 좋다. 하지만 공은 결국 당신에게로 되돌아갈 것이다. 이런 것은 내가 알바가 아니며 알 필요도 없다. 이런 것을 대답할 수 있는 것은 내가 아니라 당신이다."

마찬가지로 집 안에도 하나의 방식이 주인과 아내, 하인과 아이들, 가축과 친구들에게 퍼지기려 고리하다. 헤게인 미더게 간이한 성격이 이 방식에 싸움을 걸며 그 죄를 따지더라도 아무 소용이 없다. 이것은 운명이다. 불쌍한 남편이 책 속에서 새로운 삶의 방식에 대해 읽고 자신의 집에서도 이 삶의 방식을 채택하려고 결심하는 것은 지극히 훌륭한 일이다. 그러나 실제로 집으로 돌아가 직접 해 보기를 바란다.

넷째, 경제에서 또 하나 중요한 것은 자신이 뿌린 것과 똑같은 종류의 씨앗을 추구해야 하며 특정 종류의 다른 것을 원해서는 안 된다는 것이다. 우정을 사는 것은 우정이며 정의를 사는 것은 정의이고, 군사적 성공을 사는 것은 군공軍功이다. 훌륭한 남편은 아내와 자식과 가정을 자신의 것으로 만들고, 훌륭한 상인은 커다란 이익과 선박과 화물과 금전을 획득하며, 뛰어난 시인은 문학적 신용을 얻는다. 그러나 그 어떤 것에 의해서도 다른 것을 얻을 수는 없다.

그럼에도 불구하고 이 점에 대해서 잘못된 기대를 하는 사람이 많다. 어리석은 사람은 찰나적으로 살며 그것을 자랑한다. 그리고 그런 삶을 살지 않는 침착한 사람을 모독한다. 물론 어리석은 사람은 가난하고 그와 반대로 침착한 사람은 가정에서 모자람이 있게 하지는 않는다. 기묘한 것은 어리석은 인간이 그것을 자신의 장점이라고 생각하며 그 보수로서 침착한 사람의 토지를 빼앗는 것이 당연하다고 여긴다는 점이다.

우리는 아직 자신이 기획한 것을 사사건건 말해서는 안 된다. 그러나 이 문제에서 벗어나기 전에 내부의 감춰진 부분에 잠시 눈길을 줘야 한다. 그것은 하나의 철학적인 입장이며 인간은 여러 단계를 거쳐 완성되는 존재라는 것, 이 세상의 모든 것은 인간의 몸에서 반복해서 드러나고 있다는 것, 인간의 몸은 이 세상의 축소나 요약이라는 것, 인간의 두뇌는 모두 높은 영역 즉, 그의 도덕체계 속에서 반복되고 있다는 입장이다.

다섯째, 자연 속에서는 이런 것들이 지금 말한 것과 같은 형태를 취한다. 모든 것은 상승해 나간다. 경제의 중요한 규칙이란, 이 규칙 또한 상승해 나간다는 것–다시 말해서 우리가 행하는 모든 것은 항상 보다 높은 목적을 가지지 않으면 안 된다는 것이다. 그렇게 해서 금전은 일종의 혈액이라는 격언이 생겨났다. "금전은 혈액의 별명이다." 다시 말해 인간이 가지고 있는 재산이란 크게 만든 것에 불과한 것이다. 몸속의 혈액순환의 경우에서도 비슷한 섭생을 필요로 한다. "최선의 금전 사용방법은 부채를 갚는 것이다.", "최선의 때는 현재이다.", "최상의 투자는 사업도구를 대상으로 하라."라고 하는 상인들의 격언은 알기 쉽고 자세한 의미를 갖는다. 상인들의 이 격언을 크게 확대해석하면 우주의 법칙이 된다. 상인의 경제는 영혼의 경제의 대략적인 상징이라 할 수 있다. 그것은 힘을 얻기 위해 돈을 써야 하며 쾌락을 얻기 위해 돈을 써서는 안 되다는 것이다. 소득을 투기하는 것 다시 말해서 특수한 것을 모아 일반적인 것으로 바꾸고 하루하루가 더해져 문학적으로도 정서적으로도 실질적으로도 인생의 완벽한 한 시기를 만들고 그 투자에 있어서 더 나은 곳으로 상승해 나가는 것이다. 상인에게는 "흡수하여 다시 투자한다."라는 원칙만이 존재한다. 상인은 자본가가 아니면 안 된다. 철가루도 다시 모아 용광로에 넣지 않으면 안 된다. 가스와 연기는 연소되지 않으면 안 된다. 그렇다. 모든 인간은 자본가가 되지 않으면 안 된다. 자신의 소득을 그냥 소비해 버릴지 자본으로 돌릴지가 문제인 것이다.

인간의 육체도 모든 기관들도 같은 법칙 하에 있다. 인간의 육체란 그의 생명을 품고 있는 그릇이다. 그것을 쾌락을 위해 쓰려고 하는가? 파멸의 길은 짧고 평평하다. 낭비를 막고 힘을 얻기 위해서 그것을 모으지 않는다면, 그것은 모든 것들이 보다 높은 단계로 거슬러 올라가는 자연의 법칙에 의해 성스러운 발효상태를 지나 육체의 활력은 정신적, 도덕적인 활력으로 바뀐다. 인간이 먹는 빵은 일단 체력이 되고 동물정기가 된다. 결국 보다 높은 실험실 속에서 심상이 되고 사상이 되고 보다 뛰어난 결과로서 용기와 인내가 생겨난다. 이것이야말로 올바른 복리라고 해야 할 것이며 자본은 두 배가 되고 네 배가 되고 백 배가 되며, 인간은 최고의 힘에 이르게 된다.

진정한 검약이란 항상 훨씬 높은 차원에서 소비하는 것이다. 강렬한 탐욕을 가지고 투자에 투자를 더하고 동물적인 생존을 더해 나가는 것이 아니라 정신적인 창조를 위해 소비해야 한다. 인간은 옛날 그대로 동물적인 감각의 경험을 쌓더라도 풍요로운 존재가 될 수 없다. 또한 새로운 힘과 고차원적 기쁨을 통해 보다 높은 선을 현실에서 경험함으로써 자신이 이미 최고의 경지에 이르는 과정에 있다는 것을 깨달을 때까지는 풍요를 누릴 수는 없는 것이다.

제9장
수상여록

인생에서 가장 훌륭한 것은 대화이다. 그리고 그 대화를 완성시키는 가장 중요한 것은 사람들과의 신뢰관계를 두텁게 하는 것이다. -에머슨

수상여록

1860년에 출판된 『어떻게 살아야 하는가』의 1편
"Considerations by the Way" in The Conduct of Life, 1860

✲ ✲ ✲

　귀가 따가울 정도로 남에게 잔소리를 하는 것은 인간의 선천적인 천성이라고 할 수 있지만, 실은 인생이란 설교의 제목이라기보다는 경이적인 대상이라고 해야 한다. 인생에는 너무나 많은 운명적인 것들이 파고들어오며 또한 선천적인 기질과 미지의 영감에서 발산하는 저항하기 힘든 이끌림 때문에 우리는 서로에게 도움이 될 것을 자신의 체험을 기초로 해서 말하고 있는 것인지 의문을 품지 않을 수 없다. 온갖 종류의 직업은 소심하고 항상 타인에게서 무언가를 기대하고 있는 것 같은 물건이다.

　목사는 자신의 기도와 설교가 특정한 사람의 영혼의 정황과 확실하게 일치한다면 훨씬 더 많이 명상을 해야 하며, 둘 혹은 열 명의 마음을 사로잡을 수 있다면 큰 성공이라 해야 한다. 게다가 그는 교회에 갈 때 타인의 마음의 병에 대해 알고 있거나 그것을 치유할 수 있다는 확신은 전혀 갖고 있지 않다. 의사는 자신의 얼마 안 되는 능력에 의지해 처방하고 지금까지 백여 명의 환자에게 시험을 해서 약간의 성공을 거둔 자양강장제와 진통제를 눈앞의 새롭고 특수한 체질의 환자에게 조심스럽게 시험해 본다. 그러므로 환자의 상태가 호전되면 기뻐하거나 놀라게 된다. 변호사는 의뢰인에게 무언가 조언을 해주고 배심원에게 자신의 의견을 피력하고 모든 것을 배심원에게 맡겨 버린다. 그러므로 승소판결을 받으면 의뢰인과 마찬가지로 크게 기뻐하며 어깨의 짐을 내려놓은 것 같은 기분이 들게 된다. 재판관은 변론을 고려해 사건에 대해서는 아무렇지 않다는 듯한 표정을 짓지만 판결을 내려야 하기 때문에 가능한 최선의 판단을 한다. 그리고 자신은 법을 집행해서 사회에 만족을 주었다고 여긴다. 그러나 재판관도 어차피 일개 변호사에 불과하다. 이런 인생의 모든 것들은 소심하고 능력 없는 방관자에 불과하다. 우리는 자신이 당연히 하지 않으면 안 되는 일을 하고 그것에 최상의 이름을 붙인다.

우리는 자신이 한 행위에 대해 칭송을 받는 것을 매우 좋아하지만 우리의 양심은 "이것은 내가 사랑해야할 것이 아니다."라고 중얼거린다. 우리가 서로를 위해 할 수 있는 것은 이미 다 알려져 있다. 우리는 깊은 공감을 느끼며 옛 성인들이 남긴 명언을 들려주면서 청년을 투기장 앞까지 데리고 간다. 그러나 이 청년이 서 있거나 넘어지는 것은 우리의 힘에 의해서가 아니고 옛 명언의 힘에 의한 것도 아니며 한마디로 아무도 알 수 없는 청년 자신의 힘에 의한 것이다. 어떤 싸움이더라도 한 인간이 승리를 거둔 이유는 이 세계의 다른 모든 인간에게 있어서는 심원의 비밀인 것이다. 그 사람이 우리의 모든 이기들에게서 벗어 벗리고 가장 으뜸인 지체에 의지하면서 비로소 훌륭한 것이 그에게 찾아드는 것이다. 그러므로 우리가 인생에 대해 무언가를 말할 수 있다면 그것은 그저 무언가를 있는 그대로 말하거나, 혹은 이것을 칭송해야 하는 것으로 도움이 될 만한 법칙을 말하고자 하는 것은 아니다.

그러나 왕성한 생명력이라는 것은 다른 것으로 전염되는 것으로 모든 사람들이 강하게 생각하거나 느끼게 하는 것은 우리의 힘을 증가시켜 우리의 행동영역을 넓혀 준다. 모든 위대한 마음을 가진 사람에 대해, 모든 뛰어난 천재에 대해, 정의로운 행위에 대한 시험에 생명과 재산을 투자한 사람들에 대해, 과학에 새로운 공헌을 한 사람에 대해, 법도에 맞는 일에 따라 이 인생에 세련을 더한 사람들에 대해, 우리는 수많은 은혜와 배려를 받고 있다. 우리의 이익이 되는 아름다운 영혼의 주인이면서 아름다운 사교계는 없다.

아름다운 사교계는 거리와 술집의 비속함에 대한 자기방어에 불과하다. 일반적인 의미에서 아름다운 사교계라고 하는 것은 사상도 목적도 가지고 있지 않다. 사교계의 역할은 향료제조소나 세탁실과 같은 것으로 농장과 공장의 역할을 다할 수는 없다. 그것은 다른 세계를 내몰아낸 작은 세계이다. 시드니 스미스(1771~1845, 영국 종교가, 저술가)는 "런던에서는 수 야드가 우정을 단단하게 해 주거나 해소해 주기도 한다."라고 말했다. 그것은 도의에서 어긋난 예절이자 청결한 셔츠, 마차, 장갑, 명함, 그 밖의 작은 것들에 우아함을 중시하는 것이다.

그러나 인간이 몸에 걸친 청결한 셔츠의 장수 외에도 그 인간의 자존심을 재는 척도가 있을 것이다. 사교계는 장난을 치며 즐기는 것을 좋아하지만, 우리는 그런 즐거움을 추구하려 생각하지 않는다. 우리는 이 인생이 싸구려가 아니라 신성한 것이길 바라고 있다. 매일 매일이 충실하고 향기로운 세상이 되길 바라고 있다. 그러나 우리는 지불해야할 것, 혹은 우리가 지불해야할 부채와 우리가 맛봐야 할 쾌락에 의해 은행 지불 날짜로 하루하루를 생각하고 있다. 우리가 해야 할 일은 그저 숨을 들이마시고 내뱉는 것뿐일까? 포르피리어스(233~305, 신플라톤파 철학자)가 우리의 삶에 대한 정의는 훨씬 뛰어난 것이다─"생이란, 물질을 하나로 정리한 것이다. 품에 안겨 있는 갓난아기는 하나의 수로이며 그곳을 우리가 운명이나 사랑, 이성이라 부르는 힘이 확실하게 눈에 보일 수 있게 흐르고 있다. 동식물과 돌과 가스와 계량할 수 없는 원소가 인간을 돕기 위한 것으로써 수성의 꼬리처럼 뒤에 달라붙어 있는 모습을 보는 것이 좋다. 인간의 이 장려한 수단으로 인간의 목적을 추측해 보는 것이 좋지 않을까?" 미라보(1749~1791. 프랑스 혁명당의 정치가, 웅변가)는 이렇게 말했다─"우리는 모든 곳에서 모든 성공을 거두지 않는다면 인간다운 마음이 들지 않는다. 무슨 일이든 이것은 내가 할 일이 아니라고 막하거나 역으로 내 힘으로는 부족하다고 생각해서는 안 된다. 의욕을 가질 수 있는 인간에게 있어 불가능한 것은 하나도 없다. 그것이 필요한 것이라면 반드시 성취할 수 있다─이것이 성공의 유일한 법칙이다."

누구의 입에서 나왔든 간에 이것은 올바른 비결을 전하고 있다. 그러나 세상의 일반 사람들의 기풍과 정신은 이와 다르다. 거리에 나가보면 우리는 독설을 내뱉고 싶어진다. 우리가 만나는 사람들은 모두 조악하고 무신경하다. 재능이 뛰어난 사람도 마음속에 응어리가 져 있다. 유상무상의 사이에 빈민, 병자, 미식가, 도락가, 정치가, 도적, 가볍게 입을 놀리는 남녀 등, 차라리 없는 것이 낫다고 여겨질 정도이다. 인간은 두 종류로 나눌 수 있다─남에게 은혜를 베푸는 사람과 나쁜 짓을 저지르는 사람. 후자에 속한 인간은 많지만 전자에 속하는 인간은 한줌도 되지 않는다. 인간이 어쩌다 병에 걸리면 제3자는 그 사람이 죽을지도 모른다고 여기거나 부질 없는 희망을 품고 기운을 차린다. 가난한 생활을 보내고 있는 사람, 비참한 환자, 총으로 쏘고 싶은 인간이 주변에는 얼마든지 널려 있다. 프랭클린은 이렇게 말했다-"인간이라는 것은 천박하고 비열하다. 뭔가 일을 시작하지만 역경에 맞닥뜨리면 곧바로 실망을 하고 도망쳐 버린다. 그러나 인간은 온갖 능력을 가지고 있기 때문에 그것을 쓰려고 하면 된다." 우리는 어떤 나라를 판단할 때 다수자를 기준으로 삼아야 할 것인가, 소수자를 기준으로 삼아야 할 것인가? 그것은 의심할 여지도 없이 소수자를 기준으로 삼아야 한다. 그 나라가 시대정신에 대해 품고 있는 중요성을 기준으로 삼지 않고 인구조사와 토지의 넓이와 그 밖의 것을 기준으로 삼고 그 나라를 평가하는 것은 탁상공론이다.

흔히 말하는 '대중'을 칭찬하는 위선적인 말투는 그만두는 것이 좋다. 대중은 조악하고 불구이며 미숙한 데다가 그들의 요구하는 것과 영향력은 유해하며 그들에 대해서 비위를 맞추기보다는 훈련할 필요가 있다. 나는 대중에게 한 치도 양보하고 싶은 마음이 없다. 오히려 그들을 길들이고 훈련시켜 분해하고 해산시켜 그들 속에서 개인을 이끌어 내고 싶다. 자선이 가장 곤란한 것은 우리의 보호를 바라는 인간들 모두 보호할 가치가 없는 인간이라는 것이다. 대중! 실제로 귀찮은 존재이다. 내가 바라는 것은 대중이 아니라 성실한 남자이다. 술만 마시고 있는 무수한 양말 공장의 직공들과 거지는 사양하고 싶다. 정부가 그 방법을 알고 있다면 대중의 번식을 허락하지 않고 저지하길 바란다. 정부가 참된 행동의 법칙을 자신의 것으로 삼는다면 태어나는 모든 인간은 필요불가결한 존재로서 환영을 받을 것이다. 현재와 같이 대중을 환호하며 받아들이는 것은 멈추고 개개의 인간이 자신의 명예와 양심에 걸고 표명한 신중한 투표를 나는 신뢰하고 싶다. 고대 이집트에서는 한 예 인가의 두표, 매 명의 지이에 펼쳐까다고 새기하, 비를이 게끼 되어 있었다. 나는 이것으로 아직 예언자의 투표가 너무 낮게 평가되었다고 생각하고 있을 정도다. "같은 점토라도 품위가 다르다."라고 하는 것은 우리가 일상의 바라는 것들에서 이미 승낙한 바와 같다. 워싱턴의 정치가들이 하고 있는 반대당의 한 사람과 함께 권리를 포기하는 관행만큼 수상한 것도 없다. 이것은 쉽게 말해서 잘못된 투표를 하는 사람이 권리를 포기해서 올바른 투표를 하는 사람마저 권리를 포기할 구실을 만들어 주는 것과 같다. 의회에 출석하는 것은 그저 투표를 할 만큼의 효과밖에 없다고 여기는 것 같다.

테르모필레(BC 480에 스파르타의 장군 레오니다스가 인솔하는 그리스 군이 페르시아 군과 싸워 전멸한 그리스의 옛 싸움터)의 협곡에서 300명의 그리스 용사가 300명의 페르시아 병사들과 함께 전선에서 이탈했다면 어땠을까? 그랬더라도 그리스의 역사가 바뀌지 않았을까? 나폴레옹은 부하들로부터 혼자 '1억 명'에 달하는 가치가 있다는 말을 들었다. 그가 성실함을 겸비한 인간이었다면 '1억 명'에 달하는 가치가 있다는 말을 들었을 수도 있다.

자연은 하나의 좋은 멜론이 열릴 수 있게 하기 위해서 50개의 나쁜 멜론을 만들었으며, 디저트로 쓸 한 줄의 사과를 얻기 위해 일그러지고, 벌레 먹고, 숙성이 덜 된 사과를 버리지 않으면 안 된다. 자연은 벌거숭이 인디언과 옷으로 치장한 기독교도 국민을 세계 각지에 퍼뜨려 놓았지만, 머리가 좋은 사람은 그중에 두세 명밖에 되지 않는다. 자연은 부지런히 움직이고 있지만 과녁에 명중하는 것은 백만 번 중에 한 번밖에 없다. 인간사회에서 백 년에 한 명의 거상을 탄생시킬 수 있다면 그것만으로도 충분하다. 뛰어난 인간을 만들어내기 위해 고생을 하면 할수록 그런 인간이 탄생했을 때 충분히 활용할 수 있다. 내가 과거 한 작은 지역에서 계산해 보고 알 수 있었던 것이 한 명의 유능한 인간에게는 반드시 12명에서 15명의 인간이 물질적 원조를 받고 있었으며, 그는 그들에게 있어 생명을 이어주는 샘물이자 후원자이고 보증인이며 유치원, 병원, 그 밖의 수많은 기능을 하고 있다. 그가 독신이든 가장이든 간에 크게 상관은 없다. 그가 자신의 어깨에 떠안고 있는 의무를 전부 다 거부하지만 않는다면 이 정도의 도움은 어떤 형태로든 그에게로 전달될 것이다.

이것은 재능을 가진 자가 감당해야 하는 세금이다. 뛰어난 인간은 개개인의 중심으로서 타인의 도움이 되고 더 많은 영향을 끼친다. 기계에 관한 학문이든 도덕에 관한 학문이든 간에 모든 계시^{啓示}는 사회에 대한 것이 아니라 개인에 대해 주어진다. 오늘날의 모든 주목할 만한 사건, 모든 도시, 모든 식민은 그 원천을 거슬러 올라가보면 개인의 두뇌로 귀속된다. 우리의 문명을 만들어 내고 있는 모든 업적은 한때 그 수의 뛰어난 두뇌가 품었던 사상에 지나지 않는다.

그런데 이런 물고기의 산란과도 같은 생산력은 유해한 것도 아니고 불필요한 것도 아니다. 이런 유상무상의 것이 존재하지 않아도 된다고 여길지 모르지만, 실은 그와 반대이며 그들도 이미 계산을 하고 있으며 의존하고 있다. 운명은 당신이 필요로 하는 가는 실이 그것을 나무와 이어주고 있는 한 모든 것을 그대로 유지한다. 멋을 부리는 남자나 한량이나 도둑과 같은 무리도 최하층의 국민으로서 존재가 용납된다. 그들의 악덕 하나하나는 도가 지나친 미덕, 혹은 아주 혹독한 미덕이라고도 할 수 있다. 민중은 동물이자 반개화 상태의 침팬지와 같은 존재이다. 그러나 이 민중이 구성하고 있는 단위는 중성이며 그것들은 각각 성장해서 여왕벌이 될 가능성도 있다. 원칙적으로 말하자면 우리가 사고를 할 수 있게 되기 전까지는 야수로서 존재하고, 사고를 하게 되면서부터는 다른 모든 것을 이용할 수 있게 된다. 자연은 모든 악을 선으로 바꿔놓는다. 자연은 정말로 필요한 것은 반드시 충족시켜 준다. 건강한 정신의 주인이라면 결국 자신에게 불신을 품지는 않을 것이다. 그가 이 세상에서 살고 있는 것은 감상적으로 트집을 잡는 모든 것에 대한 완벽한 대답이다. 그가 살아 있는 이상 그는 필요한 존재이며 필요한 특성을 갖추고 있는 것이다. 우리가 여기에 있다는 사실이, 우리가 여기에 있어야 하는 이유를 증명하고 있다. 세상의 모든 고개와 섬들이 그곳에 존재하는 것과 마찬가지로 우리는 이곳에 존재하고 있는 것이다.

그러므로 다수자가 나쁘다고 하더라도 그것이 악을 의미하는 것이 아니며, 이런 말을 하는 사람의 무분별함을 나타내는 것도 아니라 그저 다수자가 미숙하고 아직 자기 자신을 깨닫지 못해 자신의 의견을 갖고 있지 않다는 것만을 의미하고 있다. 이 사실을 그들이 깨닫게 된다면 그것은 그들에게 있어서도 모든 사람들에게 있어서도 하나의 신탁神託이 될 것이다. 그러나 현재로서는 자칫하다가 네 발 달린 짐승과도 같은 사고가 버젓이 통하고 있다. 이 짐승적인 힘은 한편으로는 이 세계를 단련시키는 것, 영웅들을 교육시키는 것, 순교자들의 영광이 되고 있지만, 다른 한편으로는 모든 시대에 있어 기지가 넘치는 사람의 풍자의 대상이 되며 착한 사람들의 눈물의 원천이 되는 것이다. 이런 사람들은 신문 잡지나 클럽, 정부나 교회도 악마의 이익을 꾀하고 악마의 힘을 휘두르고 있는 장소라고 여기고 있다. 현자들은 각각의 시대에 있어 이런 방해물과 싸워왔다. 소크라테스는 유명한 반어법으로, 베이컨은 생애에 걸친 위장으로, 에라스무스는 『우신예찬(愚神禮讚)』이라는 저서로, 라블레(Fran ç cois Rabelais. 1483~1553. 프랑스 르네상스를 대표하는 인물)는 각 나라들을 떠들썩하게 만든 풍자를 통해. 슈발리에(1644~1711. 프랑스 원수)는 그림에게 이런 편지를 보냈다—"나를 당해하고 있는 무리들에 대해 당신은 어리석은 자들이라고 말할 것이다. 그것은 맞는 말이다. 그러나 그들은 숫자에서 우위를 점하고 있다. 그리고 모든 일을 결정하는 것은 숫자이다. 그들과 싸우더라도 아무런 도움도 되지 않는다. 그들의 힘을 약하게 할 수는 없다. 그들은 늘 지배자이다. 이 세상의 관습과 풍습은 모두 그들의 손에 의해 만들어진 것이다."

이처럼 불길한 사실을 앞에 두고 역사가 가르쳐 주는 제1 교훈은 악이 좋은 결과를 가져다준다는 사실이다. 선은 좋은 의사이지만, 악은 때론 이보다 훌륭한 의사이기도 하다. 노르만 사람인 윌리엄(1027~1087. 프랑스에서 건너와 영국을 정복하고 노르만 왕가의 초대 왕이 됐다)의 압박, 잔혹한 삼림법, 강대한 전제정치는 존 왕의 통치시절 대헌장을 만드는 계기를 제공했다. 에드워드 1세는 돈과 군대와

성, 그 밖의 얻을 수 있는 모든 것을 원했다. 그래서 지금까지보다 훨씬 쉽고 빠른 방법으로 백성들을 소집할 필요가 있었다. 이렇게 해서 영국의 하원이 탄생하게 된 것이다. 왕가에서 필요로 하는 보조금을 얻기 위해 국왕은 그 대상으로서 특권을 부여했다. 다시 말해 그는 통치를 시작하고 24년째 되던 해에 "상원은 물론 하원의 허락 없이 그 어떤 세금도 부과해서는 안 된다."라는 포고를 하였다. 이것이 영국 헌법의 기초가 되었다.

플루타르크의 말에 의하면 알렉산더 대왕의 진군과 함께 벌어지는 잔혹한 전쟁은, 그리스 문명과 언어와 예술을 야만적인 동방의 나라에 퍼뜨렸으며 결혼이라는 제도를 전했고, 70개의 도시를 건설하고 적대관계였던 제국을 하나의 정부 아래 통합시켰다. 로마 제국을 붕괴시킨 게르만의 야만족들은 적절한 시기에 출현을 했다. 프리드리히 실러(Johann Christoph Friedrich von Schiller. 1759~1805. 독일 시인, 극작가)는 30년 동안의 전쟁이 독일을 하나의 국가로 만들어 주었다고 말했다. 난폭하고 제멋대로인 전제군주들도 사람들에게 큰 도움이 된 것이다. 로마 교황과 싸운 헨리 8세, 크롬웰의 예지뿐만이 아니라 그의 분노, 러시아 황제들의 광폭함, 1789년 프랑스 국왕을 시해한 자들의 영광 등이 그 예라 할 수 있을 것이다. 한 해의 수확을 모두 망쳐버리는 서리는 모든 해충들을 구제(驅除)해 버리기 때문에 백 년 동안의 수확을 도와준다. 전쟁과 화재, 역병 등은 지렛대로도 꿈쩍하지 않던 틀을 깨고 퇴폐한 민족이 사는 토지와 병의 소굴을 정화시켜 새로운 사람들을 위한 아름다운 활동 무대를 열어 준다. 모든 것은 정상으로 돌아가려는 작용이 이루어지고 있기 때문에 부패한 제도를 분쇄시키는 전쟁과 혁명과 파산은 모든 것이 새롭고 자연스러운 질서를 회복시킬 가능성을 제공해 준다. 큰 재해가 주기적으로 일어나고 혹성의 오차와 인간들의 열병, 그 밖의 병들을 특정 한도에서 머물게 해 준다. 자연은 대립에 의해 지탱하고 있다. 격정과 저항과 위험이 인간을 교육시켜 준다. 우리는 자신이 극복한 힘을 자신의 것으로 만든다.

전쟁이 없다면 병사도 없을 것이고, 적이 없다면 영웅의 탄생도 없다. 우주가 빛을 발하고 있다면 태양은 더 이상 소중한 존재가 아닐 것이다. 인격의 광영이란 추락의 공포에 직면하고 거기서 새롭고 고귀한 힘을 이끌어내는 데 있다. 예술은 서로 대립하는 것을 새롭게 이용해 이것을 결합시켜 더욱더 어두운 밤의 나락을 추구하여 암흑 속으로 빠져듦으로 인해 생명을 유지하고 인간을 감동시킨다. 십자가와 지옥이 없었다면 화가는 과연 어떻게 해야 한다는 말인가? 시인과 성자는 어떻게 해야 하는 걸까? 미와 추함, 웅장함과 초라함의 균형은 이 세계에서 언제까지나 사라지지 않을 것이다. "역경을 이겨낼수록 사자처럼 용맹하게 행동한다—이것이 내 주장이다."라고 말한 것은 안토니우스(Marcus Aurelius Antoninus.

121~180. 로마 16대 황제, 철학자)가 아니라 한 가난한 세탁부였다.

　1849년(골드러시가 일어난 해)에 캘리포니아 주로 향한 사람들의 의도와 행위를 나는 그다지 존경하지 않는다. 그것은 돈 냄새를 맡고 모여든 투기꾼들이 서로 뺏고 빼앗기는 아수라장에 불과했으며, 서부지방에서는 채광지역의 난폭자를 전부 감옥에 처넣은 것에 지나지 않는다. 그들 중에 어떤 사람은 훌륭한 의도를 가지고, 또 어떤 사람은 아주 좋지 않은 의도를 가지고 모여들었지만, 모두가 일확천금이라는 아주 간단한 꿈을 좇아 모여든 것만은 분명하다. 그러나 자연은 모든 것을 다 알고 있기 때문에 이런 악행들을 선행으로 바꾸어 놓았다. 캘리포니아의 인구가 늘어나고 토지가 개척되어 이렇게 부도덕한 방법으로 문명의 개화를 누릴 수 있었으며, 이 허구 위에 진정한 번영의 뿌리를 뻗고 성장을 이루었다. 이것은 쉽게 말해 오리를 잡기 위한 가짜 오리와 고래를 잡기 위해 던진 나무통에 불과했지만 그 덕분에 진짜 오리와 기름을 얻을 수 있는 고래를 잡을 수 있었던 것이다. 사비누 족의 약탈과 강도들의 침입으로부터, 시간이 흐른 뒤 진정한 로마와 그 용맹한 행위가 탄생할 수 있었다.

　미국의 땅은 장대하지만 인간은 그렇지 못하다. 발명품은 탁월하지만 발명가들 중에는 가끔 부끄러울 정도의 인간이 있다. 캘리포니아와 텍사스와 오리건의 개척, 태평양과 대서양의 연결 등의 웅대한 사건을 일으키게 된 계기가 된 것은 그야말로 사소한 것이었다—저급한 이기주의, 기만과 음모가 바로 그것이었다. 그러고 보면 역사적으로 위대한 결과를 탄생시킨 것은 대부분 부끄러워할 만한 수단에 의한 것들이다.

일리노이 주와 광대한 서부의 모든 주가 철도에서 받은 혜택은 측정이 불가능할 정도이며, 그것은 과거의 기억에 남는 명확한 의도 하에서 행해진 모든 자선사업을 훨씬 능가하는 것이다. 알프레드 내쉬(1849~1901, 애니싱을 받아낸 잉글시 세기) 피워드(1760~1790. 영국 자선사업가)와 페스탈로치와 엘리자베스 플라이(1780~1845. 영국의 형무소 개혁운동가)와 플로렌스 나이팅게일, 그 밖의 모든 박애주의자들이 남긴 은혜도, 일리노이 주와 미시건 주를 건설하고 미시시피 강 유역에 거미집처럼 도로를 만든 이기적인 자본가들이 자신들의 의지와 상관없이 국민들에게 베푼 은혜와는 비교할 바가 못 된다. 이 도로들은 지주들의 부를 축적시켜줬을 뿐만이 아니라 수백만에 달하는 사람들의 에너지를 해방시켜 주었다. 옛 명언 중에 "신은 가장 무거운 추를 가장 작은 바늘에 건다."라는 말이 있다.

어떤 남자의 친구들이 그 사람의 자식들이 도락에 빠져 있는 것에 대해 주의를 주며 언젠가 큰 일이 날 것이라고 경고하자, 그 남자는 이렇게 대답했다고 한다—"나도 젊어서는 똑같이 어리석은 짓을 했지만 결국 결과는 나쁘지 않았으니 자식들의 방탕한 모습에 그리 놀라지 않네. 물론 물가에 내놓은 심정이지만 얼마 안 돼 바닥까지 갔다가 다시 수면으로 떠오를 것이라고 생각하네." 이것은 너무나 대담한 방법으로 현명하게 탈출하는 경우도 있지만 실패하는 경우가 더 많다. 그러나 뛰어난 이해력이라고 하는 것은 인간을 자립시키는 데 있어서는 도덕적인 감수성에 뒤지지 않을 만큼 도움이 된다고 할 수 있다. 욕정의 만족은 사람을 잃게 하며 그리고(그것은 인간의 가장 바람직하지 않은 일이지만) 그 사람의 사회적 지위를 심하게 추락시킨다는 것을 알 수 있기 때문이다. 이렇게 모든 재능은 그 사람의 인격과 흥망을 함께한다.

"내가 하는 말을 믿으라—오류도 나름의 독자적인 공덕을 가지고 있다."라고 볼테르는 말했다. 신중한 사람이라면 특정 종류의 자부심과 분노를 힘으로 삼아 물러서고 싶은 곤란을 극복하는 사람들을 자주 볼 수 있다. 완고하고 당파심이 강한 사람은 완고하고 편협한 사람이며 많은 것을 보지 못하기 때문에 한 가지만 너무 열심히, 과장되게 보는 경향이 있다. 이런 사람이 우연히 다른 편협한 사람들 사이에 섞이거나 당대의 상업과 정치와 같이 일시적인 중요성밖에 없는 것과 접하게 된다면 앞서 말한 한 가지 것을 우주 전체보다 중요한 것이라 여기게 된다. 그리고 이런 사람은 문제를 확대 해석하거나 특정 주장을 강하게 주장하는 사람들에게 있어서는 악령에 사로잡힌 신의 사자처럼 보이게 된다. 거칠고 정렬적인 인간, 게다가 악덕이 전혀 없는 인간이 사회에 미치는 힘과 불을 우리가 확실히 알 수 있다면 틀림없이 그 편이 훨씬 나을 것이다. 그러나 차륜에서 차축에 꽂아 둔 꺽쇠를 굳이 뽑아버리는 사람이 있을까? 분명한 것은 도덕적 불구란 제자리를 찾지 못한 훌륭한 정렬이라는 것이다. 자신의 약점에 대한 덕을 보지 않는 사람은 한 삶도 없다는 것이다. 오래된 신탁神託에 의하면 "복수의 여신은 사람 들을 밉게시키는 그이다,"라고 했다, 독은 병을 따리고 생형을 주하는 최고의 약이다. 고귀한 예언의 구절을 빌리자면, 신은 "인간의 분노를 신에 대한 찬미로 바꾼다." 인간의 악을 거부하지 않고 선으로 바꾸는 것이다.

"가장 선량한 인간은 그 약점에 의해 만들어진다.(셰익스피어의 『자에는 자』 중에서)"라고 셰익스피어는 적고 있다. 위대한 교육자와 입법자, 특히 장국과 식민지의 지도자는 이런 종류의 사람들에게 큰 기대를 걸며 엄청나게 정렬적인 힘으로 인간을 최고의 재료로서 존중한다. 보스턴 항의 농업학교 교장을 역임하던 양식과 정렬적인 기운으로 넘치던 한 남자가 내게 이런 말을 한 적이 있다―"흔히 말하는 착한 학생은 필요 없다. 불량한 소년들을 보내 주길 바란다." 세상의 어머니들이 자기의 자식들이 갑자기 점잖아지면,

아이가 혹시 아프지는 않은지 걱정하는 것이 바로 이런 이유에서 일 것이다. 미라보는 이렇게 말했다—"거칠고 정열적이지 않은 사람은 위대한 인간이 될 수 없다. 그런 정열이 없다면 군중들의 감사를 받을 만한 일은 할 수 없다." 정열이라는 것은 조절기로서는 큰 의미가 없지만 용수철로서는 대단히 강력하다. 다른 것을 돌아보지 않는 정열은 일상의 사소한 일과 마음의 피로에서 인간을 구해주는 효과를 가지고 있다. 그것은 인간이라는 원자를 회전시켜 문지방에 다리를 걸치고 남의 집을 방문하거나 처음으로 많은 군중들 앞에서 강연을 할 때 느끼는 저항을 극복시켜 순조로운 출발을 가능하게 해주고 속도를 부여해, 일단 시작한 이상 그것을 지속할 수 있게 해주는 열기이다. 다시 말해 비료로 재배하지 않는 식물이 없는 것처럼 악덕의 덕을 보지 않는 사람은 한 사람도 없을 것이다. 우리가 간절하게 바라는 것은 단지 인간이 점점 향상하고, 식물이 하늘을 향해 가지를 뻗으며, 하등한 성질의 것이 보다 나은 성질로 바뀌는 것이다.

총명한 장인은 자신의 재능을 이끌어낸 빈곤과 고독에 대해 후회하지는 않는다. 청년들은 자산가의 자식들이 풍기는 고상한 태도와 모든 행동에 매료당하고 만다. 그러나 위대한 인간은 전부 중산계급에서 탄생한다. 그러는 편이 두뇌와 마음의 자양분이 되기 때문이다.

마커스 안토니우스의 말에 의하면 "흔히 말하는 고귀한 태생의 인간은 무정하다."라고 그의 스승으로부터 배웠다고 한다. 그에 반해 무지한 인간의 너그러운 배려만큼 깊은 교양이 드러나는 것은 없다. 찰스 폭스(Charles James Fox. 1749~1806. 영국 정치가. 한때 휘그 내각의 외무장관 역임)는 이렇게 말했다—"우리나라의 역사에서 알 수 있는 것은 풍요로운 환경에서 사는 사람에게서는 빈틈없는 마음 씀씀이와 정력적인 노력을 기대할 수는 없다. 그러나 이런 것들이 없다면 영국의 미인은 최대의 힘과 무게를 잃게 될 것이다. 인간성은 방종에 빠지기 쉬우며 가장 칭찬받을 만한 공공에 대한 봉사는 항상 부와는 인연이 없는 생활을 하고 있는 사람들에 의해 이루어져 왔다." 그러나 우리가 바라고 있는 것은 습성에 따르는 것이다. "배려 깊은 신들이여, 바라옵건대 경쟁의 장에서 우리에게 불리한 행동과 상태와 재산상의 결함을 보충해 주소서." 그러나 총명한 신들은 이렇게 대답한다—"아니, 너희들에게는 훨씬 좋은 것을 선물하겠다. 굴욕과 패배와 동정의 상실과 다른 인간으로부터 깊은 구렁텅이에 빠뜨려져 훌륭한 신사들의 훌륭한 진리와 인정을 배우는 것이 좋을 것이다."

　뉴욕의 5번가에 사는 지주, 웨스트 앤드에 집을 가지고 있는 인간은 최고급의 인간이 아니다. 선량한 마음과 건전한 정신은 달리 조건을 필요로 하지 않지만, 만인을 위해 현자라고 자칭하는 자는 비호를 받아서는 안 된다. 그는 가난한 자들이 자는 오두막과 그들의 고생을 알아야 한다. 이솝, 소크라테스, 세르반테스, 셰익스피어, 프랭클린 등, 최고의 정신을 소유한 사람들은 가난한 마음과 굴욕을 경험한 사람들이었다. 부자는 평생 남들에게 굴욕을 받은 적이 없을 것이 분명하지만 지금 열거한 사람들은 살을 에는 듯한 모멸감을 견디지 않으면 안 됐다. 부자들은 추위와 배고픔과 전쟁과 무뢰한들 때문에 위험에 빠진 적이 한 번도 없을 것이다. 그러나 그 이유는 그들의 사상이 너무나도 온건했기 때문이라는 것을 알 수 있다. 타인에게 응석을 부리거나 과자를 너무 많이 먹는 것은 그 사람에게 있어 치명적인 단점이 된다. 이런 사람은 그의 남성다움을 시험하는 온갖 시련을 견딜 수 있을까? 이런 사람을 타인의 비호로부터 벗어나게 하는 것이 좋다. 그러면 훌륭한 부기사가 되고 보험회사의 빈틈없는 고문 자리에 오르게 될 것이다. 아니면 혹시 대학의 시험을 통과해 학위를 딸 수도 있을 것이고, 혹은 법정에서 현명한 조언을 할 수 있을지도 모른다. 그도 아니면 이런 사람들을 농부와 소방대와 인디언과 이민자들 속에 넣어보면 좋을 것이다. 맹견을 풀어 그를 쫓게 하고 폭도들로 인해 온갖 고생을 경험하게 한 뒤 캔자스나 파이크스 피크, 오리건으로 그를 보내는 것이 좋다. 만약 그가 진정한 힘을 가지고 있다면 이것이야말로 그에게 필요한 것일지도 모른다. 그는 그곳에서 보다 폭넓은 지혜와 남자다운 힘을 얻어 돌아올 것이다. 이솝, 사디(1209~1291. 페르시아의 위대한 시인), 세르반테스, 르나르(Renard, Jules. 1864~1910. 프랑스의 소설가, 극작가)는 해적의 습격을 받아 죽고, 노예로 팔려가서 인간생활의 진실을 깨닫게 된 것이다.

고난의 시간은 과학적인 가치를 지니고 있다. 열심히 배우려고 하는 자는 이런 기회를 놓치지 않을 것이다. 우리가 자주 보스턴의 독립전쟁 기념관을 방문해서 들끓는 애국심의 폭풍우와 건장한 다씨 부사닉의 스끙을 봉하시드고 디돗의 열긱긱인 빕헤, 내긴, 긔기의 파산, 혁명과 같은 사건은 무기력한 번영의 세월보다도 인생의 중심적인 음조를 풍성하게 드러내고 있다. 우리의 기억에 남아 있는 한 견고한 대륙이었던 대지가 큰 입을 열면서 완성과 그 시대를 명백하게 하는 경향이 있다. 우리는 지진이 일어난 다음날 아침 찢겨진 산, 솟아오른 평원, 말라붙은 바다 등의 두려운 지도 위에서 지질학을 배우고 있다.

우리의 생활과 문화에 있어서 모든 것이 하나로 정리되어 도움이 된다—격정도, 전쟁도, 반항도, 파산도, 우행이나 과오도, 모욕도, 권태나 나쁜 벗도. 자연은 쓰레기를 거래하는 상인이라 할지라도 자투리나 부스러기를 열심히 주워 모아 새로운 것을 만들어 낸다. 나는 얼마 전에 한 훌륭한 화학자가 실험실에서 자신의 낡은 셔츠를 순백색의 설탕으로 바꾸는 모습을 보았는데, 자연도 이와 닮아 있다. 인생은 하나의 무한한 특권이자 당신이 차표를 사서 인생이라는 차에 올라탔을 때, 그곳에 얼마나 훌륭한 길동무가 있는지 추측하는 건 거의 불가능에 가깝다. 잔뜩 물건을 사들였지만 계산서에는 전혀 적혀 있지 않은 것들이다. 인간은 다른 특정한 목적을 위해 일을 하면서 무의식중에 어떤 위대한 업적을 달성하기도 한다.

이제 위에서 논해온 것들에 관해 인생의 제1 법칙을 굳이 정하자면 이미 몇 번이고 말한 바와 같이 경제의 제1 원칙, 다시 말해 '스스로 자활해야 한다.'고 하는 원칙을 다시 반복하지는 않겠다. 그러나 나는 일단 건강을 획득하라는 말을 해주고 싶다. 어떤 노동도, 고통도, 절제도, 빈곤도, 운동이라 할지라도 건강하게 해 줄 수만 있다면 거부해서는 안 된다. 왜냐하면 병은 사람을 잡아먹는 식인종과 같아서 그것들은 닥치는 대로 생명은 물론 청춘까지 순식간에 먹어치우기 때문에 자신의 아들, 딸까지 영향을 미치게 된다. 내가 생각하는 병이라는 놈의 모습은 광란상태에 빠져 울부짖고 있는 시퍼런 유령으로, 아마도 이기적이고 선량한 것과 위대한 것을 돌아보지 않은 채, 자신의 감각에만 의지하여 자신의 영혼을 잃어버리고 비열하고 침울한 다른 영혼을 고통스럽게 만들어 질릴 때까지 사소하게 봉사하는 존재이다. 존슨 박사는 근엄한 말투로 이렇게 말했다―"누구나 병이 들면 금방 악당으로 변해 버린다."

위선적인 혀는 더 이상 놀리지 말고 분별력 있게 병을 다루는 것이 좋다. 술주정뱅이를 다룰 때 본인도 술 취한 척은 하지 않을 것이다. 환자를 다룰 때에도 이와 마찬가지로 평정심을 유지한 태도를 취하고, 물론 모든 원조를 다 해 준다고 하더라도 자신의 몸은 지키는 것이 좋다. 나는 과거 어느 시골에 사는 목사에게 어떤 친구들이 있는지, 어떤 유능한 사람들과 만나고 있는지 물은 적이 있다. 그러자 그는 환자들과 빈사상태의 사람들 곁에서 거의 대부분의 시간을 보내고 있다고 대답했다. 당신은 정혁 다른 친구들이 필요하지 않을까? 그렇게 환자들과만 접하게 되면 결국 그런 친구들만 필요하게 될 것이라고 말해 주었다. 왜냐하면 사람이 병으로 죽음을 맞이할 때는 모든 것을 포기하고 상대에게 의지하게 되는데, 내가 관찰한 바에 의하면 그런 환자도 다른 사람들 못지않게 경박하며 어쩌면 훨씬 더 경박할지도 모른다.

우리는 자신의 친구에게, 우리에게 가차 없는 태도를 취해주기를 바라지 않으면 안 된다. "내가 나이를 먹더라도 나를 가차없이 대해주게."라고 친구에게 부탁한 한 총명한 여성을 알고 있다. 건강이 가장 좋은 점은 기분을 맑게 해주는 것이다. 이것은 재능이 필요한 일에서조차 재능 그 자체보다 훨씬 중요한 것이다. 복숭아 열매의 일조량 부족을 대신해 줄 수 있는 것은 아무것도 없다. 그리고 지식이 가치를 더하기 위해서는 쾌활한 예지가 반드시 필요하다. 당신이 진심으로 기뻐할 때는 심신의 자양분을 얻고 있는 것이다. 정신의 희열은 그 정신이 지닌 힘을 나타내 주고 있다. 건강한 것은 모두 따뜻한 봄바람과 같다. 천재는 장난스럽게 일을 한다. 선한 것은 마지막까지 미소를 잃지 않는다. 하늘의 제조 이치를 직접 볼 수 있는 사람은 절대로 실의에 빠지지 않고 큰 소망과 노력에 고무된다. 실망하고 낙담하는 사람은 하늘의 이치를 모른다는 것을 나타내고 있다.

네덜란드 격언에 "페인트는 아무 효과가 없다."라는 말이 있다. 따뜻한 지방에서 페인트가 목재를 보존하는 능력이 바로 이와 같다. 그러나 햇빛은 이보다 돈이 들지 않으며 이보다 훨씬 뛰어난 도료이다. 게다가 쾌활함과 밝은 기분과 같은 것은 쓰면 쓸수록 얻는 것이 커진다. 1온스의 목재와 돌에 잠재되어 있는 열은 무진장하다. 소나무와 같은 나무 조각을 백여 회 마찰시키면 발화점에 이를 수 있을 것이다. 모든 인간의 행복해질 수 있는 힘도 측정하거나 다 써버리는 것은 불가능하다. 의기소침한 기분은 개인적으로나 국가적으로도 나쁜 병을 키우게 된다.

"Aliis laetus, sapiens sibi"—이것은 "밝고 현명해져라."라는 것이 되는데, 이것은 올바른 삶의 방식을 가르쳐 주는 옛 격언이다. 세상물정에 밝은 사람이 점잖은 척하면서 혈기왕성한 청년과 그들의 화려한 꿈을 냉소하는 것은 아주 쉬운 일이다. 그러나 내가 보기에 공중에 지은 화려한 누각은 항상 죽는 소리만 하며 불평불만에 쌓인 무리들이 매일 지하에 파고 있는 감옥보다는 훨씬 상대에게 위안이 되고 실용적이라고 생각한다. 나는 이런 불쌍한 인간들을 몇명 알고 있지만 너무나도 싫어한다. 그들의 눈에는 하늘에서 찬란하게 빛나고 있는 태양과 5색 찬란한 구름 속에서 검은 별이 항상 쏟아져 내리고 있는 것을 보고 있다. 빛의 파장이 지나 순식간에 그것을 덮어버리지만, 검은 별은 늘 그 자리에서 의연하게 빛나고 있다. 그러나 힘은 항상 쾌활함과 함께한다. 희망은 우리에게 일을 하고자 하는 의욕을 일으키게 하지만, 절망은 시신時神의 역할을 다하지 않고 활동적인 힘을 잃게 한다. 인간은 인생과 자연을 자신에게 있어 유쾌한 것으로 만들지 않으면 안 된다. 그러지 않으면 차라리 태어나지 않는 게 낫다. 경제학자가 비생산적인 계급을 열거할 때 당연하게 필두에 올려야 할 것은 자신을 측은하게 여기고 타인의 동정을 바라며 가공의 재해를 한탄하는 이런 사람들이다. 프랑스의 옛 시 한 구절을 참고로 알아보면 다음과 같다.

그대의 슬픔 중 얼마간을 스스로 치유하고

매우 심한 슬픔에도 그대는 견딜 수 있다.

그러나 오지도 않을 재해가 가져다주는

고통은,

그대를 얼마나 고통스럽게 하는가.

세상에는 결코 채울 수 없는 욕망이 세 가지 있다. 더 많은 것을 바라는 부자의 욕망, 다른 것을 바라는 환자의 욕망, "이곳이 아닌 어디 다른 곳을."이라는 여행자의 욕망이다. 터키의 한 법관이 레이어드에게 이렇게 말했다―"백성들의 관습에 다라 모든 것을 기록하지만, 당신은 결국 아무에게도 행복과 만족을 줄 수 없는 사람일 것이다." 미국인들도 이와 마찬가지로 이탈리아의 로코코식 완구에 정신을 차리지 못하고 있다. 미국 전체가 바야흐로 유럽을 향해 출항을 하고 있는 것처럼 보인다. 하지만 우리는 가벼운 목적과 흔히 말하는 즐거움을 위해 바다와 육지를 가로질러 가는 것이 아니다. 언젠가 우리는 유럽에 대한 열의를 버리고 대신에 미국에 대한 열의를 불태우게 될 것이다. 현재 다른 방향으로 돈을 쓸 줄을 몰라 여행을 하는 사람과 같은 사람에게 교양이라는 것이 안정과 가정적인 안녕을 안겨다 줄 것이다. 이미 아름답게 치장을 한 마차를 타고 가정에서 올바른 목적으로 멀리 떨어진 곳에 지금 막 도착한 호사스러운 일행만큼 불쌍해 보이는 것도 없을 것이다. 어느 나라를 가더라도 "당신들은 무엇을 위해 이곳으로 왔나요?"라는 질문을 받게 돼서, 일행은 결국 부끄러움을 느끼며 어떤 곳에 이르게 되더라도 같은 질문을 예상하게 될 것이다.

따뜻한 태도와 어떤 상황이라도 순응할 수 있는 능력은 매우 훌륭한 것이다. 그러나 인생의 멋진 보고, 인간의 최상의 행복이란 그에게 직업과 행복을 가져다주는 일에 최선을 다할 줄 아는 선천적인 태도이다–상자를 만드는 일이라 할지라도, 칼을 만드는 일을 할지라도, 운하, 조각상, 노래를 만드는 일을 할지라도, 그것은 아무런 상관이 없다. 소크라테스가 기술자가 외모뿐만이 아니라 정말로 현명한 인간이라고 한 것도 바로 그런 의미라고 생각한다.

어린 시절 우리는 마치 유리 종 속에 갇힌 것처럼 지평선에 이해 갇혀 있다고 생각하며 멀리까지 여행을 떠나면 저녁노을에 가라앉는 별들의 욕조에 도달할 수 있다는 것을 의심하지 않았다. 그러나 실제로 여행을 떠나보면 지평선은 우리의 앞에서 저 멀리 멀어지고, 우리는 유리 종의 보호를 받지 못하는 끝없이 펼쳐진 평원에 남겨지게 된다. 그러나 우리는 희한하게도 우리를 보호해 줄 가정적인 지평선이라는 유리 종 천문학을 이후로 끝없이 고수하며 양보하지 않는다. 비슷한 환상은 행복을 추구하는 삶속에서도 찾을 수 있다. 그것은 해마다 새들의 교미 시기가 끝나갈 무렵에 이 근방에서 시작된다. 젊은 사람들은 도시를 싫어하고, 해안을 싫어하며, 내륙을 향한다. 그리고 버크셔나 버몬트에 이르게 된다. 그곳에서 드넓은 농장을 바라보게 된다. 아름다운 농장과 높은 언덕. 그러나 그곳은 한적한 곳일 것이다. 농장은 갑의 도시에 가깝거나 을의 도시에 가깝거나 한다. 그들은 보스턴에서는 멀리 떨어졌지만 농지는 올버니(Albany)나 버링턴(Burlington)과 몬트리올(Montreal) 등의 가까이에 있다는 것을 알 수 있다. 농장을 잘 살펴보면 농장 부속의 집들은 낡고 빈약하다. 이전에 살던 사람도 버티지 못하고 다른 곳으로 떠나 버린 것이다. 하늘을 너무 많이 보고, 외부 생활이 너무 많고, 너무 많은 사람들의 눈에 띄고 있는 것이다. 청년은 고독을 간절히 원한다. 그래서 이 농장으로 찾아왔지만 너무 좁아 그가 바라던 숨을 곳이 없는 것이다. "아아, 드디어 깨달았다. 사람들과 함께 있으며 깊은 관계를 맺지 않으면 안 된다는 것을. 친구만이 깊이를 더해 줄 수 있다."라고 그는 중얼거린다. 맞는 말이지만 올해는 아쉽게도 친구가 부족하다. 친구를 발견하기 힘들고 찾더라도 친해지기가 쉽지 않다. 친구는 어딘가 외출을 하려 하고 있다. 그들 또한 변화무쌍한 속세의 소용돌이에 휩싸여 약속과 일들이 산더미처럼 많다. "위스콘신으로 가고 있는 중이다, 브레멘에서 지금 막 편지가 왔다, 조만간에 다시 보자."라는 식이 된다.

그는 서서히, 아주 느리게 다음과 같은 교훈을 배우게 된다―이 세상에는 단 하나의 깊이, 단 하나의 내면적인 것밖에 없다는 것을, 다시 말해 그것이 바로 자신의 의도라는 교훈이다. 기쁨과 재해와 천재天才가 이런 종류의 깊이를 그에게 제시해 줄 때, 숲이나 농장, 도시의 상인이나 마부도, 예언자나 친구와 마찬가지로 아무렇지 않게 그가 의도했던 것에 포함된 추측하기 불가능한 하늘을, 인구가 밀집되어 있으면서도 고독한 세계를 거울처럼 그에게 비춰 줄 것이다.

여행의 효용은 우연적이고 작은 묶음 속에 있다. 그러나 여행으로 얻을 수 있는 최고의 결실이 있다고 한다면, 그것은 다른 사람들과의 대화이다. 그리고 이것이야말로 인생의 커다란 기능이다. 수많은 사람들이 손님을 접대하는 방법은 서로 큰 차이가 있다. 우리가 스스로에게조차 말할 수 없는 것을 털어놓을 수 있는 사람은 고귀한 존재이다. 그런데 어떤 사람들은 무의식적으로 우리에게 상처를 입히고 우리에게서 사상의 힘을 빼앗으며 우리의 영혼을 가둬버리고 만다. 예를 들어 공감의 힘이 작용한다면 그 자리에 단 한 명의 현명한 사람이 있는 것만으로도 모든 사람이 현명해 질 수 있는 것처럼, 바보가 한 명 있으면 그 무리를 모두 바보로 만들어 버리고 만다. 이런 인간은 다른 정신을 마비시키는 놀랄 만한 힘을 가지고 있다. 그가 사무실이나 공공장소로 들어오면 그 자리는 엉망진창으로 만들고 만다. 한 사람이 떠나고 또 한 사람이 떠나게 되어 그곳은 그에 의해 좌우되게 된다. 천박한 성격만큼 교정하기 힘든 것이 없다. 파리는 하이에나만큼 형편이 없다. 그러나 장난스럽고, 익살스럽고, 게으르다는 의미에서의 어리석음은 그나마 참을 만하다. 탈레랑(Talleyrand-Périgord. 1754-1838. 프랑스의 정치가)도

"바보 같은 행위는 희한하게도 사람들을 상쾌하게 해 준다."라고 말했다. 그러나 독기를 품은 공격적인 바보는 가족들의 이성을 오염시켜 버리고 만다. 조용하고 도리를 알고 있는 사람들로 이루어진 가족 전체가 이런 바보의 희생양이 돼서 혼란을 일으키다가 미쳐버리는 것을 본 적이 있다. 왜냐하면 한 명의 삐뚤어진 인간의 끝이 없고 고집스러운 행동은 아무리 뛰어난 인간이라 할지라도 화를 내게 하는 데 충분하기 때문이다. 우리는 우매함에는 저항할 수 없기 때문이다. 그러나 저항은 이렇게 어리석은 자들을 격앙시킬 뿐이다. 이런 자들은 자연의 인력이 완전히 잘못된 것이며 자신만이 옳다고 착각하고 있는 것이다. 때문에 10여 명의 가족들이 온갖 미덕을 갖춘 근면한 사람들이었음에도 불구하고 순식간에 사악한 길로 접어들어 이 한 명의 악인의 반대자가 되고, 고발자가 되고, 변명자가 되고, 교정자가 되는 것이다.

뒤집히려고 하는 배나, 갑자기 날뛰는 말이 끄는 마차를 타고 있다면 어리석은 도선사나 마부뿐만이 아니라 타고 있던 모든 사람이 배와 마차의 균형을 잡아 전복을 막기 위해 괴상하고 우스꽝스러운 태도를 취할 수밖에 없다. 이럴 경우 아직 증상이 가벼운 상황에서 취할 수 있는 방법으로 나는 냉담한 태도와 진리를 들고 싶다. 즉, 모든 진리를 행할 때는 무에 가까운 냉담한 태도를 위하라는 것이다. 그러지 않으면 진리 그 자체가 애매하게 바뀌고 말 것이다. 그러나 증상이 깊고 악성일 경우에 유일하고 안전한 방책은 단절이다. 선원들이 흔히 말하는 "닻줄을 끊고 빨리 출항한다."라는 것이다. 자신과 어울리지 않는 동료와 어떻게 함께 살 수 있겠는가? 그런 자들과 함께 생활하는 것은 거의 낭비나 마찬가지다. 그리고 경험에 의한 지식도 우리의 낡은 자기방어본능을 제대로 이끌어내지 못한다—즉, 그들과 관계를 맺지 않고 절대로 교류를 하지 않으며, 그들의 광기 어린 행동에 반항하지 말고 그냥 지칠 때까지 내버려 둔다.

대화라는 것은 인간이 인류 전체를 경쟁상대로 삼는 유일한 기술이다. 왜냐하면 대화는 모든 인간이 살아 있는 한 반드시 필요한 기술이기 때문이다. 어떤 사람을 예로 들더라도 우리의 사고 습관은 만족할 만한 것이 못된다. 일반적인 경험으로 볼 때 우리의 사물에 대한 사고방식은 빈약하고 천박한 것이다. 일반적인 사람들에게 만족감을 주는 것은 쉽게 싼 물건을 손에 넣거나 수지맞는 일, 경쟁을 피해 유리한 고지를 점령하는 일이나 결혼, 세습재산, 유산 등의 문제이다. 그들의 대화는 이런 문제의 표면만을 다루는 데 지나지 않는다—정치, 상업, 남의 결점, 확대돼서 전달된 나쁜 소문, 흐린 날씨 등이다. 이것들은 너무나도 허무한 이야기이며, 그들은 쓸쓸하고 신경과민한 상태인 것이다. 그런데 만약 이 어두운 집의 사상에 밝은 빛을 비춰준다면, 그들에게 그들이 선천적으로 물려받은 부를 제시해 주고, 그들이 하늘로부터 어떤 선물을 받았는지, 한 사람 한 사람이 얼마나 귀중한 존재인지, 자연과 인간을 지배하는 모든 불가사의한 힘을 물려받았는지, 시와 종교와 성격을 형성하는 모든 힘들을 자신의 것으로 삼기 위해 어떤 길이 존재하는지를 가르쳐 주는 사람이 나타나지 않는다면, 그는 사람들의 내면에 존재하는 가치감을 눈뜨게 해주고 본인이 시사示唆하는 것에 따라 새로운 삶의 방식, 새로운 서적, 새로운 인간, 새로운 예술과 과학에 대한 요구가 발생하는 것이다. 이렇게 해서 우리는 알의 껍데기와 같은 하찮은 생활에서 벗어나 대성전으로 들어가 머리 위에는 하늘 꼭대기가, 발밑에는 하늘의 바닥을 볼 수 있게 된다. 우리가 매일 닫고 있는 수조나 물통에 물을 채우는 것 같던 지식의 세계에서 바닷가로 나와 그 불가사의한 파도 속에 손을 담그게 된다. 이것이 일반 사회에 끼치는 효과는 놀랄 만한 효과가 있다. 그들은 더 이상 이전의 그들이 아니다. 그들은 모두 캘리포니아로 가서 부자가 되어 돌아왔다. 이 경험에 견줄 만한 그 어떤 책이나 즐거움도 인생에는 존재하지 않는다.

우리의 최고 경험이 무엇인지 묻는다면 나는 이렇게 대답할 것이다. 예지가 넘치는 사람들의 기탄없고 허심탄회한 말들이라고. 우리들의 대화는 우리가 지금까지 봐왔던 것보다 훨씬 뛰어난 세계에 우리가 소속되어 있다는 것을 깨닫게 해주어 하나의 정신력이 우리들을 이끌고 있다는 것을 알려준다. 이 힘이 총괄적으로 나타내 주고 있는 것은 현재의 철학이나 문학이라 불리고 있는 모든 것보다 위대하고 인생의 기쁨과 현실의 효용에도 가치가 있는 것이다. 숙성된 대화 속에서 우리는 우주를 엿볼 수 있으며 인간의 영혼이 원래 가지고 있는 힘을 암시해 주어 안데스 산맥의 풍경 저 너머까지 뻗어 있는 빛과 그림자를 목격하게 된다. 이것들은 고독한 명상 속에서는 쉽게 찾아볼 수 없는 것이다. 여기서 신들의 신 ᄂᆡ를 ᄎᆞ ᄋᆡ ᄂᆡ ᄂᆡ ᄂᆡ ᄋᆡᄅᆞ ᄅᆞ ᄂᆞ ᄂᆡᄂᆞ ᄋᆡᄅᆞ ᄀᆡ ᄀᆡ ᄋᆡ 서 이 대화를 했던 과거로 돌아가 힘을 얻고자 하는 것이다.

이런 대화에 의지와 기질의 일차가 더해진다면 우정의 계약이 맺어진다. 인생에 있어서 우리가 가장 필요로 하는 것은 우리에게 자신이 이룰 수 있는 모든 것을 이루어내는 사람이다. 이것이야말로 친구라고 하는 사람이 해야 할 역할이라 할 수 있다. 우리는 친구와 함께 있을 때 보다 쉽게 위대한 인간이 될 수 있다. 친구에게서는 우리의 내부에 있는 미덕의 모두를 이끌어 주는 숭고한 힘이 존재하는 것이다. 인생의 문을 활짝 열어 빛을 발산해 주는 친구인 것이다. 우리가 온갖 질문을 던지는 것도 친구이다. 서로 완전한 이해가 성립하는 것도 두 사람 사이에서다. 게다가 둘 사이에서는 약간의 말밖에 필요하지 않다. 이런 우정만이 진정한 교제라 할 수 있다. 동방의 시인은 다음과 같은 시로 슬픈 진실을 전하고 있다.

천 명의 벗을 가진 자는 단 한 명의 벗도 얻지 못하고,

단 한 명의 적을 가진 자는 어딜 가더라도 그 적과 조우한다.

그러나 이 점에 대해 하피즈를 능가할 만한 말을 남긴 사람은 없을 것이다. 그는 우정이야말로 정신건강을 알 수 있는 시금석試金石이라고 말했다—"우정을 깨달을 때까지 그대는 인생의 깊은 뜻을 알지 못한다. 불건전한 정신은 하늘의 지식을 받아들일 수 없다." 우정에 있어서 인생은 오히려 짧게 여겨진다. 우정은 왕자王者의 면전과 종교와 같고 엄숙하고 장중한 것이며 기사들의 식사처럼 달리면서 먹어서는 안 되는 것이다. 사랑에 수줍음이 동반되듯이 우정에도 수줍음이 동반된다. 그리고 명민한 영혼을 가진 사람은 우정을 결코 잃지 않지만 그것을 우정이라 부르지도 않는다. 최고의 인간들의 경우에 인간의 우정과 서로의 이해는 소원함과 경우나 명성과 같은 모든 우연적인 것을 초월해서 살아간다. 그럼에도 불구하고 우리는 인생의 이 최대의 이익을 위해 미리 준비하지를 않는다. 우리는 건강에 유의하거나 저축을 하고, 지붕에 물이 새지 않도록 하거나 복장에 부족함이 없이 준비를 한다. 그러나 모든 것들 중에서 가장 귀중한 재산인 친구를 잃지 않기 위해 현명하게 준비하고 있는 사람이 과연 얼마나 될까? 우리가 지금까지 받은 교

육은 모두 우리를 우정에 걸맞은 것들이었지만, 우리는 참된 우정을 향해 한 발짝도 다가가지 않는다. 언제까지 우리는 친구라는 이 은혜를 앉아서 기다리고만 있을 생각인가?

정신없이 돌아간 5년이라는 세월을 뒤돌아볼 때, 자신이 어떤 것을 먹고, 어떤 옷을 입었는지, 1층의 고급 침실에 머물렀는지, 아니면 다락방에 머물렀는지, 정원과 욕실과 건강한 말을 가지고 있는지, 세련된 마차를 타고 다니는지, 아니면 우스꽝스러운 짐마차를 타고 다니는지나 밑은 깃은 아무데도 낑긴이 없따. 이긴 깃들은 금방 잊혀지는 것들이라 아무런 결과도 남기지 않는다. 그러나 이 5년 동안에 훌륭한 벗을 사귀었는지는 자신이 무엇을 했는가 하는 문제에 뒤지지 않을 만큼 중대하다. 모든 인간관계에 있어서 이웃이라는 압도적인 중요성을 먼저 생각해 보자. 우리의 가정을 만드는 것이 좋든 싫든 간에 결혼에 있듯이 우리의 이웃에 살고 있는 사회적 지위가 같은 사람들—나쁜 친구일지도 모르지만 다행스럽게 적당한 거리에 살고 있는 소수의 사람들—이런 사람들만이 당신의 삶에 있어서 친구가 되는 것이다.

선천적으로 성격이 맞고 몇 번이고 마음의 맹세를 나눈 사람들은 모두 점점 그리고 완전히 사라지고 만다. 그런데 우리는 친구라고 하는 사회의 아름다운 요소를 하나의 방식에 따라 취급할 수는 없다. 수많은 사람들을 모아 클럽과 토론회를 조직하려고 고생하더라도 아무런 성과도 얻을 수는 없다. 그러나 분명한 것은 우리의 내부에는 스스로 깨닫지 못하는 장점들이 많이 감춰져 있다는 것, 동맹과 경쟁의 습관은 사람들을 최고의 수준까지 끌어올리고 그것을 유지시킨다는 것, 더 나아가 총명하고 배울 점이 많은 친구와 함께 살 수 있다면, 인생은 몇 십 배나 가치가 있는 것이 된다. 여기서 확실히 말할 수 있는 것은 집과 토지를 살 때는 조금만 더 신중하고 고려하고 미리 필요한 것을 맞춰봐야 할 것이다.

그러나 우리는 서로 입장이 다른 사람들과도 함께 살아가야 한다. 즉, 부양가족이 바로 그러하다. 우리가 알고 있는 것을 가르쳐 주고, 우리가 번 돈으로 의식주를 공급해 주는 아이들뿐만이 아니라 직접 우리를 도우면서 돈을 받는 일꾼들과도 함께 살고 있는 것이다. 그러나 오래된 관습이 여기서도 도움이 된다. 봉사는 돈으로 측정할 수 있지만 주종의 관계를 금전적인 것으로 여겨서는 안 되며, 스스로 타인에게 필요한 존재가 되어야 하고, 그 어떤 사람에게도 생활이 고통스러운 것으로 만들지 말라는 규정이다. 이 점은 미국의 사회생활에 있어서 새로운 중요성을 갖기 시작됐다. 미국에서 가사노동은 일반적으로 한 쪽에는 부당한 요구를 하고 다른 한 쪽에서는 일을 게을리 한다는 어리석은 말다툼의 형태를 취한다. 기지가 넘치는 한 남자가 기차 안에서 무슨 일로 도시로 가느냐는 질문에 이렇게 대답했다고 한다—"요리를 해 주는 천사를 찾아 나서는 길이오." 한 부인이 내게 두 명의 하녀에 대한 불만을 토로한 적이 있다—한 사람은 넋을 잃고 멍하니 있고, 또 한 사람은 몸이 굼뜨다는 것이었다.

배에 가득 탄 이민자들이 미국에 도착해서 가정과 농장으로 흘러들어갈 때마다 지금 말한 것과 같은 폐해는 무지와 적의 때문에 대단히 심해졌다. 하인들이 어떻게 일을 할지는 그 집의 가장, 혹은 여주인에 의해 결정되는 것이며 또래의 말괄량이 딸이 있는 집 에서는 ▨▨▨▨ ▨▨▨▨ ▨▨▨▨ ▨▨▨▨ 는 사람은 많지 않다. 대부분 영리한 사람은 이기적이다. 때문에 자연은 모든 계약에 있어서 그 조건을 공평하게 하기 위해 노력한다. 당신이 자신의 조건만 주장한다면 상대는 당연히 당신에게 매몰찬 태도를 취하고, 당신이 관대하게 대한다면 상대는 이기적이고 부정한 인간이기는 하지만 당신에게 도움이 될 수 있도록 예외를 만들어 성실한 당신과 교섭할 것이다. 한때 나는 철광공장 사장에게 철도선로용 철재에 찌꺼기가 섞여 있는 것에 대해 따진 적이 있는데 그는 이렇게 대답했다. "그야 당연히 좋은 철재가 들어오기는 하지요. 하지만 혹시 찌꺼기가 들어갔다면 그건 지불에도 찌꺼기가 섞여 있기 때문이겠죠."

그러나 이런 이야기나 실례를 아무리 열거해봤자 끝이 없을 테니 여기서 그만두기로 하겠다. 내가 말하고자 하는 것은 인생은 모든 인간에게 해야 할 일을 부여한다는 점이다. 수학, 원예, 건축, 시, 상업, 정치−그가 무엇을 선택하더라도 자신에게 맞는 것만을 선택한다면 모든 것은 이룰 수가 있으며 기적적인 성공을 거둘 가능성까지 있다. 일단 첫 걸음부터 시작해서 한 걸음 한 걸음 순서에 따라 진행해야 한다. 쇠닻을 휘어 짚을 엮듯이 대포를 만드는 것도, 물을 끓이듯이 화강암을 끓이는 것도, 모든 수단을 순서에 맞춰 진행한다면 매우 간단하다. 실패를 한다면 반드시 거기에는 특정한 경솔함이 있거나, 행운에 대한 미신, 어떤 순서를 생략한 것으로 자연은 이런 것들을 절대로 용납하지 않는다. 행복한 생활 환경도 이와 마찬가지 조건으로 얻을 수 있다. 그런 환경이 당신을 이끄는 이유는 그것이 당신의 손이 닿을 곳에 있다는 증거이다. 우리의 기도는 다가올 것에 대한 예언이다. 충실함이 없어서는 안 되며, 집착이 없어서도 안 된다. 목적으로 삼는 것에 확실하게 집착하고 동요하지 않는 생활은 얼마나 존경스러운 것인가! 젊고 씩씩한 대망은 아름다운 것이며 인생에 대한 당신의 이론과 계획은 모두 옳으며 장려할 만한 가치가 있다. 그러나 당신은 그것을 확실하고 붙잡고 동요되지 않을 각오가 되어 있는가? 수많은 사람들이 살고 있는 보스턴에 이런 확고한 신념을 가지고 있는 사람은 거의 없을 것이며 고작해야 천 명 중에 한 명 쯤 일 것이다. 당신이 그들의 불성실함을 책망하며 그때의 강한 결심은 어떻게 된 것이냐고 따진다 할지라도, 그들은 이미 자신의 맹세를 잊어버리고 있을 것이다. 개개의 인간은 도망치는 데 재빠르며 언제나 뭔가 다른 것이 되려고 하고 있는 무책임한 존재이다. 인류는 위대하며 그 이상은 아름답다. 그러나 개개의 인간은 바람에 흔들리는 갈대처럼 미덥지가 못하다. 동요하지 않는 중심을 가진 사람은 영웅이라 해야 할 것이다. 인간의 주된 차이는 어떤 사람은 의무를 맡겨도 신뢰를 할 수 있지만, 다른 사람은 그렇지 못하다는 점에 있다. 자기 스스로 이 규정이 없기 때문에 그를 구속하는 것도 존재하지 않는 것이다.

미덕이라 불리는 것과 그 조건에 대해 장황하게 늘어놓거나 그 것을 과장하는 것이 어쩔 수 없는 일일지도 모른다. 그러나 어차피 모든 것은 바로 성실함에 달려 있는 것으로 이것과 비교한다면 재능도 뭔가 부족하며 없다고 불편할 것이 없다. 정신의 건강함이란 자신의 활용하는 수단에 압도당하지 않는 데 있다. 사회적인 지위에 대해, 혹은 훈련된 재능에 대해 법외의 대가가 지불되지만, 위대한 목적에는 피상적인 성공 등은 하찮은 것에 불과하다. 인간이란 곧 그의 태도로 겉으로 드러난 공적이 아니라 내면에 잠재되어 있는 힘이며, 일정한 시간과 공식적인 기회에 있어서만이 아니라 시시각각 작용하고 있을 때뿐만이 아니라 조용히 쉬고 있을 때도 항상 경외해야 할 존재로서 가볍게 다뤄서는 안 된다는 점에 있다. 세상 사람들은 혼 투크(John Horne Tooke. 1736~1812. 영국 정치가)와 함께 "유력자라면 유력자답게 행동하라."라고 할지도 모르겠다. 그러나 나는 옛 예언자와 함께 "그대가 위대해 지기를 바란다면 이 것을 따르라."라고 말하고 싶다. 혹은 스페인의 위대한 공작이 말한 바와 같이 "그에게서 빼앗으면 빼앗을수록 그는 위대하게 보인다."(Plus on lui ôte, plus il est grand)와 같길 바란다.

교양의 비결은 다음과 같은 것을 배우는 데 있다—즉, 많지 않은 일이지만 중요한 문제는 인가에서 멀리 떨어진 농장의 가난함 속에도, 대도시의 복잡한 생활 속에서도 반드시 확실하게 모습을 드러낸다는 것, 이 많지 않은 문제만이 고려할 만한 가치가 있다는 것이다. 거짓된 관계를 끊어버리고 진실된 사람이 되고자 하는 용기를 갖고 단순하고 아름다운 것을 사랑하며, 독립된 독자적 생활과 타인과의 원만한 관계를 맺을 수 있을 것—이와 함께 타인에게 봉사하고 인간전체의 행복에 무언가 기여하고자 하는 의지, 그것이 인생의 본질인 것이다.

제10장
환상

자기가 무서워하는 것을 해라. 그러면 무서움은 없어진다.
자기 신뢰가 성공의 제의 비결이다.
자기의 힘이 되지 않는 지식은 없다. -에머슨

환상

1860년 출판된 『어떻게 살아야 하는가』의 1편
"Illusion" in The Conduct of Life, 1860

| | |

수년 전에 어느 유쾌한 일행들과 함께 긴 여름날의 하루를 켄터 키 주의 동굴탐험에 나선 적이 있다. 나는 입구에서 6마일에서 8 마일쯤에서 동굴의 튼튼한 기초가 되어 있는 넓고 어두운 복도와 같은 곳을 지나 관광객들이 반드시 보러 가는 가장 깊은 곳까지 도 달했다. 이음매가 없는 종유석들이 만들어낸 벽들이 작은 동굴을 만들어 냈기 때문에 아마도 '셀레나의 방'이라는 이름을 붙였을 것이라고 생각했다.

나는 하루 종일 햇볕을 쬘 수 없었다. 그리고 높고 둥근 천장과 끝이 보이지 않는 구멍을 보고, 눈에 보이지 않는 폭포 소리를 들고, 시력이 퇴화된 물고기가 산다는 깊은 '정령들의 강'을 4분의 3 마일 정도 나룻배를 타고 가서 '망각(lethe:그리스 신화에 나오는 강으로 이 강을 건너면 이승에서의 기억을 잊는다고 함)의 강'과 '삼도천(저승으로 가는 도중에 있는 강)'이라는 이름이 붙은 작은 강을 건너 악기와 총을 울려 이 무시무시한 통로의 정령들을 깨우려고도 했다.

그리고 다시 번개 문양이 조각되어 있는 어느 바위 동굴에서 얼음 기둥, 주황색 꽃, 덩굴, 포도, 백옥 등 온갖 형태를 한 석순과 종유석을 보았다. 우리는 이 동굴 속 대성당의 둥근 천정과 활처럼 휜 귀퉁이에 횃불을 들이대며 물과 석탄과 중력과 시간이라는 네 기사가 어둠 속에서 공동으로 만들어 낸 걸작품들을 조사했다. 이 동굴의 광경과 그곳에서 발견한 수많은 신비는 온갖 자연물에서 볼 수 있던 것과 같은 위엄을 갖추고 있었으며, 내가 경솔하게도 이것들과 비교했던 정교한 인공의 작품들이 부끄럽게 여겨졌다.

내가 특히 주목을 한 것은 자연이 그 모방성을 발휘해서 새로운 악기로 옛 노래들을 연주하고, 밤을 낮으로 속이고, 화학으로 식물을 모방한 모습이었다. 그러나 내가 그때 마음을 빼앗기고 지금도 여전히 기억하고 있는 것은, 이 동굴이 우리에게 선물한 최고의 것은 환상이라는 사실이다. '별들의 집'이라고 불리는 곳에 오자 우리가 기다리고 있던 램프는 안내인들이 모두 회수해 버려 불을 끄거나 구석으로 치워버렸다. 그리고 위를 올려다보고 발견한 것은,

혹은 봤다고 여겨지는 것은 머리 위에서 별들이 어지럽게 흩어져서 반짝거리고 있는 밤하늘이었다. 별들 중에는 긴 꼬리가 드리워져 마치 혹성과도 같이 보이는 것도 있었다. 우리 일행은 모두 경이로움과 환희로 놀라움을 금치 못했다. 음악을 좋아하는 사람들은 "별은 조용히 밤하늘에 빛나고…"라는 부드러운 노래를 감정을 담아 중얼거리기 시작했고, 나는 이 조용하고 맑은 광경을 마음껏 즐기기 위해 바위 위에 앉았다. 우리 머리 위 높고 어두운 천장에 █████ █ █ ████ ███ █ ███ ████ ██████ ██ ██를 자아내고 있던 것이었다.

솔직히 말하자면 나는 이런 속임수를 써서 장려한 광경을 만들어내는 이 동굴이 그다지 맘에 들지 않았다. 그러나 이전에도 그리고 이후로도 이와 비슷한 경험을 몇 번이고 반복했다. 우리는 불필요한 호기심을 일으켜 눈앞의 사실을 분석하려 하지 말고 그저 그것을 즐기면 되는 것이다. 자연과 우리의 관계도 실은 겉으로 보는 것이 다가 아니다. 하늘을 떠다니는 뭉게구름, 일출과 저녁노을의 아름다움, 무지개, 북극의 오로라 등도 우리가 어릴 적에 생각했던 것만큼 조화로운 것이 아니라 우리의 신체구조가 이것들에 너무나 큰 역할을 하고 있는 것이다.

인간의 오관五官이 모든 것을 간섭해 오관이 전달하는 것과 오관의 구조를 혼화시키는 것이다. 한때 우리는 이 지구를 정지된 평면

체라고 생각한 적이 있었다. 저녁노을에 감탄을 할 때 우리는 여전히 우리의 눈의 특성인 사물을 둥글게 보거나 조정하는 회화적인 힘에 미치지 못한다.

우리의 쾌감과 고통의 대부분은 우리의 신체구조로부터 기인한 똑같은 간섭이 만들어낸 것이다. 우리가 저지르는 최초의 잘못은 환경이 인간에게 기쁨을 가져다준다고 착각하지만, 사실은 인간이 환경에 영향을 끼치고 있는 것이다.

인생이란 하나의 황홀함이다. 인생은 질소가스처럼 감미롭다. 차가운 호수에 하루 종일 물을 붓고 있는 어부, 철도의 교차점에서 작업을 하는 인부, 밭일을 하는 농부, 논에서 일하고 있는 흑인, 거리의 멋쟁이, 숲속의 사냥꾼, 배심원과 변론하는 변호사, 무도회의 미녀—이런 사람들은 자신이 느끼는 특정 기쁨을 자신의 일로 인한 기쁨이라고 생각하지만, 실은 그들 자신이 그 기쁨을 일에 부여하고 있는 것이다. 설탕과 빵과 고기를 맛있게 느낄 수 있게 해주는 것은 건강과 식욕이다. 우리는 인간의 문명이 이미 상당한 진보를 이루고 있다고 생각하지만, 우리는 여전히 초보단계로 역행하고 있는 것이다.

우리는 자신의 상상에 의해, 자신의 경탄에 의해, 자신의 정서에 의해 살고 있다. 아이들은 풍요로운 환상 속을 거닐며 그것이 깨지지 않기를 바란다. 소년에게 자신의 공상의 세계는 얼마나 유쾌한 것일까? 호족과 전쟁 이야기는 얼마나 그리울까? 용사들의 이야기 속에 푹 빠져 있을 때는 그 자신이 용사인 것이다. 상상이 풍부한 책 속에서 그의 책임은 얼마나 클까? 소년에게 있어 스코트, 셰익스피어, 플루타르크, 호머를 능가하는 친구나 감동은 없을 것이다. 어른들은 이와 다른 목적을 좇아 살고 있지만 자신의 목적이 아이들보다 현실적이라고 누가 단언할 수 있겠는가?

무미건조한 도시의 생활 속에서도 수많은 우여곡절이 있다. 초라한 시의원과 같은 인간의 생활에 있어서도 공상은 사수한 부부까지 파고들어 그것들을 장밋빛으로 물들이고 있다. 그는 자신이 탄복하고 있는 인물의 풍채와 행위를 흉내 내며 스스로 위대한 기분에 젖어 있다. 빚을 갚는 데도 부자들이 먼저이고 가난한 사람들은 나중이다. 국가와 사회의 한 지휘자들이 머리를 숙이거나 아부해 주기를 바라며 그 지도자가 한 말을 곰곰이 생각해 본다. 그런 행동을 한다고 해서 그 지도자에게 지금까지보다 가까이 접근할 수 있는 것은 아니지만, 결국 이런 식으로 자신의 눈과 공상을 즐기는 것만으로 만족을 하며 죽어가는 것이다.

지구는 돌고 있으며 인간세상의 소동은 멈추질 않는다. 런던에서, 파리에서, 보스턴에서, 샌프란시스코에서 사육제와 가장무도회가 빈번히 열리고 있다. 가면을 벗은 인간은 한 명도 없다. 이 한 편의 가면극의 삶의 일치와 허구를 깨는 것은 예의가 없는 것이 될 것이다.

매혹적인 장은 충분히 길며 소비된 겉치레만 수두룩하다. 아니, 신조차 겉치레를 이용하길 좋아한다. 그러므로 환상을 너무 많이 깨버리는 비평가를 우리가 비난하는 것은 당연한 것이다.

사회는 그 가면을 벗기는 사람을 좋아하지 않는다. 다란베르 (1717~1783. 프랑스의 철학자, 수학자)가 조금은 신랄하지만 제대로 지적하고 있다–"습기가 많은 상태는 것은 대단히 좋지 않다. 그것은 (겉치레를 벗어던지고) 모든 것을 있는 그대로 보여주기 때문이다." 나는 인생의 모든 방면에 있어서 환상의 희생이 된 사람들을 쉽게 볼 수 있다. 아이들도, 청년들도, 어른들도, 노인들도 모두 뭔가의 싸구려 허세에 끌려다니고 있다. 환상의 여신 요가니드라, 프로테우스(모습을 자유롭게 바꿀 수 있는 그리스신화 속의 해신), 모모스 (그리스 신화에 나오는 조롱의 신), '길피의 환상' (북유럽 신화에 나오는 이야기)–환상은 여러 가지 이름을 가지고 있다–는 거인 타이탄보다 강하고 태양의 신 아폴로보다도 강하다. 이런 신들의 이야기를 엿듣거나 갑자기 공격해 그들의 비밀을 자신의 것으로 만든 인간은 거의 없다.

인생은 계속해서 수많은 교훈을 제공해 주지만 그것을 이해하기 위해서는 먼저 인생을 살아야 한다. 모든 것은 비밀이지만 비밀을 푸는 열쇠가 또 다른 비밀이다. 환상을 꿈꾸는 베개는 눈보라의 눈발처럼 많다. 우리는 꿈에서 깨어났다가 다시 새로운 꿈속으로 들어간다. 완구의 종류는 많으며 완구에 몰려드는 자들의 특성에 따라 정교함이 달라진다. 지적인 인간은 정교한 먹이를 필요로 하며 주정뱅이는 별것 아닌 것으로도 즐거워한다. 그러나 자신의 광기에 이끌려 가는 것은 누구나 마찬가지이다. 이렇게 행렬은 음악을 연주하고, 깃발을 세우고, 견장을 달고 매일매일 쉬지 않고 앞으로 나아가는 것이다.

와자지껄하게 전진하는 이 쾌활한 무리 속에는 가끔씩 슬픈 눈동자를 한 소년이 섞여 있다. 소년의 눈에는 이 행렬을 화려하게 치장하는 데 필요한 굴절작용이 결여되어 있다. 그리고 화려하고 형형색색의 과실과 꽃의 샘을, 그 단 하나의 뿌리까지 찾아가지 않으면 안 되는 성향에 들볶이고 있다. 과학이란 동일성을 추구하는 것이며 과학적인 호기심은 곳곳에 숨어 있다. 주에서 주최하는 공진회에서 내 친구 한 명이 불만을 토로했는데, 그의 말에 따르면 우리나라의 과수원에서 재배하고 있는 '특선 배'라고 불리는 종류는 모두 우연히 어느 특정한 종류의 배를 좋아하고, 어느 특정한 향기가 나는 배밖에 재배한 적이 없는 인간에 의해 선정된 것으로 모두가 다 비슷한 것들이다.

나는 또한 과자 가게의 주인과 싸움을 하던 청년의 모습을 떠올린다. 그는 수많은 과자들 중에서 제일 좋은 과자를 고르려고 고심을 하다가 드디어 풍미가 좋은 과자를 발견했지만 고작해야 두세 종류에 불과했다고 한다. 그렇다면 과연 어떻게 하는 게 좋을까? 배와 과자는 어딘가에 도움이 된다. 그런데 당신이 불행하게도 그다지 민감하지 못한 눈과 코를 가지고 있다고 해서 당신 이외의 사람들이 그런 배와 과자들에서 발견한 기쁨을 해칠 수 있겠는가?

내가 아는 남자 중에 우스꽝스러운 소리를 잘하는 사람이 있는데, 이 남자는 끊임없이 쓸데없는 소리를 떠들어대는 반면에 약간의 사리분별력도 갖추고 있다. 이 남자는 다음과 같은 말로 그 자리에 모여 있는 사람들을 깜짝 놀라게 한 적이 있다-신의 속성은 두 가지이다. 즉, '힘'과 '웃기는 버릇'이라는 속성으로 모든 신앙심이 깊은 사람들은 의무적으로 희극을 중시해야 한다는 것이다.

사회에서는 대단히 중책을 맡고 있지만 그들의 배려심은 냉정한 일반적인 대학의 학장, 지사, 상원위원과 같은 신사들을 우리는 알고 있지만, 이런 사람들은 모든 금주절약에 서명하고 성서협회, 전도협회, 평화주의자 등과 행동을 함께하며 아무리 얌전한 개일지라도 '쉿'하고 꾸중해야 하는 위치에 놓여 있다. 우리는 지나치게 예의를 차리는 것도 문제이지만 우리 모두가 타인에게 친절하게 대하고 싶다는 충동을 느끼고 있다. 정원에 들어온 사내아이들이 아무 열매나 따도 되냐고 묻는다면, 솔직히 말해서 나는 자연의 책략 그대로 주저하면서 허락을 하는 듯이 꾸미고, 아이들이 당장이

라도 그런 거짓되고 반 장난스러운 기만행위를 꿰뚫어보는 것이
아닐까 걱정을 하게 된다. 그러나 이런 배려는 전혀 필요가 없다.
매혹은 모든 것을 깊이 감싸고 있어서 그들의 젊은 생명력 또한 매
혹으로 덮여 있다. 어제 내가 본 초라한 집에 살고 있는 아이의 운
명은 눈물이 날 정도로 서글프고 냉혹한 것이다. 그럼에도 불구하
고 아이들은 부족할 것 없이 행복을 누리고 있는 아이들과 마찬가
지로 자신의 처지를 순수한 낭만으로 장식하여 "너무나도 많이 즐
기고 시간을 보낸 그리운 내 집"에 대해 이야기한다.

그렇다. 이렇게 초라한 집을 낭만으로 장식하는 것이 우리나라
의 관습인 것이다. 특히 여성은 환상을 만들어내는 요소자체이며
환상의 왕국이기도 하다. 여성은 자신의 매력을 발산함으로써 타
인을 매료시킨다. 여성들은 클로드 로랭(Claude Lorrain. 1600~1682.
프랑스의 풍경화가)의 그림을 통해 사물을 본다. 여성들의 삶의 근원
인 무대장치, 무대효과, 예의 등을. 설령 그것이 가능하다고 할지
라도 감히 그것을 박탈하는 사람이 있을까? 애정의 세계는 너무나
도 애수에 젖어 슬프고 그 분위기를 감싸는 공기는 항상 신기루가
발생하기 쉬운 것이다.

우리의 결혼생활이 실패로 끝났다고 하더라도 지나치게 책망해
서는 안 된다. 우리는 환상 속에서 살고 있다. 그리고 결혼이라는
이 함정은 우리의 발목을 붙잡기 위해 놓인 것으로, 인간은 누구나

초저녁에 이 함정으로 빠져드는 것이다. 그러나 자연이라는 강력한 어머니도 어쩔 수 없는 부분이 있어 우리에게 뭔가 손해 배상금이라도 지불해 주기라도 하듯이, 결혼이라는 '판도라의 상자' 속에 어떤 깊은 의미가 있는, 결코 작지 않은 이익과 뭔가 큰 기쁨을 몰래 감추어 두었다. 우리는 아이들의 아름다움과 행복 속에 큰 행복을 발견하고 그 기쁨으로 가득한 마음을 받아들이기에 우리의 몸이 너무 작다는 것을 느끼게 된다. 아무리 불행해 보이는 결혼생활도 항상 진실된 결혼의 흔적은 섞여 있다. 시골뜨기 아내도 남편에 대한 존경심과 따뜻한 주의와 서로 사랑하는 마음을 잊지 않는 올바른 부부관계를 약간은 몸에 익히고 있으며, 지금부터 결혼생활을 시작한다면 훨씬 현명하게 행동할 것이 분명하다.

이 세상에 멀쩡한 사람들이 있듯이 우리는 광인들을 보면 손가락질을 하게 된다. 서재에 틀어박혀 있는 학자는 과연 광인이 아닐까? 그러나 정작 나도 태어나서 지금까지 수많은 연설과 토론을 듣고 시와 온갖 책들을 읽고 수많은 천재들과 이야기를 나누어 왔지만, 그래도 여전히 새로운 책을 읽게 되면 금방 빠져들고 만다. 마마듀크나 휴, 무스헤이드와 같은 사람들이 새로운 양식과 새로운 신화를 생각해 내면, 내가 전혀 생각하지도 못했던 이런 색채로 꾸미게 되면 이 세상은 정말로 아름답고 훌륭한 곳이 될 것이라는 생각이 든다. 그래서 나는 당장 이 새로운 물감으로 세상을 칠해 보기로 마음먹었지만 마음처럼 쉽게 칠할 수가 없다. 행상인이 이 집에서 저 집으로 팔러 다니는 접착제와 같은 것으로 행상인은 그 것으로 깨진 도기를 붙여 보여주지만, 어떤 접착제를 사더라도 행 상인이 가버린 뒤에는 절대로 잘 붙일 수가 없다.

이 세상에서 자신의 존재를 남에게 확실하게 제시할 수 있는 인 간은 자신의 체질 속에 잠재되어 있는 특정한 종류의 숙명을 이용 하는 사람들이다. 그들은 자신의 운명을 이용하는 방법을 알고 있 다. 그러나 그 들이 커튼의 한 쪽 면만을 펼쳐 보여주거나 혹은 아 무리 작은 것이라 할지라도 그 커튼의 배후의 것에 대한 그들의 통 찰력을 드러내 주지 않는다면, 우리는 그들에게 별 흥미를 느끼지 못한다. 실질적인 인간이 실질적인 활동이외의 점인 시적인 것과 연극적인 부분을 가지고 있는 것은 뭐라 말할 수 없을 만큼 매력적 인 것이다. '능력' 이라는 명마를 마음껏 조종할 수 있음에도 불구 하고 말고삐를 잡은 채 걷는 걸 좋아하는 것과 같다. 나폴레옹도 시저도 지적인 인간이었다. 훌륭한 군인도, 선장도, 철도 인부도 일에서 벗어나면 부드러운 부분을 겸비하고 있다. 이것은 인간에 게는 환상이 있다는 것을 쉽게 인정하는 것이 된다. 자신은 절대로 환상에 빠지지 않는다고 단언할 수 있는 사람이 과연 있을까? 아 무리 뛰어난 능력을 가진 사람이라 할지라도 신축성이 결여되어 있고 일에서 벗어날 수 없는 사람들에게 우리는 '감시당하는 인간'이나 '번개를 맞은 인간'이나 '운명의 우롱을 당한 인간'이라는 낙인이 찍히게 되는 것이다.

우리가 모든 것을 배우는 것은 상징과 간접적인 방법에 의한 것이기 때문에 무언가를 배우는 데는 방법이 있다는 것, 환상에는 일정의 단계가 있으며 계급의 위에 계급이 존재한다는 것을 염두에 두고 있으면 좋을 것이다. 우리는 낮은 단계의 조잡한 가면에서 시작해서 점차적으로 훨씬 정교하고 아름다운 가면으로 이동한다. 미국의 인디언은 콜럼부스에게 "우리는 피로를 풀어주는 풀(담배)을 가지고 있다."라고 말했지만, 콜럼부스는 담배보다 "동방에서 인도에 도달하겠다."는 환상이 더 자신의 고상한 정신과 어울린다고 생각했다. 물질의 불가입성不可入性에 대한 우리의 신앙이 훨씬 마취제보다 진정효과가 있는 것이 아닐까? 당신들은 인형과 나무공과 말과 총과 재산과 정치를 즐기고 있지만 훨씬 세련된 놀이가 당신들을 기다리고 있다.

예를 들어 '시간'이라는 것은 제일 훌륭한 장난감이 아닐까? 인생은 사육제에 필적할 만큼 온갖 가면을 당신들에게 제시해 줄 것이다. 저 멀리 있는 산도 틀림없이 당신들의 마음속으로 다가올 것이다. 오리온 별자리 속의 아주 작은 부스러기와 성운처럼 흐릿하게 보이는 것, "미자르(Mizar:큰곰자리에 있는 별로 큰곰자리의 큰 국자의 손잡이 끝에서 두 번째이다)와 알코르(Alcor:큰곰자리에서 여섯째로 밝은 별)의 불길한 해"도 하늘로부터 내려와 당신의 삶에 찌든 사상 속에 자리를 잡게 될 것이다. 이 위대한 역사의 유희와 그 무대는 당신 자신으로부터 방사된 것이며, 태양도 그 빛을 당신으로부터 빌린 것에 지나지 않다는 사실을 깨닫게 된다면 어떻게 될까? 당신에게 너무나도 엄청난 질문을 하게 된 것 같다. 옛 사람들은 사원과 도시와 인간을 흔적도 없이 삼켜버리는 마술을 믿고 있었다. 우리는 그들과 그들의 선조들이 믿고 그 인간 형성의 기초가 된 유신관과 신앙의 모든 흔적을 만신 참대에서 이제껴비는 매들이 바탕을 밝히려고 하는 것이다.

오관五官의 유혹이 있고, 정렬의 유혹이 있고, 감정과 지성이 만들어낸 인간에게 이익이 되는 유혹도 있다. 그리고 연애의 환상이 있는데, 이것은 애인의 가족과 동성의 인간은 물론 같은 처지에 있는 사람들이 가지고 있는 모든 훌륭한 것들을 자신의 애인이 전부 다 갖추고 있다고 착각하는 환상이다.

세상의 모든 연인들이 사랑하는 성격을 자신의 애인 안나 마틸다가 전부 갖추고 있다고 착각하는 것이다. 탑 속에 항상 갇혀 있는 인간이 단 하나의 창문을 통해서만 모든 것을 바라보고 이 세상의 놀랄 만한 것들이 전부 그 창속에 있다고 여기는 것과 같다.

시간의 환상이 있는데 이 방황은 깊으며 이 환상에서 벗어난 사람은 그나마 한 사람도 없을 것이다. 사상의 연속이라 여겨지는 것은 사실 전체가 인과관계 속에 분포되어 있는 것에 불과하지 않다는 확신에 도달한 인간도 아마 거의 없을 것이다. 각각의 분자 속에 자연의 모든 것이 포함되어 있다는 것, 인간정신은 전능한 신을 향해 열려 있으며 무한의 노력과 상승 속에 인간정신의 변화가 완성되는 것으로, 인간의 영혼은 자신의 모든 역할이 끝났을 때까지 그 역할을 자각하지 못한다는 것—지혜로운 사람은 현재의 사실을 명백하게 깨닫고 있을 것이다. 소수의 선택된 사람만을 속이는 환상이 있고, 기적을 일으키는 사람을 속이는 환상도 있다.

이런 사람은 자기 스스로 자신의 몸을 만들고 있지만 자신이 만들었다는 사실을 부정한다. 세상은 사상으로부터 만들어지지만, 사상은 스스로 만들어낸 세계를 앞에 두고 기가 죽어버린다. 우리는 지성의 세계의 법칙을 하나씩 받아들이지만 받아들여야 하는 새로운 법칙에 저항하려 한다. 그러나 새로운 법칙에 대한 우리의 양보는 모두 우리에게 더 많은 법칙의 양보를 하게 만들 뿐이다. 우리의 사상조차도 궁극적인 것이 아니며 그것은 끊임없이 움직이고 상승해서 어제 궁극적이었던 사상들은 이미 오늘의 개괄적 이념에 길을 양보해야 한다면, 과학이 공간과 시간을 그저 형식으로서 취급하고 물적인 세계를 가설적인 것이라고 생각하게 된다. 따라서 재산에 관한 우리의 권리뿐만이 아니라 자아에 관한 권리도 다른 것들과 함께 언젠가 소멸해 버릴 것이라고 생각해야 한다고 하더라도 결국 그것이 무슨 도움이 된다는 말인가?

이렇게 변하기 쉬운 요소들이 들어와 우리의 평가라고 하는 것이 종잡을 수 없이 유동적인 것이 되는 것은 당연할 것이다. 우리는 연구하고 단정하지 않으면 안 되지만 우리가 말하고 행동하는 것의 가치에 대해서는 판단이 서질 않는다. 손바닥만 한 구름이 순식간에 세상을 다 덮을 것처럼 커져 버린다. 북유럽 신화 속에 나오는 벼락의 신 토르(Thor)가 아스가르드(Asgard:신들의 천상의 거처)에서 괴물의 뿔을 들이키거나 노파와 씨름을 치고 룬이라는 사내와 경주를 하다가, 갑자기 자신이 마시고 있는 것이 바다이며 격투를 하고 있는 상대가 '시간'이고 경주를 하고 있는 상대가 '사상'이라는 것을 깨달았다는 이야기는 그야말로 언뜻 사소한 것처럼 보이는 것들 속에서 자연의 거대한 힘과 싸우고 있는 우리의 모습을 연상하게 해준다.

우리는 나쁜 친구들과 사귀다 그 대가를 치르고, 구두 값과 깨진 유리그릇 수리 대금을 지불하고, 냄비와 고기, 설탕과 우유, 석탄 등을 사기 위에 걱정을 해야 한다. "신이시여, 제게 위대한 일을 주소서. 그러면 제가 분발해 보이겠습니다."라는 기도를 올린다. "그렇지 않다."라고 마음 따뜻한 신이 대답한다-"열심히 일하면 된다. 네 낡은 옷과 모자를 수선한고 신발 끈을 스스로 묶어라. 그러면 언젠가 위대한 것과 달콤한 술이 너의 것이 되리라." 그렇다. 모든 것은 환상이다. 우리가 겸손한 마음으로 1야드의 끈을 최대한 잘 짠다면 먼 미래에 우리가 짰던 끈이 단순한 면실이 아니라 은하가 되고, 그것을 짜기 위해 쓴 실은 '시간'과 '자연'이었다는 것을 깨달을 날이 올 것이다.

우리는 변화무쌍한 바람의 법칙을 조사할 수는 없다. 그렇다면 우리는 어떻게 해서 우리의 변화무쌍한 기분과 감수성에 관한 법칙을 이해할 수 있을까? 하지만 그것은 모든 것과 무가 다르듯이 천차만별한 것이다. 우리의 눈이 바라는 것은 어제의 공간이지만 오늘은 작은 달걀 껍데기 속에 갇혀 있다. 우리는 자신의 운명의 별이 무엇이고 어디에 있는지조차 모른다. 반복되는 일상도, 인간 생활의 모든 사실은 감춰져 있다. 갑자기 이슬이 부풀어 그 모든 사실이 확실하게 모습을 드러낸다. 그러면 우리는 정말로 소중한 시간을 낭비하게 된다. 이런 사실을 미리 알았다면 어떻게든 했을 것이라는 회한에 젖을 것이다. 갑자기 오르막길을 마주하게 되면 산맥의 정상이 모습을 드러내지만, 그 모든 산들이 1년 내내 우리 곁에 있었음에도 불구하고 우리는 전혀 신경을 쓰지 않았던 것이다. 그러나 이런 모든 것들에도 질서가 있으며 우리는 모든 운명의 협력자로서 살아갈 수 있다. 인생이 꿈의 연속으로 보인다고 하더라도 꿈속에서조차 시적인 공정성은 유지되고 있다. 착한 사람이 꾸는 꿈은 착한 것이지만 이기적인 의도는 반드시 악한 사상과 악한 운명으로 치달릴 것이다. 우리가 법칙을 거스를 때, 우리는 중심적인 현실에 대한 지배력을 잃고 만다. 우리는 입원하고 있는 환자처럼 침대에서 침대로, 어리석음에서 어리석음으로 전전한다. 이런 무뢰한 무리들과 혼수상태에 빠져 울고 있는 어리석은 인간들이 침대에서 침대로, 생의 허무에서 죽음의 허무로 바뀌었다고 큰 의미는 없을 것이다.

이 환상의 왕국 속에서 우리는 의지가 되고 기초가 되는 것을 열심히 찾아 헤맨다. 게 신의 영역이기 선거치고 충실하게 일을 대하고 모든 불성실과 환상을 몰아내는 것 말고는 우리가 설 자리가 없다. 우리에게 외부로부터 아무리 부적절한 것들이 닥쳐온다고 하더라도 우리는 스스로 부적절한 상태가 돼서는 안 된다. 혼자 있을 때는 절대적인 정직과 성실함으로 모든 일을 대하여야 한다. 나는 진실과 정직이라는 단순하고 기본적인 덕을 인격에 있어 모든 숭고한 것의 기초라고 생각한다. 당신이 생각한 대로 이야기하고 있는 그대로 자신을 표현하고 모든 부채를 털어버리는 것이 좋다. 나는 세계적인 명성을 전하기보다는 건실하고 지불 능력이 있는 사람으로 인정받기를 바란다. 내가 하는 말이 나의 계약서와 동등한 가치가 있기를 바란다. 생략되고 낭비되고 버려지지 않는 인간이길 바란다. 이런 현실성이야말로 우정과 종교와 시와 예술의 기초가 되는 것이다. 모든 환상의 정점과 기저에 나는 여전히 우리를 유혹하고 있는 겉모습을 위해 꿈틀대고 있는 기만이라는 것을 두고 싶다. 친구에 관해서도, 미지의 인간에 관해서도, 숙명과 운명에 관해서도, 우리의 이익이 되는 것은 진실한 자신이라는 확신을, 마음이 건강할 때는 항상 품고 있음에도 불구하고 자칫하다가는 그런 기만에 빠지게 되는 것이다.

사람들의 말에서 판단해서 빈부의 문제가 가장 큰 문제이며 우리나라의 문명도 이 점을 가장 중시하고 있다고 사람들은 생각할 것이다. 그러나 피로에 찌든 얼굴로 끝없이 일만하고 더위와 추위를 피해 실내에만 틀어박혀 있는 백인들이 자신들보다 조금도 나을 것이 없다고 인디언들은 말하고 있다. 개개의 인간이 품고 있는 항구적인 관심은 그 인간을 오해로 끌어들이기 쉬운 입장으로 만들지 않고 그 인간의 모든 행위에 있어서 그의 도움이 되는 자연의 무게를 얻게 해 준다. 빈부는 옷의 두께에 지나지 않으며 우리의 삶-우리의 모든 삶은 모두 동일하다. 왜냐하면 우리는 끊임없이 주변 상황을 초월해 생의 본질을 맛보고 있기 때문이다. 우리의 직업이 서로 다른 것도 형태로 드러난 면일 뿐이며 같은 법칙을 표현하고 있고 우리의 사상도 비단 옷을 입거나 아이스크림을 먹는 것이 아니다. 우리는 시시각각 신과 마주하며 자연의 풍미를 맛보고 있는 것이다.

그리스 초기의 철학자 헤라클리투스와 크세노파네스는 이 동일성이라는 문제에 관해 자신들의 사색 능력을 경쟁했다. 아폴로니아의 디오게네스는 원자가 동일 물질로 이루어져 있지 않다면 서로 섞이며 작용하지 않을 것이라고 말했다. 그러나 인도 사람들은 자신들의 경전에서 사물의 본질적 동일성과 다양성이 형태를 이룬 것이라고 생각하는 환상과 이 양자에 대해 생생한 감정표현을 하고 있다. "'내가 존재한다.' 나 '이것은 내가 소유한다.' 라고 하는 이념은 인류를 움직이게 하고 있지만, 그것은 현세의 어머니인 것 비 비 비에서, ᆞ ᆞ, 법이 있는 모든 지도의 주인이 이어서 무지하게 태어나 지식의 사치를 거두어 주소서." 그리고 그들은 인간의 지복至福은 현혹에서 해방되는 데 있다고 여긴 것이다.

진리를 수사적으로 표현함으로 인해 지성은 자극되고, 생의 법칙을 환상이라는 천으로 감쌈으로 의해 의지가 자극된다. 그러나 진리와 정의의 결함은 이런 위장에 의해 깨지는 않는다. 이런 것들이 혼란을 일으키는 일은 결코 없다. 국가를 무대로 삼든 메인주와 캘리포니아 주의 외진 마을이든 간에 수많은 사람들이 역할을 담당하며 분연한 생활 속에서 인생의 새로운 등장인물에 대해 같은 요소가 동일한 선택권을 주어, 그 등장인물은 자신의 선택에 따라 절대적인 자연 속에서 자신의 운명을 정한다. 페르시아 사람들은 다음의 한 구절 속에 지적 도덕적인 철리를 표현하고 있는데, 이것을 능가하기란 거의 불가능에 가깝다.

그대가 아무리 현자 중에 현자라 할지라도 속지 않을 수 없다.

그렇다면 그대는 악에 속기보다는 덕에 속는 길을 택하라.

우주에는 우연도 없고 무질서도 없다. 모든 것은 체계이자 단계이다. 그곳에서는 각각의 신이 스스로 세계 속에 자리하고 있다. 청년은 창공의 거실로 들어간다. 그곳에서 그가 신들과 자주 접하게 되면 신들은 그에게 축복과 선물을 주며 자신의 왕좌로 그를 초대한다.

그러면 순식간에 언제 사라질지 모르는 환상의 눈보라가 몰아치기 시작한다. 그는 자신이 이리 저리로 떠다니는 군중들 속에 있으며 그 군중들의 운동과 행동을 따르지 않으면 안 된다는 느낌이 든다. 자신은 불쌍하고 하찮은 고독한 존재라고 생각한다. 광란의 군중은 이리저리로 떠돌다 사납게 포효하며 이것저것을 명령한다. 그들의 의지에 저항해서 독자의 입장에서 생각하거나 행동하는 사람은 과연 어떤 사람일까? 순식간에 새로운 변화가 일어나고 유혹이 비처럼 쏟아져 청년의 의지를 꺾거나 흩뜨려 놓는다. 그리고 결국 아주 잠시 하늘이 개이고 구름이 걷히면 신들은 여전히 그들 주변에서 그 왕좌에 앉아 있는 것이다—신들만이 고독한 그와 마주한 채.

제11장
일과 일상

진실로 위대한 보고는 꼼꼼하게 선별된 책에 있는 법이다! 책에는 우리들이 이용할 수 있게끔 수 천년에 걸쳐 인류에 이바지한 지혜로운 사람들이 연구한 결과와 지혜의 산물들이 들어 있기 때문이다. 심지어 막역한 친구에게도 밝히지 않았던 동서고금의 사상들이 책에서는 밝은 등불처럼 표현되어 있다. 그렇다! 우리는 살아가는 내내 정신과 마음을 단련시키는 뛰어난 작품과 고전에 감사의 마음을 가져야만 한다. -에머슨

일과 일상

1870년 출판의 『사회와 고독』 속의 한 편
"Works and Days" in Society and Solitude, 1870

19세기는 도구의 시대이다. 그리고 도구는 우리의 신체에서 발전한 것이다. "인간은 만물의 척도이다."라고 아리스토텔레스는 말했다. "손은 도구 중의 도구이며 인간정신은 형상 속의 형상이다." 인간의 신체는 발명의 창고이자 특허청이고 그곳에서는 모든 힌트를 찾아낼 수 있는 굉장히 많은 모형이 들어 있다. 이 지상의 모든 도구와 기계는 인간의 사지와 감각의 연장에 지나지 않는다. 인간에 관한 정의 중 하나에 "인간이란 기구의 봉사를 받는 지성이다."라는 말이 있다. 기계는 인간의 육안을 도와줄 뿐이며 그것을 대신해 줄 수는 없다. 인간의 육체는 하나의 척도이다. 인간의 눈은 기술이 명백하게 밝히는 것 이상으로 섬세하게 구별하고 감지할 수 있다. 고용살이 중의 인간은 피트 자에 의존하지만 노련한 장인은 자신의 엄지손가락과 실력에 의지해 자와 거의 똑같을 만큼 정확하게 측정할 수 있다. 뛰어난 측량사는 16로트의 거리를 그저 걷기만 해도 다른 사람이 줄자로 재는 것보다도 훨씬 정확하게 측정할 수 있다. 인디언과 돌팔매 달인이 눈과 손의 감각만으로 돌을 과녁에 맞추고, 나무꾼이나 목수가 통나무 위에 가늘게 그은 선에 도끼질을 하는 것도 이런 예이다. 모든 감각이나 기관이 반드시 미묘한 작용을 할 수 있다.

인간은 경이로운 느낌을 받는 것을 좋아하는데 이것이 바로 과학의 씨앗이 된다. 그리고 현대가 기계로 바뀌어 가는 것은 거부할 수 없는 것이며, 우리가 뛰어난 모든 과학상의 능력을 갖게 된 것도 비교적 최근의 일이었기 때문에 우리가 과학상의 능력에 대해 느끼는 기쁨과 자부심은 여전히 신선하다. 그러므로 우리는 선조들이 증기, 갈바니 전기(갈바니 전지의 단자를 단락(短絡)하거나 단자 사이에 적당한 외부 저항을 접속하였을 때 생기는 전기. 이탈리아의 의학자 갈바니가 발견), 유황 에테르, 해저 통신, 사진, 분광기 등이 발명되기 전에 이 세상을 등진 것은, 그들이 재산의 반을 사기당한 것과 마찬가지로 애석한 일이다. 이런 기술들은 미래의 문을 활짝 열고 세계를 마음먹은 대로 꾸미고 인간생활을 미개한 상태에서 끌어올려 신에 가까운 안락함과 힘의 위치까지 끌어올릴 것을 약속하고 있다.

19세기에는 두 말할 필요도 없이 상당히 많은 도구들을 전 세대로부터 물려받았다. 우리는 이미 나침반, 인쇄기, 시계, 나선형의 용수철, 기압계, 망원경을 가지고 있다. 하지만 수많은 발명이 이에 더해졌기 때문에 인생은 일신된 것처럼 보인다. 라이프니치 (Leibniz's theorem. 1646~1716. 독일 수학자)가 뉴턴에 대해 "세계 개벽 이후 뉴턴에 이르기까지 수학이 일군 업적을 뉴턴이 업적과 비교해서 고려해 보면 아무리 생각해 보더라도 뉴턴의 훨씬 뛰어나다."라고 말하는데, 마찬가지로 과거 5년 동안 이루어진 발명은 그 이전의 5천 년 동안의 발명과 필적할 만하다고 할 수 있다. 철의 대량 생산과 그 활용 범위가 이전과는 전혀 달라 재봉틀, 동력기계, 예초기, 가스등, 성냥, 그 외에도 실험실에서 만들어진 수많은 제품은 금세기에 들어서 발명된 것들이며 1프랑으로 살 수 있는 양의 석탄은 한 사람의 노동자가 20일 분의 일을 하는 것과 마찬가지다.

공각과 시간의 적이라 불리는 증기에 대해 여기서 논할 필요는 없을지 모른다. 거대한 힘과 미묘한 적용 능력을 가진 증기는 병원에서 한 그릇의 죽을 환자들의 침대까지 배달해 주기도 하고 쇠막대기를 엿가락처럼 휘는 등, 지층을 뒤엎는 자연의 힘과 경쟁을 할 수 있게 되었다. 증기는 재능이 넘치는 학자, 완력이 강한 남자라고도 할 수 있지만 아직 그 능력을 다 발휘하지는 않았다. 증기는 이미 들판을 인간들처럼 돌아다니고 있어 원하는 것은 무엇이든 들어준다. 경작지에 물을 대고 산을 깎아 내린다. 더 나아가 셔츠도 짜내고 마차도 끌며 찰스 배비지(Charles Babbage. 1792.~1871. 영국 수학자)에게서 배워 이자와 대수의 계산도 하게 될 것이다. 영국의 대법관 설로(Thurlow. 1731~1806)는 최고 민사 재판소에서 소송과 답변을 작성하는 일도 증기가 대신해 줄 수 있지 않을까 생각했을 정도이다. 이것이 농담에 지나지 않는다고 하더라도 증기가 기계와 지력을 합체한 것과 같은 종류의 수많은 고급 작업을 하고자 하고 있는 것을 생각한다면 언젠가 농담이 사실로 이루어질지도 모른다.

예를 들어 치과 의사와 천연두와 성형수술, 숙면을 위한 에테르(아로마 오일)을 이용하는 등 인체에 기계의 힘을 응용한 예는 그야말로 대단한 것이었다. 그중에서도 특히 감탄할 만한 것은 인간에 대한 수혈로 파리의 학자들은 수혈로 인간이 자신의 혈액을 마치 옷을 갈아입듯이 바꿀 수 있다고 주장하고 있다.

더 나아가 편리하고 탄성적인 고무와 구타페르카[gutta-percha. 말레이반도 · 수마트라 · 보르네오 등지에 야생하는 팔라퀴움속(Palaquium) 및 파예나속(Payena) 식물의 수액 속에 들어 있는 탄화수소]의 응용은 또 어떠

한가? 이것들은 송수관이 되고, 위 펌프가 되고, 물레방아의 벨트가 되고, 잠수 도구가 되고, 그 어떤 곳에서도 쓸 수 있는 방수복이 돼서 우리에게 비에 대한 걱정을 덜어 주었으며 인간을 물개나 악어와 대등하게 해 주었다. 게다가 그 거대한 기계는 어떠한가? 그것은 인간의 기술자들을 마치 요정이나 마법사처럼 알프스 산맥에 터널을 뚫고 미국의 협곡에 운하를 만들어 주었고, 아라비아 사막을 관통할 수 있게 해 주었다. 매사추세츠 주에서는 해안에는 금작화 떨기나무가 바다에 맞서고, 소나무 숲은 조성해 모래바람 목아치는 불모의 땅과 맞서 승리를 거두고 있다. 한때 유럽에서 인구가 가장 밀집됐던 네덜란드는 해수면보다도 낮았다. 이집트는 3천 년 동안 비가 한 방울도 내리지 않았지만 지금은 메흐메트 알리(Mehemet Ali. 1769~1849. 이집트의 태수)의 관개시설과 식민체제 덕분에 소나기가 내리게 됐다고 한다. 고대 헤브라이의 왕은 "신은 인간의 분노를 이용해 신을 찬미하게 한다."라고 했다.

사소한 수단이 가져다준 엄청난 결과만큼 유신론을 변호해 주는 것은 없을 것이다. 미국 서부의 시카고에서 대서양에 이르는 수많은 철도의 연결은 과수원에 열매를 맺게 하는 것보다도 훨씬 짧은 시간 내에 도시와 문명과 연선에 놓이게 됐다. 눈과 귀의 연장이라고 할 수 있는 해저 전신은 과연 어떠한가? 해저 전신이 갑자기 일궈낸 일은 인간의 지성과 야수와 같은 대지를 가로질러 이 대지의 두뇌에 생명과 사상의 첫 진동을 통하게 한 것처럼 인간을 깜짝 놀라게 한 것이다.

신은 처음에 지화수풍을 만들고 지금은 인간을 통해 이런 일들을 하게 하고 있지만, 신이 전해주는 새로운 지식에는 끝이 없는 것처럼 보인다. 기술과 힘이란 지금과 마찬가지로 전진하여 밤을 낮으로, 공간을 시간으로, 시간을 공간으로 바꾸어 놓을지도 모른다.

발명은 발명을 낳는다. 전신이 발명되자 곧바로 그것이 필요로 하는 구타페르카가 발견됐다. 비행기가 발명되자 그 연료가 될 면화약이 발명됐다. 상업이 확대되자 그에 필요한 돈을 캘리포니아와 오스트레일리아가 산출하게 됐다. 유럽이 인구과밀 상태가 되자 미국과 오스트레일리아에서 이민을 받아들이기 시작했다. 이렇게 곳곳에서 자연이 마치 잠겨 있는 문을 열 열쇠가 어디에 있는지 알고 있듯이 모든 기회는 그 때가 있는 것이다.

인간의 기술이 가져다주는 또 하나의 결과는 새로운 교통수단으로, 이것은 곤란한 정치적 문제의 새로운 해결책을 제시하며 우리를 놀라게 하고 있다. 교통 그 자체는 새로운 것이 아니지만 그 규모는 새로운 것이다. 우리의 이기심은 노예를 보유하고 싶다고 바라며 지구상의 모든 곳에서, 전혀 다른 곳에서 태어난 사람들을 전부 배척하게 만들었다. 우리의 정치 현실은 추악한 것이다. 그러나 원시적인 본능이 인간의 집단을 움직이고 모든 국민이 일치단결하여 벗어나고자 노력할 때, 과연 정치가 이것을 돕거나 방해할 수 있겠는가? 자연은 그 종족을 교배하는 것을 좋아한다. 이렇게 해서 독일인, 중국인, 터키인, 러시아인, 캐나다인들은 해외로 나가다른 종족 간의 혼혈이 이루어지게 되었다. 상업은 거기서 확대되어 하나의 도시에 사는 인간 전부를 수송할 수 있는 거대한 배를건조하게 되었다.

에애야기 네에 밀래서 한 명의 뉴뮈에 달히는 이 기슬은 국가라고 하는 새로운 요소를 이끌어 냈다. 권력에 관한 학문은 과학의 힘을 계산에 넣지 않으면 안 되게 되었다. 문명은 더 높은 곳으로 기어오른다. 인구는 기하급수적으로 증가하고, 식량은 산술급수적으로 증가한다고 말한 맬서스(Thomas Robert Malthus. 1766~1834. 영국의 경제학자)는 인간의 지력이라고 하는 것도 경제학의 한 요소이며 미래에 증대할 사회의 요구는 증대하는 발명의 힘에 의해 채워질 수 있을 것이라는 사실을 깨닫지 못했던 것이다.

그렇다. 현재 우리는 자신들의 사회구조 속에서 이미 아주 훌륭한 도구를 갖추고 있는 것이다. 우리는 선조보다 네 배나 빠른 탈것들을 이용하고, 여행을 할 때도, 방아를 찧을 때도, 직물을 짤 때도, 쇠를 단련시킬 때도, 나무를 심을 때도, 경작을 할 때도, 개착을 할 때도, 선조보다 훨씬 잘하고 있다. 신발도, 장갑도, 안경도,

송곳도 모두가 새로워졌다. 미적분학을 알고 있으며 우리가 가지고 있는 신문은 바다와 육지의 아무리 작은 부분에 관한 정보도 아침 식사 테이블에 제공하고자 최선을 다하고 있다. 화폐가 있고 지폐가 있다. 우리는 또한 모든 도구 중에서 가장 정교하고 인간의 정신에 밀접한 언어라는 것을 가지고 있다. 우리는 많은 것을 취하면 더 많은 것을 취할 수 있기를 열망한다. 자연에 대한 인간의 지배력이 필연적으로 증가할 것이라고 인간 스스로 자부를 하고 있다. 만물은 인간에게 복종하기 시작했다. 앞으로 비행선을 만들려고 하고 있는데, 다음 전쟁에서는 공중전을 하게 될지도 모른다. 흑인을 백인으로 바꿀 수 있는 장미 향수도 발견될 것이다. 이미 영국 민족의 두개골은 미국에서 생활을 하기 위해 종래의 색슨 형에서 변화하기 시작됐다는 것이 밝혀졌다.

그 옛날 그리스 신화 속의 탄탈로스(Tantalos. 제우스의 아들. 신들의 비밀을 누설했다고 해서 저승으로 추방되어 연못에 목이 닿을 만큼 잠겼으면서도 물을 마실 수가 없고, 과일이 달린 가지가 눈앞에 있는데도 먹을 수 없는 고통을 받았음)는 최근 그 모습을 드러냈다. 새로운 탄탈로스는 파리와 뉴욕, 보스턴에 있다. 그는 지금 의기양양하며 틀림없이 물을 입에 대고, 파도를 병에 담아 보이겠다고 생각하고 있을 것이다. 그러나 이것은 조금씩 수상해 지고 있는 것 같다. 사태는 점점 험악하게 진전되고 있다. 몇 백 년 동안 이어져 내려온 문화가 그 이전에도 있었음에도 불구하고 새로운 인간은 항상 혼돈의 물가로 다가가려 하며 항상 위기 속에 서 있다. 평안하고 돈도 많이 있던 시대를 알고 있는 사람이 과연 있을까? 지혜로운 인간, 훌륭한 남녀가 많았던 시대가 과연 있었을까? 탄탈로스는 이제 증기가 사람을 현혹시키는 것이고 전기도 그리 대단한 것이 아니라는 생각을 하기 시작했다.

수많은 사실이 하나가 돼서, 인간은 자신의 구원을 증기와 사진과 기구와 천문학보다 훨씬 더 심오한 곳에서 찾아야 한다는 것을 가르치고 있다. 이와 같은 도구들이 과연 어떨까 하는 성격을 가지고 있다. 그것들은 쉽게 말해서 시약에 불과하다. 기계는 침략적이고 직공은 직물이 되며, 기계기술자는 기계가 된다. 당신이 도구를 쓰지 않는다면 도구가 당신을 쓰게 될 것이다. 도구는 전부 어떤 의미에서는 칼날과 같아 위험한 것이다. 어떤 인간이 훌륭한 집을 지으면 그 사람은 주인을 모시게 돼서 노예로 전락하고 만다. 가구를 사들이고, 불침번을 서야 하며, 사람들에게 보여주고 평생 동안 수리를 반복하지 않으면 안 된다.

인간은 일단 명성을 얻게 되면 더 이상 자유의 몸이 아니며 항상 자신의 명성을 고려하지 않으면 안 된다. 그림을 그리고 책을 써서 성공을 거두면 그 사람에게 해가 된다는 것은 흔히 볼 수 있는 사실이다. 지금까지 매처럼 여우처럼 자유롭고 용맹했던 남자가 얼마 전에 자신이 모은 조개껍질과 알, 광물과 박제된 새 등을 장식할 장식장을 만드는 것을 본 적이 있는데, 이 남자는 자신의 손발을 얽매는 아름다운 사슬을 만들어 놓고 즐거워하고 있지만 나는 이미 알고 있다.

또한 지금까지 발명된 모든 기계가 과연 인간의 하루 노력을 경멸했는지 아닌지를 생각하는 경제학도 나와 있다. 기계는 인간을 무용지물로 만들어 버린다. 기계가 완벽해진 지금, 기술자는 더 이상 아무것도 아닌 존재이다. 기관의 개선이 진행될수록 기술자의 행위 분야는 그만큼 좁아진다─그를 무능력하게 만들어 버린다. 동을 감식하거나 핸들을 끌어올리고 수조를 주의해야 하는 일이 과거에는 아르키메데스(Archimedes. BC 287~212. 고대 그리스의 수학자 · 물리학자)와 같은 현학이 필요했지만, 이제는 소년 한 명만 있으면 충분하다. 그러나 기관이 망가지면 그들은 아무것도 할 수 없게 된다.

매일 신문에는 정말 지긋지긋한 기사들로 가득 차 있다. 『뉴게이트 감옥』이나 『해적의 수기』와 같이 스릴 넘치는 책들도 더 이상 출판이 되고 있지 않는 것 같은데, 그것은 『뉴욕 트리뷴』지와 『런던 타임스』지와 같은 대중신문들이 싣고 있는 범죄 기록의 참신하고 무시무시한 점이 이 책들의 가치를 빼앗아간 것이다. 지금처럼 정치가 부패하고 야만적인 적은 없을 것이다. 우리 해상의 자랑이

자 사랑을 받고 있는 상업은 국민을 교육시키고 스스로 알지 못하는 사이에 온갖 은혜를 베풀고 있는 것이지만, 이 또한 전 세계에 있어서 수치스러운 기망과 사기와 파산으로 끝나고 있다.

물론 우리는 인간의 기술과 발명의 숫자들을 세면서 인간의 가치를 재는 척도로 삼는다. 그러나 인간이 아무리 훌륭한 기술을 몸에 익혔다고 할지라도 그 인간이 중요한 사람이라면 기계기술과 화학상의 능력을 가지고 가치의 척도로 삼을 수는 없다. 우리는 또 다른 척도를 시험하기 않으면 안 된다.

이런 기술은 인간의 인격을 위해, 인류의 가치를 위해 과연 무엇을 성취했을까? 인간은 지금까지보다 훨씬 나아졌을까? 기술이 향상함에 따라 도덕은 퇴보된 것이 아닐까 하는 의혹이 가끔씩 제기되고 있다. 지금은 기술이 중시 여겨지게 됐고, 인간의 가치는 낮아졌다. 위대한 것이 비열한 것에서 탄생하게 된다. 문명의 승리 원천을 거슬러 올라가보면 그 은인은 그다지 훌륭한 것이 아니라는 것이 명백해진다. 이 세계를 진보, 개선시키기 위해 부여받은 힘이 있는 것은 이기적이고 비열한 '상업'이다. 물질에 대한 모든 승리는 인간성의 가치를 사람에게 가르쳐 줘야 하는 것이다. 그러나 지금 이와 같은 이익과 행복을 인간에게 가져다준 것이 무엇인지 알고 싶다면 발명가들을 보면 된다. 각각 독립적인 요령을 가지고 있다. 그 천부적인 재능은 이따금씩 그 모습을 드러낸다. 그러나 위대한 마음으로 키워진 위대하고 꾸밈이 없이 가지런한 두뇌를 발견하기는 어려울 것이다. 누구나 다 사람들 앞에 보여줄 수 있는 것보다는 감춰야 할 것이 더 많으며 자신의 장점에 의해 균형을 잃게 된다. 물적인 힘에 대해 도덕적 진보가 함께 이루어지지 않았다는 것은 너무나도 확실하다. 우리는 아무래도 올바른 투자를 하지 않으면 안 되는 것 같다. '일과 일상'이 우리에게 제공되며, 우리는 '일'만을 취한 것이다.

산스크리트어의 새로운 연구는 우리에게 신이라는 낡은 명칭에 대해 명백하게 밝혀 주었다—제우스, 주피터 등은 태양을 부르는 명칭으로 우리의 언어로 변했다는 사실이 인정되고 있으며 Day 일(日)은 신의 힘, 혹은 신의 현현顯現(명백히 드러남)을 나타내며 고대 사람들은 우주의 지고至高한 힘을 표현하고자 이것을 신이라 불렀으며 이 명칭은 모든 종족에 의해 받아들여졌다는 것을 말해주고 있다.

헤시오도스(기원전 8세기 경의 그리스 시인)는 '일과 일상'이라는 제목의 시에서 그리스의 1년 동안의 추이에 대해 적었는데, 농부들에게 하늘에 어떤 별자리가 보일 때 씨를 뿌리는 것이 좋은지, 언제 수확을 하고 언제 땔감을 모아야 하는지를 가르치고 있었으며, 또한 어부는 언제 배를 띄우면 폭풍을 만나지 않고 안전할지, 어떤 혹성의 경고에 조심을 해야 하는 것인지를 가르치고 있다. 이 시는 결혼하기에 적당한 나이와 가정 내에서의 검약과 손님을 접대할 때의 도리 등도 표시되어 있었으며 그리스인의 생활에 있어 도움이 될 만한 경제의 척도를 가르치고 있다. 더 나아가 이 시는 현명한 삶뿐만이 아니라 진정한 신앙에 대해서도 가르쳤으며 일과 일상에 대한 논리도 덧붙여 모든 지방에 적용할 수 있도록 되어 있다. 그러나 헤시오도스는 일상에 대한 연구를 더욱 발전시켜 당연히 해야 할 검토와 분석은 하지 않았다.

"내 토지에 인접한 땅을 전부 갖고 싶다."라고 한 농부가 말했다. 미시시피 유역의 표교 있던 나폴레옹은 지중해를 프랑스 영역의 호수로 만들기 위해 노력했다. 러시아의 황제 알렉산더는 훨씬 더 영토 확장에 대한 욕심으로 불타고 있어서 태평양을 '자신들의 바다'라고 부르길 원했다. 미국인은 태평양을 자신의 영해로 만들려는 황제의 움직임에 저항하지 않을 수가 없었다. 그러나 설령 황제가 이 지상을 자신의 목장으로, 바다를 자신의 연못으로 만들었다고 하더라도 여전히 가난을 면치 못했을 것이다. 하루를 자신의 것으로 만드는 사람이야말로 부자인 것이다. 국왕도, 부자도, 요정도, 악마도 그런 힘을 가지고 있지는 않다. 일상은 최초의 아리안족(인도, 페르시아, 그리스, 이탈리아, 슬라브, 켈트, 튜턴인을 포함한 종족)들에게 그러했듯이 오늘날에도 신성한 것이다. 일상은 이 세상에 존재하는 것들 중에서 가장 자만하지 않지만 최대의 능력이 감춰져 있다. 일상은 멀리 있는 친구들이 보낸 복면을 쓴 사람처럼 왔다가 다시 사라져버린다. 그들은 아무 말도 하지 않고 묵묵히 선물을 가지고 떠나버리는 것이다.

각각의 날들은 인간 정신에 자신을 맞추어 아름다운 옷처럼 정신을 감싸며 정신의 모든 생각들을 그 안에 감싼다. 휴일은 모두 독특한 색채를 우리에게 전한다. 우리는 화사한 기분으로 휴일에 꽃이나 액세서리로 치장한다. 대통령의 선거일과 7월 4일의 독립 기념일, 감사제와 크리스마스 등의 아침, 아이들이 무엇을 생각할지 생각해 보라. 궤도를 돌고 있는 별들조차 그들에게 호두와 과자와 초콜릿과 선물과 불꽃을 은근히 알려준다. 낡은 교사와 작은 칼로 상처투성이가 된 학교, 당신은 그곳에서 팽이를 돌리거나 구슬치기를 하던 추억을 떠올릴 수 없는가? 그리고 또한 그 당시에는 인생의 흐름이 순간순간마다 나뉘어져 있어 눈처럼 반짝이는 시간들의 단단한 연결고리가 돼서 그저 넓게 퍼져나가 산만한 행복이라는 형태를 취하지는 않았다는 것을 당신은 떠올릴 수 없는가?

대학 재학 중, 혹은 졸업 후의 수년 동안은 젊은 졸업생들은 졸업식이 돌아올 때마다 설령 현재는 시골의 습지라 할지라도 축제의 등불이 눈에 들어오고 학교가 떠나갈 듯한 갈채가 허공을 울리는 소리가 귀에 들릴 것이다. 혼자 전원에 서 있을 때 성스러운 날이 얼마나 존엄하고 엄숙한지를 느끼게 될 것이다. 수천 년의 헤아릴 수 없을 정도로 많은 지나간 세월들 속의 종교에 의해 맑게 정화된 오랜 옛날부터 있던 안식일, 일주일의 제7일 날, 이 신성한 때가 바다로부터 하얀 빛을 띠며 찾아올 때─이 신성한 페이지에 현자는 진리를 적고 미개인은 주물신呪物神의 모습을 그렸지만─역사가 연주하는 대성전의 음악이 우리의 고독한 생활에 찬미의 노래를 전해 줄 것이다.

마찬가지로 학자의 일상 경험에서는 날씨가 그의 기분에 맞추게 된다. 변하기 쉬운 바람은 천 가지 것을 조사하고 천 가지 광경을 만들어 낸다. 그리고 그 하나하나가 새로운 전시을 채우는 틀이거나 혹은 거주지이다. 한때 나는 애독서를 읽을 때면 상당히 날카로워져서 각각의 책에 어울리는 때를 정했었다. 어떤 작가의 책은 겨울에 읽기 좋고, 또 어떤 작가의 책은 삼복더위에 읽기에 알맞다. 학자는 플라톤의 『타이미어스』를 읽기에 딱 좋은 때를 오랫동안 찾아야만 했다. 결국 선택한 아침이 찾아오고 미명의 새벽, 지금 막 창조되고 여전히 생성 과정에 있는 세계처럼, 몇 안 되는 별들이 하늘에 홀로 빛을 발하고 있을 때, 이렇게 한적하고 여유로운 경지에서 우리는 그 책을 활짝 펼칠 수 있는 것이다.

위대한 사람들이 우리 가까이에 있고 그들의 표정에는 불쾌함을 전혀 엿볼 수 없으며 공치사도 하지 않고 우리의 손을 잡고 이끌어 그들의 사상을 우리들에게 나누어 주고 있는 것처럼 여겨지는 나날들이 있다. 1년의 사육제와 같은 나날들도 있다. 천사가 인간의 모습을 하고 수도 없이 그 모습을 드러낸다. 신들의 상상력이 불타올라 온갖 방면에서 온갖 형태로 나타난다. 어제의 세상은 새 한 마리도 보이지 않는 황량하고 메마른 곳이었다. 오늘은 상상조차 할 수 없을 만큼 주변이 왁자지껄하게 살아 있는 생명체들이 모여들어 활달해 진다.

과거를 세로 줄로 하고 미래를 가로 줄로 삼는 직물기 위에서 일상은 짜인다. 그날들은 신들이 각각 하늘처럼 드넓은 직물에 한 줄기 실을 짜 넣은 것처럼 장려하게 치장되어 있다. 우리의 빈곤을 구별하는 것 따위는 하찮은 것이라 하지 않을 수 없다. 화폐와 양복과 융단, 돌과 목재와 도료의 다소, 외투와 모자의 유행의 문제에 불과하다. 유리구슬이 손에 있으면 자랑을 하고, 그것이 없으면 슬퍼하는 벌거벗은 인디언들의 행운과 불행의 척도와 마찬가지다. 그러나 자연이 스스로 노력해서 축적한 보물이란 인체라는 오랜 세월을 거친 우아하고 복잡한 조직으로 이것들의 모습을 만들어내기 위해 모든 지층이 힘을 합치고 이것을 성숙하게 만들기 위해 섬모충류와 도마뱀 등을 시작으로 지금까지의 모든 생물 종족이 존재하는 것이다. 더 나아가 인간을 둘러싼 형성적인 자연물, 식량을 비축한 대지, 지성과 기질을 갖추고 있는 것처럼 보이는 대기, 사람들의 마음을 유혹하는 바다, 수많은 세상을 감추고 있는 깊은 하늘, 이런 것들에 응하는 두뇌와 신경조직, 심연을 들여다보는 눈, 그 눈을 돌아보는 심연—이런 것들은 유리구슬과 화폐와 융단과는 달리 모든 인간들에게 끝없이 제공되는 것들이다.

이와 같은 기적은 거지에게도 주어져 있다. 푸른 하늘은 시장을 감싸기도 하고 소천사와 대천사도 감싸고 있다. 창공이란 신이라는 예술가가 그 작품 전체에 엷게 칠한 니스이자 영광이며 물질과 정신이 서로 접속하는 연변이자 경계인 것이다. 자연은 창공보다 멀리 갈 수는 없다. 만약 우리의 가장 행복한 꿈이 구체적인 사실이 모습을 취하고—만약 어느 한 가지 힘이 우리의 눈을 엷게 하여 "수백만의 정령들이 지상을 거니는"(밀턴의 『실락원』 제4권 477행) 모습을 보았다면 믿을 수 있겠지만 이들 정령들이 돌아다니는 넓은 들판의 땅은 현재 일을 보려고 거리를 터벅터벅 걸어가고 있는 우리의 머리 위에 짜여 있는 짙푸른 직물과 같은 것이 발밑에 깔려 있고 머리 위에는 아치로 걸려 있음에 틀림없다.

우리가 사용하는 영어라는 훌륭한 언어가 이 세상의 겉모습을 표현할 만한 말을 찾지 못하는 것은 너무나도 불가사의하게 여겨진다. 'Kinde'는 아주 오래된 영어로 이 말을 미묘한 미래의 시제時制를 가지고 있는 라틴어, 다시 말해 '지금 막 탄생하려 한다.'라는 의미를 가진, 혹은 독일 철학이 '생성'이라는 말로 표현하고 있는 'natura'라고 하는 말의 의미도 반쯤 내포하고 있는 것에 불과하다. 미美를 위해서만 작용하도록 보이는 힘이란 것을 표현하는 말은 영어에는 전혀 없다. 그리스어의 'Kosmos'라는 말은 이것을 표현하고 있다. 그러므로 훔볼트(Humboldt. 1769~1859. 독일 과학자)가 과학의 최신 성과를 재검토한 그의 저서를 『우주(코스모스)』라고 부른 것은 당연한 것이다.

　일상이란 바로 이러한 것이다. 대지는 일상의 양식으로 우리에게 주어지는 대자연의 무한한 선물을 받아들일 잔이며 창공은 그 뚜껑인 것이다. 그러나 환상의 힘은 우리와 함께 삶을 받아들이고 마지막까지 우리를 따라다닌다. 우리는 아침부터 저녁까지, 태어나서 죽을 때까지, 속고 따르며 미신에 사로잡혀 있다. 이 유혹을 꿰뚫어보던 과거의 눈은 지금 어디에 있단 말인가? 인도 교도들은 비슈누 신(Visnu:힌두교의 최고 신 시바신과 양립하는 천신)이 가진 유혹의 힘인 마야摩耶를 이 신의 주요 속성의 하나로 표현하고 있다. 인생이란 서로 싸우는 지수화풍이 일으키는 질풍이라고도 할 수 있는데, 이 질풍 속에는 폭풍우 속에서 선원들이 배의 조타키와 돛대에 자신의 몸을 묶듯이 인간의 영혼을 인생이라는 것에 묶어둘 필요가 있었다. 그러므로 자연은 밧줄과 가죽 끈으로 특정한 종류의 환상을 이용한 것이다. 아이들에게는 딸랑거리는 상자와 인형과 사과를, 청소년에게는 스케이트와 강과 보트와 말과 총을. 청년과 어른의 환상을 이런 것들로 주입하지는 않을 것이다. 그것은 셀 수 없을 정도로 많기 때문이다. 아주 드물게, 혹은 아주 천천히 가면

이 벗겨지고 인간의 눈동자는 만물이 똑같은 것으로 만들어져 있으며 단지 요리되고 화장으로 꾸민 수많은 거짓된 겉모습을 하고 있는 것에 불과하다는 사실을 볼 수 있게 된다. 흄(David Hume 1711~1776. 영국의 철학자. 그의 인식론은, J.로크에서 비롯된 '내재적 인식비판'의 입장과 I. 뉴턴 자연학의 실험·관찰의 방법을 응용했다)의 설에 의하면 주변 상황이 여러 가지로 변하지만 행복의 양은 변하지 않는다. 나무울타리 아래서 햇볕을 쬐며 벼룩을 잡고 있는 거지도 화려한 마차를 타고 지나가는 양후도, 난생 처음으로 무도회에 가기 위해 치장을 한 소녀도, 토론의 자리에서 성과를 올리고 돌아서는 웅변가도 모두 수단은 다르지만 같은 정도의 상쾌한 흥분을 느끼고 있다─라는 것이다.

이 환상이라는 요소가 커다란 힘을 작용시켜 현재라는 시간이 가진 가치를 덮어버리려고 한다. 자신에게 최고의 일보다는 능력 이하의 일을 하고 있다고 생각하지 않는 인간은 한 사람도 없을 것이다. "너는 무엇을 하고 싶은데?" "그냥, 별거 아니야. 이런 일들을 해 왔고 앞으로는 이런 일들을 할 생각이지만, 지금은 그저…"라는 식의 대답을 한다. 어리석은 자여, 그대는 사기꾼들이 쳐 놓은 덫에서 정말로 벗어날 수 없단 말인가? 오늘이라는 날과 우리들 사이에 한 번 흐르면 다시 돌아올 수 없는 세월이 그 푸르른 영광을 펼칠 때, 흘러가는 시시각각의 시간은 찬란하게 빛나며 이 세상의 신비한 로맨스로서 아름다움과 시가 존재하는 집으로서 우리의 마음을 매료시킨다는 것을 그대는 모른단 말인가? 지나한 시간들에 대해 용서를 구하는 것은 대단히 어렵다. 시시각각 발생하는 온갖 사건, 거래, 위로와 소문, 절박한 일-이런 것들이 전부 우리에게 재를 뿌려 주의를 흩뜨려놓기 때문이다. 시시각각이라는 것을 정면에서 바라보며 속임수를 간파하고, 각각이 가진 본질을 깨닫고, 자신의 본분을 망각하지 않는 인간, 오늘도 내일도 생명이 끝날 때까지 별 차이가 없다는 것을 깨닫고, 사랑도 죽음도 정치도 돈도 전쟁도, 자신의 본분을 방해하지 못하게 하겠다는 결의를 품은 사람은 강인한 인간이다.

이 세상은 항상 마찬가지로 누구나 깊이 생각해 보면 자신이 테베(Thebes:그리스의 중부 보이오티아의 고도)나 비잔티움의 도시 사람들과 똑같은 경험을 계속해서 반복하고 있는 데 지나지 않는다는 것을 깨닫게 될 것이다. 영원의 지금이 자연을 지배하고 있으며, 자연은 그 옛날 로마인과 칼데아인의 공중정원에 활짝 펴서 그들을 매료시킨 것과 똑같은 장미를 우리의 정원에서 꽃피우고 있다. "이렇게 간단하게 진리를 깨닫기 위해서 수많은 언어를 배우거나 수많은 나라를 여행할 필요가 있을까?"-사람들은 틀림없이 이런 의혹을 품을 것이다.

고대 예술의 역사, 발굴된 도시, 고대의 서척과 비문의 수복-그

랬다. 고대의 작품들은 아름다웠으며 역사는 배울 가치가 있다. 이렇게 해서 아주 오래 전부터 있던 온갖 학파들이 주장들에 대한 결론을 내리자는 학회가 개최됐다. 트로이의 평원과 니므롯(고대 아시리아의 도시)의 도시가 있던 위치를 파악하기 위해 니부어(Barthold Georg Niebuhr. 1776~1831. 19세기 독일의 사학자, 언어학자)와 뮐러(M?ller. 1797~1840. 독일의 고고학자)와 오스텐 레이어드(Austen Henry Layard. 1817~1894. 영국의 고고학자)가 얼마나 많이 여행을 하고 측량을 했단 말인가? 단테에게 경의를 표하기 위해 수도 없이 항해를 나서야 했으며 미 대륙을 발견한 사람을 확정하기 위해서는 미 대륙을 발견하기 위해 들어간 것과 똑같은 비용을 들여 항해하고 걷지 않으면 안 된다. 얼마나 처참한 모습이란 말인가? 고대인들이 훌륭하게 상징물들을 만들어낼 수 있게 해준 부드러운 점토는 페르시아인들의 것이 아니라 멤피스(Memphis:현재 이집트에 있는 고대 왕조의 유적) 사람들의 것도 아니며 튜턴 사람들의 것도 아니고 특정 지방의 것도 아니며 어디에라도 있는 석회와 규토와 물과 일광과 이것을 만든 인간의 뜨거운 피와 부풀어오른 폐이다. 그것과 똑같은 점토가 당신의 손에 쥐어져 있지만 어리석게도 그것을 버리고 소아시아와 이집트와 영국의 고분과 미라의 무덤과 고서점에 이것들을 찾으러 갔다가 빈손으로 돌아온 것이다. 이렇게 깊은 의미를 가지고 있는 오늘이라는 날을 모든 사람들이 멸시하고 있다.

이 풍요 속의 빈곤을 사람들은 꺼린다. 현재라는 시간은 아직 실패냐 성공하느냐 하는 결정적인 때가 아니라고 생각하는 것이 하나의 환상인 것이다. 하루하루가 1년 내내 최고의 날이라고 하는 것을 당신의 마음속에 깊이 새겨두기 바란다. 하루하루가 최후의 심판이라는 것을 깨달을 때까지 당신은 아무것도 제대로 배우지 못한 것이다. 수상한 모습으로 자신을 감추고 방문하는 것이 예로부터 신들의 비밀인 것이다. 황금과 보석으로 눈이 부실 정도로 치장하고 찾아오는 자는 저속한 사기꾼에 불과하다.

진정한 군주는 자신의 왕관은 옷 속에 감추고 초라하고 가난한 모습으로 꾸민다. 우리의 선조가 전해 준 북유럽의 전설에 의하면 오딘(Odin:북유럽 신화에 나오는 아사 신족의 최고 신)은 어부의 초라한 오두막에 살며 작은 배를 수선하고 있다. 인도의 전설에서는 하리(비슈누 신의 별칭)는 일반 백성으로 백성들 속에 섞여 있었다. 그리스의 전설에 따르면 아폴로는 아드메토스(Admetos:그리스 신화에서 테살리아 페라이의 왕 페레스의 아들)의 양치기들과 함께 기거했고, 유피테르(주피터)는 스스로 가난한 에티오피아인들과 함께 시골에서 살았다. 인간의 역사를 살펴보더라도 예수는 구유에서 태어났고 그의 12제자는 어부였다. 자연은 매우 작은 것 속에서 자신을 가장 잘 드러낸다는 것이 과학의 제1원칙으로 아리스토텔레스도 같은 의미의 금언을 남겼다. 근대에 들어서는 에마누엘 스베덴보리(Emanuel Swedenborg. 1688~1772. 스웨덴의 자연과학자, 철학자, 신비주의자, 신학자)와 하네만(Christian Friedrich Samuel Hahnemann. 1755~1843. 독일의 의사)도 같은 말을 남겼다. 달걀에서 볼 수 있는 변화의 순서는 화석층의 시대적 변화를 확실하게 제시하고 있다. 요정妖精학의 전설에 의하면 가장 센 힘을 가진 요정은 몸집이 제일 작다는 사실은 시인들이 시를 쓸 때 지켜야 할 법칙이 되어 있다. 기독교적 미덕에서는 겸손이 모든 것 중에 최고의 위치에 있으며, 이것은 성고의 고숙에 니더니 있며. 그리고 맹블에 있어시드 이밋 이 현자들의 비결로 되어 있다. 우리는 세상의 천재들에게서 항상 이와 똑같은 은혜를 입고 있다. 다시 말해 그들은 평범한 것에서 장막을 펼쳐서 언뜻 보기에 집시나 행상인들의 무리로밖에 보이지 않는 자들 속에 초췌한 모습을 한 신들이 앉아 있다는 것을 우리에게 가르쳐 주고 있다. 일상생활에 있어서 거상들이 다른 사람들과 다른 것은 그들이 자신들이 가지고 있는 재료만을 활용하며 결코 훨씬 유명한 재료나 다른 사람이 이미 활용하고 있는 재료를 쓰지 않는다는 것이다. 나폴레옹은 "자신이 지휘하고 있는 군대의 활용 방법을 터득하라. 장군이 그들과 함께 야영을 한다면 병사들의 부족을 느끼지 못할 것이다."라고 말했다. 너무 지나치게 야심적인 일을 추구하겠다는 생각에 시시각각으로 들어오는 일들을 거부해서는 안 된다. 법에 의해 예지의 세상을 찾아내야만 한다.

지금 현재 하지 않아도 되는 일은 우리의 상상력의 눈에는 점점 즐거운 것으로 여겨진다. 운영위원 등에게 출석을 약속해 버렸을 때, 우리는 얼마나 강렬한 기대를 품고 먼 산맥을 바라보며 그 매력에 강하게 매료될 것인가?

역사라고 하는 것이 갖는 효용은 현재라고 하는 시간과 해야 할 의무와의 가치를 부여하는 데 있다. 나는 물론 내 조국, 내가 사는 곳, 내가 가지고 있는 수단과 재료, 내 친구를 능가하는 것이 없다는 것을 깨닫는 것이야말로 소중한 것이다. 한때 내가 알고 있던 한 남자는 어떤 종교적인 환희에 심취한 나머지 "자신의 얼굴을 씻는 것만으로도 명예라고 생각했다." 나는 자신을 하찮게 여기는 인간들보다는 이 남자가 훨씬 똑바른 의식을 가지고 있다고 생각한다.

말의 털이 물에 잠기면 벌레로 변한다는 것을 동물학에서는 부정을 할지도 모르지만, 내가 보기에는 낡은 것은 모두 부패해 버리고 과거는 변해 뱀이 된다. 선조들이 세운 업적에 대한 존경심은 위험한 감정이다. 우리 선조들의 장점은 낡은 것을 존경하는 것이 아니라 현재의 순간을 존중한다는 점에 있을 것이다. 그러나 우리는 착각을 해서 선조를 구실 삼아 그들이 증오하고 도전했던 습관에 빠져들려 하고 있다.

또 하나의 환상은 일을 하는 데 있어 시간이 충분하지 않다고 생각하는 것이다. 그러나 잘 생각해 보면 알 수 있듯이 수많은 동물이 똑같은 접시 위의 음식을 먹더라도 각각 자신의 신체조직에 따라 시간이든 공간이든, 빛이든 물이든, 음식이든 간에 자신에게 속한 것만을 수많은 원소로부터 동화시킨다. 뱀은 목장에서 얻은 음식으로 점점 뱀으로 변하고, 여우는 무엇이든 여우로 바꾸며, 피터와 존은 모든 것들을 혼합시켜 피터와 존으로 만들어 버린다. 뉴욕에 있는 인디언 연합조직에 속해 있는 한 가난한 인디언 추장이 시간이 없다며 두 명에나 시간들에게 디움기 같은 말을 게 주었는데, 아마도 그 어떤 철학보다도 현명한 대답이었을 것이다. "당신 뭐요, 모든 시간이 전부 당신의 것이오."–레드 재킷이라 불리는 추장은 그렇게 말했다.

그리고 또 한 가지 우리를 사로잡고 있는 환상은 1년이나 10년이나 100년이라는 긴 시간에 가치가 있다고 생각하는 것이다. 그러나 프랑스의 옛 격언에 따르면 "신은 순간적으로 일을 처리한다."(En pen d'heure Dieu labeure)고 했다. 시간을 재는 데 기계적인 것이 아니라 정신적인 것을 것으로 측정하도록 하자. 인생은 불필요할 정도로 길다. 순간의 직관, 순간의 미묘한 인격적 교섭, 순간의 미소, 순식간–이런 것들 속에 얼마나 많은 영원이 포함되어 있는 것인가? 인생은 정점을 향해 상승하고 집중한다. 호메로스가 말한 것처럼 "신들은 인간에게 필요한 이성의 배분을 단 하루 사이에 나누어 주었다."

"이 인생에 있어서 참된 행복은 지혜와 미덕 속에만 존재한다."
라고 말한 시인 워즈워스(William Wordsworth. 1770~1850. 영국의 시
인)의 말에 동감한다. "이런 것들을 생각하는 동안에 우리는 자신
의 생명을 연장시키고 있는 것이다."라고 한 플리니(Pliny, Pliny the
Elder. 로마의 원로위원, 작가)의 주장에 찬성한다.

태양과 태양 사이의 시간(하루)의 귀중함을 내게 가르쳐 주는 사
람만이 나를 풍요롭게 해 준다. 하루라는 시간에 대한 그 사람의
이해력—그것이 그 인간을 가늠하는 척도이다. 왜냐하면 그저 시인
에 불과한 인간의 시, 혹은 그저 대수(代數)학자에 불과한 인간이 제공
하는 문제에 대해서 우리는 깊은 경의를 갖고 귀를 기울이지는 않
기 때문이다. 그러나 만약 그 인간이 사물에 대한 기하학적 기초에
통달함과 동시에 그것들의 축제와도 같은 광채를 숙지하고 있다
면, 그의 시는 정확하고 그의 수학은 음악적인 것이 된다. 세소스
트리와 트리미(둘 다 이집트의 고대 왕국)의 감춰진 왕국, 올림피아
드, 로마의 집정관직 등에 대해 설명해 줄 학자가 아니라 수요일이
라는 이 특정한 날에 대해 그 의미를 명백하게 밝혀줄 수 있는 학
자야말로 가장 박식한 학자라고 생각한다.

우리 주변의 매우 우둔한 인간과 사물을 제일 원인(신)과 이어주
는 기반은 신앙심이 깊은 사람들 이외에는 감춰져 있지만 이 기반

을 그 학자들은 명백하게 밝힐 수 있을 것인가? 사람들은 흘러가고 있는 현재의 15분을 시간에 불과하며 영원이 아니라고 생각하고 있다. 계급이 낮은 하급 공무원에 불과하며 희망과 도덕에 불과하다고 생각한다. 이 15분과 영원을 이어주는 연결 고리를 그런 학자들이 과연 명백하게 밝힐 수 있을 것인가? 그것을 명백하게 밝힐 수 있는 사람은 우리를 이끌어 더부살이에 타인의 자비에 의존하는 생활로부터 부를 누리며 안정된 생활을 할 수 있게 해 줄 수 있을 것인가? 이런 인간은 기분이 있는 감수그지 이엽으로 넘치게 한다. 이 거지근성의 미국—그리스와 로마를 배우고, 영국과 독일을 배우고, 탐색하기를 좋아하고, 항상 다른 곳을 돌아보고, 여행만 하고 모방만 하는 미국은 먼지투성이 신발을 벗고, 화사하게 빛나는 여행 모자를 벗어 평온함과 깊은 희열에 찬 얼굴로 여유롭게 자신의 집에서 쉬게 될 것이다. 세상은 지금 눈으로 보는 것만큼 아름다운 풍경이 아니다. 영겁에 걸친 역사 속에도 현재와 같은 시대는 없었다. 미래에는 지금과 똑같은 기회를 두 번 다시 주어지지는 않을 것이다. 자아, 시인이여 노래하라. 예술이여, 표현하라.

또 한 가지 견해가 남아 있다. 인생이라는 것은 아무리 생각해봐도 불가사의한 것으로 묘한 음색으로 가득 차 있을 때, 완벽한 시간을 통해 서로 조화를 이룰 때, 우리가 그것을 분석하지 않을 때만 아름다운 것이다. 당신은 하루를 소중하게 쓰지 않으면 안 된다. 당신 자신이 하루가 되어 결코 대학 교수처럼 질문을 던져서는 안 된다. 이미 모든 것이 다 알려져 있음에도 불구하고 이 세상은 여전히 비밀로 가득하다. 그러므로 이 세계를 문자 그대로의 의미로 받아들이지 말고 따뜻한 배려로 받아들이지 않으면 안 된다. 모든 것을 올바르게 이해하기 위해서 우리는 최선의 상태로 기다리지 않으면 안 된다. 새들의 노랫소리를 듣고 이것을 명사와 동사로 바꾸려고 해서는 안 된다. 우리는 조금 더 점잖고 순종하는 인간이 될 수는 없는 것일까? 아침이라는 것을 그냥 그대로 내버려둘 수는 없는 걸까?

우주의 모든 것은 멀리 돌아서 전진하며 직접적인 것은 하나도 존재하지 않는다. 내가 젊었을 때 한 외국인 학자가 찾아와 1주일 정도 나를 즐겁게 해 주었던 것을 지금도 기억하고 있다. 그 학자가 이런 이야기를 한 적이 있다―"섬에 사는 미개인들은 바다에서 파도타기를 하는 것을 대단히 좋아한다. 큰 파도를 타고 뭍으로 돌아오면 다시 헤엄을 쳐서 바다로 나간다. 이렇게 몇 시간이고 유쾌하게 파도타기를 즐기고 있다. 생각해 보면 인생이라는 것도 파도에 몸을 맡기는 연속이다. 무언가에 몸을 맡기지 않고서는 위대한 것이 탄생하지는 않는다. 그런데 천문학이라는 놈이 감시를 하고 있다. 밖으로 나가 달과 별을 바라보면 달과 별이 자신이 한 일의 양을 측정하고 있다가 얼마 전에 만났을 때보다 얼마나 진척이 있었나요? 몇 페이지 진척이 있었나요? 하고 묻는 것 같은 느낌이 든다. 그런데 지금 말한 것처럼 섬에서는 완전히 딴판이다. 그 섬에서는 하루하루가 완전히 다른데, 그날들은 단 한 가지에 대한 완벽한 사랑이라는 것으로 결합되어 있다. 단 1시간을 충실하게 사는 것─그것이 행복이라는 것이다. 아아, 신이시여. 이 1시간을 충실하게 해 주소서. 내가 이것을 끝냈을 때 보라, 내 생애의 일각은 사라지고 한탄스러운 것이 아니라 1시간을 참되게 살았다고 자부할 수 있게 하소서."

돈을 위해 시를 쓰거나 변호를 하고, 법안을 통과시키는 등의 그 어떤 문학적 직업적인 일이라도 해낼 수 있는 인간, 자신의 재능을 강력한 의지의 노력에 의해 어떤 방향으로도 마음대로 움직일 수 있는 시간─이런 자들은 겉만 그럴듯한 자들로 우리에게는 이런 인간은 전혀 필요하지 않다. 아니, 이 세상에 펼쳐진 최상의 것, 다시 말해 천재의 작품은 아무런 대가도 받지 않고 성취되는 것이다. 고통스러운 노력은 없고 사상의 자연스러운 결실만이 있다. 셰익스피어는 새가 집을 짓듯이 『햄릿』을 썼다. 수많은 시들이 꿈을 꾸듯이 적당히 쓰여 진 것들이다. 시신詩神은 자신을 이렇게 정의하고 있다.

사람들이 지그시 감은 눈 사이로도

석양의 빛이 비친다.

수많은 모습들이 나 자신이다.

—월터 스코트(Walter Scott. 1771~1832. 스코틀랜드의 시인, 작가)의 소설

『수도원장』 속의 시

　그림의 거장들은 환희에 넘쳐 붓을 들었고 그림이 가진 힘이 자신으로부터 발산되고 있다는 것을 의식하지 않았다. 영국의 뛰어난 서정 시인들의 시 또한 그렇게 지어졌다. 그것은 미묘한 힘의 미묘한 개화였다. 그것은 한 프랑스 여성의 편지에서 말할 것처럼 "그들의 쾌활한 생활에서 갑자기 탄생한 아름다운 것." 이다. 시인이 시를 썼다고 해서 그의 능력이 소멸되는 것은 아니다. 자유롭고 아름다운 경지에서 노래한 것이 아니라면 그것은 노래가 아니다. 노래하는 사람이 의무감이나 도망치기 위해 어쩔 수 없이 노래한 것이라면 그런 노래는 필요하지 않다. 잠들려 하지 않으려는 자만이 깊은 잠을 잘 수 있다. 글을 쓰고 이야기하는데 별로 관심이 없는 자만이 가장 좋은 글을 쓰거나 이야기를 할 수 있다.

　마찬가지 법칙은 과학의 경우에서도 해당된다. 과학자는 그저

호사가에 지나지 않는 경우가 많다. 그들의 업적이라는 것은 지렁이나 올챙이, 거미의 다리 등에 관해 학회에 제출한 연구논문에 불과하다. 그 논문들은 다른 학자들의 관찰과 크게 다를 바가 없다. 거드름을 피며 현미경을 들여다보고, 연구 논문을 쓰고, 낭독을 한 뒤에 인쇄를 해 버리면 다시 일상생활로 돌아가 버리지만, 그 생활은 그의 과학자로서의 생활과는 완전히 별개의 것이다. 그러나 뉴턴의 경우에는, 과학은 호흡과 마찬가지로 자유로운 것이었다. 그는 기신에 신발 끈을 맬 때에 미끄러지지 기계를 통해 닿을 측정했다. 그리고 그의 생활 전체는 단순하고 현명하며 위엄이 있었다. 아르키메데스의 경우에도 그와 마찬가지로 항상 넓은 창공처럼 변함이 없었다. 린네(Linné, Carl von. 1707~1778. 스웨덴의 박물학자, 식물학자)의 경우에도 프랭클린의 경우에도 마찬가지로 변함없는 우아함과 아름다움이 인정되었다. 높은 곳에 오르거나 성장을 거듭한 것이었다. 게다가 그들이 남긴 성과는 흔들림이 없는 것으로 전 인류에게 있어 잊혀 지지 않는 업적이 되었다.

시간에서 그 환상을 벗겨내고 하루의 핵심이라 할 수 있는 것을 찾아내려고 할 때, 우리에게 있어서 '순간'이라는 것의 특정이 문제가 되고, 시간의 길이 따위는 전혀 문제가 될 것이 없다. 의미가 있는 것은 우리의 삶의 깊이이지 생활의 표면적인 넓이는 절대 아니다. 우리는 영원으로 돌입해 간다. 시간이란 영원이 변천해 가는 표면에 불과하다. 그리고 거기에 사상의 속도가 더해진다면, 사상의 힘이 조금이라도 늘어난다면, 인생은 거대한 길이를 가진 것처럼 보일 것이며 실제로 그런 것이다. 우리는 그것을 여전히 시간이라 부르고 있지만 사상의 가속도와 그 변화가 효과를 불러일으킬 때, 그것은 (영원이라는) 보다 높은 명칭으로 불리지 않으면 안 된다.

많은 경험을 하지 않아도 되는 사람들도 이 세상에는 존재한다. 몇 년 동안 활동을 한 뒤에 자신은 이런 것은 이미 예전에 알고 있었다고 말할 수 있는 인간, 한 번 보자마자 사랑에 빠지거나 증오하는, 다시 말해 궁합이 맞는지 아무 이유도 없이 싫은지를 꿰뚫어 볼 수 있는 사람, 항상 한 가지 상태로 삶을 즐기고 있어 남들처럼 자신이 처해 있는 상태를 신경 쓰지 않는 사람, 타인의 지도를 받는 것이 아니라 타인을 지도하는 사람, 나는 성공할 가치가 있는 사람이라고 의식하고 있기 때문에 모든 성공을 위한 길 따위는 항상 경멸하고 있는 사람, 존재와 자조의 힘을 가진 사람, 사회 속에 살면서 진정한 자신을 유지하면서 현재 위대한 사람, 재능 이전의 존재나 재능 이후의 존재이며 재능 따위의 도구밖에 염두에 두고 있지 않기 때문에 아무런 재능도 없이 그것을 획득하려고 하지도 않는 사람—이것이야말로 개개의 인격이며 철학이 도달한 최고의 경지이다.

중요한 것은 한 영웅이 이 일을 한다거나 저 일을 한다거나 하는 것이 아니라 그 인간 자체이다. 그가 어떤 인물인지는 그의 언행에서 드러난다. 이렇게 해서 순간과 인격이 하나가 되는 것이다.

재능에 대한 인격의 위치를 이야기한 재미있는 우화가 있는데, 제우스와 아폴로의 싸움에 관한 그리스 전설이다. 아폴로가 신들에게 도전하며 말했다—"나 아폴로보다 멀리 화살을 쏠 수 있는 자가 있는가?" 제우스가 "내가 해 보겠다."라고 대답했다. 아레스(그 기스 신화에 나오는 군신)기 두 군 인의 게끼를 흔들지 아폴로의 제비가 제일 먼저 튀어나왔다. 그래서 아폴로는 활시위를 잡아당겨 멀리 서쪽 끝까지 화살을 날렸다. 그런 다음 제우스가 일어서서 한 걸음에 그 거리 전체를 걷고 난 뒤에 이렇게 말했다—"어디로 화살을 쏴야 하는가? 더 이상 쏠 곳이 없구나." 이렇게 해서 활쏘기의 상은 활시위를 당기지도 않은 제우스에게로 넘어갔다고 한다.

모든 진지한 영혼은 다음과 같은 경과를 따라 성장한다—인간의 일과 손의 움직임에서 그것들을 다스릴 기능에 대한 기쁨으로, 일에 대한 존경심에서 자신을 규정하고 있는 시간이라는 신비적인 요소에 대한 현명하고 겸손한 마음으로, 1시간 동안의 생산량을 문제시 삼는 작은 기술과 경제로부터 만들어진 것들의 질, 그 일에 대해 우리의 권리, 그 일을 할 때 우리 자신에게서 자연스럽게 넘치고 있는 충실함을 중시하는 높은 경제로 나아가게 된다. 그리고 그 일이 제시해 주는 깊이로 전진해 그 일의 보편성과 그 일이 시간이 아니라 영원 속에 뿌리를 내리고 있다는 것을 인정하게 된다. 이렇게 해서 일은 인격으로부터 넘쳐 나오는 것이 된다. 인격이란 모든 순간에 대해 동등한 가치를 인정하고 모든 상태에서 우리를 위대하게 해 주는 정신의 지고함과 건강함을 의미한다. 그리고 이것이야말로 자유와 힘이라는 것의 유일한 정의인 것이다.

제12장
정치에대하여

질투의 대상이 된다는 것은 저명한 사람들 모두가 물어야 하는 세금과도 같은 것이다.
-에머슨

정치에대하여

1844년 출간된 '에세이 제2집'의 1편
"Politics" in Essays: Second Series, 1844

¡ ¡ ¡

돈과 철은

철과 돈을 사는 데 적합하다.

전 세계의 양털과 식량은

그에 걸맞은 가격으로 팔리고 있다.

현자 멀린은 예언을 하였고,

위인 나폴레옹은 증명하였다.

왕국도 화폐도

그 가치 이상의 것을 사지 못하고

공포, 간계, 가난은

국가를 건설하지 못한다.

티끌을 바탕으로

티끌을 뛰어넘는 것의 건설을,

태양의 신 포이보스(Phoebus)가 세운 성벽을

암피온(Amphion)은 음악의 힘으로 다졌다.

뮤즈의 아홉 여신이 '미덕'과 만날 때,

여신의 의도에 따라

대서양 저 멀리에 영토가 탄생하였다.

영토는 푸른 과수원의 가지에 의해

뜨거운 열기를 막아내고,

정치가는 밭을 경작하여 밀을 심는다.

교회가 사람들과 잘 어우러지고

국회가 가정의 난롯가가 되어줄 때,

완전한 국가가 도래하여

공화국 국민은 안식을 취하게 된다.

국가를 논하는 데 있어 우리는 다음의 모든 점—국가의 모든 제
도는 우리가 탄생하기 이전부터 존재하지만 원시시대부터 존재한
것이 아니라는 점, 그리고 국민의 지위를 초월하지 않는다는 점,

각 제도들은 과거에는 단독적인 인간의 행위였다는 점, 모든 법률이나 관습이 특정사건에 대처하기 위해 하나의 인간이 만들어낸 방편이라는 점, 모든 제도는 모방과 개혁의 가능성이 있으며 그와 비슷한 정도, 혹은 그 이상의 제도를 만들어낼 능력이 우리에게 있다는 점을 염두에 둬야 할 것이다. 사회는 젊은 시민들에게 있어 하나의 환영에 불과하다. 그것은 엄밀한 평정 상태를 유지하면서 그들 앞에 존재하며, 그 중심부를 향해 특정의 명칭, 사람들, 제도 들이 떠간 나무 뿌리처럼 뻗어 있으며, 그 모든 것은 주변에 기대린 질서정연하게 배열되어 있다. 그러나 연장자인 정치가는 사회가 유동적이라는 점을 잘 알고 있다. 이런 뿌리와 중심부가 없이 어떤 미립자가 갑자기 운동의 중심을 차지하며 그것을 중심으로 모든 조직을 강제로 회전시키는 경우도 일어난다. 페이시스트라토스 (Peisistratos: B.C. 600 추정 ~ B.C. 527, 고대 아테네의 정치가)와 크롬웰 (Cromwell, Oliver:1599~1658, 영국의 군인·정치가)과 같이 강한 의지를 가진 사람은 일시적으로 플라톤과 바오로처럼 진리를 익힌 사람들과는 영원히 이 회전을 반복한다. 그러나 정치는 필요한 기초 위에 세워져 있지만 경솔한 취급을 받아서는 안 된다. 도시는 법률에 의해 형성되기 때문에 정책, 생활양식, 인구의 고용 등에 관한 중대한 변화 또한 법률에 의해 정해지며, 모든 공화국에서 상업, 교육, 종교는 투표에 의해 찬반이 결정된다고 믿고 있는 젊은 시민들이 많다. 그들은 어떤 의안이 아무리 비합리적이라고 할지라도 그것을 법률화시키는데 있어 충분한 찬성만 얻을 수 있다면 국민에게 강제할 수 있다고 믿고 있다. 그러나 현명한 사람들은 어리석은 입법은 비틀면 부서지고 마는 모래 그물이라는 것을, 국가는 시민의 성격과 진보를 지도하지 않고 오히려 그것들을 따라야만 한다는 것을, 아무리 강한 횡령자橫領者라 할지라도 당장에 추방된다는 것을, '이념'을 바탕으로 건설하는 자만이 영원의 건설자라는 것을, 현재의 우세한 지배형태는 그것을 인정하는 모든 국민 속에 내제되어 있는 교양의 표현이라는 것을 알고 있다.

인간은 미신적이기 때문에 법령에 얼마간의 존경을 표한다. 그러나 법령은 사람들의 앞에 서서 '어제 우리는 이런저런 문제에서 의견의 일치를 보았는데, 오늘 당신들은 이 안건에 대해 어떻게 생각합니까?'라고 물어야 마땅하다. 우리의 법령은 우리 자신의 초상을 각인한 화폐와 같은 것으로 초상은 시간이 지나면 언젠가 닳아 보이지 않게 되어 조폐국으로 보내지게 될 것이다. 자연은 민주적이지도 입헌군주적이지도 않고 독재적이기 때문에 가장 무람없는 자손에 의해 우롱당하거나 권위의 아주 작은 부분일지라도 깎이지 않을 것이다. 그리고 민중의 마음이 계발되어 지성을 얻을 수 있는 기회가 많아진다면 당장에 법전은 비인간적이고 불완전하게 여겨진다. 그것은 명료한 발언이 불가능하기 때문에 가능해지도록 개선을 해야만 한다. 그 한편으로 민심의 교육은 결코 멈추지 않는다. 진실하고 단순한 사람들이 품고 있는 몽상은 예언적이다. 오늘날 예민하고 시적 소질을 가진 젊은이들이 꿈꾸고, 기원하고, 마음 속으로 그리고는 있지만 큰 소리로 발표하는 것은 우스꽝스럽기 때문에 자제하고 있는 모든 것들도 언젠가는 공공단체에 의해 결의안으로 만들어질 가능성도 있다. 얼마 안 돼 그것들은 투쟁과 전쟁을 매개로 하여 불만과 기본 인권의 선언으로서 추진되어 훗날 100년 동안 법률이 제도고 확립되어 종래를 미래에 될 것이다. 이렇게 해서 그것은 새로운 기원과 공상에 새롭게 자리를 내어주게 되는 것이다. 국가의 역사는 사상의 진보의 커다란 윤곽을 그리며 천천히 미묘한 교양과 포부를 따르게 될 것이다.

사람들의 마음을 파악하고 그들이 법률과 혁명의 형태로 가능한 모든 것을 표현한 정치 이론은 개인과 재산을 두 개의 대상으로 고찰하고 이 두 가지를 보호하기 위해 '지배'가 존재한다고 생각한다. 개인에 대해서는 모든 사람이 본질적으로 동일하기 때문에 평등의 권리를 가진다. 물론 이 권리는 전력을 다해 민주주의를 요구한다. 이성에 접근할 수 있다는 점에서 개인으로서의 모든 사람의 권리는 평등한 한편, 재산에 대한 그들의 권리는 대단히 불평등하다. 어떤 사람은 자신의 옷을 소유하고, 또 어떤 사람은 한 마을을 소유한다. 이 우연한 차이의 본질적인 원인은 당사자의 수완과 실력의 모든 단계에 걸쳐 차이가 있다. 그것은 세습 제도가 부차적인 원인이기 때문에 불평등을 초래하고, 따라서 재산의 소유도 불평등해 진다. 보편적으로 동일한 개인의 권리는 인구조사의 비율의 근거로 조직된 지배를 요구하며, 재산은 소유자와 함께 소유 비율의 근거에 따라 조직된 지배를 요구한다. 양과 소를 소유한 라반(창세기 24장 29~60절)은 메디아족(카스피해 남부 지역에 살았던 민족)이 가축을 쫓아낼 위험이 있었기 때문에 변방지역의 관리에게 감시를 부탁하고, 그에 대한 세금을 냈다. 야곱은 양과 소를 소유하지 않았기 때문에 메디아족을 두려워하지 않았고 관리들에게 세금도 내지 않았다. 라반과 야곱이 그들의 몸을 지켜줄 관리를 선택할 평등한 권리를 가지는 것은 당연하지만, 양과 소를 감시할 관리를 선택할 권리가 라반에게는 있고, 야곱에게는 그것이 당연하게 보였다. 그리고 필요 이상의 관리나 감시탑을 세워야 하는 것인가에 대한 문제가 생겼을 경우에는 라반과 이삭, 혹은 가죽의 일부를 팔고 남은 가축의 보호를 위한 비용을 지불해야 하는 사람들이 당연히 야곱보다 훨씬 잘 정세 판단을 할 수 있으며, 또한 그 권리를 가지고 있지 않을까? 야곱은 젊은 방랑자들로부터, 자신의 빵이 아니라 그들이 구한 빵을 먹고 있는 것이다.

사회의 처음 단계에 있어서는 재산을 소유한 자가 스스로 부를 축적해 갔다. 부가 소유주의 손에 직접적으로 들어가는 한 그 어떤 공정한 공동사회에 있어서도 재산이 재산을 위한 법률을 정하고, 개인이 개인을 위한 법률을 정하는 것 이외의 다른 의견은 없을 것이다.

그러나 재산은 기부나 상속의 형태로 재산을 형성하지 않은 사람의 손에도 들어간다. 어떤 경우에는 증여에 의한 재산이, 노동에 의해 처음으로 재산이 소유주에게 들어가는 것과 완전히 똑같은 과정을 거쳐 새로운 소유자의 것이 된다. 그리고 다른 경우, 세속 개인의 경우에는 법률은 소유권을 획립한다. 이 권리는 공공의 평화에 대한 평가에 비춰 개개인의 사고방식에 따라 유효해 진다.

그러나 재산은 재산을 위한 법률을 정하고, 개인은 개인을 위한 법률을 정한다는 원칙은 쉽게 인정할 수 있지만 그것을 구체화하는 것은 간단하지 않다. 그것은 모든 거래에 있어 개인과 재산이 혼동되기 때문이다. 결국 정당한 차별로서 비소유자보다 더 많은 선거권이 소유자에게 준다는 해결방법이 채택된 것 같다. 이것은 '정당한 것을 평등이라 부르고, 평등한 것을 정당하다고 부르지 않는다' 는 스파르타의 원칙에 근거하고 있다.

오늘날 이 원칙은 과거에 생각했던 것처럼 자명한 이치가 아니라고 여겨지고 있다. 그 이유의 하나로 법률상 너무 큰 비중이 재산에 편중된 것인 아닌지, 부자가 가난한 사람의 영역에 침략하여 가난을 지속시키는 구조가 우리의 관습이 되어 있지는 않은지 하는 의문이 들기 시작했다는 것을 예로 들 수 있다. 그러나 주된 이유는 현재의 보유 조건에 의한 재산구성의 모든 것은 유해하고, 개인에 대한 그것의 영향으로서 추락과 저하를 불러일으킨다는 본능적인 관념이 막연하고 명확하게 표현되지는 않았지만 실제로 존재한다는 것, 국가가 고찰해야할 단 하나의 대상은 실로 개인이라는 사실, 재산은 항상 개인에 종속된다는 것, 지배의 최고 목적은 사람들의 교화에 있다는 것, 만약 사람들의 교육이 가능하다면 모든 제도도 개선되어 그 나라의 법률이 도덕적 감정에 의해 다시 쓰여질 것이라는 사실이다.

이 문제의 시비를 가리는 것은 쉽지 않지만 우리가 취해야 할 방어수단의 문제에 주목한다면 논쟁의 위험은 사라질 것이다. 우리는 일반적으로 선거에 의해 임명된 행정관의 경계에 의한 보호 이상으로 안전한 보호를 받고 있다. 사회의 대부분은 항상 젊고 어리석은 개인의 집합체이다. 법정과 정치가의 위선에 익숙한 노인들은 죽으면 그 지혜를 자손들에게 전하지 못한다. 자식들은 아버지의 젊었을 때처럼 그 시대의 신문을 신용한다. 이처럼 무지하고 속기 쉬운 사람들이 대다수를 차지하고 있는 사회에 있어서 지배자의 우행과 야심을 억제할 제도가 없다면, 국가는 결국 멸망하고 말 것이다. 인간과 마찬가지로 모든 것에는 법칙이 있다. 그리고 그 모든 것들은 간단히 조롱당하지 않는다. 재산은 보호될 것이다. 곡물이 심어지고 비료를 뿌려주지 않는다면 성장하지 못할 것이다. 그러나 농부는 수확을 할 확률이 99퍼센트 불가능하다면 심거나 제초를 하지 않을 것이다. 어떤 형식을 취하든 간에 개인과 재산은 정당한 지배를 받아야만 하며 또한 받을 것이다. 그것들은 인력^{引力}을 행사하듯이 끊임없이 힘을 행사할 것이다. 1파운드의 땅을 얼마나 잘 감싸고, 나누고, 녹여 액체로 만들고, 혹은 기체로 바꾸더라도 그것은 언제나 그것에 저항한다. 그리고 개인의 특성, 지혜, 도덕의 힘은 그 어떤 법률과 인상적인 관계^{關係} 하에 있더라도 보세의 힘을 행사하게 될 것이다. 공공연하게 그것이 불가능하다면 은연^{隱然}, 합법적으로 불가능하다면 비합법적으로, 건전한 방법으로 불가능하다면 유해한 방법으로 권리나 실력에 호소하여 힘을 행사할 것이다.

개인은 도덕적인 힘이나 초자연적인 힘을 가진 기관이기 때문에 그 영향력의 한계의 선을 그을 수가 없다. 대중의 마음을 사로잡는 하나의 이념, 예를 들어 시민으로서의 자유와 종교적 감정의 지배 하에 있을 때, 개인의 세력은 더 이상 계산할 수 있는 문제가 아니다. 이구동성으로 자유와 정복에 전념하는 사람들로 이루어진 국민은 통계에 의해 산술을 혼란시켜 그들의 자력^{資力}과는 전혀 다른 부적합한 행동을 하게 된다. 고대 그리스인, 사라센인, 스위스인, 아메리카인, 프랑스인 등의 행동이 바로 그 좋은 예이다.

마찬가지로 재산의 인력^{引力}은 각각의 분자에 소속한다. 1센트는 일정량의 곡물이나 다른 물건을 대표하고 있다. 그 가치는 동물로서의 인간의 요구에 존재한다. 그것은 1센트 분의 따뜻함, 빵, 물, 토지로 구성된다. 법률은 재산의 소유자를 마음대로 처리할 수 있는 능력을 가지고 있다. 그 정당한 힘은 항상 1센트에 속한다. 법률은 변덕스러운 광기를 띠게 되었을 때, 재산 소유자를 제외한 모든 사람들이 세력을 가져야 한다고 주장하며 소유자에게는 투표권을 주어서는 안 된다고 할 것이다. 그럼에도 불구하고 훨씬 높고 권위 있는 법률에 의지하여 재산은 해마다 재산을 존중하는 온갖 법령을 만들어 낼 것이다. 그럴 경우 비소유자는 소유자를 위한 서기가 되어 법률을 적게 될 것이다. 재산의 모든 세력은 법률에 호소하거나 법률에 도전하여 소유자가 하고자 하는 모든 것을 대행하게 될 것이다. 물론 내가 여기서 지적하고 있는 것은 커다란 영토뿐만이 아니라 모든 재산을 가리키고 있다. 부자가 투표에서 패할 경우가 자주 있는데, 그것은 가난할 사람들의 재력이 합쳐져 부자의 축적에서 벗어날 때이다. 예를 들어 한 마리의 소, 한 대의 수레, 그리고 두 팔이라고 할지라도 누구나 무언가를 소유하고 있고 따라서 처분할 수 있는 재산을 가지고 있게 마련이다.

행정과의 행의와 우행과 함께 개인과 재산의 권리를 확보하고자 하는 필연성은 지배의 형식과 방법을 결정한다. 그리고 각 국민과 그들의 사고의 습관에 고유의 형식과 방법이 있기 때문에 결코 다른 사회 상태로 바뀌지는 않는다. 우리는 이 나라의 정치제도를 대단히 자랑스럽게 여기고 있다. 이 제도는 현재를 살아가고 있는 사람들이 기억하는 한, 국민의 성격과 조건에서 탄생했다는 점에 있어서 특별하다. 이 제도는 이런 성격과 조건을 충분하고 충실하게 표현하고, 우리는 이것을 역사상의 제도보다도 뛰어난 것으로 자랑스럽게 채용하고 있다. 우리에게 있어 보다 뛰어난 제도가 있을 수도 있지만, 현재로서는 비교적 폐결된 제도이다. 근대에 있어서 우리는 민주정체의 장점을 주장하는 것이 현명하겠지만, 종교가 군주정체를 신성시하는 다른 나라의 사회 상태에서는 군주정체가 민주정체보다 편리한 것이다. 현대의 종교적 감정은 민주주의와 잘 합치되기 때문에 우리에게 있어 이 제도가 훨씬 뛰어난 것이다. 우리는 타고난 민주주의자이기 때문에 군주제도를 판단할 자격은 어떤 의미에서든 간에 결여되어 있다. 군주제도적인 이념 속에 생활했던 우리의 조상들에게 있어서는 그 제도 또한 상대적으로 옳았던 것이다. 그러나 우리의 제도는 시대정신과 일치하고 있다고는 하나 다른 형식에 의한 정체의 신용을 실추시키는 것과 마찬가지로 실질적인 면에서의 결함이 없는 것은 아니다. 현재의 국가는 모두 부패해 있다. 선량한 사람들은 그다지 충실하게 법률을 따르고 있지는 않다. 지배에 대한 풍자 중에 '정치'라는 신랄한 비난에 필적할 수 있는 풍자가 있을까? 이 말은 이미 몇 세대에 걸쳐 '교활함'을 의미하고, 국가는 인형에 불과하다는 것을 암시해 왔다.

이와 마찬가지 온건함의 필요성과 실질상의 폐해는 정당에서도 엿볼 수 있다. 각 나라들은 정부의 행정을 반대하는 정당과 변호하는 정당으로 나뉜다. 정당 또한 본능에 의해 결성되지만, 당 자체의 작은 목적을 달성하기 위해서는 당의 지도자의 지혜보다 뛰어난 안내자기 필요하다. 정당의 기원은 왜곡된 성질을 가지지는 않지만, 특정 현실의 지속성을 가진 문제의 목표를 정하는 방법이 조잡하다. 우리는 한 정당을 비난하기보다는 오히려 동풍과 혹독한 추위를 비난하는 것이 현명할 것이다. 왜냐하면 그 당원의 대부분은 우리의 입장을 설명하지 못하고 자신들과 연관된 이해관계를 옹호하는데 불과하기 때문이다. 그들의 지도자가 명령을 내리면 동시에 본래의 의미심장했던 입장을 버리고, 개인적 사정에 좌우되고, 그들의 조직과 전연 관계가 없는 모든 문제의 지지와 옹호를 위해 몸을 던질 때, 우리와 정당원과의 사이에 분쟁이 발생하게 된다. 이렇게 해서 정당은 끊임없이 개성에 의해 부패된다. 이 결사^結^社를 정직하지 못함으로부터 해방시킬 자비가 우리에게 있더라도 그 자비를 정당의 지도자에게 뻗을 수는 없다. 그들은 지도를 받는 대중들의 복종과 열의라는 형태로 보수를 긁어모으는 것이다. 통상적으로 우리의 정당은 주변의 사정에 의해 탄생한 정당이지, 어떤 주의^{主義}에 의해 탄생하는 것이 아니다. 농업상의 이해관계가 상업상의 이해관계와 충돌한 결과 자본가의 정당과 노동자의 정당이 생겨난 것과 마찬가지로. 그것들은 도덕적인 성격에서는 동일하며 정책의 대부분을 지속할 때, 쉽게 그 입장을 교환할 수 있는 정당이다. 종교상의 교파, 자유무역, 일반 선수권, 노예제도 폐지, 사형의 폐지 등을 주장하는 주의에도 정당은 퇴보된 개인적 운동이 되거나, 그저 열의를 불러일으키는 단체가 되거나 둘 중에 하나이다. 이 시기에 있어서 지도적인 정당의 위대은(가장 어른은 페파에 는 이런 단체의 좋은 본보기로 제시할 가치가 있지만) 그것들이 각각의 자격이 주어진 필요한 입장에 깊이 뿌리를 내리지 않고 일반 사회의 복지와 완전히 관계가 없는 국부적이고 일시적인 정책의 실행에 맹렬히 박차를 가하고 있다는 점이다.

바로 지금 국민을 둘로 나누고 있는 양대 정당(민주당과 공화당)에 대하여 나는 한쪽은 가장 근본적인 방침을 취하고 있고, 다른 한쪽은 최선의 인원들을 가지고 있다고 생각한다. 물론 사상가, 시인, 종교가는 자유무역, 선거권의 확장, 형법상 합법화 되어 있는 잔학 행위의 폐지, 또한 젊은이와 가난한 사람이 여러 측면으로 부와 세력의 원천에 접근하기 위한 편의를 꾀하기 위해 민주당에 투표할 것이다. 그러나 그들은 흔히 인민의 정당이라 불리는 관대한 정책의 대표자로서 제시된 사람들을 쉽게 용인하지 않는다. 대표자들은 민주주의라는 명칭에 포함되어 있는 희망과 미덕을 부여하고자 하는 목적이 무엇인지 제대로 모르기 때문이다. 미국에서의 급진주의 정신은 파괴적이고 목적이 결여되어 있다. 그것은 애정의 결여이자 장래에 대한 신성한 목적도 가지고 있지 않다. 그리고 증오와 이기주의에 의한 파괴를 일삼을 뿐이다. 그와 달리 보수정당은 훨씬 온건하고 유능하며 교양이 있는 부류의 인원들이 소속되어 있지만, 모두들 겁쟁이에 재산을 지키려는 데에만 혈안이 되어 있다. 이 정당은 권리의 옹호도 하지 않고 참된 선을 동경하며 죄악으로 이름을 더럽히지 않고 관대한 정책을 제안하지 않는다. 뿐만 아니라 건설도 저술도 하지 않고, 예술과 종교를 육성하지 않고, 학교를 세우지 않고, 과학을 장려하지 않고, 노예를 해방시키지 않고, 빈민, 인디언, 이민자의 편을 들어주려 하지 않는다. 국민들은 어떤 정당이 정권을 잡든 과학, 예술, 인도적인 측면에서 국가의 자원에 걸맞는 복지를 기대할 수 없다.

위와 같은 결함이 있는 이유로 나는 이 공화국에 절망을 느끼지는 않는다. 우리는 우연의 물결에 따라 움직이지는 않는다. 정당 간의 난폭한 싸움 속에서도 인간성은 항상 보존되고 있다. 그것은 보타니 만(호주의 죄수 수용소)의 즉결수의 아이들이 일반 아이들과 마찬가지로 건전한 도덕적 감정을 가지는 것과 비슷하다. 봉건국가의 시민은 우리나라의 민주제도가 무정부상태로 퇴화되는 것을 보고 놀랐고, 우리들 중에 주의 깊은 연장자들은 유럽인들에게 배워 두려움에 떨면서 이 미쳐 날뛰는 자유를 바라보고 있다. 헌법의 해석에서 드러난 방종, 여론의 횡포 속에서 우리는 정박지를 찾지 못하고 있다는 말을 듣고 있다. 그리고 한 외국인 관찰자는 우리들이 '결혼'의 신성함에 있어 안전장치를 찾아낸 생각, 다른 관찰자는 그것을 우리의 '캘빈주의'에서 찾아냈다고 생각한다. 피셔 에임스(Fisher Ames: 1758~1808, 미국의 웅변가, 정치가)는 군주국가와 공화국가를 비교하여 군주국가는 성난파 같은 것으로 간 단단하며 가끔 충돌하여 바다에 침목하고, 공화국가는 뗏목과 같은 것으로 절대 침몰하지 않지만 타고 있는 사람들의 발은 항상 물에 젖어 있다고 말하며 국민의 안전보호에 대해 가장 적절한 비유를 하고 있다. 우리가 모든 법칙을 따르고 있는 한 어떤 형식이든 위험성을 배제할 수는 없다. 수 톤에 달하는 대기가 우리의 머리를 압박하더라도 폐 내부에서 같은 양의 압력이 저항한다면 전혀 문제가 되지 않는다. 대기의 질량을 천 배로 높이더라도 반동력이 압력에 대항할 수 있는 한 우리의 몸이 부서지는 일은 없다. 양극단, 두 개의 힘의 사실, 즉 구심력과 원심력은 보편적인 법칙으로 각각의 힘은 그것 자체의 활동에 의해 상대의 힘을 유발시킨다. 정상궤도에서 벗어난 자유는 쇠처럼 단단한 양심을 전개시킨다. 자유의 결여는 법칙과 의식을 강화시킴으로서 양심을 마비시킨다. '사리私利'는 지도자가 보다 고집스럽고 자기 보존에 대한 집작이 심할 때에만 만연해진다. 폭동은 영원할 수 없다. 국민의 요구에 따라 영원한 폭동은 용납되지 않으며 단지 정의만이 모든 것을 만족시킬 수 있다.

우리는 모든 법칙에서 빛나고 있는 은혜적 필연성에 끝없는 신뢰를 품어야 한다. 인간성은 조각에, 노래에, 철도에 표현되듯이 이 법칙들에 있어서도 현저하게 드러난다. 그리고 국민의 법전을 요약하자면 일반 국민의 양심을 문자 그대로 옮겨 적은 것이 될 것이다. 지배는 국민의 도덕 그 자체에서 기원하고 있다. 특정 사람에게 있어서 이성은 다른 사람에게 있어서도, 또 다른 일반적인 사람에게 있어서도 같은 이성이라는 점을 알 수 있다. 정당의 수가 아무리 많다고 하더라도, 또한 각 당들의 방침이 아무리 강한 결의를 나타낸다 할지라도 모든 당이 만족할 수 있는 중용의 길을 갈 수 있는 정책이 있다. 누구나 자신의 결단 중에서 가장 단순한 요구와 행위가 인정된다는 사실을 알고 있다. 그것을 '진리'와 '신성'이라 불러도 좋다. 모든 국민은 이 결단들에 있어서, 게다가 그 결단에 있어서만 완전한 의견의 일치를 끌어낼 수 있다. 의식_{衣食}에 적합한 것, 시간의 활용, 혹은 개개인이 얼마나 많은 토지와 공공의 원조에 대한 요구를 할 수 있는가에 대해서는 이러한 일치는 이끌어낼 수 없다. 사람들은 이윽고 이 진리와 공정함을 토지의 측량에, 고용의 배분, 생명, 재산의 보호에 응용하려 노력한다. 반드시 최초의 노력은 대단히 어리숙할 것이다. 그럼에도 불구하고 절대적 정의가 최초의 지배자가 된다. 그렇지 않다면 모든 지배는 불순한 신권정치로 바뀌고 말 것이다. 각 공동사회가 그 법률을 정하고 또한 수정하고자 할 때 모방하는 이념은 현인의 의지이다. 그러나 사회는 현인을 자연 속에서 찾을 수가 없다. 따라서 그에 의한 지배를 확보하고자 하는 노력, 어리숙하지만 진지하게 노력한다. 다시 말해 각 정책 별로 국민 전체의 발언을 요구하고 전체의 대표를 얻기 위해 다시 체태하고 최선의 국민을 선택, 후 일 지배를 개인에게 위탁하여 능률과 내부의 화친이라는 장점을 확보한 뒤에 그 사람이 대행자를 선택하는 형식을 취한다. 모든 형태의 지배는 불후의 지배를 상징한다. 그것은 모든 왕조에서도 공통되며 숫자의 영향을 받지 않는다. 그것은 두 사람의 생활 속에도, 또한 한 사람의 생활 속에서도 완전한 지배인 것이다.

각자의 본성은 동포의 성격을 충분히 광고하고 있다. 따라서 나의 시비是非(옳고 그름)는 그의 시비是非이다. 내가 스스로 자신에게 적합한 행위를 하면서 적합하지 않은 행위를 감사한다면 나와 이웃과는 의기투합하여 하나의 목적을 향해 한동안 노력할 수 있을 것이다. 그러나 자신의 지배가 불충분한 상태에서 이웃의 지도에까지 깊이 들어가게 된다면, 그 순간 나는 진리의 문턱을 넘어 그와 거짓된 관계로 들어가게 되는 것이다. 내게는 훨씬 많은 수완과 실력이 있기 때문에 그의 입장에서는 불편한 심기를 드러낸 적당한 말로 표현할 수 없는 경우도 있을 것이다. 그러나 그것은 역시 허위이며 허위에 걸맞게 그와 나의 관계는 벌어지고 말 것이다. 사랑과 자연은 이런 뻔뻔한 태도를 지지할 리 없으며, 그것을 억지로 실행시키려 한다면 그것은 정말로 허위, 즉 강제력을 행사하지 않으면 안 된다. 이 방법으로 타인을 지도하는 것은 큰 실책이며, 그것은 세상의 온갖 지배 형식의 거대한 괴물처럼 흉측한 모습을 하고 있다. 그것은 다수의 경우에서 또렷하게 드러나지만, 실은 둘 사이에서도 마찬가지이다. 자신을 억제할 때와 타인을 맘대로 부리려고 할 때의 차이점은 너무나도 명백하다. 그러나 인류의 4분의 1이 스스로의 의무를 뻔뻔하게 명령하려고 한다면 자신의 마음은 주변의 사정에 눈이 멀어 이 명령의 비합리적인 점을 볼 수 없게 될 것이다. 게다가 사적인 목적과 비교할 때 공적인 목적은 모두 다 막연해져 돈키호테의 몽상처럼 보이게 된다. 왜냐하면 인간이 자신들을 위해 정해진 법률은 고사하고 그 어떤 법률이라 할지라도 우습게 여기기 때문이다. 만약 내가 내 아들의 입장에 서서 우리가 마음을 하나로 하여 모든 것이 이런저런 상태에 있다는 것을 판명한다면, 이 인식이 그는 물론 내게 있어서의 법률이 된다. 우리는 같은 입장에 서서 함께 행동한다. 그러나 그의 입장을 고려하지 않고 그 계획을 헤아리고 그의 사정을 추측하여 이런저런 명령을 한다면 그는 결코 나를 따르지 않을 것이다. 이것, 다시 말해 한 사람이 타인을 속박하는 행위를 하는 것이 지배의 역사이다. 우리의 마음을 알지 못하는 사람이 내게 세금을 매기는 것이다. 그리고 멀리서 바라보며 나의 노력 일부를 이런저런 변덕스러운 목적−내가 생각한 목적이 아니라 그가 우연히 공상한 목적−을 위해 바치도록 명령한다. 그 결과를 보라! 온갖 부채 중에 사람들이 지불하기 가장 꺼리는 것이 바로 세금이다. 이것은 지배에 대한 정말로 신랄한 풍자이다. 사람들은 저 신의 돈이 가치 있게 쓰이는 깊은 의미도 있다고 생각하지만, 세금에 쓰이는 것은 의미가 없다고 생각한다.

이런 이유에서 지배의 영향력은 작고, 법률의 수는 적고, 위탁된 권력은 작으면 작을수록 모든 것이 바람직하게 여겨진다. 이 정규 지배의 남용에 대한 해독제는 개인적 인격의 영향, 다시 말해 '개인'의 성장에 있다. 그것은 대리권에 의한 주권의 표현, 현자의 출현이다. 이 사람에게는 현재의 지배는 빈약한 모조품에 불과한 것이다. 만물이 협력하여 발현시키고자 하는 것−자유, 교화, 교제, 혁명이 형성하고 발현시키고자 하는 것이 인격이다. 이것이 자연의 목적이다−그 왕국의 대관식에 가는 것이 목적인 것이다. 국가는 현자를 교육하기 위해 존재하며, 현자의 출현과 동시에 국가는 소멸한다. 인격의 출현은 국가를 필요로 하지 않는다. 현자가 곧 국가이기 때문이다. 사람들을 사랑하기 때문에 군대, 요새, 해군은 그에게는 필요하지 않다. 친구를 얻기 위해 뇌물, 향락, 궁전을 필요로 하지 않고, 또한 지리적으로 유리한 환경도 무용지물이다. 사색을 하지 않으니 도서관도 필요 없고, 예언자이기 때문에 교회도 필요 없다. 입법자이기 때문에 법전도 필요 없고, 스스로에게 가치가 있기 때문에 금전도 필요하지 않다. 어디에 있는 집에 있는 것과 같은 마음으로 있을 수 있기 때문에 도로도 필요 없고, 창조주의 생명이 그의 몸을 통해 눈으로 발산되기 때문에 경험도 필요 없다. 그는 개인적 교류를 갖는 친구를 갖지 않는다. 왜냐하면 만인의 기원과 경건함을 자신에게로 끌어들이는 매력을 가진 사람은 소수의 사람을 교화시키고 교육시켜 고상한 시인처럼 행동하며 생활을 함께할 필요가 없기 때문이다. 그는 타인과 천사처럼 관계를 맺으며 그의 기억, 존재, 유향乳香, 꽃은 사람들에게 있어 '미르라(myrrh:방부제), 몰약沒藥'의 역할을 한다.

우리의 문명은 자오선 가까이 다가갔다고 여기고 있지만 실은 아직까지 닭의 울음소리가 들려오고 별빛이 보이는 새벽에 불과하다. 아직 미개의 단계인 우리의 사회에 있어 인격의 영향은 바로 유년기에 있다. 정치의 힘으로, 또한 모든 지배자를 그 의자에서 넘어뜨릴 정의의 군주로서의 인격의 출현은 아직 느껴지지 않는다.

맬서스(Malthus Thomas Robert:1766~1834. 영국의 경제학자, 인구론으

로 유명)와 리카도(Ricardo David:1772~1823. 영국의 경제학자)는 인격을 완전히 무시해 버렸고, 명사 연감은 침묵을 고수하고 있다. 그 것을 사교 명부에 기록되어 있지 않고, 대통령 교서와 여왕의 연설에도 언급되어 있지 않다. 그러나 인격은 없는 것과 마찬가지가 아니다. 천재와 경건한 사람이 투입하는 사상은 모두 다 세상을 변화시킨다. 경기장에서 힘을 겨루는 선수들은 체력과 기술을 과시하는 옷을 통해 자신들의 존재 가치를 몸으로 느낀다. 나는 무역과 ██████ █████ ███ █ █ █ █ ████ █ ████ ████ █████, 이들 분야에서 거둔 성공의 초라한 보상, 부끄러운 영혼이 그 알몸을 감추고자 몸에 걸친 무화과 나뭇잎과 같은 것이라 여긴다. 이와 마찬가지로 참되지 못한 예의의 표식은 곳곳에서 볼 수 있다. 우리가 자신의 가치 대용으로 작은 재주를 보이기 위해 안달하는 것은 어느 정도의 것이 자신에게서 지급되는지를 알고 있기 때문이다. 우리는 위대한 인격에 관한 권리를 갖고 있다는 양심에 사로잡혀 있지만 양심에 충실하지 못하고 있다. 그러나 우리 개개인은 무언가 재능을 가지고 있기 때문에 얼마든지 유익하고, 우아하고, 힘있고, 재미있고, 유익한 일을 할 수 있다. 선량하고 순탄한 생활의 수준에 이르지 못하기 때문에 이 작업을 타인 및 자신에 대한 변명으로 삼는 것이다. 그것을 동년배에게 억지로 봐달라고 한들 우리는 만족을 할 수 없다. 그것은 그들의 눈에 재를 뿌릴 수는 있지만,

우리 자신의 인상을 펴게 하거나 밖을 걸어 다닐 때 당당할 수 있는 마음의 평정심은 가져다주지 않는다. 우리는 걸으면서 참회를 하게 된다. 우리의 재능은 죄에 대한 일종의 속죄이며, 거드름을 피우며 행동한 것을 반성할 때면 일종의 비굴함을 느끼게 된다. 그 것은 왠지 모르게 훌륭하고 영속성이 있는 정력의 위대한 표현이며 수많은 행위 속에서 가늠하기 힘들 정도의 비굴함이다. 유능하다는 말을 듣는 대부분의 사람들은 사회에서 일종의 침묵의 호소와 맞닥뜨린다. 개개인이 '내 모든 것이 여기에 있는 것이 아닙니다' 와 같은 모습으로 보인다. 상원의원, 혹은 대통령은 높은 지위에 오르기 위해 많은 고생을 했다. 왜냐하면 그 지위가 대단히 쾌적한 것이라 여기기 때문이 아니라, 자신의 가치에 대한 변명이라고 생각하고 우리의 눈으로 보았을 때 인간으로서의 자격을 지키고자 하기 때문이다. 이렇게 사람들 눈에 띄는 자리는 그들이 선천적으로 가난하고, 차갑고, 완고한 성질을 가진 것에 대한 보상이다. 그들은 가능한 최대한의 노력을 해야만 한다. 숲에 사는 동물의 한 종류처럼 그들이 가진 것이라고는 파악력이 뛰어난 꼬리뿐이다. 이 꼬리로 그들은 나무에 기어오르거나 땅을 기어야만 한다. 만약 풍요로운 성품을 타고나 선량한 사람들과 밀접한 관계를 맺게 되고 품위와 아름다움을 갖춘 태도로 주변 사람들의 생활을 평온하게 해줄 수 있다면, 그는 정당 간부회의나 신문에 의한 뜻

밖의 지지를 받을 수 있는 여유가 생기기 때문에, 흔히 말하는 정치가들의 공허하고 과장된 인연을 원하게 될 것인가? 분명 참된 마음을 가질 수 있는 여유가 있는 사람이라면 사기꾼이 되지는 않을 것이다.

시대의 경향은 자치自治의 이념을 지지하고 있다. 그리고 온갖 법전이 있음에도 불구하고 이 이념은 개인을 스스로가 결정하는 보수와 형벌에 따르게 한다. 이 보수와 형벌은 설령 우리가 인위적인 ~~법~~ 다. 근대의 역사에 있어 이 경향으로의 움직임은 대단히 뚜렷하다. 맹목적이고 부끄러운 요소도 많았지만 이 혁명의 성격은 모반자의 악덕에 영향을 받지 않는다. 그것은 순수하게 도덕의 힘이기 때문이다. 역사상의 그 어떤 정당도 이 힘을 찾은 적이 없었고, 앞으로도 그 가능성은 희박하다. 도덕의 힘은 개인을 온갖 당파로부터 멀어지게 함과 동시에 그를 민족으로 이어준다. 그것은 개인의 자유나 재산의 보호에 관한 권리보다 고상한 권리의 인식을 약속한다. 사람은 취직하고, 신뢰받고, 사랑받고, 존경받을 권리가 있다. 그러나 국가의 기초로서 사랑의 힘은 아직 시험대에 오른 적이 없다. 가령 신경과민적으로 이의를 제기하는 사람들에게 있어 사회의 인습과 관계를 맺어야 할 필연성이 사라졌다 하더라도 만사가 혼란 상태로 퇴화될 것이라고는 여겨지지 않는다. 또한 힘에 의한 지배가 끝나더라도 도로가 건설되고, 편지가 배달되고, 노동의 성과가 보장된다는 점에 의심의 여지가 없다. 현재 우리가 취하고 있는 방법은 그에 필적할 만한 것이 없을 정도로 뛰어난 것일까? 우애에 기반을 둔 국민은 보다 나은 수단을 제안할 수 없는 걸까? 다른 면에 있어서, 훨씬 보수적이고 겁이 많은 사람들도 총검과 경찰력이 일찌감치 포기한다 하더라도 아무 걱정할 필요가 없다. 왜냐하면 우리의 의지보다 훨씬 뛰어난 자연의 질서에 의하면 다음과 같은 관계가 성립된다. 사람들이 이기적일 때면 반드시 힘에 의한 지배가 생기게 될 것이다. 그리고 그들이 힘의 잣대로 공공연하게 포기할 만큼의 순수함에 도달했을 때 우체국, 도로, 상업, 재산의 교환, 박물관, 도서관, 예술 및 과학의 제도 등의 공공의 목적이 어떤 방법으로 실현될지를 현명하게 살피고 깨달을 수 있게 된다.

우리는 대단히 저조한 상태의 세상에 살고 있으면서 힘을 기초로 하는 정부에 대하여 본의 아니게 찬사를 보내고 있다. 최고의 종교성과 문명을 갖춘 국민 중에 보다 종교적이고 교양이 높은 사람들 중에서도 도덕적 감정에 대한 의존, 또한 사물의 통일성에 대한 충분한 신념이 결여되어 있다. 이 의존과 신념만 있다면 그들은, 사회는 태양계와 마찬가지로 인위적인 억압이 없더라도 유지되고 각각의 국민은 감옥과 재산의 몰수를 암시하지 않더라도 이성적이고 선량한 이웃이 될 수 있을 것이다. 가장 이해할 수 없는 것은 정의와 사랑의 원리를 바탕으로 국가를 혁신한다는 광범위한 설계를 발상시키는 '공정함'이 가진 힘에 대한 충분한 신앙이 그 누구의 마음에도 존재하지 않았다는 점이다. 이 설계를 자부한 사람은 누구나 특정 방면에 있어서의 개혁자이며 나쁜 국가가 우위를 차지하고 있는 사실을 특정 의미에 있어서는 인정한 사람이다. 나는 법률의 권위를 자기의 도덕성이라는 단순한 이방에서 완강히 거부한 사람을 단 한 명도 떠올릴 수 없다. 이런 설계는 재능과 신념으로 가득하지만 열세의 예술에 그려진 그림의 존재로써 사람들이 감상할 수밖에 없다. 만약 전시하는 개인이 굳이 이 그림을 실현시키고자 한다면 그는 학자와 교회를 혐오하게 된다. 그리고 재능이 있는 남성과 뛰어난 감성을 가진 여성은 모멸감을 감출 수 없게 된다. 한편으로 자연은 이 열의를 연상하게 하는 것으로 끊임없이 젊은이의 마음을 충만하게 하고 있다. 현재 수많은 사람들이 가장 위대하고 단순한 감정을 친구의 집단으로, 혹은 두 사람의 연인으로서 서로 행사할 수 있다고 여기고 있다. 아무리 힘든 체험의 압박을 당하더라도 그들은 그렇게 생각할 수밖에 없는 것이다—복수형을 쓰게 되면 이처럼 '사람들'이 되지만, 보다 정확하게 말하자면 그중 한 사람과 나는 이상의 것들에 대한 이야기를 나누어 왔다.

–랠프 월도 에머슨 저서들–

《자연[1]》(Nature, 1836)

《신학부 강연》(Divinity College Address, 1838)

《문학 윤리》(Literary Ethics, 1838)

《미국의 학자》(The American Scholar, 1837) - 미국의 지적 독립선언이라 일컬어짐.

《자시론》(The Method of Nature, 1841)

『자기신뢰[2]』(Self-Reliance, 1841)

《초월주의자》(The Transcendentalist, 1842)

《미국 젊은이》(The Young American, 1844)

《위인이란 무엇인가[3]》(Representative Men, 1849)

《영국인의 특성》(English Traits, 1856)

《브라마》(Brahma, 1857)- 동양사상의 영향을 보여줌

《나날》(The Conduct of Life, 1860)

《오월제》(May Day and Other Poems, 1867)- 시집

에세이

《에세이 1》(Essays: First Series, 1841)

《에세이 2》(Essays: Second Series, 1844)